Zum Buch:

Hendrik Norberg freut sich, dass seine Kollegin Anna Wagner zurück in St. Peter-Ording ist und die neu gegründete Vermisstenstelle des Landes von dort aus leiten wird. Jetzt ist die Soko St. Peter-Ording wieder einsatzbereit. Gemeinsam mit Nils Scheffler und Anna ermittelt Norberg in einem Cold Case, der ihm unter die Haut geht: Vor mehreren Jahren verschwand während einer Klassenfahrt ein Schüler in dem kleinen Küstenort. Als Vater fühlt Hendrik sich persönlich dafür verantwortlich, bei der Aufklärung mitzuhelfen und den Eltern so endlich Antworten zu liefern. Doch nicht nur der Fall verlangt ihm alles ab, auch ein alter Kollege, der noch eine offene Rechnung mit ihm hat, sorgt für Schwierigkeiten. Einmal mehr steht Hendrik vor der Frage, wie er gleichzeitig seiner Familie und der Dienststelle gerecht werden kann.

Zur Autorin:

Svea Jensen ist das Pseudonym einer erfolgreichen Krimiautorin. Sie ist in Hamburg aufgewachsen und dem Norden stets treu geblieben: Nach vielen Jahren beim Norddeutschen Rundfunk lebt sie heute in Schleswig-Holstein, wo sie sich mittlerweile ganz dem Schreiben widmet. Während sie Verbrechen für ihre nächsten Bücher plottet, lässt sie sich am liebsten eine Nordseebrise um die Nase wehen.
Svea Jensen ist Mitglied im »Syndikat« und bei den »Mörderischen Schwestern«.

SVEA JENSEN

NORD WEST ZORN

Ein Fall für die Soko St. Peter-Ording

HarperCollins

4. Auflage 2025
© 2021 by Svea Jensen
Originalausgabe
© 2021 by HarperCollins in der
Verlagsgruppe HarperCollins Deutschland GmbH
Valentinskamp 24 · 20354 Hamburg
info@harpercollins.de
Dieses Werk wurde vermittelt durch die
Literarische Agentur Thomas Schlück GmbH, 30161 Hannover.
Umschlaggestaltung von Hafen Werbeagentur, Hamburg
Umschlagabbildung von Dorthe Kreckel / EyeEm,
Barbara Reichardt / EyeEm, Dragana Eric / Getty Images
Karte Umschlaginnenseite von KUZIN & KOLLING,
Büro für Gestaltung, Hamburg
Gesetzt aus der Stempel Garamond
von GGP Media GmbH, Pößneck
Druck und Bindung von GGP Media GmbH, Pößneck
Printed in Germany
ISBN 978-3-7499-0143-2
www.harpercollins.de

PROLOG

August 2004

Kriminalkommissar Hark Thomsen hatte sich gerade auf den Weg in die Küche gemacht, um den dritten Kaffee des Morgens zu holen, als ihm auf dem Flur sein Kollege entgegengehumpelt kam.

»Kaffee is nich, wir müssen los.«

Pieter Johannsen stand wie immer unter Strom, daran würde auch ein beim Tennis verstauchter Knöchel nichts ändern. Thomsen hatte ihm geraten, ein paar Tage kürzer zu treten, im Moment sei doch sowieso nicht viel los. Aber natürlich hatte er sich bloß eine dumme Antwort abgeholt und insgeheim geärgert, dass er so dämlich gewesen war, seinem Kollegen einen wohlgemeinten Ratschlag zu erteilen.

Ein Kriminalhauptkommissar Johannsen ließ sich doch von einer solchen Lappalie nicht außer Gefecht setzen, der käme auch noch mit dem Kopf unterm Arm zum Dienst, wenn es seiner Karriere förderlich wäre.

Wie immer häufiger in der letzten Zeit war Thomsen nach dieser Abfuhr froh gewesen, dass sein Kollege auf dem Absprung ins LKA nach Kiel war und ihre knapp einjährige Zusammenarbeit damit endlich zu einem Abschluss käme. Johannsen war nie einfach gewesen, aber seitdem er sich auf dem Karrieretrip befand, war die Arbeit mit ihm teilweise unerträglich geworden. Ja, er war hier der Dienstälteste und Erfahrenste und hatte Thomsen somit einiges voraus, was aber nun wirklich kein Grund war, ihm seine angeblichen Unzulänglichkeiten ständig unter die Nase zu reiben. Schließlich war er mit neunundzwanzig Jahren kein Frischling mehr. Kleines Ego, große Klappe, hatte eine Kollegin, die Johannsens Anwürfen stets mit stoischer Ruhe begegnete, seinerzeit gemeint. Nimm's dir nicht zu Herzen, du bist hier im Moment der Neue, und die nimmt er sich nun mal besonders gerne zur Brust.

»Wohin geht's?«, fragte Thomsen, als er Johannsen in das Büro folgte, das dieser mit dem Kollegen Arndt Lürssen teilte. Lürssen war vor einem Dreivierteljahr von der WaPo, der Wasserschutzpolizei, zu ihnen gewechselt, und es ging das Gerücht, dass Johannsen sich für seine Versetzung auf den höher dotierten Posten in ihrer Abteilung starkgemacht hätte. Was nach Meinung aller überhaupt nicht zu ihm passte, war er doch normalerweise nur an seinem eigenen Aufstieg interessiert. Thomsen hatte sich schon häufiger Gedanken über das Verhältnis der beiden Männer zueinander gemacht, die so gar nichts gemein zu haben schienen. Weder äußerlich noch vom Charakter her. Neben dem groß gewachsenen und durchsetzungsstarken, um nicht zu sagen rücksichtslosen, Johannsen verblasste Lürssen mit seiner schmalen Statur, dem häufig unsicheren Blick und der Eigenschaft, besonders schnell einzuknicken, geradezu. Zuerst hatte Thomsen gedacht, dass Johannsen wieder nur ein Opfer für seine Machtspielchen gesucht hatte, was wohl auch nicht gänzlich von der Hand zu weisen war, aber mit der Zeit war ihm aufgefallen, dass eine Art Vertrauensverhältnis zwischen den beiden Männern zu bestehen schien, dessen Basis er sich nicht erklären konnte. Obwohl erst kurz in ihrer Abteilung, war auch Lürssen schon wieder auf dem Absprung und sollte in einer Woche seinen Dienst in der Flensburger Mordkommission antreten. Thomsen war überzeugt davon, dass Johannsen bei diesem Aufstieg ebenfalls seine Finger im Spiel gehabt hatte.

»Nach St. Peter-Ording.« Johannsen griff nach seinem Handy und den Autoschlüsseln auf seinem Schreibtisch. Thomsen wartete auf eine Erklärung, was denn in St. Peter passiert sei, das den Einsatz der Kripo erforderlich mache, aber es kam keine. Verdrossenheit machte sich in ihm breit, als er Johannsen und Lürssen Richtung Ausgang folgte.

Als sie ins Freie traten, hingen tiefe Wolken über der grauen Stadt am Meer, wie Theodor Storm Husum einst in einem Gedicht beschrieben hatte; und wenn die Wettervorhersage recht behalten sollte, würde es heute noch kräftige Regenschauer geben. Die gehörten zu einem typisch norddeutschen Sommer dazu.

Thomsen versuchte es noch einmal. »Kann mir vielleicht mal jemand sagen, was in St. Peter los ist?« Er starrte auf Johannsens Rücken. Selbst in seinem lädierten Zustand setzte sein Vorgesetzter noch alles daran, dass seine beiden Kollegen nicht zu ihm aufschlossen, sondern möglichst zwei Schritte hinter ihm blieben, damit auch jedem klar wurde, wer hier der Anführer war. Thomsen hätte mühelos zu ihm aufholen können, aber dieses infantile Gebaren war nicht sein Ding.

»In einem Jugendheim wird ein Kind vermisst, das sich dort auf einer Klassenfahrt befindet«, klärte schließlich Lürssen ihn auf, der mit Johannsens Stechschritt nicht mithalten konnte.

Thomsen verlangsamte seinen Schritt. Eine Gänsehaut überzog seinen Körper, und für einen kurzen Moment begann es vor seinen Augen zu flimmern.

»Jetzt komm endlich in die Puschen!« Johannsen hatte sich umgedreht und warf ihm einen verärgerten Blick zu. »Wir haben nicht ewig Zeit.«

Thomsen holte tief Luft, um die Kontrolle über seinen rasenden Herzschlag wiederzuerlangen. Aber es wollte ihm nicht gelingen. Das wird ein Scheißtag, dachte er in plötzlicher Verzweiflung. Ich will da nicht raus.

»Hark!« Johannsen kam zu ihm zurückgehumpelt und baute sich in seiner vollen Größe von ein Meter neunzig vor ihm auf. Seine grauen Augen funkelten angriffslustig. »Was ist denn los mit dir? Brauchst du 'ne Extraeinladung?«

Thomsen riss sich zusammen, auch wenn er am liebsten davongerannt wäre und sich irgendwo versteckt hätte, wo ihn niemand finden konnte. »Nein, natürlich nicht!« Er folgte seinen Kollegen und stellte mit Erleichterung fest, dass die Bewegung seinen Körper zu entkrampfen begann.

Sie steuerten auf den Dienstwagen zu, und als Thomsen sah, was sich in dessen offen stehendem Heck befand, runzelte er die Stirn. »Hältst du das für richtig? Er ist nicht mehr im Dienst.«

Johannsen öffnete die Transportbox, woraufhin der Belgische Schäferhund heraussprang und schwanzwedelnd auf

Thomsen zulief, um ihn mit einem freudigen Bellen zu begrüßen.

»Das ist doch vollkommen egal. Ich trainiere Athos noch immer in jeder freien Minute. Der Junge ist fit wie ein Turnschuh.«

Athos. Thomsen hatte sich ein Grinsen nicht verkneifen können, als er den Namen des Hundes zum ersten Mal gehört hatte, dann aber von Kollegen erfahren, dass Johannsen Alexandre Dumas verehrte und sich bestimmt einmal im Jahr die Verfilmungen seiner Werke reinzog, wobei die Musketier-Filme von Richard Lester zu seinen absoluten Favoriten zählten. Das Geständnis war der weinseligen Laune eines Betriebsfests entsprungen, im nüchternen Zustand ließ Johannsen wenig bis gar nichts über sein Privatleben verlauten.

Thomsen hockte sich hin und kraulte den Hund ausgiebig. Vor drei Monaten war der zehnjährige Athos nach acht Jahren im Polizeidienst in den Ruhestand geschickt worden. Johannsen hatte ihn während seiner Zeit als Schutzpolizist zum Fährtensuchhund ausgebildet und nach seinem Wechsel zur Kripo mitgenommen. Dies war nicht die Norm; da sich Johannsen aber nicht von seinem Hund trennen wollte, hatte er diesen Wechsel durchgesetzt. Athos' Einsätze in den nachfolgenden Jahren waren ausschließlich bei Fällen erfolgt, in denen Johannsen ermittelte, und hatten die Kritiker schließlich verstummen lassen.

Auf der Fahrt informierte ihn Johannsen über das, was er und Lürssen bisher erfahren hatten. »Der Junge heißt Florian Berger, ist neun Jahre alt und kommt aus Hamburg. Er schläft mit zwei Mitschülern in einem Dreibettzimmer. Die haben sich zunächst nichts dabei gedacht, als er heute Morgen nicht in seinem Bett lag, weil er wohl häufig früh aufgestanden und zum Deich gegangen ist. Das Jugendheim liegt direkt dahinter im Ortsteil Dorf. Als Florian dann nicht beim Frühstück auftauchte, hat der Heimleiter seine Abwesenheit in der Polizeistation gemeldet. Die dortigen Kollegen haben daraufhin auch die Bereitschaftspolizei und eine Hundestaffel angefordert. Du kennst ja die Örtlichkeiten, allein die Absuche am Strand wird einige Zeit in Anspruch nehmen.«

Das stimmte, Thomsen kannte die Örtlichkeiten gut, da er während seiner Zugehörigkeit zur Schutzpolizei für eine Saison als Bäderdienstler in St. Peter eingesetzt gewesen war. Manchmal träumte er davon, den Job hinter sich zu lassen und seine Zelte dort aufzuschlagen. Alles zu vergessen, sich frei wie ein Vogel von einem Tag zum nächsten treiben zu lassen. Besonders in Momenten wie diesen.

Vierzig Minuten später trafen sie in der Polizeistation in St. Peter-Ording, einem eingeschossigen Doppelhaus aus rotem Backstein, das im Deichgrafenweg beheimatet war, ein. In einem ersten Gespräch mit Claas Hoyer, dem Dienststellenleiter, erfuhren sie, dass die Suche nach Florian bereits in vollem Gange war. Sie hatten sich ursprünglich als Erstes den Heimleiter und die Lehrer von Florians Klasse vornehmen wollen, aber nachdem ihnen Hoyer mitteilte, dass sich Florians Vater im Besprechungsraum aufhielt, beschlossen sie, erst einmal mit diesem zu sprechen.

»Haben wir schon gemacht«, sagte Hoyer, dessen Gesicht einen sorgenvollen Ausdruck trug. »Er hat die Vermutung geäußert, dass Florian weggelaufen ist, weil seine Frau darauf gedrungen hat, dass der Junge heute wieder mit ihnen nach Hause fährt, obwohl die Klassenfahrt noch eine weitere Woche dauert. Das wollte Florian aber nicht, und darüber ist es zum Streit zwischen ihm und seinen Eltern gekommen.«

Etwas in Hoyers Bemerkung irritierte Thomsen. »Wohnt die Familie in der Nähe, weil die Eltern schon hier sind?«, fragte er, als sie dem Dienststellenleiter zum Besprechungsraum folgten.

»Die kommen aus Hamburg, waren aber schon die ganze Zeit vor Ort, weil sie sich eine Ferienwohnung genommen hatten.«

»Warum das denn?« Johannsen war stehen geblieben und blickte Hoyer überrascht an.

Der Dienststellenleiter seufzte. »Florian hat einen angeborenen Herzfehler, und laut Aussage von Klaus Berger würde seine Frau den Jungen am liebsten in Watte packen. Aus diesem Grund hatte sie der Klassenfahrt auch nicht zugestimmt, aber Berger hat sich dann durchgesetzt. Sie hat jedoch darauf bestanden, dass sie und ihr Mann während dieser Zeit ebenfalls hierherkommen, damit sie sofort da sind, falls Florian etwas passieren sollte. Gestern hat sich der Junge beim Volleyballspielen übernommen und ist zusammengeklappt. Das war aber nicht weiter dramatisch, er hat sich schnell wieder berappelt, und der herbeigerufene Arzt hat ihn ermahnt, es nicht mehr zu übertreiben. Laut Herrn Berger ist seine Frau allerdings ausgeflippt, als sie davon erfahren hat. Es blieb ihm nichts anderes übrig, als ihr zu versprechen, dass sie Florian heute wieder mit nach Hause nehmen.«

»Wo ist Frau Berger jetzt?«, fragte Lürssen.

»Im Krankenhaus in Heide. Sie ist ohnmächtig geworden, als sie erfuhr, dass ihr Sohn verschwunden ist. Ihr Mann hat daraufhin den Notarzt gerufen, und der hielt es für besser, sie zur Beobachtung ins Krankenhaus bringen zu lassen.«

Klaus Berger war keine große Hilfe. Er zerfleischte sich mit Selbstvorwürfen, weil er den Ängsten seiner Frau nachgegeben hatte und damit Florian in den Rücken gefallen war. Was seiner Meinung nach dann letztendlich zu dessen Verschwinden geführt hatte, denn Berger war überzeugt davon, dass sein Sohn weggelaufen war, um ihnen eins auszuwischen. »Flori war so glücklich hier«, sagte er mit Tränen in den Augen. »Endlich mal weg von Mama, hatte er mir noch zugeraunt, als wir ihn im Jugendheim abgeliefert haben.« Er wischte sich über die Wangen. »Verstehen Sie das bitte nicht falsch. Flori liebt seine Mutter über alles, aber ihre Übervorsorge ist für ihn ein großes Problem. Für mich übrigens auch. Ich habe Karola immer wieder gebeten, den Jungen nicht in Watte zu packen und nicht ständig hinter ihm herzuhökern, weil er so doch niemals selbstständig werden kann. Gerade beim Thema Schulsport ist es immer wieder zu Differenzen zwischen uns gekommen. Floris Kinderarzt hat uns stets darauf hingewiesen, dass wir den Jungen hier nicht ausgrenzen sollen, weil ihm der Sport über die körperliche Betätigung hinaus auch Selbstvertrauen und ein Gefühl für den eigenen Körper vermitteln würde. Bei mir ist auch immer die Angst im Hinterkopf, dass Flori etwas passieren könnte, aber im Gegensatz zu Karola versuche ich, mich nicht von ihr beherrschen zu lassen.«

»Sie sagten, dass es zu einem Streit gekommen sei, weil Florian nicht früher mit Ihnen zurückfahren wollte«, sagte Johannsen. »Wie ist der abgelaufen?«

»Nach dieser Sache beim Volleyball bin ich mit meiner Frau wieder in unsere Ferienwohnung gefahren. Sie war außer sich, und ich habe dann irgendwann schweren Herzens zugestimmt, dass wir Flori am nächsten Tag wieder mit nach Hause nehmen. Als ich losgehen wollte, um ihm Bescheid zu geben, stand er mir plötzlich im Flur gegenüber. Ich hatte offensichtlich die Tür nicht richtig geschlossen, deshalb hatte er alles mitgekriegt. Karola hatte ja schon im Jugendheim in seinem Beisein davon gesprochen, deshalb war er gekommen, um sie umzustimmen. Als er jetzt hören musste, dass ich ihr nachgegeben hatte, ist er wütend geworden und hat uns angeschrien. Ich wollte es ihm erklären, aber er hat gar nicht zugehört, sondern ist wieder nach draußen gelaufen. Karola wollte ihm hinterher, aber es ist mir gelungen, sie davon abzuhalten.«

Klaus Berger erzählte, dass es ihn einige Mühe gekostet hatte, seine Frau zu beruhigen und ihr klarzumachen, dass die Situation eskalieren könnte, wenn sie Florian nicht für einige Zeit in Ruhe ließen. Als sie dann am Morgen die Nachricht von Florians Verschwinden erhalten hatten, wäre er fast verrückt geworden.

Januar 2020
Sonntag, 05. Januar

Eine solche Begrüßung hätte sich Anna Wagner im Leben nicht träumen lassen.

WELCOME BACK

Die farbenfrohe Girlande prangte über der Eingangstür des ansprechenden Hauses, das sie bereits im vergangenen Jahr für kurze Zeit bewohnt hatte und das jetzt ihr neues Heim werden würde. Lichterketten zierten Haustür und Fenster; im Vorgarten stand ein Rentiergespann mit einem Schlitten dahinter, dessen warmes Licht einen sanften Schimmer auf die schneebedeckte Umgebung warf.

Als im Dezember des vergangenen Jahres die Festanstellung erfolgt war, verbunden mit dem Hinweis, dass sie ihren Job künftig in St. Peter-Ording ausüben würde, war Annas Freude groß gewesen, und sie hatte sich sofort an das Ehepaar Heckler gewandt, in der Hoffnung, das Haus dauerhaft mieten zu können. Die Zusage war umgehend erfolgt, und das Glücksgefühl, das sie seitdem durch die Tage getragen hatte, verstärkte sich angesichts des Begrüßungskomitees, das jetzt vor ihr stand. So fühlt sich Heimkommen an, dachte sie, und im nächsten Moment, jetzt fang bloß nicht an zu heulen.

Der Vorsatz geriet ins Wanken, als Corinna Heckler, die mit ihrem Mann und Nils Scheffler auf der Einfahrt stand, sie fest in die Arme schloss und ihr versicherte, wie sehr sie und ihr Mann sich freuen würden, sie als neue Nachbarin begrüßen zu können. Beim Händedruck ihres Mannes Peter, der es nicht so mit dem Ausdrücken von Gefühlen hatte, wäre Anna fast in die Knie gegangen.

»Schön, dass Sie zurück sind! Hat irgendwie was gefehlt nebenan«, grummelte er, was Anna wie einen Ritterschlag empfand. In dem Haus hatte Kathrin, die im März des Vorjahres verstorbene Tochter der Hecklers, bis zu ihrer Heirat mit Hendrik Norberg gewohnt. Nach ihrem Auszug vor bald neunzehn Jahren hatten die Hecklers es hin und wieder als Ferienhaus vermietet oder Freunde und Verwandte von außerhalb dort wohnen lassen.

»Darf ich jetzt auch endlich mal?« Nils Scheffler warf den Hecklers einen gespielt strengen Blick zu und rückte die wattierte Uniformjacke zurecht, um die Anna ihn aktuell heftig beneidete. Sie war zwar auch nicht gerade dünn angezogen, aber der eisige Wind, der hier an der Nordseeküste tobte, war eine ganz andere Nummer als die vergleichsweise lauen Lüftchen in der Landeshauptstadt.

»Ich vertrete hier schließlich das Gesetz und hätte unsere Heimkehrerin ja wohl als Erstes begrüßen müssen.« Auch Nils schloss sie fest in die Arme. »Mann, bin ich froh, dass du wieder da bist«, raunte er. »Ohne dich ist das hier doch alles nichts mehr.« Er schob sie wieder von sich, und sie dachte, dass er sich kein Stück verändert hatte. Noch immer der herzliche und unbekümmerte große Junge mit den blonden

Haaren und den strahlenden blauen Augen, für den sie seit ihrer ersten Zusammenarbeit fast so etwas wie Muttergefühle empfand, auch wenn sie mit achtunddreißig Jahren nur zehn Jahre älter war als er.

»Norberg lässt herzlich grüßen, er musste nach Husum. Aber er kommt später noch vorbei.«

Anna nickte, sie hatte sich schon gefragt, wo der Dienststellenleiter der Polizeistation, dem sie einiges zu verdanken hatte, abgeblieben war. Ihr war nämlich inzwischen bekannt, dass sich Norberg in den vergangenen Monaten tatkräftig dafür eingesetzt hatte, dass das Stellenprofil ihres bis vor Kurzem noch befristeten Jobs überarbeitet wurde und ihr durch die damit verbundene Festanstellung die Rückkehr an ihre alte Wirkungsstätte in München erspart blieb. Das Heimweh hatte sie zwar in der Zwischenzeit mehrere Male nach St. Peter-Ording getrieben, mit Norberg hatte es allerdings nur zwei Zusammenkünfte gegeben, bei denen er seine unterstützende Einmischung sowie den Hinweis, dass ihr zukünftiger Job in St. Peter angesiedelt sein würde, mit keinem Wort erwähnt hatte. Ein typisches Verhalten für einen Mann, den sie bei ihrer ersten Zusammenarbeit schätzen gelernt hatte und von dem sie mittlerweile wusste, dass es dauerte, bis er Dinge preisgab. Sowohl beruflich als auch privat.

Ihr neuer Job hätte vielversprechender nicht sein können. Als Leiterin der neu gegründeten Vermisstenstelle würde sie die vier Mordkommissionen des Bundeslandes bei zurückliegenden und aktuellen Vermisstenfällen unterstützen und darüber hinaus alte sowie neue Fälle eigenständig bearbeiten, wenn in den MK's dafür die Zeit fehlte. Das war genau ihr

Ding, umso mehr, als sie ihrem Job jetzt von St. Peter aus nachgehen konnte. In der Schleswig-Holsteinischen Landespolizei war eine Reihe von Dingen im Umbruch begriffen, was zur teilweisen Auflösung veralteter Strukturen geführt und den Weg für Neuerungen in einigen Bereichen frei gemacht hatte.

»Tja, wenn er dann nichts mehr zu essen kriegt, hat er Pech gehabt«, meinte Peter Heckler grinsend. »Ich hab nämlich einen Mordshunger.«

Scheffler lachte und ging zu seinem Privat-Pkw, wo er vier Gläser aus einer großen Einkaufstasche zutage förderte, die er an alle ausgab. Mit einem weiteren Griff holte er eine Sektflasche heraus, die er mit einem lauten Knall entkorkte, bevor er die Gläser mit dem sprudelnden Nass füllte. Er prostete ihr zu. »Auf deine Rückkehr!«

Als die Hecklers in seinen Trinkspruch einfielen, war es dann doch um Anna geschehen. Dicke Tränen liefen über ihre Wangen, und die Dankesworte gingen in einem gestammelten Schniefen unter. So war sie heilfroh, als Corinna Heckler alle in ihr benachbartes und ebenfalls noch weihnachtlich beleuchtetes Wohnhaus bat, wo im Esszimmer eine zünftige bayerische Brotzeit aufgebaut war.

»Dann langt mal zu«, forderte Norbergs Schwiegermutter sie auf, nachdem sie den Raum betreten hatten. Corinna war schmal geworden, ihre Freundlichkeit wirkte bemüht, ihre Stimme klang heiser. Das sah nach dem Beginn einer Erkältung aus, aber als Anna sie darauf ansprach, winkte Corinna ab. »Halb so schlimm. Unkraut vergeht nicht.« Sie deutete auf den Esstisch. »Lassen Sie es sich schmecken.«

»Wow!«, hörte Anna Nils hinter sich rufen, und auch sie geriet angesichts des üppigen Büfetts ins Staunen. Frisch gebackenes Brot, das einen herrlichen Duft verströmte, Brezen, Wurstsalat, Leberkäse, Weißwürste und süßer Senf, Speckkartoffelsalat, Radieschen, Radi und dann noch etwas, das sie heiß und innig liebte. Sie sah, dass Scheffler neugierig die gelbliche Masse beäugte, die in einem blauen Tontopf angerichtet war.

»Was ist das denn?«

»Obazda«, sagte Anna, der bereits das Wasser im Mund zusammenlief. »Das ist eine Käsezubereitung aus Camembert, Butter, Frischkäse und Zwiebeln, die mit Salz, Pfeffer, Paprika und Kümmel gewürzt wird. Wir tun häufig noch einen Schuss Bier dazu.«

»Hab ich auch gemacht«, sagte Corinna Heckler. »Ich habe das Rezept aus dem Internet. Hoffentlich schmeckt es euch.«

Es schmeckte ihnen. Sehr sogar. Und so war das Gros der Köstlichkeiten bereits verputzt, als Hendrik Norberg anderthalb Stunden später zu der munteren Runde stieß.

Es entstand ein kurzer, verlegener Moment, als er Anna begrüßte. Sie hätte ihm am liebsten sofort für seine tatkräftige Unterstützung gedankt, wollte es aber nicht vor versammelter Mannschaft tun, da sie davon ausging, dass die anderen nichts darüber wussten. Selbst Nils Scheffler, der ihr fest zugeordnet worden war, dürfte ahnungslos sein. So kam es erst später dazu, als die Runde sich aufzulösen begann und sie mit Norberg und Scheffler ins Freie ging, nachdem sie sich von den Hecklers verabschiedet und Corinna noch einmal ihren Dank für diese tolle Überraschung ausgesprochen hatte.

Der Wind hatte zugenommen und peitschte düstere Wolkengebilde über den Himmel, zwischen denen hin und wieder ein milchiger Vollmond zum Vorschein kam, der die Umgebung gespenstisch ausleuchtete. Der Wetterbericht hatte für die kommende Nacht erneuten Schneefall angekündigt.

Nils Scheffler deutete auf Annas Wagen, der vor der Doppelgarage der Hecklers parkte, in der sie auch jetzt wieder den leeren zweiten Platz nutzen konnte. »Sollen wir dir noch beim Auspacken helfen?«

Anna winkte ab. »Da ist nur eine Reisetasche mit Klamotten drin. Der Rest kommt in den nächsten Tagen aus Kiel und München.«

»Ich kann doch aber trotzdem …«

»Nein, kannst du nicht«, unterbrach sie ihn lächelnd. »Schwirr ab.« Sie gab ihm einen spielerischen Stups auf den Arm. »Ich habe einen komplizierten Fall am Wickel und brauche dich morgen früh ausgeschlafen.«

»Ja dann, Chefin …« Nils verabschiedete sich mit einem Winken, stieg in seinen Wagen und preschte davon.

Als Norberg ebenfalls Anstalten machte, sich zu verabschieden, hielt Anna ihn auf. »Ich wollte mich bei Ihnen bedanken.«

»Bedanken?« Sein Gesicht war ausdruckslos.

»Ja, bedanken!«, sagte Anna mit Nachdruck. »Ich weiß, dass Sie Ihre Finger bei der Umstrukturierung meines Stellenprofils und der damit verbundenen Versetzung im Spiel hatten. Leugnen nützt also nichts.«

Ein feines Lächeln kräuselte Norbergs Mundwinkel und verlieh seinem meist ernsten Gesicht einen kurzen, unbeschwerten Ausdruck. »Reiner Eigennutz.«

Ja klar, dachte Anna, jetzt versuch nur, dich rauszureden. Bei ihrem ersten Fall im Sommer des vergangenen Jahres hatte sie tatkräftige Unterstützung durch Scheffler, aber vor allen Dingen durch Norberg erhalten, dem sein Wechsel vom Mordermittler in Itzehoe zur Schutzpolizei in St. Peter-Ording mächtig zugesetzt hatte. Er hatte in St. Peter zwar die Dienststellenleitung übernommen, und der Wechsel war aufgrund des Todes seiner Frau auch auf eigenen Wunsch hin erfolgt, weil er seinen beiden Söhnen nach dem Tod ihrer Mutter keinen Ortwechsel zumuten wollte. Aber glücklich war er damit nicht gewesen, und deshalb hatte er sie mit großem Einsatz bei der Aufklärung des Falles unterstützt. Dass er sich allerdings nur deshalb für sie eingesetzt hatte, damit er auch weiterhin an Vermisstenfällen mitarbeiten konnte, glaubte sie keine Sekunde. Sie wusste, dass er etwas von ihr hielt und sie ein gutes Gespann gewesen waren.

Sie grinste ihn an. »Sowieso, und im Himmel ist Jahrmarkt.«

Er streckte ihr die rechte Hand entgegen. »Hendrik.«

Überrascht schlug sie ein. »Anna.«

»Auf gute Zusammenarbeit, Anna.«

2

In den zwei Monaten, die sie und Carsten jetzt zurück in St. Peter-Ording waren, hatte Sabine Borchert sehr schlecht geschlafen. Angstzustände hatten sie auch des Nachts gepeinigt und immer wieder schweißgebadet hochschrecken lassen. Die Furcht, dass ihre Rückkehr ein großer Fehler gewesen war und alles wieder von vorne beginnen würde, hatte sie keine Sekunde aus den Klauen gelassen. Dazu erinnerte sie sich noch viel zu gut an alles, auch wenn es mittlerweile sechzehn Jahre zurücklag ...

Der kleine Obst- und Gemüseladen in Böhl war wie immer gut besucht. Sabine war heute vorbeigekommen, weil sie ein neues Kuchenrezept ausprobieren wollte und dafür Aprikosen benötigte, und ein schneller Blick auf das Regal hinter dem Verkaufstresen hatte ihr gezeigt, dass noch jede Menge da waren.

Sie warf einen freundlichen Gruß zu den Kundinnen hinüber, die in einer Ecke des Ladens standen und bei ihrem Anblick im Gespräch innehielten. Jede der vier Frauen war ihr vom Sehen bekannt, mit einigen hatte sie sogar hin und wieder einen kleinen Klönschnack gehalten. Wie man das eben so machte in einem Ort mit nicht mal viertausend Einwohnern, wo nahezu jeder jeden kannte.

An diesem Morgen aber blieb ihr Gruß unerwidert, verächtliche Blicke streiften sie, die Frauen wandten sich ab. Ein Gefühl der Beklemmung machte sich in ihr breit, als sie zum Verkaufstresen trat und die dahinterstehende Frau ansprach.

»Moin, Frauke, pack mir doch bitte zwei Pfund Aprikosen ein.« Sabine bemühte sich um einen munteren Ton. »Ich hab ein neues Kuchenrezept entdeckt, das muss ich unbedingt ausprobieren. Wenn er mir gelingt, bring ich dir morgen ein Stück vorbei.«

Sie und Frauke Wiemers kannten sich ebenfalls schon seit einer Reihe von Jahren. Häufig hatten sie Rezepte ausgetauscht, und so manches Mal hatte Sabine ein Stück Kuchen in den kleinen Laden mitgebracht, wenn sie gerade mal wieder etwas Neues ausprobiert hatte. Umgekehrt war auch sie bei ihren Einkäufen immer wieder mit Neukreationen verwöhnt worden.

Ein ausdrucksloser Blick aus grünen Katzenaugen traf sie. »Aprikosen sind alle.«

Irritiert blickte Sabine sie an und deutete auf die volle Obstkiste hinter ihr. »Wieso, da sind doch noch jede Menge drin.«

»Die sind vorbestellt.«

Frauke Wiemers' Blick war hart, und in diesem Moment fiel der Groschen bei Sabine. Ihr wurde eiskalt. »Du willst sie mir nicht verkaufen.«

»Wie ich schon sagte, die sind vorbestellt.« Frauke hielt ihrem Blick mit unbewegter Miene stand.

»Das glaube ich dir nicht!« Hieß es nicht immer, dass An-

griff die beste Verteidigung war? Sabine schickte ein Stoßgebet zum Himmel, dass sie mit ihrer Vermutung falschlag, aber tief im Inneren wusste sie, dass sie sich nicht irrte. »Das hat mit Carsten zu tun, oder? Deshalb willst du mir die Aprikosen nicht verkaufen. Weil du glaubst, dass er schuldig ist, und deshalb auch nichts mehr mit seinem Umfeld zu tun haben willst.«

»Jeder hier weiß, dass er schuldig ist«, zischte Frauke, und ihr sonst so freundliches Gesicht war verzerrt, »sonst würden sie das ja wohl kaum in der Zeitung schreiben. Und du gibst dich weiterhin mit ihm ab, pfui Teufel!« Sie sah aus, als wenn sie im nächsten Moment vor ihr ausspucken wollte. »In meinem Laden bekommst du jedenfalls nichts mehr.«

»Sie sollten sich schämen, Frau Borchert!«

Als Sabine die Stimme hinter sich hörte, fuhr sie herum. Die Frauen waren näher gekommen, und eine von ihnen hatte das Wort ergriffen.

»Wie können Sie noch zu so einem Mann halten? Das ist doch krank.«

FUCKING KINDERSCHÄNDER/MÖRDER VERSCHWINDE, DU HAST NICHTS MEHR BEI UNS VERLOREN

Die Worte waren mit schwarzer Farbe auf die linke Außenwand des Hauses geschmiert worden. Sabine hatte sie beim Hinausgehen nicht gesehen, weil sie zur Garage auf der anderen Seite gegangen war, um ihr Fahrrad herauszuholen. Erst jetzt wurde sie darauf aufmerksam.

Tränen schossen in ihre Augen. Hörte das denn nie auf? Schon vor dem Prozess war es einige Male vorgekommen, dass Unbekannte über Nacht die Hauswand oder den steinernen Gartenzaun beschmiert hatten, aber nachdem Carsten freigesprochen worden war, hatten diese Aktionen zugenommen. Jedes Mal hatten sie die Polizei gerufen, die den Vorgang aufgenommen und Fotos gemacht hatte, aber herausgekommen war dabei nicht das Geringste. Sie hatte sich so manches Mal gefragt, ob die Beamten überhaupt den Vorgängen nachgegangen waren, oder sie gleich zu den Akten gelegt hatten. Carsten war ein Aussätziger in St. Peter geworden, dem mit Abscheu begegnet wurde, und dieses Gefühl dürfte auch vor Polizisten nicht haltmachen.

Irgendwann hatte sie aufgehört, die Tage zu zählen, an denen sie und Carsten sich abgemüht hatten, die Farbe wieder von der weißen Hauswand herunterzubekommen. Die Reinigungsaktionen waren stets im vollen Bewusstsein erfolgt, dass es nicht lange dauern würde, bis die nächste Schmiererei angebracht wurde. Es hatte den Eindruck gehabt, als wenn der Mensch oder die Menschen, die ihnen dies antaten, geradezu darauf warteten, dass die Hauswand wieder sauber war, um ihre nächste Verunglimpfung dort anzubringen.

»Wir müssen uns auf die Lauer legen«, hatte sie zu Carsten gesagt. »Oder eine Kamera anbringen, damit die Verantwortlichen nicht immer ungeschoren davonkommen.« Aber dem Mann, der einmal so tatkräftig und lebenslustig gewesen war, waren irgendwann im Laufe der schrecklichen Zeit die Kräfte

abhandengekommen, und er hatte den Kopf geschüttelt und sie gefragt, was das denn bringen würde. Lass es bitte, hatte er sie gebeten, ich möchte nicht, dass du in Gefahr gerätst. Denn wie ich dich kenne, rennst du doch sofort raus, wenn sich da draußen jemand rumtreibt, und stellst ihn zur Rede. So aufgeheizt, wie die Stimmung zurzeit ist, kann dann alles Mögliche passieren.

Sie hatte dagegen aufbegehrt, seiner Bitte aber schließlich entsprochen, weil er am Ende war und sie nicht wollte, dass er jetzt auch noch ihretwegen Angst ausstehen musste.

Zu Sabines großer Erleichterung hatten sich diese Vorfälle nicht wiederholt, seitdem sie zurück in St. Peter-Ording waren, und so hatte sie langsam damit begonnen, sich nicht ständig das Schlimmste auszumalen und die Rückkehr zu akzeptieren. Zumal sie der Gedanke, dass es irgendwann dazu kommen würde, in all den Jahren nicht verlassen hatte.

Es hatte sich schon länger abgezeichnet, dass Carsten Heimweh nach seinem Geburtsort hatte, sehr wahrscheinlich hatte es ihn nie verlassen, auch wenn er darüber erst in den letzten Monaten gesprochen und sie irgendwann gefragt hatte, ob sie sich eine Rückkehr vorstellen könne. Sie hatte in sich hineingehorcht und festgestellt, dass es ihr häufig ebenso erging, musste wohl mit dem Alter zusammenhängen, hatte sie gescherzt. Sie war zwar nicht in St. Peter geboren, sondern in Tönning, aber wer an der Nordseeküste zur Welt kam, den zog es eben immer wieder zurück.

»Na, was gibt's denn da draußen zu sehen?« Sie ließ sich in dem Sessel neben Carsten nieder und griff nach der Hand des Mannes, den sie auf einer Silvesterfeier Ende der Neunziger kennengelernt hatte. Aus einer Freundschaft war irgendwann Liebe geworden, und so war sie schließlich zu ihm in das große Haus gezogen, das er seit seiner Scheidung allein bewohnte. Es war sehr geschmackvoll eingerichtet gewesen, aber trotzdem hatte sie ihm im Laufe der Jahre auch ihren Stempel aufgedrückt.

Carsten wandte sich ihr zu und erwiderte den Druck ihrer Hand. Sie sah sein Lächeln im Licht der Kerzen, die auf einem kleinen Beistelltisch zwischen den beiden bequemen Ohrensesseln standen und von Zeit zu Zeit leicht flackerten. Die bodentiefen Fenster des im ersten Stock gelegenen Wohnzimmers gaben den Blick in eine sturmumtoste Winternacht frei, in der die ersten Schneeflocken fielen. Hier war ihrer beider Lieblingsplatz im Haus, sie genossen den Blick in den schön angelegten Garten und über das dahinter gelegene Marschland, die Schafe, die darauf weideten, die Nonnengänse, die auf dem Weg in ihre arktischen Brutgebiete hier im März und April einen Zwischenstopp einlegten. Auch wenn die Dunkelheit hereingebrochen war, saßen sie gerne hier und blickten hinaus, während sie sich unterhielten, ein Buch lasen oder einfach in einvernehmlichem Schweigen ihren Gedanken nachhingen.

»Schnee«, antwortete Carsten, und sie hörte ein Glücksgefühl in seiner Stimme. »Ich kann mich überhaupt nicht mehr daran erinnern, wann ich das letzte Mal welchen gesehen habe. Hoffentlich kommt noch mehr und bleibt dann auch mal ein paar Tage liegen.«

Das stimmte, Schnee hatten sie schon lange nicht mehr gesehen. In der Zeit auf Mallorca sowieso nicht, aber auch in den Jahren davor waren richtige Schneewinter immer seltener geworden.

Carsten deutete auf die Teekanne, die auf einem Stövchen stand, und den leeren Becher daneben. »Möchtest du auch einen? Ich habe extra eine Kanne aufgebrüht, weil ich mir schon gedacht habe, dass du bald hochkommen wirst. Die ganze Zeit vor dem Computer, da wird man ja rammdösig.«

»Gerne.« Sie sah zu, wie Carsten den Becher füllte und dachte sich wieder einmal, wie viel Glück sie mit diesem Mann doch gehabt hatte. Sie hatte nie an seiner Unschuld gezweifelt, und die schreckliche Zeit, in der in ihrem Leben kein Stein auf dem anderen geblieben war, hatte sie noch enger zusammengeschweißt. Auch ohne Trauschein, der für sie beide nie eine Bedeutung gehabt hatte.

»Hast du denn etwas gefunden?«, wollte er jetzt wissen.

»Könnte sein. Morgen treffe ich mich mit dem Makler.« Sie hatte ihre langjährige Leidenschaft für die Fotografie bereits auf Mallorca zu einem Beruf gemacht und dort ein kleines Atelier gepachtet, das unweit des von einem Freund gemieteten Ferienhauses lag, in dem sie die Jahre auf der Insel verbracht hatten. Es war einige Zeit ins Land gegangen, bis sie sich etabliert hatte, aber dann hatte das Geschäft gebrummt. Sie hatte Mallorca vielfach aus einem anderen Blickwinkel betrachtet und auf diesen Fotos auch die hässlichen Seiten der Insel gezeigt, die in ihrer teilweisen Morbidität auf großformatige Schwarz-Weiß-Fotos gedruckt immer mehr Anhänger gefunden hatten. Außerdem hatte sie Fotoexkursionen über die Insel angeboten, die nicht nur in der Urlaubszeit gut gebucht gewesen waren. Etwas Ähnliches wollte sie jetzt auch in St. Peter-Ording auf die Beine stellen. Ein Studio mit Galerie und Workshops, die Ausflüge in den Nationalpark Schleswig-Holsteinisches Wattenmeer beinhalteten.

»Was ist es denn?«, fragte Carsten interessiert. Sein mittlerweile weißes Haar war noch voll, das Gesicht erstaunlich glatt für einen Mann von vierundsechzig Jahren und angesichts der zurückliegenden Geschehnisse, die bei Menschen mit weniger guten Genen wohl eine zerklüftete Landschaft hinterlassen hätten. »Ein Haus oder ein Geschäft? Oder etwas, bei dem du mit einsteigen kannst?«

Sie zögerte mit der Antwort.

»Mensch, Sabine, nun lass dir doch nicht jedes Wort aus der Nase ziehen! Ich bin neugierig!«

Sie seufzte. »Du weißt doch, wie abergläubisch ich bin. Ich rede halt nicht gerne über ungelegte Eier. Und nach den bisherigen Enttäuschungen erst recht nicht.«

Die Objekte, die sie sich in den letzten Wochen angeschaut hatte, waren allesamt untragbar gewesen. Zu klein, zu hinfällig, zu teuer. Bei dem morgigen Termin würde sie eine kleine Lagerhalle in Böhl besichtigen, die zumindest von der Miete her erschwinglich wäre. Die Fotos auf der Seite des Maklers hatten einen ansprechenden Eindruck gemacht, aber wie man das selbst bei einer Schrottimmobilie hinbekam, war ihr bekannt. Also deshalb besser nichts beschreien, sondern erst einmal anschauen.

»Du weißt, dass du dich auch jederzeit hier einrichten kannst«, sagte Carsten. »Wenn der Platz im Keller nicht ausreicht, können wir ein Atelier im Garten bauen lassen, von dem ein Bereich auch als Ausstellungsfläche genutzt wird.«

Er hatte ihr diesen Vorschlag schon einige Male gemacht, und sie hatte jedes Mal Skrupel gehabt, ihn abzulehnen, auch wenn sie wusste, dass er ihre Gründe nachvollziehen konnte. Sie wollte auf eigenen Beinen stehen, und außerdem widerstrebte ihr der Gedanke, dass sich Besucher oder Kursteilnehmer im Haus oder auf dem Grundstück aufhalten würden. Was, wenn es Menschen waren, die sich an die damaligen Vorkommnisse erinnerten und in ihrer Sensationsgier jetzt hofften, einen Einblick in das Leben des Mannes zu erhalten, dem sie damals das Leben so sehr zur Hölle gemacht hatten, dass er dem Ort, den er so liebte, nur noch hatte entfliehen können?

Als Norberg gegen dreiundzwanzig Uhr nach Hause kam, waren die Fenster zur Straßenseite dunkel. Leise schloss er die Haustür hinter sich ab und stieg in den ersten Stock hinauf, wo Finn und Lasse ihre Zimmer hatten.

Sein Verhältnis zu Lasse hatte sich noch nicht wieder normalisiert, aber sie arbeiteten mittlerweile zumindest daran. Nach Kathrins Tod im vergangenen Jahr war an den Dreizehnjährigen kein Herankommen mehr gewesen. Jeder Versuch eines Gesprächs hatte zu einer Eskalation geführt, und als Lasse es schließlich nicht mehr zu Hause ausgehalten hatte, war er in den Sommerferien zu seinem Großvater nach Stockholm geflüchtet. Nach seiner Rückkehr hatten Norberg und er einen Psychologen aufgesucht, und in den folgenden Dreiergesprächen hatte Lasse zum ersten Mal über die Ängste gesprochen, die ihn seit dem Tod seiner Mutter umtrieben. Verlustängste, die sich in erster Linie auf seinen Vater bezogen und sich in einem aggressiven und ablehnenden Verhalten diesem gegenüber äußerten. Reiner Selbstschutz, hatte der Psychologe in einem Einzelgespräch mit Norberg gemeint. Norberg war natürlich auch psychologisch geschult, aber das Ausmaß von Lasses Ängsten hatte ihn dann doch erschüttert.

»Hey, noch wach?« Norberg hatte ein kurzes Ja auf sein Klopfen vernommen und daraufhin Lasses Zimmer betreten.

Sein Sohn saß vor dem Computer, aber wie nahezu sonst immer in der Vergangenheit klickte er die Seite, die er gerade anschaute, dieses Mal nicht weg. Norberg sah, dass er sich auf Facebook herumtrieb.

»Ja, aber ich geh jetzt zu Bett.« Lasse fuhr den PC herunter und erhob sich. »Hab morgen früh wieder Mathe-Nachhilfe.«

Lasses schulische Leistungen hatten nach Kathrins Tod stark nachgelassen, aber mittlerweile war er dank regelmäßiger Nachhilfe wieder auf einem guten Weg. »Und? Hattest du da nicht ein paar haarige Aufgaben erhalten?«

Lasse nickte.

»Alles hinbekommen?«

»Denk schon.«

Sie fetzten sich nicht mehr an, verfielen aber immer wieder in eine Sprachlosigkeit, die Norberg zu schaffen machte. Auch jetzt schien Lasse keine Lust auf eine Fortsetzung des Gesprächs zu haben, wenn man das überhaupt ein Gespräch nennen konnte.

Norberg sah noch einen Augenblick unentschlossen zu, wie Lasse einige Utensilien von der Bettdecke aufhob und in seinen Rucksack steckte, dann wünschte er seinem Sohn eine gute Nacht und verließ das Zimmer, um nach Finn zu sehen.

Der Siebenjährige schlief tief und fest und hatte wie so häufig die Bettdecke weggestrampelt. Auch er hatte den Verlust seiner Mutter noch lange nicht verarbeitet, aber sein von Natur aus sonniges Gemüt stärkte ihn mit jedem Tag, der verging, ebenso wie der Kontakt zu seinen Freunden. Mein

Stöpsel, dachte Norberg zärtlich und drückte einen Kuss auf seine Wange, bevor er ihn wieder zudeckte. Wenn Lasse nur ein bisschen mehr von deiner Leichtigkeit hätte.

Eine große Veränderung hatten die Dreiergespräche mit Lasse allerdings gebracht. Er hatte begriffen, dass er seinen kleinen Bruder nicht länger im Stich lassen konnte, weil der ihn nach dem Tod ihrer Mutter noch mehr brauchte als vorher. Seitdem kümmerte Lasse sich wieder um Finn, wie er das auch vorher getan hatte. Er hatte bei seinem Großvater in Stockholm kochen gelernt und sich seit seiner Rückkehr mit Corinnas Hilfe bemüht, seine Kenntnisse zu vertiefen, damit er Finn nach der Schule versorgen konnte und sie auch einmal wieder Zeit für sich und Opa Peter hätte. Dieser Umstand hatte Norberg zutiefst überrascht und ihm auch eine große Last von den Schultern genommen, da seine Schwiegermutter, die sich tagsüber noch immer um ihre beiden Enkel kümmerte, zumindest ein Stück weit entlastet war. Vor allen Dingen am Abend, wenn er aus dienstlichen Gründen keinen pünktlichen Feierabend machen konnte. Und das war leider häufig der Fall.

Norberg ging zur Tür zurück und warf einen Blick zum Fenster, gegen das dicke Schneeflocken peitschten. Laut diverser Vorhersagen sollte es mal wieder ein richtiger Winter werden, und für die kommende Nacht war die erste Sturmflut des Jahres angesagt worden.

Im Erdgeschoss holte er sich eine Flasche Bier aus dem Kühlschrank und nahm sie mit ins Wohnzimmer. Der Wind heulte um das Haus, bei den Nachbarn klapperte ein Fensterladen.

Er lehnte sich auf dem Sofa zurück und dachte an die Willkommensfeier, die seine Schwiegereltern für Anna Wagner ausgerichtet hatten. Nachdem der Tag ihrer Ankunft feststand, hatte sich Corinna in die Essensplanung gestürzt, weil sie Anna mit einem schönen Büfett zu überraschen gedachte. Zuerst hatte sie etwas Norddeutsches im Auge gehabt, sich dann aber von ihrem Mann zu einem bayerischen Büfett überreden lassen. Norddeutsch kann Anna jetzt jeden Tag essen, hatte Peter Heckler gemeint, glaubst du nicht, dass sie mal wieder Bock auf handfeste bayerische Kost hätte? Dass er dieser ebenfalls nicht abgeneigt war, hatte er nicht erwähnt, sondern war ins Freie gestapft, um sich noch einmal den Garten von Annas zukünftigem Haus vorzunehmen, damit bei ihrer Ankunft auch alles picobello war.

Norberg freute sich, dass Anna jetzt dauerhaft in St. Peter-Ording arbeiten würde. Nicht aus Eigennutz, weil er ihren Job spannender fand als seinen, er hatte nur mal sehen wollen, wie sie auf seine Bemerkung reagierte. Entspannt, wie er vermutet hatte. Sie war eine Frau, die sich nicht so leicht aus der Ruhe bringen ließ und hinter jeder Bemerkung gleich eine Niederträchtigkeit vermutete. Es würde eine angenehme Zusammenarbeit werden, und er war froh, dass er mit seinen weitreichenden Beziehungen ein Stück dazu hatte beitragen können, dass sie jetzt dauerhaft in St. Peter arbeiten würde. Dasselbe galt für Nils Scheffler, der in den vergangenen Monaten mit großem Einsatz gezeigt hatte, was er drauthatte. Norberg hatte seine Entwicklung verfolgt und ihn unterstützt, und er hätte ihn ungern an eine andere Dienststelle verloren.

Was Norberg allerdings überhaupt nicht gefiel, war die Tatsache, dass Anna Wind von seinen Aktivitäten bekommen hatte. Er wusste noch nicht, wer es ihr gesteckt hatte, aber er würde versuchen, es herauszufinden. Nils Scheffler hingegen schien ahnungslos zu sein und würde es hoffentlich auch bleiben.

Montag, 06. Januar

Anna traf um acht Uhr in der Polizeistation ein und stellte die mitgebrachten Süßigkeiten in der Teeküche ab, damit sich die Kollegen im Laufe des Tages davon bedienen konnten. Sie plante am kommenden Tag einen richtigen Einstieg mit einem schönen Frühstück, aber heute wollte sie erst einmal Norberg und Scheffler mit dem Vermisstenfall vertraut machen, den sie sich während ihrer letzten Tage in Kiel vorgenommen hatte.

Sie begrüßte die Kollegen der Tagesschicht, die sie alle schon kannte. Die Bäderdienstler waren um diese Jahreszeit natürlich nicht vor Ort, und sie fragte Norberg, ob bei den festen Kollegen Wechsel stattgefunden hätten. In erster Linie interessierte es sie, ob Michael Paulsen noch in der Station arbeitete, der sich als sehr unangenehmer Zeitgenosse entpuppt, und nach Ausfällen Norberg und ihr gegenüber auf Norbergs Abschussliste gestanden hatte.

»Der Kollege Paulsen hat uns verlassen«, sagte Norberg dann auch wie erhofft.

»Dann hast du dich um seine Versetzung bemüht?«

Norberg lehnte sich in seinem Stuhl zurück, sein Gesicht hatte einen grimmigen Ausdruck angenommen. »Wir hatten aufgrund eines Krankheitsfalls für zwei Monate eine junge Kollegin bei uns. Paulsen hat ihr in ihrer Freizeit massiv nachgestellt, und als sie sich mir endlich anvertraut und ihn angezeigt hat, habe ich für seine Entlassung gesorgt. Die Sache hat Kreise gezogen und dazu geführt, dass sich auch Kolleginnen aus anderen Dienststellen aus der Deckung getraut und ihn angezeigt haben.«

»Das sind ja gute Nachrichten.« Sie hatte zwar keine Probleme damit gehabt, sich Paulsen vom Hals zu halten, war aber nicht erpicht darauf gewesen, ihm hier weiterhin über den Weg zu laufen. Er war ein Mensch, der Unfrieden in einem Team säte, selbst wenn es ausschließlich aus Männern bestand.

»Na ja …«, sagte Scheffler gedehnt.

Fragend blickte Anna ihn an.

»So ganz los sind wir ihn noch nicht«, fuhr der Kollege fort. »Er hat nämlich vor zwei Monaten einen Sicherheitsdienst gegründet. In erster Linie Objektschutz, bei Bedarf stellt er laut seiner Website aber auch Bodyguards, speziell ausgebildete Hunde und so weiter zur Verfügung.«

Anna glaubte ihren Ohren nicht zu trauen. »Wie bitte? Bodyguards? Etwa hier in St. Peter?«

Scheffler nickte grinsend. »Jo. SPO wird ja langsam das neue Sylt, und die ganzen Promis, die dann demnächst hier einfallen, brauchen doch Schutz vor ihren zahlreichen Fans.«

Anna lachte auf. »Indem sie Bodyguards und speziell ausgebildete Hunde anheuern, die sich dann auf allzu aufdringliche Fans stürzen, oder was?«

»Logo! Man hat ja schließlich einen Ruf zu wahren.«

»Paulsen will uns offensichtlich Konkurrenz machen«, unterbrach Norberg das Geplänkel. »Der Leitspruch seiner neuen Firma lautet: *Effizienter als es die Polizei erlaubt.*« Er zuckte die Schultern. »Wenn sein Ego das braucht, meinetwegen.« Er deutete auf die drei dicken Ordner, die vor ihr auf dem Tisch lagen. »Ist das der neue Fall?«

Anna musste das Gehörte erst einmal sacken lassen, aber dann nickte sie und händigte Norberg und Scheffler jeweils einen Ordner und einen USB-Stick aus. »Ich hab alles für euch kopiert. Auf den Sticks sind eine Reihe von Notizen, die ich mir bisher gemacht habe.«

»Und worum geht es?«, wollte Scheffler wissen.

»Es geht um das Verschwinden des neunjährigen Florian Berger im Jahr 2004. Florian war auf Klassenfahrt in einem Jugendheim hier in St. Peter und wurde am Morgen des zehnten August vermisst. Es begann eine aufwendige Suche nach ihm, zuerst unter der Leitung der Husumer Kripo, dann wurde die Flensburger Mordkommission hinzugezogen, weil man von einem Tötungsdelikt ausging. Die Suche lief über vier Monate und wurde dann ergebnislos abgebrochen.« Sie blickte ihre beiden Kollegen an. »Ich muss dazu sagen, dass ich eine Reihe von Fällen auf dem Tisch hatte. Leider gab es bei keinem irgendwelche neuen Erkenntnisse, und als dann feststand, dass ich nach St. Peter versetzt werde und Claas Hoyer als damaliger Dienststellenleiter in den Fall involviert war, war für mich klar, was ich mir vornehme. Außerdem ist es der einzige Fall, bei dem ein Kind verschwunden ist, und so etwas sollte immer höchste Priorität haben. Man kann zwar nach all den Jahren davon ausgehen, dass Florian nicht mehr am Leben ist, aber es ist mir wichtig, dass die Eltern endlich Gewissheit bekommen.« Sie blickte Norberg an. »Du lebst doch seit bald zwanzig Jahren hier, wenn ich mich recht erinnere. Hast du damals etwas davon mitbekommen? Ich meine, wenn ein Kind verschwindet, erregt das doch ziemliches Aufsehen.«

Norberg schüttelte den Kopf. »Da muss ich gar nicht lange nachdenken. Zu dem Zeitpunkt sind Kathrin und ich drei Monate durch Australien getrampt. Das war so eine Art verspäteter Hochzeitsreise. Ich hatte meinen Jahresurlaub genommen und musste außerdem jede Menge Überstunden abbauen, und da haben wir uns gesagt, wenn schon so weit weg, dann nicht nur für ein paar Wochen. Wir sind erst Mitte Oktober zurückgekommen. Von daher habe ich nichts mitbekommen. Ich könnte aber meine Schwiegereltern fragen, vielleicht erinnern die sich noch an etwas.«

»Das ist eine gute Idee!«, warf Nils ein. »Dann horche ich mal meine Eltern aus. Ich war ja damals erst zwölf, da hab ich so was noch nicht mitbekommen.«

Norberg nickte zustimmend und blickte Anna an. »Wer waren die damaligen Ermittler?«

Sie warf einen Blick in ihre Unterlagen. »Arndt Lürssen von der Flensburger Mordkommission sowie Pieter Johannsen und Hark Thomsen von der Kripo Husum. Wobei Lürssen zu Beginn der Ermittlungen noch zur Husumer Kripo gehörte. Nach der ersten Woche erfolgte der schon länger geplante Wechsel in die Flensburger MK, von wo aus er den Fall weiter bearbeitet hat.« Anna blickte ihn an. »Ich gehe davon aus, dass du Lürssen kennst.«

»Ja, klar. Er hat sich all die Jahre darauf gespitzt, die Leitung der MK zu übernehmen, dazu kam es aber erst vor vier Monaten, als der bisherige Leiter einen tödlichen Autounfall hatte. Das war wohl so eine Art Bonus, bevor Lürssen in zwei Jahren in den Ruhestand geht. Denn geeignet ist er für diesen Posten definitiv nicht.«

»Warum nicht?«

»Mangelnde Führungsqualitäten, nicht durchsetzungsfähig, knickt bei der kleinsten Kleinigkeit ein. So jemand gehört nicht an die Spitze einer Mordkommission.«

»Und was ist mit den anderen beiden Männern?«

»Hark Thomsen sagt mir nichts, aber Johannsen ist mir wohlbekannt.« Über Norbergs Gesicht flog ein Schatten.

»Das hört sich an, als wenn ihr nicht die besten Freunde wärt.«

»Ich kann mir nicht vorstellen, dass es irgendjemanden gibt, der Johannsen mag. Der Typ ist ein Kotzbrocken hoch drei. Aber mit Nettigkeit bringt man es ja auch nicht zum Leiter des LKA.« Er blickte Anna fragend an. »Der steht doch kurz vor der Pensionierung, wenn ich mich nicht irre.«

Anna nickte, verwundert über Norbergs harsche Worte. »Das stimmt. Am 31. Januar nimmt er seinen Hut.«

»Das wurde auch Zeit.«

»Hast du schlechte Erfahrungen mit ihm gemacht?«, fragte Scheffler vorsichtig.

Norberg zögerte einen Augenblick mit der Antwort. »Kann man so sagen. Er war mein Vorgesetzter beim SEK. Schon damals war seine Führungskultur lausig, und was ich so von den Kollegen höre, soll es noch schlimmer geworden sein. Mobbing, Kaltstellen von unliebsamen Kollegen, da dürften so einige froh sein, wenn der geht.«

Anna strich sich über die Nasenwurzel. »Mich wundert, dass der Fall in all den Jahren nie wieder angefasst wurde. Das wird doch normalerweise routinemäßig von der zuständigen Mordkommission getan.«

»Wenn Zeit dafür ist. Und das ist leider selten der Fall.«

Norberg warf ihr einen fragenden Blick zu. »Hark Thomsen hieß der andere Kollege, sagtest du?«

»Ja.«

»Wo arbeitet der?«

»Auch im LKA, im Bereich der Wirtschaftskriminalität. Ich habe schon versucht, mich mit allen in Verbindung zu setzen, bin da aber noch nicht weitergekommen. Lürssen bummelt seinen Resturlaub ab, der ist übermorgen wieder im Büro. Thomsen hatte letzte Woche ebenfalls Urlaub und soll heute wieder zum Dienst erscheinen. Ich habe um Rückruf gebeten. Johannsen ist schon länger krankgeschrieben und kommt vor seiner Pensionierung überhaupt nicht mehr ins Büro, wie mir sein Nachfolger sagte. Ob Johannsen zu Hause oder in einer Klinik ist, hat der Kollege mir allerdings nicht verraten. Er wurde ein bisschen unzugänglich, nachdem er den Grund meines Anrufes erfahren hatte. Johannsens Adresse habe ich mir dann anderweitig besorgt. Er wohnt in Friedrichstadt.« Sie strich sich eine Haarsträhne hinter das Ohr. »Damals ist übrigens eine Reihe von Personen in Verdacht geraten. Das waren zum einen die Eltern von Florian, die ihren Sohn nach St. Peter begleitet hatten. Florian hatte einen angeborenen Herzfehler, und Karola Berger wird in den Akten als eine überängstliche Mutter geschildert, die ihren Sohn am liebsten keine Minute aus den Augen gelassen hätte. Sie ist strikt gegen die Klassenfahrt gewesen. Ihr Mann Klaus hat hingegen alles darangesetzt, dass Florian so normal wie möglich aufwächst und nicht ständig an seine Erkrankung erinnert wird. Deshalb ist es immer wieder zum Streit zwischen dem Ehepaar gekommen. Die Situation damals war so, dass Karola Berger den Jungen aus dem Jugendheim nehmen wollte, weil er beim Sport zusammengeklappt war. Sie gab den mitgefahrenen Lehrern die Schuld daran und warf ihnen vor, dass sie ihrer Aufsichtspflicht nicht nachgekommen wären. Am Tag seines Verschwindens sollte Florian mit seinen Eltern wieder nach Hause fahren. Es wurde vermutet, dass der Junge deshalb weggelaufen ist, weil er sich im Jugendheim wohlgefühlt hatte und bleiben wollte. Hier kam zuerst die Überlegung auf, dass Florian sich irgendwo versteckt haben könnte, um seinen Eltern einen Denkzettel zu verpassen. Als die Ermittler dann erfuhren, dass es am Abend vor Florians Verschwinden eine Auseinandersetzung in der Ferienwohnung von dessen Eltern gegeben hatte, bei der auch eine Kinderstimme zu hören gewesen war, stand die Vermutung im Raum, dass es zu einer Eskalation in der Familie gekommen sein könnte, in deren Verlauf Florian etwas zugestoßen ist. Florians Vater hat den Streit sofort zugegeben, und seine Erklärung klang in den Ohren der damaligen Ermittler offensichtlich schlüssig. Sie haben die Ferienwohnung durchsucht, allerdings nicht die Spurensicherung hinzugezogen, was ich für eine grobe Fahrlässigkeit halte. Im weiteren Verlauf konzentrierten sich die Ermittlungen dann auf den Heimleiter Carsten Witt und zwei seiner Freunde. Das waren Dieter Nabers, ein Oberstudienrat, und der Restaurantbesitzer Martin Hellwig, einer der beiden Kandidaten für die bevorstehende Bürgermeisterwahl.«

»Warum sind die drei Männer in den Fokus gerückt?«, wollte Norberg wissen.

»Zuerst hatten die Ermittler nur Witt im Visier. Zwei Lehrer aus Florians Klasse haben ausgesagt, dass der Mann geradezu vernarrt in den Jungen schien, und es gab eine weitere Aussage von Witts Nachbarn, dass er Florian in dessen Haus gesehen hätte. Man vermutete, dass Witt Florian sexuell missbraucht und dann aus Angst vor Entdeckung umgebracht hätte. Auf Nabers und Hellwig hat offensichtlich nichts hingedeutet, jedenfalls habe ich keine Hinweise in den Akten gefunden. Allerdings habe ich insgesamt den Eindruck gewonnen, dass eine ziemlich schlampige Aktenführung stattgefunden hat. Wie auch immer, jedenfalls standen die beiden Männer ebenfalls ziemlich schnell in Verdacht, und zwar meiner Meinung nach nur deshalb, weil sie mit Witt befreundet waren und hier unter Umständen Überlegungen in Richtung eines Täterrings gingen. Das ist aber, wie gesagt, nur meine ganz persönliche Vermutung.« Sie schüttelte den Kopf. »Wenn ihr euch die Akten anschaut, werdet ihr feststellen, dass so manches mit Logik und guter Ermittlerarbeit nicht das Geringste zu tun hat. Auf mich macht das eher den Eindruck, dass möglichst schnell ein oder mehrere Täter gefunden werden mussten. Natürlich gibt es in einem solchen Fall immer einen großen Druck von Polizeispitze und Öffentlichkeit, und das muss hier damals eine total aufgeheizte

Stimmung gewesen sein. Das lässt sich ja schon daraus schließen, dass eine viel zu frühe Anklage gegen Witt erhoben wurde. Die ging dann auch prompt nach hinten los. Es kam zu einem Indizienprozess, der mit einem Freispruch endete.«

»Aber die Kollegen müssen doch verwertbare Beweise gehabt haben, sonst hätte die Staatsanwaltschaft doch keine Anklage erhoben«, meinte Norberg skeptisch.

Anna schlug eine Seite in dem vor ihr liegenden Ordner auf. »Es wurde eine Unterhose von Florian in Witts Haus gefunden und seine neue Armbanduhr, die er vor Beginn der Reise von seinen Eltern geschenkt bekommen hatte. Weiterhin einige Comichefte, die Florian gehört hatten. Witt und seine Freunde haben geleugnet, etwas mit Florians Verschwinden zu tun zu haben. Witt hat behauptet, dass man ihm Florians Sachen untergeschoben hätte. Er hat allerdings zugegeben, dass er den Jungen sehr mochte, weil er ihn an seinen verstorbenen Sohn erinnert hat.«

»Wer hat damals die Anklage vertreten?«

»Oberstaatsanwalt Richard Gerling. Ich hätte ihn gerne gefragt, warum er so früh Anklage erhoben hat, da mich dieser Umstand wirklich irritiert. Aber er ist leider verstorben. So müssen wir uns an Lürssen, Johannsen und Thomsen halten. Und an Claas Hoyer. Ich habe bereits mit ihm telefoniert und erfahren, dass er ebenfalls noch im Urlaub ist.« Sie seufzte genervt. Es war ein Kreuz, dass sie nicht sofort bei allen loslegen konnten, aber den Jahreswechsel nutzten nun einmal viele Menschen für eine Auszeit, und häufig musste auch schlichtweg der Resturlaub genommen werden. Früher waren Ralf und sie auch wiederholt in dieser Zeit verreist, entweder zum

Skilaufen in die Berge oder in wärmere Gefilde. Das vergangene Weihnachtsfest und den Jahreswechsel hatte sie bei ihren Eltern am Tegernsee verbracht, weil sie nicht allein in Kiel bleiben wollte. »Hoyer kommt Mittwochabend spät zurück, ich habe uns für Donnerstag angekündigt.«

»Um welches Jugendheim hat es sich denn eigentlich gehandelt?«, wollte Nils wissen.

Anna bemühte noch einmal ihre Unterlagen. »Das war ein Heim im Ortsteil Dorf, das allerdings nicht mehr existiert. 2009 gab es dort einen Brand, und ein Wiederaufbau hat nicht stattgefunden. Der Betreiber war eine Stiftung, die sich aufgelöst hat, und die ehemaligen Angestellten sind in alle Winde verstreut.«

»Hast du denn bis jetzt überhaupt jemanden befragen können?«, wollte Norberg wissen.

Anna schüttelte den Kopf. »Leider noch nicht. Ich habe mir den Fall am Freitag letzter Woche vorgenommen und erst einmal die Akten durchgesehen. Wenn ihr sie gelesen habt, müssen wir unsere weitere Vorgehensweise besprechen. Da gibt es nämlich eine Reihe von Personen, die jetzt befragt werden müssen.«

5

Das fünfte Weihnachtsfest und der fünfte Jahreswechsel ohne Sandra. Tage, die nicht enden wollten, Nächte voller Verzweiflung über das verlorene Glück.

In den ersten Jahren nach der Scheidung hatte Hark Thomsen an diesen Tagen gearbeitet und den ohnehin schon vorhandenen Überstunden noch eine Vielzahl weiterer hinzugefügt. Wenn es nach ihm gegangen wäre, hätte er rund um die Uhr gearbeitet, um der Einsamkeit seiner Wohnung zu entfliehen, dieser Stille, die ihn marterte. Auch dieses Mal hatte er es so halten wollen und sich wieder freiwillig für den Feiertagsdienst gemeldet, aber sein Vorgesetzter hatte abgewunken. Bau endlich deine Überstunden ab, hatte er gesagt, denn eine finanzielle Erstattung gibt es nicht. Nach dieser Ansage hatte Thomsen zunächst erwogen, die Überstunden verfallen zu lassen, es dann aber unterlassen, das Thema anzuschneiden, da er damit sowieso nicht durchgekommen wäre. Also hatte er sich in sein Schicksal ergeben und war dann auch noch so gedankenlos gewesen, Mareike von der Sache zu erzählen. Natürlich hatte sie sofort vorgeschlagen, einen der Weihnachtstage bei ihren Eltern zu verbringen und dann für eine Woche in den Skiurlaub zu fahren. Ehe er sichs versah, hatte sie alles organisiert, oh ja, darin war sie gut, und er hatte dagestanden und sich gefragt, warum er sich so hatte überrumpeln lassen.

Die Zusammenkunft bei ihren Eltern hatte unter keinem guten Stern gestanden, da sie in ihm offensichtlich schon ihren künftigen Schwiegersohn gesehen hatten. Ein schlechter Einstieg in den nachfolgenden Urlaub, zumal er auch nie ein besonders guter Skiläufer gewesen war und viel lieber an die Nordsee gefahren wäre. Er mochte Mareike, nur deshalb hatte er zu allem Ja und Amen gesagt. Weil er ihrer Beziehung eine Chance geben und nicht wieder das Gefühl haben wollte, dass er niemals mehr in der Lage sein würde, eine längerfristige Beziehung aufzubauen. Mit Liebe hatten seine Gefühle allerdings nichts zu tun, so viel war ihm mittlerweile klar geworden.

»Moin, Hark, wie war dein Urlaub?« Der Kollege Gerner hatte sich vor ihm aufgebaut, das Essenstablett voll beladen. Die Kantine im LKA in Kiel war gut besucht, einige Plätze waren aber noch frei. Trotzdem schien Gerner entschlossen, genau an seinem Tisch Platz zu nehmen, obwohl sie sich nicht sonderlich mochten. Zum Glück arbeiteten sie nicht in derselben Abteilung.

»War okay.« Außer den Abteilungskollegen hatte niemand von seinem Urlaub gewusst, und so wunderte sich Thomsen, dass Gerner davon Wind bekommen hatte. War wohl wieder mal dem elenden Flurfunk zu verdanken.

Thomsen hatte seine Mahlzeit zum Glück schon beendet und stellte die Sachen auf seinem Tablett zusammen. Als er sich erhob, zeigte ihm Gerners konsternierter Gesichtsausdruck, dass er den Kollegen mit seinem Verhalten gerade ziemlich brüskierte. Aber das war ihm so was von egal. Gerner war ein elender Schwätzer, der ihn jetzt mit Fragen löchern würde, und das brauchte er nun wirklich nicht. Schlimm genug, dass ihm einige Kollegen ständig mit Ratschlägen kamen, wie er eine neue Frau kennenlernen konnte. Und dieses Thema würde Gerner ganz bestimmt anschneiden, so nach dem Motto, hey, nun erzähl doch mal, mit was für einer heißen Braut du im Urlaub warst.

»Entschuldige, aber ich muss wieder hoch.«

Nicht nur der Wunsch, Gerner zu entkommen trieb Thomsen zurück in sein Büro, auch der Gedanke, dass er nicht länger umhinkommen würde, den fälligen Rückruf zu tätigen, ließ ihm keine Ruhe.

Den ganzen Vormittag hatte er sich noch gedrückt und mit seiner Urlaubsvertretung die Übergabe hinter sich gebracht. Der Kollege hatte sämtliche Vorkommnisse der letzten beiden Wochen in einer Excel-Datei erfasst. Thomsen hatte ihn darum gebeten, alles am PC aufzubereiten, da ihn die Übergabe nach der letzten Vertretung schier wahnsinnig gemacht hatte. Er hatte noch nie etwas von einer Zettelwirtschaft gehalten und dementsprechend gereizt auf die unzähligen Ausdrucke und verschiedenfarbigen Klebezettel reagiert, die ihm präsentiert worden waren. Mochte ja sein, dass andere Menschen damit klarkamen, er jedenfalls nicht.

Als er jetzt erneut vor dem Monitor Platz nahm und den Computer wieder zum Leben erweckte, suchte sein Blick sofort nach der Spalte mit der Überschrift *Bitten um Rückruf*, in der vier Namen standen. Drei davon kannte er, es waren Kollegen aus seinem engeren Umfeld. Einen Namen und das dazugehörige Dezernat kannte er allerdings nicht, und diese Tatsache sowie der Hinweis des Kollegen, dass der Rückruf wirklich sehr dringend sei, machten ihn nervös.

Anna Wagner, Vermisstenstelle. Dahinter eine Handynummer, aber kein Hinweis, worum es bei ihrem Anruf gegangen war.

Er runzelte die Stirn und überlegte, immer bemüht, die Unruhe, die sich von Stunde zu Stunde verstärkt hatte, in den Griff zu bekommen. Er hatte in seiner Laufbahn nur ein einziges Mal mit einem Vermisstenfall zu tun gehabt, und er befürchtete, dass diese Anna Wagner über genau diesen Fall mit ihm sprechen wollte. Aber wieso Vermisstenstelle? Die Schleswig-Holsteinische Landespolizei hatte nach seinem Kenntnisstand kein solches Dezernat. Vermisstenfälle wurden von den zuständigen Sachbereichen oder von der Cold Case Unit bearbeitet. Oder hatte es da während seines Urlaubs irgendeine Neuerung gegeben?

Thomsen rief das Intranet auf und scrollte sich durch die aktuellen Meldungen, wurde aber nicht fündig. Er zögerte noch einen Augenblick, dann griff er zum Telefon und wählte die angegebene Nummer.

6

Es wurde Mittag, bis Norberg und Scheffler die von Anna ausgehändigten Akten so weit durchgearbeitet hatten, dass ihnen zumindest die wichtigsten Details des Altfalls bekannt waren. Anna war in der Zwischenzeit nach einem Rückruf von Hark Thomsen nach Kiel aufgebrochen, und Nils Scheffler saß jetzt vor dem Computer, um die aktuellen Adressen der damaligen Verdächtigen herauszufinden, sowie die sämtlicher Personen, die zu dem Fall vernommen worden waren. Was die drei Hauptverdächtigen anbelangte, auf die sich zum Schluss alles konzentriert hatte, war er schon fündig geworden. Carsten Witt, der damals angeklagte Heimleiter, hatte St. Peter-Ording einige Zeit nach den Vorfällen den Rücken gekehrt, war aber seit zwei Monaten wieder im Ort gemeldet. Dieter Nabers und Martin Hellwig lebten noch immer hier.

Norberg hatte sich entschlossen, Pieter Johannsen aufzusuchen, auch wenn er nicht erpicht auf ein Wiedersehen mit dem Mann war. Da Johannsen nicht ans Telefon ging und auch kein Anrufbeantworter eingeschaltet war, musste er sich wohl oder übel nach Friedrichstadt aufmachen.

Trotz des Aktenstudiums hatte Norberg noch kein klar umrissenes Bild des Falls. Aber so erging es einem immer bei Altfällen, in die man seinerzeit nicht involviert gewesen war. Erst wenn man den Personen begegnete, die in den Fall verstrickt gewesen waren, ihre Reaktionen wahrnahm und einzuschätzen lernte, bekam das Bild Konturen.

Was ihn nach wie vor irritierte, war die frühe Anklageerhebung, die er sich ebenso wie Anna nur durch einen hohen Öffentlichkeitsdruck, aber ebenso durch Druck von Seiten der Polizeispitze und womöglich auch der Politik erklären konnte. Je länger er darüber nachdachte, umso mehr stimmte er der Kollegin zu, dass hier seinerzeit auf Teufel komm raus ein oder mehrere Schuldige gefunden werden mussten, und sich die damaligen Ermittler zu einseitig und vorschnell auf einen Kindesmissbrauch mit anschließender Tötung und die ihrer Meinung nach dafür Verantwortlichen konzentriert hatten.

Was, wenn etwas ganz anderes passiert war, und sich niemand die Mühe gemacht hatte, genauer hinzusehen? Norberg bezweifelte, dass er die gewünschten Antworten von Johannsen erhalten würde. Aber er musste es wenigstens versuchen, und wie auch immer geartete Reaktionen konnten mitunter sehr aufschlussreich sein.

Pieter Johannsen wohnte in einem schmalen, dreistöckigen und weiß gekalkten Kaufmannshaus mit einem farblich abgesetzten Treppengiebel am Mittelburgwall, aus dessen vorderer Fensterfront man einen Blick auf die zentrale Gracht, den Mittelburggraben, und den gegenüberliegenden Marktplatz von Friedrichstadt hatte. Auch zu dieser Jahreszeit war der niederländisch anmutende Luftkurort zwischen Eider und Treene ein idyllischer Anblick, erst recht, wenn der Schnee, wie in der vergangenen Nacht geschehen, Häuser und Plätze mit einer weißen Decke überzogen hatte.

Das großzügig ausgebrachte Streugut knirschte unter Norbergs Füßen, als er den Gehweg zu Johannsens Haus entlangging und schließlich vor der wuchtigen Eichenholztür stehen blieb. In Ermangelung einer Klingel betätigte er den schweren Türklopfer aus Messing. Es dauerte einen Augenblick, bis er Schritte hinter der Tür vernahm und diese geöffnet wurde.

Norberg war Johannsen in den vergangenen Jahren nicht mehr begegnet, sondern hatte nur Fotos im Intranet und Veröffentlichungen in der Presse von ihm gesehen. Johannsen war ein Mensch, der stets den Eindruck erweckte, als wähne er eine Kamera auf sich gerichtet und müsse sich demzufolge in Positur stellen. Gerader Rücken, die Schultern zurück, der Kopf erhoben und immer ein einstudiertes Lächeln auf den Lippen. Ein Medienprofi durch und durch, von dem man wusste, dass er sich nicht in die Karten blicken ließ.

Obwohl es die Jahre augenscheinlich nicht gut mit Johannsen gemeint hatten, bemühte er sich noch immer um eine aufrechte Haltung. Mit durchgedrücktem Rücken stand er in der Tür, aber es war unverkennbar, dass ihm diese Pose Schmerzen verursachte. Das einstmals markante Gesicht war eingefallen, um Nase und Mund hatten sich tiefe Falten eingegraben, die grauen Augen wirkten trüb.

»Hendrik Norberg!«

Falls Johannsen von dem unerwarteten Besuch überrascht war, zeigte er es nicht. Er musterte Norberg, der in Zivil gekommen war, einen Augenblick lang wortlos, öffnete die Tür dann ganz und bat ihn herein.

Die Auswahl erlesener Antiquitäten, die sich den Augen

des Besuchers bereits im Flur darboten, überraschte Norberg, aber dann erinnerte er sich daran, dass Johannsens Frau aus einer wohlhabenden Familie stammte, und wie es aussah, hatte sie einiges Geld in die Einrichtung dieses Hauses gesteckt.

»Willst du auch einen Kaffee?«, fragte Johannsen, nachdem er Norberg ins Wohnzimmer gebeten hatte. Die wenigen Schritte waren ihm sichtlich schwergefallen, sein Gang hatte etwas von einem Roboter.

»Ja, gerne.« Norberg wunderte sich, dass Johannsen noch nicht nach dem Grund seines Kommens gefragt hatte. Anna dürfte mittlerweile im Gespräch mit Thomsen sein; hatte dieser Johannsen womöglich schon darüber informiert, dass ihr Fall wieder aufgerollt wurde?

Johannsen machte sich auf den Weg in die Küche, und Norberg sah sich interessiert im Wohnzimmer um. Ebenso wie im Flur dominierten auch hier Antiquitäten, zu viele für seinen Geschmack, wie überhaupt das ganze Zimmer zu überladen war, um sich darin wohlzufühlen. Auf einem Sideboard standen Bilderrahmen aufgereiht, deren Fotos Johannsen in dienstlichen und privaten Situationen zeigten.

Der Duft von Kaffee erfüllte den Raum, als Johannsen zurückkehrte. Er trug ein Silbertablett in den Händen, auf dem edles und augenscheinlich kostspieliges Geschirr platziert war, das mit seinem Blumenmuster für Norberg eindeutig zu verspielt daherkam.

Johannsen stellte das Tablett auf dem Couchtisch mit der dunklen Rauchglasplatte ab. »Wie nimmst du deinen Kaffee?«

»Schwarz.«

Norberg sah zu, wie Johannsen den Kaffee einschenkte, wobei ihm auffiel, dass dem ehemaligen Kollegen auch das Vornüberbeugen Schmerzen zu bereiten schien. Als Johannsen sich wieder aufrichtete und Norberg die Tasse reichte, stöhnte er auf. »Die Bandscheibe«, sagte er, als er Norbergs Blick bemerkte. »Zwei missglückte OPs, deshalb schicken sie mich jetzt in den Ruhestand.« Seine Stimme klang bitter.

Norberg erwiderte nichts, sondern trank einen Schluck. Johannsens Pensionierung war überfällig, ebenso wie die Absetzung weiterer Personen in der Führungsspitze der Polizei, weil von diesem Kreis mittlerweile ein Klima der Angst ausging, dem sich viele Kollegen nicht entziehen konnten. Aber darauf zu hoffen, wagte Norberg noch nicht.

»Ich bin hier, weil ich mit dir über einen Vermisstenfall sprechen möchte, der sich 2004 in St. Peter-Ording zugetragen hat«, sagte Norberg. »Damals wurde der neunjährige Florian Berger vermisst gemeldet, der sich dort auf einer Klassenfahrt aufgehalten hatte.«

Johannsen setzte die Tasse so heftig auf der Untertasse ab, dass ein Teil der heißen Flüssigkeit auf den Tisch schwappte. Der Blick, mit dem er Norberg ansah, war starr. Offensichtlich war er doch nicht informiert gewesen, denn seine Fassungslosigkeit wirkte echt. »Was hast du damit zu tun?«

»Der Fall wurde von unserer neuen Vermisstenstelle wieder aufgerollt. Ich bin …«

»Und weil das Ganze in St. Peter stattfand, bist du jetzt mit im Boot, oder wie?«, fiel Johannsen ihm ins Wort.

»Ja.« Norberg hatte nicht die Absicht, Johannsen etwas von der neu gegründeten Soko zu erzählen. Der Mann hatte noch nie etwas für Neuerungen im Polizeiapparat übriggehabt, sondern immer krampfhaft an alten und verkrusteten Strukturen festgehalten. Aber interessant, dass er trotz seiner langen Abwesenheit vom LKA offensichtlich schon von Norbergs Wechsel nach St. Peter-Ording erfahren hatte. »Wie ist das Ganze seinerzeit abgelaufen?«

»Warum willst du das wissen? Du hast doch bestimmt die Akten gelesen.«

»Ja, natürlich, ich möchte die Geschehnisse aber gerne noch einmal von dir hören. So ein persönliches Gespräch ist nun mal etwas anderes als ein Aktenstudium, das weißt du doch auch.«

»Wir haben uns damals nichts zuschulden kommen lassen!«

Interessante Aussage, dachte Norberg. Er geht sofort in die Offensive, obwohl ich noch gar keine Anklage vorgebracht habe. Mal sehen, ob er sich eine weitere Blöße gibt. »Das habe ich auch nicht behauptet.«

»Ach, hör doch auf! Glaubst du, ich weiß nicht, was du vorhast? Wenn sich jemand Altfälle vornimmt, hofft er doch immer, die damaligen Ermittler als unfähig darzustellen.« Johannsen saß kerzengerade in seinem Sessel und wischte sich mit einem Taschentuch über den Mund.

»Pieter, jetzt komm mal wieder runter, ja? Ich will mit dir lediglich über den Fall sprechen, mehr nicht.«

Johannsens Gesicht glühte mittlerweile. »Du willst mir ans Bein pinkeln, wie du es schon einmal getan hast. Wenn es darum geht, jemandem die Schuld zuzuschieben, läufst du ja zur Höchstform auf!« Johannsen versuchte, sich aufzurichten und stützte sich beidseitig auf den Sessellehnen ab. »Aber dieses Mal wirst du scheitern, denn unsere Untersuchung war fehlerfrei!« Er deutete mit dem Kopf in Richtung Flur. »Und jetzt verschwinde!«

Beim Blick in Johannsens aufgebrachtes Gesicht wurde Norberg bewusst, dass es ein Fehler gewesen war, den Mann aufzusuchen. Johannsens Reaktionen waren zwar aufschlussreich, aber das war es dann auch schon. Er war noch immer ein rotes Tuch für den Mann, was allerdings auch umgekehrt galt. Trotzdem war er davon ausgegangen, dass er ihm nach all den Jahren zumindest halbwegs unbefangen begegnen konnte, aber jetzt merkte er, dass er einem Irrtum erlegen war. Die Erbitterung war nach all den Jahren nicht weniger geworden, ebenso wenig wie die Verachtung, die er für diesen Mann empfand. Deshalb wäre es eine klügere Entscheidung gewesen, wenn Anna Johannsen aufgesucht hätte.

Da er hier nichts mehr gewinnen konnte, beschloss Norberg, die Samthandschuhe auszuziehen. »Fehlerfrei? Das ist ja wohl ein Witz! Ihr habt ein paar lächerliche Indizien zusammengetragen, aufgrund derer eine viel zu frühe Anklage erhoben wurde, die natürlich in einem Freispruch enden musste. Aber anstatt im Anschluss daran mal über den Tellerrand zu schauen und den Fall aus einem anderen Blickwinkel zu betrachten, habt ihr ihn sehr schnell zu den Akten gelegt.«

Johannsen hatte sich mittlerweile unter Mühen erhoben, seine Stimme überschlug sich. »Raus jetzt! Und lass dich nicht mehr hier blicken!«

Norberg stand ebenfalls auf und blickte Johannsen kopfschüttelnd an. »Glaub nicht, dass es das jetzt war, Pieter. Wenn ihr damals Mist gebaut habt, werde ich das beweisen!«

Da Anna das letzte halbe Jahr im LKA in Kiel gearbeitet hatte, fand sie das Büro von Hark Thomsen schnell. Am Telefon hatte er zurückhaltend geklungen, aber sie ging davon aus, dass die meisten Kollegen so reagieren würden, wenn man sie auf einen ungelösten Fall ansprach, an dem sie mitgearbeitet hatten. Egal ob es sich um ein Tötungsdelikt oder einen Vermisstenfall handelte. Wenn sich nach Jahren neue Kollegen daransetzten, stand die Hoffnung auf einen frischen und unbelasteten Blick dahinter, aber es bestand natürlich auch die Gefahr, dass sie Unfähigkeit oder sogar Fehler der alten Kollegen aufdecken würden.

Als Anna an die Bürotür klopfte, war fast augenblicklich ein *Herein* von drinnen zu vernehmen. Sie öffnete die Tür und betrat ein kleines Zimmer, in dem ein wohlgeordnetes Chaos herrschte, wie das ein kreativer Kopf wohl nennen würde. Akten auf dem Fußboden, der Fensterbank, auf dem Schreibtisch sowieso. Hinter diesem erhob sich jetzt ein Mann, der sie mit einem schwer zu deutenden Blick ansah.

»Hark Thomsen?«

Er nickte und kam hinter dem Schreibtisch hervor.

»Anna Wagner.« Sie streckte die Hand aus, die er nach einem kurzen Zögern ergriff.

»Darf ich?« Er deutete auf ihre Jacke und hängte sie auf

einen Garderobenständer. »Nimm doch Platz.« Thomsen deutete auf den Stuhl vor seinem Schreibtisch und wartete, bis sie seiner Aufforderung nachgekommen war, bevor auch er sich niederließ.

Wow, dachte Anna beeindruckt. Ein Kavalier der alten Schule, und das in seinem Alter. Und ausgesprochen attraktiv mit seiner schlanken Figur, den eisblauen Augen und den dunkelblonden Haaren, die etwas zu lang waren und sich auf seinem Hemdkragen kräuselten.

»Du hattest am Telefon gesagt, dass du unsere neue Vermisstenstelle leitest und dir den Fall Florian Berger vorgenommen hast«, begann Thomsen das Gespräch. »Wie kann ich dir da weiterhelfen?«

Für Anna fühlte es sich nach wie vor komisch an, wildfremde Menschen zu duzen, auch wenn es Kollegen waren. Aber so war es nun einmal üblich bei der Polizei, davon ausgenommen waren nur die hohen Dienstgrade.

Sie musterte ihr Gegenüber aufmerksam. Es war das erste Mal in ihrer Laufbahn, dass sie einen Cold Case am Wickel hatte, und sie ging davon aus, dass die damaligen Ermittler den Befragungen, die Norberg und sie durchführen würden, skeptisch, wenn nicht sogar ablehnend gegenüberstanden. Unter Umständen würden sie sogar mauern. Mal sehen, wie Thomsen mit der Angelegenheit umging. »Wir möchten unabhängig vom Aktenstudium natürlich auch mit den Kollegen sprechen, die damals verantwortlich waren. Kannst du mir die Ereignisse einfach noch mal schildern? In den Akten stehen ja nur die nüchternen Fakten, aber ich möchte ein Gefühl für den Fall bekommen.«

Thomsen seufzte und lehnte sich in seinem Stuhl zurück. »Wir hatten damals für eine längere Zeit ein großes Aufgebot vor Ort, und es wurden natürlich auch Bereiche über St. Peter-Ording hinaus abgesucht. Wir haben zu Beginn in Betracht gezogen, dass Florian weggelaufen war, quasi als Erpressungsversuch gegenüber seinen Eltern.« Er erwähnte den Streit, von dem sie bereits in den Akten gelesen hatte. »Klaus Berger hatte seine Frau davon abgehalten, dem Jungen zu folgen, weil er Sorge hatte, dass die Situation dann eskalieren würde. Er hatte die Hoffnung, dass sich Florian am nächsten Tag wieder beruhigt hätte. Als Berger dann erfahren musste, dass sein Sohn in der darauffolgenden Nacht verschwunden ist, hat er sich natürlich die größten Vorwürfe gemacht.«

Das konnte Anna sich lebhaft vorstellen. Es musste unerträglich sein, mit diesem Schuldgefühl weiterzuleben. »Nach meinem Kenntnisstand dürfen Kinder mit einem angeborenen Herzfehler doch bis zu einem gewissen Grad Sport treiben. Beziehungsweise sollen sie es sogar, weil es das Herz stärkt.«

Thomsen nickte. »Ja, aber mach das mal einer überängstlichen Mutter klar. Da kannst du keinen Blumentopf mit gewinnen.«

»Nachdem ihr von diesem Streit erfahren hattet, haben sich die Ermittlungen doch auch kurzzeitig auf Florians Eltern konzentriert.«

Thomsen nickte. »Das stimmt, aber ein diesbezüglicher Verdacht ließ sich nicht erhärten. Berger hat den Streit ja sofort zugegeben, und in der Ferienwohnung deutete nichts darauf hin, dass es zu einer Gewalttat gekommen war. Und die

Überprüfung der Familie ergab keinen Hinweis darauf, dass es in der Vergangenheit Streitigkeiten oder Gewalt gegen Florian gegeben hatte.«

»Aber eine spurentechnische Untersuchung der Ferienwohnung wurde nicht vorgenommen, wie ich den Akten entnommen habe.«

»Nein.«

»Hast du das nicht für ein Versäumnis gehalten?«

»Doch, das habe ich. Aber damit stand ich allein auf weiter Flur.« Ein Hauch von Verbitterung lag jetzt in seiner Stimme.

Anna rief sich ihre Überprüfung bezüglich des Alters der damaligen Ermittler ins Gedächtnis. Thomsen war 2004 neunundzwanzig Jahre alt gewesen, also kein Frischling mehr. Aber vielleicht noch nicht allzu lange in der Husumer Kripo. »Du warst damals erst kurze Zeit in Husum, richtig?« Eine Personalakte wäre jetzt hilfreich, dachte sie, denn eine Auskunft auf ihre Frage würde ihr bloß einen ersten Anhaltspunkt über das Verhältnis der drei Hauptermittler zueinander liefern. Lürssen und Johannsen waren dreizehn beziehungsweise fünfzehn Jahre älter als Thomsen, dürften also das Sagen gehabt haben.

»Ja, das war ich«, unterbrach Thomsens Stimme ihre Gedanken. »Ein knappes Jahr, um genau zu sein.« Sein Blick war hart geworden, er verschränkte die Arme vor der Brust. »Und somit hatte ich in dieser Ermittlung nicht viel zu sagen, denn darauf wolltest du mit deiner Frage doch hinaus, oder?«

»Wir haben alle einmal angefangen«, versuchte Anna ihn zu beschwichtigen. »Und wir haben auch nach Jahren immer wieder Vorgesetzte, deren Entscheidungen wir infrage stellen, aber trotzdem hinnehmen müssen. Das geht mir ganz genauso, was meinst du, wie häufig ich schon gegen Wände angerannt bin.«

Thomsen erwiderte nichts, aber seine Körpersprache wurde wieder etwas entspannter.

»Und dann geriet der Heimleiter Carsten Witt in Verdacht«, gab Anna ihm ein Stichwort. »Und zwar bevor einige von Florians Sachen in seinem Haus gefunden wurden. Zwei von Florians Lehrern sollen die Hinweisgeber gewesen sein. Auch noch weitere Personen?«

»Nein, nur die beiden. Sexuelle Missbräuche sind ja nicht ungewöhnlich in Jugendheimen, deshalb sind wir natürlich sofort hellhörig geworden. Die Lehrer hatten uns darauf hingewiesen, dass Carsten Witt ziemlich vernarrt in Florian schien und zweimal private Ausflüge mit ihm unternommen hätte. So etwas war nicht vorgesehen, bei den Ausflügen war immer die ganze Klasse unterwegs. Und zwar mit den Lehrern und nicht mit irgendjemandem vom Heim. Witt hat das damit erklärt, dass Florian ihn sehr an seinen verstorbenen Sohn erinnern würde. Florian sei naturkundlich sehr interessiert gewesen, sodass er einmal eine Wattwanderung mit ihm unternommen hätte und weiterhin eine Fahrt zu den Seehundbänken. Außerdem war Florian einmal in Witts Haus gewesen. Bei allen Unternehmungen hatten die Lehrer allerdings ihre Zustimmung gegeben. Diese Hinweise haben den Staatsanwalt dann dazu veranlasst, eine Durchsuchung von Witts Haus anzuordnen.«

»Das ist für einen Anfangsverdacht aber ziemlich mager«, sagte Anna.

Thomsen zuckte die Schultern. »Dem Staatsanwalt hat es gereicht.«

Anna warf einen Blick in ihre Notizen. »Und bei der Durchsuchung wurden dann eine Unterhose von Florian, seine neue Armbanduhr und einige Comichefte gefunden. Mehr nicht, oder?«

»Nein, soweit ich mich erinnere, war es das.«

»Wie konnte es dazu kommen, dass aufgrund dieser wenigen Indizien Anklage erhoben wurde? Das war doch viel zu früh, das musste doch in die Hose gehen!« Bei diesem Punkt konnte sie sich nach wie vor ereifern, weil sie eine derart unprofessionelle Vorgehensweise noch nicht erlebt hatte.

Thomsen beugte sich nach vorn, verschränkte die Hände und stützte die Ellbogen auf dem Schreibtisch ab. »Das mag im Nachhinein so erscheinen, aber du lässt hier die damalige Stimmung außer Acht. Wenn ein Kind verschwindet, kochen die Emotionen der Bevölkerung hoch. So war das natürlich auch in diesem Fall. Unsere Ermittlungen erzeugten große Aufmerksamkeit, und es gab Druck von allen Seiten. Da will man schnelle Ergebnisse sehen, das brauche ich dir doch nicht zu sagen.«

»Man kann Druck auch standhalten.«

Thomsens Arme sanken auf den Schreibtisch herab, von einer Sekunde auf die andere wirkte er zu Tode erschöpft. »Ja, da hast du recht, und ich werde mir auch nie verzeihen, dass ich damals nicht vehementer Einspruch erhoben habe. Ich hätte mich an höhere Stellen wenden sollen, auch in der Staatsanwaltschaft.«

Mit dieser Offenheit hatte Anna nicht gerechnet. Sie hatte eher eine Rechtfertigung für sein Verhalten erwartet, irgendein *wie sollte ich kleiner Wicht denn gegen die Großen ankommen* oder so, aber nichts dergleichen folgte.

»Das bedeutet nämlich, dass es aufgrund des Strafklageverbrauchs zu keiner erneuten Anklage gegen Witt kommen wird, falls er sich doch noch als Täter herausstellen sollte«, fuhr Thomsen nach kurzem Schweigen fort. »Es sei denn, er gesteht die Tat, aber warum sollte er das tun, wenn er bis jetzt davongekommen ist?« Er erhob sich und vergrub seine Hände in den Hosentaschen, bevor er ans Fenster trat, hinter dem wieder dichter Schneefall eingesetzt hatte.

»Dann hältst du ihn nach wie vor für schuldig?«

Er drehte sich wieder zu ihr herum. »Ja, das tue ich!«

»Und wie kamen Dieter Nabers und Martin Hellwig ins Spiel?«

Thomsen ging zu seinem Schreibtisch zurück und nahm wieder Platz. »Nabers war Oberstudienrat am Gymnasium in St. Peter, und einer seiner Kollegen deutete an, dass er eine Schwäche für kleine Jungen hätte. Im Nachhinein stellte sich heraus, dass Nabers nicht besonders beliebt im Kollegenkreis war, und der bewusste Kollege gab schließlich zu, dass er gelogen hätte, um ihm eins auszuwischen.«

»Und Hellwig?«

»Der stand zu dem Zeitpunkt mitten im Wahlkampf um das Bürgermeisteramt und hatte gute Chancen, ihn zu gewinnen. Wir haben einen anonymen Brief mit einer Reihe Fotos erhalten, in denen er in eindeutiger Pose mit einem kleinen Jungen zu sehen war. Das Gesicht des Jungen war verpixelt.

Die Aufnahmen sahen auf den ersten Blick verdammt echt aus, stellten sich nach Überprüfung aber als Montagen heraus. Wir haben herausgefunden, dass der Absender aus der Truppe des zweiten Kandidaten stammte.«

Das war heftig, denn wenn diese Details an die Öffentlichkeit gelangt waren, dürften die beiden Männer ebenso wie Witt zu Gezeichneten geworden sein. Trotzdem waren sie in St. Peter geblieben, und auch Witt war wieder zurückgekehrt. Vielleicht gab es noch irgendwo eine offene Rechnung.

Was sie allerdings verblüffte, war die Tatsache, dass nichts davon in der Akte gestanden hatte.

Auf ihre diesbezügliche Frage zuckte Thomsen mit den Schultern. »Dazu kann ich nichts sagen. Die Akte wurde ausschließlich von Johannsen und Lürssen geführt.«

Das erstaunte sie fast noch mehr, da sie davon ausgegangen war, dass diese nicht sonderlich geliebte Aufgabe hauptsächlich an Thomsen hängen geblieben war.

War Johannsen und Lürssen daran gelegen gewesen, dass gewisse Dinge nicht in die Akte aufgenommen wurden, oder war das jetzt zu weit hergeholt?

Anna musterte Thomsen einen Augenblick wortlos, dann sprach sie einen weiteren Punkt an. »Mich wundert übrigens auch, dass der Fall in all den Jahren kein einziges Mal wieder aufgenommen wurde. Selbst wenn keine neuen Hinweise vorliegen, passiert so etwas doch routinemäßig.«

Thomsen seufzte. »Wenn Zeit dafür ist. Das ist in den Mordkommissionen aber selten der Fall, das dürftest du doch auch wissen. Da braucht bloß ein neues Tötungsdelikt reinkommen, und schon verschwindet der Altfall wieder im Archiv.«

Diese Tatsache war ihr natürlich bekannt, und Norberg hatte sie ja auch erwähnt, aber trotzdem fand Anna es ausgesprochen merkwürdig, dass ein ungeklärter Vermisstenfall, bei dem man von einem Tötungsdelikt ausgehen musste, in sechzehn Jahren kein einziges Mal wieder angefasst worden war. Zumal es hier um das Verschwinden eines Kindes ging. War das tatsächlich mit Zeitnot zu entschuldigen, oder steckte Vorsatz dahinter? »Hatten du und deine damaligen Kollegen denn nie das Verlangen, den Fall aufzuklären?«

»Natürlich hatten wir das. Wir arbeiten aber mittlerweile alle in anderen Bereichen und haben keinen Einfluss mehr darauf.«

»Das stimmt nicht ganz«, berichtigte sie ihn. »Arndt Lürssen arbeitet nach wie vor in der Flensburger Mordkommission und ist vor Kurzem ja auch deren Leiter geworden, wie ich gehört habe. Aber nach meinen Recherchen hat auch er den Fall nie wieder angefasst.«

Thomsen zuckte wortlos die Schultern.

»Ein solcher Fall lässt einen doch nicht los«, insistierte Anna. »Der sexuelle Missbrauch an Kindern ist doch das Schlimmste für jeden von uns.«

Thomsen wich ihrem Blick aus und knetete seine auf dem Schreibtisch verschränkten Hände. Es war unübersehbar, wie unbehaglich er sich mittlerweile fühlte. »Wenn man keine Distanz zu einem solchen Fall herstellt, macht er einen kaputt. Mich hat das damals alles sehr mitgenommen, aber ich wollte nicht mein weiteres Leben davon diktieren lassen und habe den Fall deshalb für mich abgeschlossen.«

Anna blickte Thomsen zweifelnd an. Er wirkte sensibel

und einfühlsam, weshalb sie sich schwer damit tat, seinen Worten zu glauben.

Sie warf einen Blick in ihren Notizblock, in dem sie alle wichtigen Stichworte notiert hatte, und stellte fest, dass sie für den Moment keine weiteren Fragen hatte. »Vielen Dank, das war's erst mal für heute. Falls ich weitere Fragen haben sollte, melde ich mich noch mal bei dir.« Sie erhob sich. »Umgekehrt wäre ich dankbar für weitere Infos, falls dir noch etwas einfallen sollte. Meine Nummer hast du ja.«

Thomsen stand ebenfalls auf und kam um den Schreibtisch herum, um ihr in die Jacke zu helfen. »Ich habe seinerzeit erfahren, dass Witt einige Zeit nach seinem Freispruch nach Mallorca gezogen ist. Du wirst ja sicher auch mit ihm sprechen wollen.«

»Er ist vor zwei Monaten zurückgekommen«, sagte Anna. »Das erspart mir eine Auslandsreise, ich fliege nämlich äußerst ungern.«

Thomsen lachte und machte zum ersten Mal während ihres Gesprächs einen ungezwungenen Eindruck. An der Tür reichte er ihr die Hand. »Hat mich gefreut, dich kennenzulernen.«

8

Das Objekt war perfekt. Eine ehemalige Lagerhalle im Eider-weg, in kurzer Entfernung zum Nordsee-Golfclub. Eintau-send Quadratmeter mit zwei größeren Büros, bei denen man die Zwischenwand rausreißen konnte, um einen großen Raum für die Durchführung der Workshops zu erhalten. Dazu ein kleines Nebengebäude, das sie mit wenigen Tischen und Stühlen ansprechend herrichten konnte, um dort zur Mittagszeit belegte Brötchen oder auch einmal eine Suppe und am Nachmittag Kaffee und Kuchen für die Kursteilneh-mer anbieten zu können.

Sabine Borchert war so begeistert, dass sie den Vertrag so-fort unterschrieb und nicht, wie sie es bisher in ihrem Leben gehalten hatte, eine größere Entscheidung erst einmal eine Nacht überschlief. Sie wollte die damaligen Geschehnisse jetzt endgültig hinter sich lassen und mit diesem Schritt wie-der Fuß in St. Peter-Ording fassen.

Bevor sie sich auf den Heimweg machte, hatte sie aller-dings noch etwas zu erledigen. Zwei Flaschen Champagner kaufen sowie Antipasti bei ihrem Lieblingsitaliener, weiterhin stand der Besuch bei ihrer alten Freundin Biggi an, zu dem sie bis jetzt noch nicht gekommen war, oder besser gesagt, vor dem sie sich bisher gedrückt hatte. Warum, wusste sie selbst nicht so genau, da Biggi damals eine der wenigen gewesen war, die zu ihnen gestanden hatte. Biggi war auch der Meinung gewesen, dass sie und Carsten in St. Peter bleiben müssten, weil ihr Wegzug in den Augen mancher doch wie ein Schuldeingeständnis aussehen könnte. Darüber war es dann allerdings zu einer heftigen Auseinandersetzung gekommen, und in den Jahren, die sie und Carsten auf Mallorca verbracht hatten, hatte es nach einem anfänglich sehr eingeschränkten Kontakt irgendwann gar keinen mehr gegeben. Was Sabine insgeheim immer sehr bedauert hatte, weshalb sie Biggi nach ihrer Rückkehr auch angerufen hatte, in der Hoffnung, dass das Band ihrer Freundschaft noch nicht zerrissen war. Biggi hatte sich ehrlich gefreut und sie sofort sehen wollen, aber Sabine war bisher vor einer Begegnung zurückgeschreckt.

Brigitte Seemann wohnte in einem alten Friesenhaus in der Dorfstraße, das sie vor zwanzig Jahren gekauft und in ein kleines Schmuckstück verwandelt hatte. Zur Straße umgab ein Friesenwall das Grundstück, im Garten hinter dem Haus wuchsen prächtige Apfelbäume, die alte Sorten trugen und von Biggi zu leckeren Marmeladen und Chutneys verarbeitet wurden, die sie im Sommer an einem kleinen Stand im Garten vor ihrem Haus verkaufte.

Sabine parkte ihren Wagen in einer Nebenstraße und freute sich, bei diesem herrlichen Wetter ein paar Schritte gehen zu können. Das Thermometer hatte heute Morgen minus fünf Grad angezeigt, und seit einer halben Stunde schien die Sonne von einem wolkenlosen Himmel. Die Kälte belebte sie, die Luft prickelte auf ihrem Gesicht. So liebte sie es, und die vergangenen Wintertage hatten ihr bewusst gemacht, wie sehr sie das norddeutsche Wetter vermisst hatte. Vielleicht würde sie

Carsten nachher noch zu einem Strandspaziergang überreden können, am liebsten am Hundestrand in Ording, der in kurzer Entfernung zu ihrem Haus lag. Von dort hatte man einen tollen Blick zum Westerhever Leuchtturm.

Auf den Sträuchern in Biggis Vorgarten lagen noch die Lichternetze der Weihnachtsbeleuchtung. Damit sie zur Geltung kamen, hatte Biggi den Schnee weitestgehend entfernt. Auch der Weihnachtskranz hing noch immer an der Haustür. Sabine erinnerte sich, dass Biggi diese Dinge häufig bis Ende Januar an ihrem Platz beließ, wenn ihr kein anhaltender Sturm einen Strich durch die Rechnung machte.

Bevor Sabine die Klingel betätigen konnte, wurde die Tür aufgerissen, und ihre Freundin stand vor ihr. Noch immer gertenschlank, sah sie in ihren engen Jeans und einem lässigen Karohemd keinen Tag älter als fünfzig aus, obwohl sie, ebenso wie Sabine, bereits einundsechzig Jahre alt war.

»Ich hab dich durchs Fenster gesehen. Mensch, Bine, da bist du ja endlich!« Biggi trat ins Freie und schloss sie fest in die Arme. »Was hab ich dich vermisst.«

Sabine fiel ein Stein vom Herzen ob dieser herzlichen Begrüßung. Bine und Biggi, vielleicht konnten sie ja an früher anknüpfen.

Zwei Stunden später war die Champagnerflasche, die Sabine für diesen Besuch mitgebracht hatte, geleert. Sie hatte lange nicht mehr so viel am Stück geredet und gelacht, ihr Hals war mittlerweile trotz der prickelnden Erfrischung schon vollkommen trocken. Außerdem war sie ein kleines bisschen beschwipst. Zu keiner Sekunde war irgendeine Verlegenheit zwischen Biggi und ihr aufgekommen, sie hatten sich ausgetauscht, als wären sie nie getrennt gewesen.

Von Sabines Neustart hier in St. Peter war Biggi begeistert und hatte ihr volle Unterstützung zugesagt. Was absolut toll war, da Biggi als Webdesignerin arbeitete und Sabine bisher keine Website besaß, weil sie sich mit derlei Dingen nicht auskannte und auf Mallorca auch nicht das Gefühl gehabt hatte, dass sie eine benötigen würde. Lass mich mal machen, hatte Biggi gesagt, ich kümmere mich darum und auch um den ganzen Social-Media-Kram. Da kommst du heute nicht mehr drum rum, wenn du die Leute auf dich aufmerksam machen willst.

»Wie geht es denn Carsten nach seiner Rückkehr? Hat es da noch irgendwelche blöden Vorkommnisse gegeben?«, wollte Biggi irgendwann wissen.

Sabine schüttelte den Kopf. »Nicht dass ich wüsste. Er hat mir jedenfalls nichts erzählt, und ich denke, dass er das andernfalls getan hätte.« Ihr Blick verlor sich auf einem Leuchtturm-Motiv, das sich über mehrere an der Wand befestigte Holzplanken zog. »Carsten wollte ja unbedingt zurück, und ich habe bisher den Eindruck gehabt, dass ihn diese Entscheidung glücklich macht. Er meidet allerdings die Öffentlichkeit.«

»Aber so ein kleiner Einsiedler war er doch immer schon«, wandte Biggi ein.

»Das stimmt, aber es hat sich verstärkt. Ich denke mal, dass er einfach seine Zeit braucht, bis er endgültig wieder hier angekommen ist.«

Biggi deutete auf die leere Champagnerflasche. »Sag mal, soll ich uns noch eine Flasche Wein holen?«

Sabine wehrte ab. »Nee du, lass mal, ich muss ja noch fahren.« Sie warf einen Blick auf ihre Armbanduhr. Oje, da hatten sie aber jede Menge Zeit verquasselt. Doch bevor sie aufbrach, musste sie noch ein paar Dinge wissen. »Wie war das eigentlich seinerzeit nach unserer Abreise? Gab es da immer noch Gerede?«

Biggi zuckte die Schultern. »Ich hab nichts mehr mitgekriegt. Aber viele wussten ja auch, dass wir befreundet sind und sie bei mir an der falschen Adresse gewesen wären.«

»Und was ist mit Nabers und Hellwig? Leben die noch hier?«

»Ja«, sagte Biggi verhalten.

Sabine sah ihre Freundin aufmerksam an. »Was ist passiert?«

»Na ja … Nabers hat die Sache seine Beziehung gekostet und Hellwig den Bürgermeisterposten, auf den er sich so gespitzt hatte. Außerdem musste er sein Restaurant verkaufen, und eine Woche nach dem Verkauf ist seine Frau gestorben. Sie hatte ja schon länger Krebs. Der Mann ist so tief gefallen, tiefer ging's nicht.«

»Du meine Güte.« Das Gehörte schockierte Sabine zutiefst.

»Davon hat sich Hellwig nie wieder erholt«, fuhr Biggi fort. »Wenn du ihn auf die damaligen Ermittler ansprichst und vor allen Dingen auf die Medienkampagne, die der eine gegen sie losgetreten hatte, hat er Schaum vorm Mund. Es hätte mich nicht gewundert, wenn er irgendwann losgegangen wäre, um die Polizisten zu Brei zu schlagen.«

9

Hendrik Norberg war mit einer gewaltigen Wut im Bauch nach St. Peter zurückgefahren. Er hoffte inständig, dass es Anna mit Thomsen besser ergangen war als ihm mit Johannsen und sie Dinge erfahren hatte, die nicht in den Akten standen.

In der Polizeistation musste er feststellen, dass Anna noch nicht wieder zurück war. Nils Scheffler hatte in der Zwischenzeit alle in den Fall verwickelten Personen durchgecheckt, sie würden sich später mit Anna zusammensetzen und über das weitere Vorgehen beraten. Die Zeit bis dahin wollte er nutzen, um die noch offenen Fälle durchzusehen, die auf seinem Schreibtisch lagen.

Es waren zum Glück nur wenige.

Bei dem Brand in der Küche eines Restaurants im Ortsteil Dorf stand das abschließende Urteil des Brandsachverständigen noch aus; er hatte aber schon angedeutet, dass hier kein Fremdverschulden vorliegen dürfte, sondern alles nach einem Kurzschluss in der Küche aussah.

Weiterhin hielten sie einige Diebstähle auf Trab, die sich in den Discountern in der Nordergeest und im Edeka-Laden im Ortsteil Bad zugetragen hatten. Es waren ausschließlich Spirituosen entwendet worden, und der Fokus hatte sich auf zwei jugendliche Intensivtäter gerichtet, die sie im Moment im Auge behielten.

Darüber hinaus hatte es illegale Müllablagerungen am Südstrand gegeben, bei denen sie noch keinen Täter hatten ermitteln können.

Sorge bereitete Norberg eine Diebstahlserie, die vor zwei Wochen begonnen hatte. Im Ziel hatten bisher ausschließlich Einzelhäuser gestanden, bei denen der Einstieg immer über die Dächer erfolgt war. Diese Masche war neueren Datums, hatte sich aber schnell in den einschlägigen Kreisen herumgesprochen, weil sie eine größere Erfolgschance versprach, da die Dächer selbst bei hochpreisigen Häusern häufig schlecht gesichert waren. Norberg ging davon aus, dass bei dieser Serie eine Bande am Werk war, eventuell sogar aus dem Ausland, da ausschließlich hochwertige elektronische Geräte entwendet worden waren, was auf Auftragsdiebstahl hindeutete. Die Taten waren mit großer Professionalität ausgeführt worden; Personen waren zum Glück noch nicht zu Schaden gekommen, aber der materielle Verlust war teilweise enorm. Die Einbrüche hatten sich im ganzen Ort zugetragen, immer nachts, und die Bewohner der Häuser waren sämtlich außer Haus gewesen. Das deutete darauf hin, dass die Häuser, von denen es sich bei den meisten um Zweitwohnsitze handelte, ausspioniert worden waren oder die Täter auf anderem Wege erfahren hatten, dass sie leer standen. Sören Rohde und Lars Klüver arbeiteten mittlerweile ausschließlich an dem Fall; nachts wurden im ganzen Ort verstärkt Einsätze gefahren, wobei die Kollegen aus Garding und Tönning Unterstützung leisteten.

Bei dem neuesten Eintrag in der Akte stutzte Norberg und rief dann Rohde und Klüver zu sich. Nachdem sie in der Besprechungsecke Platz genommen hatten, deutete er auf den handschriftlichen Vermerk in der Akte. »MP Security wurde für den Objektschutz einiger zurzeit leer stehender Zweitwohnsitze angeheuert.« Er blickte seine beiden Kollegen an. »Das ist doch die Firma von Michael Paulsen, oder?«

Rohde und Klüver nickten und gaben ein einstimmiges »Jo!« von sich.

»Wie habt ihr davon erfahren?«

»Das hat uns ein Hausbesitzer mitgeteilt, bevor er mit seinem fetten Porsche wieder Richtung Erstwohnsitz abgedampft ist.« Rohde gab einen unwilligen Laut von sich. »Das war vielleicht ein Großkotz. Der ist am Sonntagabend hier reinmarschiert, als wir gerade zu unserer Tour aufbrechen wollten. Er hat rumgepöbelt, dass wir nicht in der Lage seien, die Einbrecher zu fassen, und uns dann darüber informiert, dass er einen Sicherheitsdienst mit der Bewachung seines Hauses beauftragt hätte. Das Gespräch mit dem Inhaber der Firma hätte ihm ein großes Gefühl der Sicherheit vermittelt. Der Mann sei selber einmal Polizist gewesen, hätte den Dienst aber quittiert, weil er mit einer Reihe von Dingen im Polizeiapparat nicht einverstanden gewesen wäre, was unter anderem auch für die lasche Bearbeitung von Einbrüchen galt. Leider sei man seinen Verbesserungsvorschlägen nicht zugänglich gewesen, was dazu geführt hatte, dass er sich selbstständig gemacht hatte.«

»Das gibt's doch nicht!«, entfuhr es Norberg.

»Oh doch, das gibt es«, fuhr Rohde ungerührt fort. »Der Porscheheini hat uns dann noch mitgeteilt, dass er Paulsens

Firma an Bekannte weiterempfohlen hätte, die ebenfalls einen Zweitwohnsitz in St. Peter haben.«

Klüver schnaubte. »Ich würde ja zu gerne wissen, mit welchen Heldentaten sich unser toller Exkollege in dem Gespräch gebrüstet hat. Nicht zu vergessen natürlich die Verbesserungsvorschläge. Da müssen sich doch die Balken gebogen haben. Und uns wird er natürlich als die letzten Vollidioten dargestellt haben.«

Norberg schloss die Akte. »Davon ist auszugehen. Das sollte uns in unserer Arbeit aber nicht beeinflussen.«

Er war nicht ganz so cool, wie er sich gerade gab. Die Tatsache, dass Paulsen diese Firma gegründet hatte und dann auch noch ausgerechnet in St. Peter, ärgerte ihn, seitdem er davon erfahren hatte. Eine deutlichere Ansage, dass er ihnen zukünftig in die Quere zu kommen gedachte und versuchen würde, sie als unfähig darzustellen, konnte es nicht geben. Was Rohdes Worte gerade bestätigt hatten. Blieb abzuwarten, wann es zum ersten Knall kommen würde.

Eine Stunde nachdem Rohde und Klüver sein Büro verlassen hatten, stand Anna in der Tür.

»Puh, das war vielleicht eine Fahrt.« Ihre Wangen waren gerötet, sie zog ein Taschentuch aus der Jackentasche und schnäuzte sich kräftig. »Wird auf euren Straßen immer so wenig gestreut? Die Strecke war eine einzige Rutschpartie, da ging nur stop and go.«

Norberg hatte auf seinem Rückweg auch schon mit glatten Straßen zu kämpfen gehabt. »Eigentlich können wir in der

Hinsicht ganz zufrieden sein. Aber heute kommen sie anscheinend nicht so recht mit dem Streuen hinterher.«

Anna trat wieder auf den Flur. »Ich leg nur schnell ab, dann können wir reden.«

»Bring Nils mit!«

»Dann war dein Treffen ja um einiges ergiebiger als meines«, sagte Norberg, nachdem Anna von dem Gespräch mit Thomsen berichtet hatte.

»Wieso?«

Norberg winkte ab. »Später, erzähl du erst mal zu Ende. Wieso ist Thomsen noch immer der Meinung, dass Witt Florian Berger missbraucht und getötet hat?«

»Das hat er nicht begründet, aber er schien mir felsenfest davon überzeugt zu sein.« Anna schlug die Beine übereinander und legte den Notizblock auf ihrem Knie ab. »Ich bin aus diesem Mann nicht so recht schlau geworden. Zuerst hatte ich den Eindruck, dass er abblocken wird, aber dann hat er doch bereitwillig angefangen zu erzählen. Und dass er nach meiner Provokation zugibt, damals aufgrund des hohen Drucks nicht gegen die frühe Anklage angegangen zu sein und dies noch heute bereut, hatte ich nicht erwartet.«

»Hat Thomsen sich zur Zusammenarbeit mit Johannsen geäußert?«

»Er war der Hiwi, der zu gehorchen hatte.«

Norberg fiel auf, dass Anna ihn aufmerksam musterte. Sie schien ein feines Gespür für Zwischentöne zu haben. Aber sie hakte nicht nach, sondern beendete ihren Bericht mit den

Worten, dass sie sich jetzt erst einmal eine Tasse Tee machen müsse. Es dauerte nicht lange, bis sie zurückkehrte.

»Und was war denn nun bei dir?«, wollte Nils wissen, der Annas Ausführungen interessiert zugehört hatte.

Norberg seufzte und lehnte sich im Stuhl zurück. »Misserfolg auf ganzer Linie.«

»Wieso das?«, fragte Nils erstaunt.

»Johannsen hat dichtgemacht.« Norberg schilderte seinen Besuch in kurzen Worten und blickte dann Anna an. »Ich hätte dich zu ihm schicken sollen. Mein Fehler.« Als sie und auch Nils ihn erwartungsvoll anschauten, fühlte er sich zu einer Erklärung genötigt. »Ich hatte ja schon erwähnt, dass Johannsen mein Vorgesetzter beim SEK war. 2010 wurde mein Trupp bei einer Geiselnahme eingesetzt. Wir hatten einen Verhandlungsführer dabei, und nach einiger Zeit begann sich die Situation dank seiner Hilfe zu entspannen. Trotzdem hat Johannsen den Befehl zum finalen Rettungsschuss gegeben, obwohl unsere hiesigen Gesetze ihn nicht beinhalten. Johannsen ist der typische Law-and-Order-Polizist, der von jeher die Überzeugung vertrat, dass man mit aller Härte gegen Verbrecher vorgehen muss.« Er bemühte sich, die Erinnerungen an den damaligen Vorfall abzuschütteln. »Ich habe mich dem Befehl natürlich widersetzt, aber unser Scharfschütze hat ihn trotzdem ausgeführt, weil Johannsen ihn massiv unter Druck gesetzt hat. Als es dann eine Untersuchung gab, hat Johannsen die Angelegenheit so hinzudrehen versucht, dass ich diesen Befehl gegeben hätte. Er hatte mein Team hinter sich gewähnt, weil er natürlich auch bei ihnen Druck ausgeübt hatte. Aber das war eine krasse Fehleinschätzung von ihm. Meine Kollegen haben hinter mir gestanden, und auch die Untersuchung der Internen Ermittlung hat mich zum Glück von jedem Verdacht reingewaschen. Diesen Vorfall hat Johannsen mir nie verziehen, und ich ihm ebenso wenig.«

»Wie ist es möglich, dass er trotz dieser Sache an die Spitze des LKA gekommen ist?«, fragte Anna verwundert. »Und sich so lange dort halten konnte?«

»Weil bei unserer Führung schon seit Längerem einiges im Argen liegt«, antwortete Norberg. »Da ist seit Jahren eine eingeschworene Männerclique am Wirken, gegen die schwer anzukommen ist. Falls man es versucht, haben die eine Reihe von Möglichkeiten, dich kleinzukriegen.« Er schwieg einen Augenblick. »Die Angelegenheit hat allerdings ausgereicht, Johannsen zumindest für fünf Jahre kaltzustellen, und damals haben außer mir noch eine Reihe anderer Kollegen darauf gehofft, dass sich sein offensichtlich minutiös geplanter Aufstieg damit erledigt hätte. Aber da haben wir uns geirrt. Seine Kumpel haben ihn trotz allem nicht fallen lassen.«

Nach dieser Eröffnung herrschte für einen Augenblick Schweigen. Der Blick in Annas Gesicht zeigte Norberg, dass ihr derlei Dinge nicht fremd waren; vielleicht nicht aus eigener Erfahrung, aber zumindest vom Hörensagen. Nils Schefflers betroffener Gesichtsausdruck hingegen wies darauf hin, dass ihn diese Aussage vollkommen überrascht hatte. Der Kollege war zwar schon einige Jahre im Dienst, aber bisher nur in St. Peter-Ording und somit von den Geschehnissen, die den Rest der Schleswig-Holsteinischen Landespolizei betrafen, weitestgehend abgekoppelt gewesen. Norberg fragte sich unwillkürlich, ob er in Nils' Alter ebenso unbedarft gewesen war, was sein Arbeitsumfeld betraf, und gab sich die Antwort fast augenblicklich. Nein, das war er nicht.

»Wie wollen wir denn jetzt weiter verfahren?«, fragte Anna schließlich. »Soll ich es noch mal bei Johannsen versuchen?«

Norberg hatte diese Überlegung während seiner Rückfahrt hin und her gewälzt. »Nein. Ich glaube nicht, dass das etwas bringen würde. Du wärst in seinen Augen ebenso ein Feindbild, wenn du jetzt versuchen würdest, das fortzusetzen, an dem ich gescheitert bin. Wir sprechen morgen mit Lürssen und können uns ja auch weiterhin an Thomsen wenden. Ich hoffe auch, dass uns Claas Hoyer noch einige Dinge erzählen wird.« Er richtete seinen Blick auf Nils Scheffler, der immer noch ein wenig wie ein Erstklässler am Einschulungstag wirkte. »Nils, was hast du für uns?«

Norbergs Worte hatten Nils verwirrt und ihm wieder einmal vor Augen geführt, wie unerfahren er in vielen Dingen noch war. Er war stolz auf seine Zugehörigkeit zur *Polizeifamilie* und musste sich jetzt eingestehen, dass er noch nicht allzu häufig darüber nachgedacht hatte, dass es hier wie in jeder anderen Familie auch schwarze Schafe gab.

»Nils? Bist du noch bei uns?«

Nils schreckte zusammen, als Norbergs Stimme in seine Gedanken drang. »Ja, klar.« Er zückte seinen Block. »Dass Witt zurück in St. Peter ist und Nabers und Hellwig noch immer hier wohnen, wisst ihr ja bereits. Florians Eltern wohnen nach wie vor in Hamburg.« Nils zog seine Notizen zu Rate. »Florians Klasse umfasste damals zwanzig Schüler, die alle auf dieser Klassenfahrt waren. Begleitet wurden sie von zwei Lehrern und einer Lehrerin, die mittlerweile verstorben ist. Die beiden Männer arbeiten an einer Schule in Hamburg.«

»Setz dich bitte mit den Hamburger Kollegen in Verbindung, damit sie die beiden befragen«, sagte Anna. »Außerdem brauchen wir die Namen der Schüler.«

»Alles schon erledigt«, gab Nils zur Antwort und musste an sich halten, nicht lässig abzuwinken. »Ich habe bereits mit den Lehrern telefoniert und die Namensliste der Schüler erhalten. Sämtliche Adressen liegen mittlerweile in Hamburg, und die Kollegen hoffen, dass sie in ein paar Tagen mit den Befragungen durch sein werden.«

Anna hob den rechten Daumen. »Gute Arbeit, Nils, danke!«

Nils spürte, wie ihm die Röte ins Gesicht stieg, und so fuhr er hastig fort. »Im Jugendheim haben außer Carsten Witt noch fünf weitere Personen gearbeitet. Drei Frauen in der Küche, außerdem gab es einen Gärtner und einen Hausmeister. Die sind alle noch hier gemeldet.«

»Prima«, sagte Anna, »dann können wir diese Befragungen ja selber durchführen.«

»Ich habe mich auch noch mal im Internet schlaugemacht, was es an Zeitungsartikeln zu dem Fall gab«, sagte Nils. »Das war aber leider kein großer Wurf, weil das Digitalisieren von Artikeln damals noch die Ausnahme war. Ich habe vorhin bei meinen Eltern durchgeklingelt, die konnten sich aber nur ganz vage an den Fall erinnern. Von der Seite gibt es also nichts, was uns irgendwie weiterhelfen könnte.«

»Danke für die Erinnerung.« Norberg griff zu einem Klebezettel und schrieb eine kurze Notiz darauf. »Damit ich nicht vergesse, nachher meine Schwiegermutter zu befragen.«

»Das kann ich auch übernehmen, wenn du willst«, schlug Anna vor.

»Danke, aber ich habe mich bei ihr schon angekündigt, weil ich etwas besprechen muss.«

Als Nächstes legten sie ihre Vorgehensweise für den kommenden Tag fest und brachten darüber hinaus eine Reihe notwendiger Anfragen auf den Weg.

Zum einen galt es abzuklären, ob im Jahr 2004 noch andere Kinder in Florians Alter verschwunden waren, und zwar nicht nur auf Bundesebene sondern auch in den Anrainerstaaten. Zum anderen musste überprüft werden, ob nach diesem langen Zeitraum noch die Möglichkeit bestand, ein Expertengutachten über die Meeresströmungen einzuholen, falls Florian vom Wasser überrascht und von der Flut mitgerissen worden war. Der Verdacht, dass Florian entführt worden war, erschien ihnen zwar unwahrscheinlich, sie würden aber trotzdem einen Blick auf aktenkundliche Straftäter werfen, die ins Profil passten und zum damaligen Zeitpunkt auf freiem Fuß waren.

Es dauerte einige Zeit, bis sie fertig waren und nach einem Blick auf die Uhr beschlossen, in den Feierabend zu gehen.

Norberg hatte Corinna angerufen und erfahren, dass sie bereits seit dem Nachmittag wieder zu Hause war. Wenn Lasse so weitermacht, wird er noch eine vollwertige Hausfrau werden, hatte sie am Telefon gemeint. Dann braucht ihr mich bald nicht mehr.

Der letzte Satz und die unterschwellige Wut darin hatten ihm zu denken gegeben. Seine Schwiegermutter war ebenso wie er in Kathrins Pflege aufgegangen, und nach deren Tod waren sie beide in ein tiefes Loch gefallen. Er hatte diesen Zustand zumindest tagsüber durch seine Arbeit kompensieren können, was auch für Corinna gegolten hatte, da sie sich um seine beiden Söhne kümmerte. Aber während ihm die Arbeit erhalten bliebe, stünde Corinna demnächst vielleicht ohne ein Betätigungsfeld da, wenn Lasse weiterhin entschlossen war, den Haushalt zu schmeißen. Das war etwas, was Norberg jetzt gleich mit ihr besprechen wollte.

Am Tag hatte immer wieder die Sonne geschienen, aber während der Fahrt begann es aufs Neue zu schneien. Endlich mal wieder ein richtiger Winter, auch wenn das Autofahren unter diesen Umständen keine reine Freude war. Die Scheibenwischer kamen kaum hinterher, und die Winterreifen drehten bei jedem zweiten Anfahren durch.

Eine friedvolle Stille lag über der kleinen Sackgasse Zum Leuchtturm, die an einem Holzzaun mit einem Durchgang endete. Hinter den Fenstern der wenigen Häuser brannte bis auf einige Ausnahmen Licht; Fußgänger waren keine unterwegs. Tagsüber war hier einiges los, jedenfalls in der Hochsaison, weil von den beiden Fußwegen, die hinter dem Zaun begannen, einer in Richtung eines Spielplatzes und der andere zum Böhler Leuchtturm führte.

Norberg parkte den Wagen am Straßenrand und warf einen

Blick zu dem Haus hinüber, in dem Anna jetzt wohnte. Es brannte kein Licht, also dürfte sie noch unterwegs sein. Seine Schwiegereltern waren glücklich, sie zur neuen Nachbarin zu haben, selbst Peter, der alte Brummkopp, der ihren Aufenthalt im letzten Jahr so vehement abgelehnt hatte.

Corinna hatte seinen Wagen offensichtlich gehört, da sie in der geöffneten Haustür stand. Sie sah blass und müde aus und trug eine dicke Strickjacke. Bereits bei Annas Willkommensfeier war ihm aufgefallen, dass es ihr nicht gut zu gehen schien, aber auf seine Frage hatte sie ihren Zustand bagatellisiert. Als er sie jetzt zur Begrüßung kurz an sich drücken wollte, winkte sie ab.

»Besser nicht. Ich hab mir 'ne doofe Erkältung eingefangen.«

Norberg schüttelte den Schnee von seiner Jacke, bevor er in den Flur trat und sie an der Garderobe aufhängte. Er zog die nassen Stiefel aus und stellte sie auf eine darunter liegende Matte. »Dann wärst du im Bett aber besser aufgehoben.«

»Das hab ich ihr auch schon gesagt«, vernahm er die Stimme seines Schwiegervaters. Peter Heckler war in der offen stehenden Tür des Esszimmers erschienen und winkte Norberg herein. »Aber was ich sage, interessiert ja keinen.«

Corinna lachte, was eher wie ein Krächzen klang. »Nun regt euch nicht auf, nach dem Abendessen lege ich mich ja wieder hin.« Sie reichte ihm den Brotkorb und deutete auf die Aufschnitt- und Käseplatte. »Lang zu. Wie ich dich kenne, hast du heute bestimmt wieder nichts Vernünftiges gegessen.«

Da hatte sie recht. Das Frühstück war karg ausgefallen, da er wieder mal in Eile gewesen war, und um den Mittagshunger zu stillen, hatte er sich vor der Rückfahrt nach St. Peter ein belegtes Brötchen in einer Bäckerei in Friedrichstadt gekauft. Kein Wunder, dass er plötzlich so ausgehungert war.

»Bier?«, fragte Peter Heckler.

»Gerne.«

Sie prosteten sich zu, und nachdem Norberg den ersten Hunger mit einem Schinkenbrot gestillt hatte, fragte Corinna, was er mit ihnen besprechen wollte.

»Wir müssen mal überlegen, wie wir es in Zukunft bei mir zu Hause halten«, tastete er sich vorsichtig an das Thema heran. Seit Kathrins Tod waren jetzt neun Monate vergangen, in denen Corinna nahezu täglich seinen Haushalt geschmissen hatte. Er wusste, dass sie es gerne tat, aber er hatte in den letzten Monaten immer häufiger Anzeichen von Erschöpfung an ihr wahrgenommen. Obwohl er sie sehr gut kannte, konnte er nicht einschätzen, ob sie nicht auch gerne wieder mal ein wenig Zeit für sich gehabt hätte. Zugeben würde sie es so leicht nicht, deshalb war das Thema ein heikles, und er ein Feigling, weil er immer wieder vermieden hatte, sie darauf anzusprechen. Aber heute Abend würde er nicht länger kneifen, er musste jedoch behutsam vorgehen.

»Wenn die Erkältung vorbei ist, bin ich wieder voll einsatzfähig«, sagte Corinna und trank einen Schluck aus ihrem Becher. Es schien ein Erkältungstee darin zu sein, denn im Zimmer roch es, nun ja, sehr gesund. »Es ist ja wirklich rührend, wie sich Lasse jetzt um Finn kümmert, aber er muss nun nicht auch noch Essen kochen. Das finde ich wirklich etwas übertrieben.«

»Ich habe den Eindruck, dass es ihm Spaß bringt«, sagte Norberg und empfand noch immer Verwunderung über diesen Umstand. An den Weihnachtstagen, die für alle eine harte Prüfung gewesen waren, hatte Lasse ihn irgendwann aus der Küche verbannt und sie am Abend mit dreigängigen Menüs überrascht, die ihre Stimmung wenigstens für kurze Zeit gehoben hatten. Norberg konnte zwar auch kochen, empfand es aber eher als lästige Pflicht. Offensichtlich hatte hier ein Gen eine Generation übersprungen, denn sein Vater Lennart war ein leidenschaftlicher Koch.

»Ich denke eher, dass er etwas wiedergutmachen will«, sagte Corinna.

»Das vielleicht auch«, räumte Norberg ein, »aber Lennart hat mir erzählt, dass sich Lasse schon bei seinem Aufenthalt in Stockholm sehr fürs Kochen interessiert hat und sie sich häufig neue Rezepte ausgedacht haben. Mein Vater ist ja ziemlich verrückt in dieser Hinsicht. Ich find's gut, wenn sich Lasse da jetzt so reinkniet.« Er musste unwillkürlich grinsen. »Neulich hat er tatsächlich gesagt, dass er sich vorstellen könnte, so etwas einmal beruflich auszuüben. Ist das zu fassen?«

»Das ist in der Tat erstaunlich«, sagte Peter Heckler und schüttelte verwundert den Kopf.

»Deshalb werde ich Lasse da jetzt auch nicht reinreden«, fuhr Norberg fort. »Wenn ihm diese neue Begeisterung dazu verhilft, sein seelisches Gleichgewicht wiederzuerlangen, wäre das doch in unser aller Interesse.«

»Das bedeutet dann also, dass ich ab sofort überflüssig bin.«

Erstaunt sah Norberg seine Schwiegermutter an. Er konnte sich nicht erinnern, jemals einen derart aggressiven Ton an ihr wahrgenommen zu haben. Offensichtlich hatte er heute ein Talent dafür, andere mit harmlos gemeinten Worten zu verärgern. »Nein, natürlich nicht! Ich wollte bloß vorschlagen, dass du nicht mehr jeden Tag kommen musst.«

»Das ist ein sehr guter Vorschlag«, mischte sich Peter Heckler ein, was ihm einen bösen Blick seiner Frau eintrug.

»Schau mal, Corinna, das müsste doch auch in deinem Interesse sein«, fuhr Norberg behutsam fort. »Ich finde, du solltest auch mal wieder an dich denken.«

Er kam nicht dazu, seine Erklärungen fortzuführen, da Corinna aufgesprungen war. »So, findest du das?« Ihre Augen sprühten Funken, und sie knallte den Teebecher so heftig auf den Tisch, dass ein Teil der Flüssigkeit überschwappte. »Wie ich sehe, habt ihr schon alles über meinen Kopf hinweg entschieden. Dann kann ich jetzt ja wieder ins Bett gehen.«

»Corinna, bitte, jetzt reg dich doch nicht auf!« Peter Heckler versuchte, seine Frau festzuhalten, aber sie entwand sich seinem Griff und knallte die Tür des Esszimmers hinter sich zu.

»Was war das jetzt?«, fragte Norberg konsterniert.

Peter Heckler schüttelte den Kopf und nahm wieder Platz. »Ich weiß auch nicht. Sie ist schon seit Tagen so gereizt und geht auch mich bei der kleinsten Kleinigkeit an. Das erste Weihnachten und Silvester ohne Kathrin war für uns beide nicht einfach, aber ich habe den Eindruck, dass noch etwas anderes dahintersteckt. Aber sie sagt ja nichts.« Er hob hilflos die Schultern und goss sich noch einen Schluck Bier ein. »Möchtest du auch noch eins?«

Norberg schüttelte den Kopf. »Nein, danke.« Er schaute Heckler an. »Wie stehst du denn der Sache gegenüber?«

»Na ja, wie ich schon sagte, ich finde deinen Vorschlag gut. Corinna hat so viele Interessen, und ich bin der Meinung, dass sie denen jetzt auch mal wieder nachgehen sollte. Aber irgendwie hat sie das alles vollkommen aus den Augen verloren.«

Sie schwiegen einen Augenblick, dann sprach Norberg den zweiten Punkt an, der ihn hergeführt hatte. Corinna würde er unter diesen Umständen besser nicht dazu befragen, aber vielleicht konnte sein Schwiegervater ihm ja auch weiterhelfen. »Sag mal … erinnerst du dich zufällig an ein Geschehen im Jahr 2004, als hier ein Kind aus einem Jugendheim verschwunden ist? Es gab damals eine groß angelegte Suche, aber der Junge wurde nie gefunden.«

Peter Heckler krauste die Stirn in angestrengtem Nachdenken. »So ganz krieg ich das nicht mehr zusammen«, sagte er nach einem Augenblick, »ich weiß aber noch, dass es ein ziemliches Medienecho gab. War da nicht ein Mann angeklagt worden, den man verdächtigte, den Jungen missbraucht und umgebracht zu haben?«

Norberg nickte. »Ja, das stimmt. Das Ganze endete allerdings in einem Freispruch.«

»Ich muss noch mal drüber nachdenken, im Moment fällt mir jedenfalls nicht mehr ein. Ich werd Corinna mal fragen, die ist fitter in solchen Sachen.« Er blickte Norberg neugierig an. »Seid ihr wieder an dem Fall dran?«

»Ja.«

Heckler griente. »Aber du darfst mir wie immer nichts erzählen.«

»So ist es.« Norberg erhob sich. »Ich komme die nächsten Tage noch mal vorbei. Vielleicht sieht Corinna die Sache dann nicht mehr so emotional.« Er legte kurz seine Hand auf Hecklers Schulter. »Und wenn ihr euch an etwas zu dem erwähnten Fall erinnern solltet, sagt Bescheid, okay?«

Heckler versprach es.

Als Norberg ins Freie trat, stand das Tor der Doppelgarage am Haus seiner Schwiegereltern offen. Anna schien gerade gekommen zu sein und hantierte im Kofferraum herum. Norberg ging zu ihr und sah, dass sie einen Großeinkauf hinter sich hatte, da der Kofferraum voll beladen mit Lebensmitteln war. »Hast du unsere Supermärkte geplündert?«

Sie drehte sich zu ihm herum und lachte. »Nee, einen hab ich tatsächlich verschont.«

Er beugte sich herunter und nahm eine voll beladene Einkaufstasche in die Hand. »Ich helfe dir beim Reintragen.«

Sie schüttelte den Kopf, nahm ihm die Tasche wieder ab und stellte sie zurück. »Danke, aber das ist nicht nötig. Das kommt morgen mit ins Büro.«

»Gibt's was zu feiern?«

»Ja, klar. Meinen Einstand.« Sie schloss den Kofferraum, verriegelte den Wagen und ließ das Garagentor herunterfahren.

»Oha. Na, dann mach dich mal auf was gefasst, die Kollegen langen bei Bürofeiern nämlich immer mächtig zu. Als wenn sie zu Hause nichts zu essen bekämen.«

Sie zwinkerte ihm zu. »Dann hole ich morgen früh mal besser vier Brötchen für jeden. Nicht, dass ihr Jungs mir noch verhungert.«

Er lächelte. »Ich denke, dass drei ausreichen werden.«

Dienstag, 07. Januar

Anna hatte die Zutaten für ein deftiges Frühstück in der Küche aufgebaut und einen Zettel mit der Aufschrift *Bitte bedient euch* an die Wand geheftet. Wie erwartet ließen sich die Ersten nicht lange bitten, nachdem sie den Grund für diese unverhoffte Mahlzeit erfahren hatten.

»Mmmmh, läggaaa«, sagte Lars Klüver und nahm einen weiteren Bissen von seinem Brötchen, das mit einem dicken Makrelenfilet belegt war. »Also von mir aus kannst du jeden Tag deinen Einstand feiern.« Er grinste über beide Backen. »Oder zumindest jede Woche.«

Anna erwiderte sein Lachen, glücklich darüber, dass sie wieder hier war. Seit ihrer Ankunft am gestrigen Tag waren ihr bereits alle Kollegen über den Weg gelaufen, und jeder hatte sich aufrichtig gefreut, sie zu sehen.

Um zehn Uhr trafen sie und Nils sich zu einer kurzen Besprechung in Norbergs Büro. Als Erstes war das Gespräch mit Carsten Witt geplant, danach stand der Besuch bei Dieter Nabers und Martin Hellwig an.

»Und was soll ich machen?« Nils' Frage kam etwas kläglich heraus.

»Du kommst mit, überlässt uns aber die Gesprächsführung, okay?« Anna hatte mit Norberg im Vorweg festgelegt, dass Nils bei den heutigen Befragungen nur als stiller Zuhörer dabei sein sollte, da er in diesem Bereich noch Erfahrung sammeln musste. Sie hatte allerdings dafür plädiert, ihn am Folgetag auch einmal alleine loszuschicken, weil er ihr schließlich zugeteilt worden war und sie nicht wollte, dass er sich als fünftes Rad am Wagen fühlte. Sie hoffte, dass er mit der für heute vereinbarten Überlegung klarkam, und war erleichtert, als er jetzt sagte: »Klasse, dann setze ich mich heute mal auf die Schulbank und lerne ein bisschen was von euch alten Hasen.«

Sie holte ihre Sachen aus dem Büro, als ihr Handy zu klingeln begann. Es war der Spediteur aus München, der ihr mitteilte, dass sie am Freitag mit der Ankunft ihrer Möbel und weiterer Utensilien, die in München eingelagert waren, rechnen könne. Sie hatte bei ihrem Auszug nur wenige Stücke, an denen ihr Herz hing, mitgenommen und einlagern lassen und den Rest Ralf überlassen. Ihr neues Haus war voll eingerichtet, und der zeitlose skandinavische Stil entsprach ganz ihrem Geschmack. Trotzdem wollte sie einige Dinge, die in die Jahre gekommen waren, ausrangieren und durch ihre Möbel ersetzen. Mit den Hecklers musste sie dann noch besprechen, was mit diesen Sachen passieren sollte. Vielleicht wollten Norberg und seine Söhne ja auch noch etwas übernehmen.

Ihr Anwalt hatte es mittlerweile geschafft, ihren geschiedenen Mann aus dem Haus, ihrem Elternhaus, rauszuklagen. Das Urteil lag noch nicht lange zurück, und es hatte danach Wochen voller Stress gegeben, da Ralf Revision eingelegt und sie nahezu täglich mit bitterbösen Mails und Anrufen traktiert hatte. Zum Glück war die Revision abgeschmettert worden, und seitdem war Ruhe. Sie hoffte inständig, dass es so bleiben würde und ihr Ex das Urteil jetzt endlich akzeptierte und nicht nur eine Pause zum Luftholen einlegte, um sie danach weiter zu belästigen. Sie wollte endlich zur Ruhe kommen und sich über den ersehnten Neuanfang in Schleswig-Holstein freuen, dem sie auch noch einen traumhaften Arbeitsplatz an der Nordsee verdankte. Was mit ihrem Elternhaus geschehen sollte, würde sie in Ruhe überlegen.

Obwohl seit Norbergs Besuch mittlerweile ein Tag vergangen war, kochte Pieter Johannsen noch immer vor Wut.

Dieser elende Dreckskerl!

Die verunglückten Ermittlungen damals in St. Peter-Ording hatten sich zum Glück nicht negativ auf Johannsens Aufstieg ausgewirkt, aber die Angelegenheit um den SEK-Einsatz hätte ihn fast seine Karriere gekostet, wenn er nicht Deckung von ganz oben erhalten hätte. Auch wenn am Ende alles so gekommen war wie geplant, hatte er geschworen, es diesem elenden Kerl irgendwann heimzuzahlen. Bisher hatte noch jeder einen Denkzettel erhalten, der sich mit Pieter Johannsen angelegt hatte.

Aufgebracht schmiss er die Tageszeitung auf den Esstisch und bereute die ruckartige Bewegung fast augenblicklich. Für einen Moment wollten ihn die Tränen übermannen, und er schluckte schwer.

Warum war Sybille jetzt nicht hier, um seine Last mit ihm zu teilen? Warum musste sie ausgerechnet jetzt ihre Schwester besuchen, kurz vor seinem Eintritt in den Ruhestand, den er nicht wollte.

Ich brauche eine Auszeit, hatte sie mit einer Bestimmtheit gesagt, die er nicht an ihr kannte. Weil ich mir darüber klar werden muss, ob ich den Rest meines Lebens auch noch mit dir verbringen möchte. Was ich nicht glaube.

Er hatte sie angestarrt, wie vom Donner gerührt, und voller Unglauben hören müssen, dass sie nicht die Absicht hätte, länger seine Haushälterin zu spielen, jetzt, da er in den Ruhestand träte und natürlich die Erwartung hätte, dass sie ihn dann den ganzen Tag lang bedienen würde. Ganz zu schweigen von den Krankenpflegerdiensten, die aufgrund seiner körperlichen Hinfälligkeit jetzt auch noch hinzukämen.

Du bist meine Frau, hatte er sie irgendwann angeschrien. Und zwar in guten und in schlechten Zeiten. Das hast du mir einmal vor dem Traualtar geschworen.

Sie hatte nichts erwidert, sondern ihn nur mitleidig angesehen und war dann ihren Koffer packen gegangen. Nachdem seine erste Wut verraucht war, hatte er das Gespräch mit ihr gesucht, aber sie hatte ihn am ausgestreckten Arm verhungern lassen. Er hatte das Gefühl gehabt, dass eine völlig fremde Frau vor ihm stand. Sie würde ihn verlassen, in diesem Moment war es ihm klar geworden.

Aber warum? Die Rollenverteilung in ihrer Ehe hatte von Anfang an festgestanden, und Sybille hatte nie dagegen aufbegehrt. Was hatte diesen plötzlichen Wandel herbeigeführt, dass sie sogar über eine Trennung nachdachte?

Das kannst du mir nicht antun, hatte es in seinem Inneren geschrien. Was soll ich denn ohne dich anfangen?

Er hatte sich im Laufe seines Lebens nur selten Momente der Schwäche gestattet, da er immer ein Macher gewesen war, der voranging, ohne einen Blick zurückzuwerfen, und Sentimentalitäten anderen überließ. Aber jetzt, am Ende seines Berufslebens und vor allen Dingen nach Sybilles Eröffnung, war er immer häufiger negativen Stimmungsschwankungen ausgesetzt, die sich nur schwer in den Griff kriegen ließen. Weil er zeit seines Lebens ein kerngesunder Mensch gewesen war und es hasste, jetzt so hinfällig geworden zu sein. Verpfuschte Bandscheiben-OP, die eine weitere nach sich gezogen hatte, danach fast zwei Monate Reha, die seine Bewegungsfähigkeit aber nicht vollständig wieder hatte herstellen können, ganz abgesehen von den Schmerzen, die ihn bis an das Ende seines Lebens begleiten würden. Was folgte, war die vorzeitige Versetzung in den Ruhestand gewesen, die er auch mithilfe seines Netzwerks nicht hatte verhindern können.

Johannsen schenkte sich eine weitere Tasse Kaffee ein und ging mit ungelenken Schritten zum Fenster. Friedrichstadt hatte an diesem Morgen etwas Verwunschenes, mit dem über Nacht gefallenen Schnee, dem zugefrorenen Mittelburggraben, den Sonnenstrahlen, die sich zaghaft durch die Wolkendecke stahlen und Hoffnung auf einen strahlenden Wintertag machten. Mit der alten Sybille hätte er jetzt einen langen Spaziergang unternommen, zum Mittag wären sie in einem schönen Lokal eingekehrt, und am Nachmittag hätte er es sich vor dem knisternden Kaminfeuer mit einem Buch gemütlich gemacht, während Sybille das Abendessen vorbereitete.

Alles vorbei, aber bevor ihn ein neuer Anflug von Sentimentalität übermannte, konzentrierte sich Johannsen wieder auf das, was er von Norberg erfahren hatte.

Sie hatten den alten Fall also wieder aufgenommen. Aber wer genau waren *sie* außer Norberg? Johannsen hatte zwar von dessen Wechsel nach St. Peter-Ording erfahren, allerdings waren ihm die Hintergründe nicht bekannt, und sie hatten ihn auch nicht interessiert, weil es zu dem Zeitpunkt gesundheitlich immer mehr mit ihm bergab gegangen war und er kurz vor seinem ersten Krankenhausaufenthalt gestanden hatte.

Von einer neuen Vermisstenstelle war ihm noch überhaupt nichts zu Ohren gekommen, was aber damit zusammenhängen dürfte, dass er aufgrund seiner verfluchten Bandscheibe schon Monate lang nicht mehr im Büro gewesen war. Und da die Anrufe seiner Kumpel immer spärlicher wurden und er häufig das Gefühl hatte, dass sie sich verleugnen ließen, wenn er anrief, hatte er nicht die geringste Ahnung, was aktuell im LKA und bei der Landespolizei lief.

Ein bitterer Geschmack machte sich in seinem Mund breit. So war das also, wenn man aufs Abstellgleis geschoben wurde und feststellen musste, was Freundschaften wirklich wert waren. Eine vollkommen neue Erfahrung für ihn, denn normalerweise war er immer derjenige gewesen, der bestimmte, wann etwas zu Ende war und wen er fallen ließ. Aber das würde er sich nicht bieten lassen; bevor er abtrat, würde er jeden offenstehenden Gefallen einfordern.

Am Straßenrand hatten zwei Jungen mit dem Bau eines Schneemanns begonnen. Johannsen beobachtete ihre Bemühungen, sah ihre von der Kälte geröteten Wangen, die Freude, die in ihren Gesichtern stand.

Sybille und ihm waren keine Kinder vergönnt gewesen. Eine Tatsache, an die er sich mit der Zeit gewöhnt hatte, die er jetzt, im Alter, allerdings zutiefst bedauerte. Niemand, der für ihn da wäre, wenn es körperlich noch mehr bergab ging, niemand, der sich um ihn sorgte. Denn Sybille dürfte dafür jetzt ja wohl nicht mehr zur Verfügung stehen. Immer häufiger stand ihm mittlerweile das Szenario vor Augen, dass er einsam und verlassen in diesem Haus sterben und erst nach Wochen gefunden werden würde.

Nein, er wollte nicht schon wieder daran denken! Durch die Neuaufnahme des alten Falls hatte er jetzt ein großes Problem, und das musste er lösen. Das hatte im Augenblick oberste Priorität und würde ihn auch von diesen elenden Sentimentalitäten ablenken.

Johannsen ging zum Esstisch zurück und stellte die Kaffeetasse ab. Was, verdammt noch mal, hatte Norberg mit dieser Vermisstenstelle zu tun? Der Gedanke ließ ihn einfach nicht los. Als Schutzpolizist hatte Norberg mit den Ermittlungen einer LKA-Dienststelle doch überhaupt keine Berührungspunkte. Hatte er sich vielleicht ganz bewusst eingeklinkt, in der Hoffnung, ihm ein weiteres Mal Schaden zufügen zu können?

Johannsen griff zum Telefon und bestellte ein Taxi, da er mittlerweile große Schmerzen hatte, wenn er selber fuhr. Als Beifahrer war es zwar auch nicht viel erträglicher, aber er musste jetzt dringend nach Kiel und einige Dinge in Erfahrung bringen.

Wenn man ihn schon in den Ruhestand schickte, dann wollte er aufrecht und mit einer weißen Weste gehen. Und die würde Norberg ihm nicht beschmutzen.

12

Norberg hatte Carsten Witt zu Hause erreicht und ihm ihren Besuch angekündigt. Witt hatte bereits am Telefon sehr verhalten reagiert, und auch jetzt, als sie vor seiner Haustür standen, war unübersehbar, dass ihm nicht der Sinn nach einem Gespräch stand. Sein misstrauischer Blick blieb für einen Moment auf Norberg hängen, bevor er zu Anna und Nils flog. Es schien ihn einige Mühe zu kosten, sie ins Haus zu bitten und den Weg freizugeben.

»Ich hatte gehofft, dass ich die Angelegenheit endlich hinter mir lassen kann«, sagte Witt mit harter Stimme, nachdem er sie ins Wohnzimmer geführt und ihnen einen Platz angeboten hatte. Gastfreundlichkeit legte er nicht an den Tag, die Frage, ob er ihnen etwas zu trinken anbieten könne, blieb aus. »Aber wie es scheint, wird sie mich wohl bis an mein Lebensende verfolgen, obwohl ich damals freigesprochen wurde.«

Norberg hatte beim Eintreten einen schnellen Blick durch den Raum geworfen. Er war gemütlich eingerichtet, viel Holz, eine bequeme Sitzgarnitur aus hellem Leinenstoff und ein gut gefülltes Bücherregal, das sich über die komplette linke Wand des Zimmers zog. »Sie haben immer beteuert, dass Sie unschuldig sind, Herr Witt«, sagte Norberg, nachdem er sich gesetzt hatte, »da muss Ihnen doch daran gelegen sein, dass der Fall endlich aufgeklärt wird.«

Carsten Witt ließ seinen Blick zwischen ihm und Anna hin und her wandern. »Ich will Ihnen ja nicht zu nahetreten, aber das haben Ihre damaligen Kollegen auch nicht geschafft. Die haben sich auf meine beiden Freunde, aber hauptsächlich auf mich konzentriert und nicht nach links und rechts geschaut. Wieso sollte das jetzt auf einmal anders sein?«

»Weil wir den Fall unvoreingenommen und mit einem Abstand von sechzehn Jahren betrachten«, sagte Anna ruhig.

»Ach ja, tun Sie das? Und was ist, wenn Sie über Fehler Ihrer Kollegen stolpern? Darüber wird dann doch mit Sicherheit der Mantel des Schweigens gebreitet. Bei Ihnen hackt doch eine Krähe der anderen kein Auge aus.« Norberg wollte etwas erwidern, aber Witt ließ ihm keine Gelegenheit. »Ihre Kollegen haben damals meinen Ruf zerstört.« Unvermittelt schlug er mit der Faust auf die Lehne seines Sessels. »Besonders diese beiden Kommissare, Johannsen und Lürssen.« Witt erhob sich. »Warten Sie, ich will Ihnen etwas zeigen.« Er verließ den Raum und kam nach kurzer Zeit mit einem Schuhkarton zurück, den er auf dem Couchtisch abstellte. Er legte den Deckel zur Seite und holte eine Reihe von Zeitungsartikeln heraus, die er auf dem Tisch ausbreitete. »Hier, schauen Sie sich das an!«

Norberg und Anna blickten auf eine Vielzahl von Artikeln, die ausnahmslos auf den Titelseiten der regionalen Zeitungen erschienen waren und auf denen Witts Bild unter jeweils fetten Schlagzeilen prangte. Bei allen Fotos schien es sich um Schnappschüsse zu handeln.

»Die Presse hat mich damals gehetzt«, sagte Witt und ließ sich wieder in den Sessel sinken. Seine Hände zitterten.

»Und zwar schon vor dem Prozess, als bekannt geworden war, dass die Polizei mich als Hauptverdächtigen im Visier hatte. Im Nachhinein habe ich erfahren, dass Ihre Kollegen Johannsen und Lürssen diese Information ganz gezielt durchsickern ließen. Ich weiß nicht, warum sie sich so auf mich eingeschossen hatten. Ich weiß nur, dass ich das kein zweites Mal erleben möchte, wenn Sie jetzt erneut in der alten Geschichte herumstochern. Das macht hier im Ort dann doch ganz schnell wieder die Runde.« Er blickte sie an, und in seinen Augen stand Verzweiflung. »Können Sie sich vorstellen, was für ein Gefühl das ist, wenn Menschen, die man gut zu kennen glaubt und mit denen man seit Jahren befreundet ist, plötzlich nichts mehr mit einem zu tun haben wollen?« Seine Stimme klang rau. »Wenn sie sich am Telefon verleugnen lassen oder auf die andere Straßenseite gehen? Wie sich das anfühlt, wenn Sie am Morgen die Worte Kinderficker oder Mörder an ihrer Hauswand entdecken? Und man weiß, dass man diesen ganzen Scheiß zwei Polizisten zu verdanken hat? Ich habe immer große Stücke auf die Polizei gehalten, aber seit damals traue ich keinem von euch mehr über den Weg.«

Norberg war sich natürlich darüber im Klaren, dass in Witts Leben nach den damaligen Ereignissen kein Stein auf dem anderen geblieben sein dürfte, davon legte ja schon der Umzug ins Ausland Zeugnis ab. Und wenn es stimmte, dass Witt tatsächlich unschuldig war, würde er das Stigma, das er seit damals mit sich herumtrug, trotzdem nicht mehr loswerden. Norberg hatte einen solchen Fall schon einmal erlebt, als ein Lehrer in den Verdacht eines Kindesmissbrauchs geraten war. Obwohl sich seine Unschuld zweifelsfrei hatte feststellen lassen, hatte er sich von dem Verdacht nicht mehr reinwaschen können und schließlich Suizid begangen.

Was Witt anbelangte, war Norberg unschlüssig, weil es ihm schwerfiel, den Mann zu lesen. Er war zweifelsohne erregt, die Frage war nur, ob aus Angst, dass man ihn nach all den Jahren doch noch überführen würde, oder weil ihm davor graute, dass er jetzt womöglich wieder in den Fokus der Öffentlichkeit geriet. Es wäre interessant, zu erfahren, warum er nach all den Jahren wieder nach St. Peter-Ording zurückgekehrt war.

»Wir können Sie nur bitten, uns zu vertrauen, Herr Witt«, sagte Anna beschwichtigend. »Wenn wir auf Hinweise stoßen, die Ihren Vorwurf gegen die beiden Kollegen erhärten, und darauf, dass damals nicht korrekt ermittelt wurde, werden sich die Kollegen verantworten müssen. Das verspreche ich Ihnen.«

Witts Blick war skeptisch. »Warum haben Sie den Fall überhaupt wieder aufgenommen?«, fragte er nach einem Augenblick. »Haben Sie irgendwelche neuen Hinweise?«

»Es gibt bei der Schleswig-Holsteinischen Landespolizei seit Kurzem eine Vermisstenstelle, deren Leitung mir übertragen wurde«, sagte Anna. »Wir nehmen uns nicht nur aktuelle, sondern auch zurückliegende Fälle vor. Unabhängig von neuen Hinweisen.«

»Da ich unschuldig bin, sollte ich mich ja eigentlich darüber freuen«, sagte Witt. »Aber ich möchte nach all den Jahren nur noch meine Ruhe haben.«

»Das ist verständlich«, sagte Norberg. »Aber wir können

es Ihnen leider nicht ersparen, dass Sie uns die damaligen Vorgänge noch einmal so genau wie möglich schildern. Wir kennen aus den Akten nur die nüchternen Fakten, deshalb ist es für uns wichtig, dass wir mit allen damals Beteiligten persönliche Gespräche führen, um uns ein vollständiges Bild zu machen.«

Witt lehnte sich im Sessel zurück und seufzte. »Haben Sie Zeit mitgebracht?«, fragte er schließlich.

»Ja«, sagte Norberg. »Das haben wir.«

Die Nachricht erreichte ihn um neun Uhr zwanzig in seinem Büro. Ein Junge aus der Hamburger Schulklasse war verschwunden.

»Wir haben schon überall nach ihm gesucht«, sagte der ältere der beiden Lehrer, welche die zwanzig Schüler zusammen mit einer Lehrerin auf die Klassenfahrt nach St. Peter-Ording begleitet hatten. Der untersetzte Mann war hochrot im Gesicht, sein hellblaues Polohemd unter den Achseln schweißgetränkt. Verzweifelt starrte er Witt an. »Wir müssen die Polizei rufen!«

»Jetzt beruhigen Sie sich erst mal und erzählen mir, was passiert ist«, sagte Witt und deutete auf den Stuhl vor seinem Schreibtisch.

Aber der Mann war zu ungeduldig, um Platz zu nehmen. »Florian schläft in einem Dreibettzimmer. Als seine beiden Mitschüler heute Morgen aufgewacht sind, lag er nicht in seinem Bett. Sie haben sich nichts dabei gedacht, weil er häufig früh aufsteht und vor dem Frühstück zum Deich geht. Als er dann allerdings nicht beim Frühstück auftauchte, haben sie uns informiert. Wir haben nachgeschaut, ob seine Sachen da sind, und festgestellt, dass sein Rucksack fehlt. Alles andere ist noch da. Dann sind wir mit mehreren zum Deich gegangen und haben dort nach ihm gesucht. Aber wir haben ihn nicht gefunden.«

»Sprechen Sie von Florian Berger?«, fragte Witt, den eine nicht abzuschüttelnde Beklemmung ergriffen hatte.

Der Lehrer nickte. »Ja.« Er rang die Hände. »Bitte, wir müssen etwas tun. Der Junge ist doch erst neun, ich darf gar nicht daran denken, was ihm passiert sein könnte.«

Witt machte eine beruhigende Geste und griff zum Telefonhörer. »Ich informiere unsere Polizeistation. Dort arbeiten zwar nur ein paar Beamte, aber sie werden sicherlich Verstärkung anfordern.« Er richtete seinen Blick auf den Mann vor sich, der ihn hilflos anschaute und sichtlich mit der Situation überfordert schien. »Machen Sie sich keine Sorgen. Wir finden Florian.«

»Ihre damaligen Kollegen haben sofort Unterstützung aus Husum angefordert und auch einen Trupp der Bereitschaftspolizei. Ich habe mich mit drei Mitarbeitern an der Suche beteiligt.« Witt strich über sein Gesicht und hielt einen Augenblick inne. Die Erinnerung setzte ihm sichtlich zu. »Wir haben bis zum Einbruch der Dunkelheit gesucht und die Polizisten durchgehend in mehreren Schichten.«

»Um wen hat es sich bei diesen drei Mitarbeitern gehandelt?« Laut Altakte waren insgesamt fünf Mitarbeiter im Heim angestellt gewesen. Der Hausmeister, der Gärtner und drei Küchenangestellte, die ebenfalls für die Reinigung der Häuser zuständig waren.

»Das waren der Hausmeister und der Gärtner der Anlage und eine der weiblichen Küchenangestellten, die mir manchmal im Büro hilft. Die anderen beiden Küchenhilfen mussten sich um die Mahlzeiten kümmern, der Betrieb ging ja weiter.«

»Kannten die drei Florian?« Laut deren Aussagen in der Altakte war das nicht der Fall gewesen.

Witt hob unschlüssig die Schultern. »Vielleicht vom Sehen, aber näher sicher nicht. Jedenfalls haben sie da nie etwas erwähnt. Unser Haus war ja immer gut besucht, und wenn ich mich recht erinnere, waren zu dem Zeitpunkt an die achtzig Schüler anwesend. Da hat man selten jemanden näher kennengelernt. Die Schüler wurden immer von einigen ihrer Lehrer begleitet, und die haben dann die ganzen Aktivitäten mit ihnen durchgeführt. Da passierte natürlich ganz viel außerhalb des Hauses. Als Erstes wurde meistens der Ort erkundet, dann folgten Touren über Eiderstedt und nach Dithmarschen. Häufig wurden auch die Seehundstation in Friedrichskoog und das Multimar Wattforum in Tönning besucht, weiterhin gab es Wattwanderungen, und dann standen auch immer unterschiedliche Schiffstouren auf dem Programm.«

»Aber im Heim gab es doch auch eine Reihe von Freizeitangeboten«, meinte Anna.

»Ja, natürlich«, versicherte Witt. »Die Kinder konnten Tischtennis spielen oder Fußball, aber wir haben immer wieder festgestellt, dass diese Angebote weniger angenommen wurden. Bei uns lockte halt am meisten der Strand.«

»Und Sie kannten Florian näher?«, fragte Norberg. »Wie ist es dazu gekommen?«

Witt verlagerte das Gewicht, sein Blick ging in Richtung Fenster. »Florian hatte am Zaun neben dem Eingang ein kaputtes Fahrrad gefunden, das jemand weggeworfen zu haben schien. Er hatte es mit aufs Gelände genommen, weil er hoffte, dass es einer von uns reparieren konnte. Er wollte immer ein Fahrrad haben, aber seine Mutter hat es ihm verboten.«

»Wegen seines Herzfehlers, vermute ich«, warf Anna ein.

Witt nickte. »Florian lief mir über den Weg und fragte, ob ihm jemand bei der Reparatur helfen könne. Ich kenne mich ganz gut mit Fahrrädern aus und habe ihm angeboten, es selber zu machen. So haben wir uns ein bisschen näher kennengelernt. Florian war ein lieber und offener Junge, der es aufgrund seines Herzfehlers nicht immer leicht hatte. Seine Mutter hätte ihn am liebsten in Watte gepackt. Die Eltern hatten sich während seines Aufenthalts ja hier eine Ferienwohnung genommen, und sie hat ihn morgens und abends besucht, um sich zu vergewissern, dass es ihm gut geht. Da haben natürlich einige aus seiner Klasse drüber gelästert, und das sowie die Einschränkungen, die ihm wegen seiner Krankheit auferlegt waren, haben dazu geführt, dass er sich oft ausgeschlossen gefühlt hat. Mir tat der Junge leid, nachdem er mir ein bisschen was von sich erzählt hatte.«

Norberg war nicht entgangen, dass Witt *Florian war* gesagt hatte, und der kurze Blick, den er mit Anna wechselte, zeigte ihm, dass es auch ihr aufgefallen war. Während er noch überlegte, ob er es ansprechen sollte, kam sie ihm zuvor.

»Herr Witt, Sie haben gesagt, Florian *war* ein lieber und offener Junge. Sie gehen also davon aus, dass er tot ist.«

Witt richtete sich im Sessel auf. »Ja, nach all den Jahren gehe ich davon aus. Das bedeutet aber nicht, dass ich es weiß, weil ich ihn umgebracht habe.« Seine Stimme war laut geworden. »Denn das wollen Sie in meine Worte doch hineininterpretieren, oder?«

»Nein«, sagte Anna, »das will ich nicht. Es war mir lediglich aufgefallen, und wie Sie ja eben sagten, ist es angesichts der mittlerweile vergangenen Zeit sehr wahrscheinlich.«

»Um noch einmal auf die Suche an diesem ersten Tag zurückzukommen«, sagte Norberg. »Wo genau haben Sie und Ihre Mitarbeiter Florian gesucht?«

»Zuerst in unseren drei Häusern. Im Klar Kimming und Rüm Hart waren die Kinder und ihre Begleiter untergebracht, im Haupthaus befanden sich im Erdgeschoss mein Büro, der Speisesaal sowie die Küche und zwei Abstellräume, in denen Reinigungsutensilien sowie Bettwäsche und Handtücher untergebracht waren. Im ersten Stock hatten wir eine kleine Bibliothek, zwei Fernsehräume und einen Aufenthaltsraum mit einer Tischtennisplatte. Dann gab es noch einen kleinen Schuppen auf dem Gelände, wo Reparaturen erledigt wurden und eine Reihe von Utensilien gelagert war. Also Spielgeräte, Möbel, die aufbereitet werden mussten und so.«

»Gab es Keller in den Häusern?«, fragte Anna.

Witt schüttelte den Kopf. »Nein. Weder Keller noch Dachböden.«

»Wir teilen uns auf«, bestimmte Witt. »Ich nehme mir das Hauptgebäude vor, Max sucht im Klar Kimming und im Schuppen und Bernd im Rüm Hart.« Er schaute den Hausmeister und den Gärtner an, deren Gesichter einen sorgenvollen Ausdruck trugen. »Alles klar?«

Die beiden Männer nickten. »Jo.«

Der Speisesaal war mittlerweile leer, und Alma, eine der Küchenkräfte, die ihm im Sekretariat aushalf, wenn Not am Mann war, machte gerade die Tische sauber. Sie hatte, ebenso wie ihre Kolleginnen, bereits gehört, was passiert war und schüttelte den Kopf, als Witt ihr Florians Foto zeigte, das die Polizei von dessen Eltern erhalten hatte. »Hast du den Jungen heute Morgen gesehen? Kann er sich hier irgendwo versteckt haben?«

Alma kniff die Augen zusammen und holte eine Brille aus der Tasche ihres Kittels, bevor sie das Foto zur Hand nahm. »Nö«, sagte sie nach einer Weile und gab es ihm zurück, »den hab ich nicht gesehen.« Sie blickte ihn bedauernd an. »Jedenfalls kann ich mich nicht an ihn erinnern. Es ist ja immer so ein Trubel hier, wenn de Kinner zum Essen einfallen. Ich muss aber zugeben, dass ich auch ein schlechtes Gedächtnis für Gesichter habe.« Sie strich die Haare hinter die Ohren und überlegte. »Und verstecken ... in der Küche bestimmt nicht, da ist ja immer jemand von uns zugange. Wenn, dann höchstens in den beiden Abstellräumen.«

Witt nickte und ging in die Küche, wo die beiden anderen Frauen gerade mit der Vorbereitung des Mittagessens beschäftigt waren. Florians Bild sagte auch ihnen nichts, aber sie bestätigten Almas Aussage, dass niemand in ihrer Küche gewesen sei.

Also machte sich Witt auf den Weg, um die beiden Abstellräume zu durchsuchen, als er einen Ruf hinter sich vernahm.

»Warte, ich komm mit!« Alma kam den Flur entlanggelaufen.

»Das brauchst du nicht, das schaffe ich auch allein.«

Sie war etwas außer Atem, als sie ihn erreichte, ein Zeichen ihrer Asthmaerkrankung. »Vier Augen sehen mehr.«

Witt wusste, dass es keinen Sinn hatte, mit ihr zu diskutieren, da sie sehr energisch werden konnte, wenn sie sich etwas in den Kopf gesetzt hatte.

Als Erstes inspizierten sie den Raum, in dem die Bettwäsche und die Handtücher untergebracht waren. Alles lag in deckenhohen Regalen gestapelt, auf deren unterer Reihe mehrere Wäschesäcke für die Schmutzwäsche nebeneinander aufgereiht standen. Die Säcke wären in diesem Raum das einzige Versteck gewesen, aber sie waren leer.

Im zweiten Raum gab es baugleiche Regale, die Reinigungsutensilien enthielten, weiterhin Besen, Schrubber, Handfeger, Staubsauger und andere Dinge, die man zum Saubermachen brauchte. Hier gab es keine Möglichkeit, sich zu verstecken.

Als Letztes warfen sie einen Blick in Witts Büro. Er hatte es nicht abgeschlossen, das tat er nie, weil seine Tür immer für alle offen stand. Aber der Raum war leer.

»Lass uns nach oben gehen«, sagte Alma. Sie schien fest entschlossen, die Suche mit ihm zusammen fortzusetzen. Er nickte und folgte ihr die Treppe hinauf in den ersten Stock, wo sie sich als Erstes nach rechts wandte, um in den Aufenthaltsraum mit der Tischtennisplatte zu gehen. Ein muffiger Geruch hing in dem Zimmer, das sich über die gesamte Breite des Gebäudes zog, und Alma marschierte schnurstracks zu den beiden großen Fenstern. »Ich verstehe nicht, warum Trudi die nach dem Saubermachen immer wieder zumacht«, schimpfte sie und riss die Fenster weit auf. »Mann, wir haben Sommer, da sollten sie doch wenigstens tagsüber auf Kipp stehen. Hier klettert doch niemand rein.«

Witt hatte in der Zwischenzeit die Tür des kleinen Wandschranks geöffnet, aber bis auf die Tischtennisschläger und Bälle war der Schrank leer. Ansonsten gab es in dem Raum keine weiteren Möglichkeiten, sich zu verstecken. Was auch für die als Nächstes inspizierte Bibliothek und die beiden Fernsehräume galt, die zum Schluss ihres Rundgangs dran waren.

»Tja«, sagte Alma schließlich. »In diesem Haus ist der Junge jedenfalls nicht.«

»Nachdem wir im Haupthaus durch waren, sind Alma und ich nach draußen gegangen und haben uns auf dem Gelände umgesehen«, fuhr Witt fort. »Dort hatte ein Trupp Ihrer

Kollegen zwar schon alles auf den Kopf gestellt, aber wir wollten nichts unversucht lassen. Damit waren wir dann bestimmt noch mal zwei Stunden beschäftigt. Dann haben wir uns die Straßen um das Heim vorgenommen. Aber wir haben Florian nicht gefunden. Der Junge war wie vom Erdboden verschluckt.«

13

Hark Thomsen hatte Johannsen seit Jahren nicht mehr gesehen und war trotz seiner tiefen Abneigung bestürzt über dessen Anblick. Er hatte gehört, was dem Kollegen gesundheitlich widerfahren war und zur Versetzung in den vorzeitigen Ruhestand geführt hatte, aber dass Johannsen ein körperliches Wrack geworden war, hatte er nicht erwartet.

»Setz dich.«

Es war kaum mit anzusehen, wie viel Mühe Johannsen selbst die wenigen Schritte von der Tür bis zum Stuhl vor Thomsens Schreibtisch kosteten. Thomsen erhob sich schließlich, um seinem Kollegen Hilfe anzubieten, aber ein Blick in dessen Augen hielt ihn davon ab. Mochte Johannsens Körper auch hinfällig geworden sein, sein Geist und sein Wille waren es nicht, und deshalb würde er keine wie auch immer geartete Hilfe annehmen.

Mit einem Ächzen ließ sich Johannsen auf den Stuhl fallen und kam wie immer sofort zur Sache. »Ich hatte Besuch von Hendrik Norberg, dem Dienststellenleiter aus St. Peter-Ording. Sie rollen unseren Fall wieder auf.«

Thomsen nahm ebenfalls Platz. »Ich weiß. Bei mir war eine Anna Wagner von einer neu gegründeten Vermisstenstelle. Ich wusste gar nicht, dass wir jetzt auch so was haben.«

Johannsen blickte ihn grimmig an. »Ach, und ich dachte,

ich wäre der Einzige, der hier von nichts weiß.« Er veränderte seine Sitzposition, da die bisherige ihm Schmerzen zu bereiten schien. Sein Gesicht war blass, auf seiner Oberlippe stand ein feiner Schweißfilm. »Was wollte sie denn von dir wissen? Die haben doch die alte Akte. Können die nicht lesen?«

»Sie wollte noch ein persönliches Gespräch mit mir führen.«

»Und was ist dabei rausgekommen? Was hast du ihr erzählt? Mann, jetzt lass dir doch nicht alles aus der Nase ziehen!«

Thomsen schwoll der Kamm, und er musste an sich halten, keine patzige Antwort zu geben. Johannsen hatte wieder diesen Tonfall drauf, mit dem er ihn während ihrer damaligen Zusammenarbeit immer gemaßregelt hatte, wenn ihm etwas nicht passte. Nicht, dass er in normalen Zeiten einen besonders freundlichen Ton an den Tag gelegt hätte, aber dieser hier war schon eine andere Nummer, weil Johannsen dann immer so klang, als wäre er ein Lehrer, der seinem Schüler Vorhaltungen macht. Mit neunundzwanzig Jahren und dem Dienstrang eines Kriminalkommissars war Thomsen seinerzeit nun wirklich kein Frischling mehr gewesen, aber dem um eine Reihe von Jahren älteren Kriminalhauptkommissar Johannsen gefiel es nun mal, den Kollegen, vor allen Dingen den jüngeren, zu zeigen, wer der Platzhirsch war. Wie es aussah, hatte er diese Angewohnheit nicht abgelegt. Aber heute würde Thomsen sich nicht mehr bevormunden lassen.

»Nichts, was nicht auch in der Akte stand.« Er würde ganz bestimmt kein Wort darüber verlieren, dass er Anna Wagner gegenüber quasi ein Schuldeingeständnis bezüglich der zu frühen Anklage abgelegt hatte. Johannsen und Lürssen waren seinerzeit die treibenden Kräfte gewesen und hatten in Oberstaatsanwalt Gerling einen willigen Unterstützer gefunden. Drei Männer auf dem Weg nach oben, die ihren Vorgesetzten und der Öffentlichkeit so schnell wie möglich einen Täter präsentieren wollten. Thomsen hatte gewarnt und immer wieder darauf hingewiesen, dass sie noch nicht genug für einen Schuldspruch hätten, aber keiner hatte ihn ernst genommen. Noch heute fragte er sich, wie ein erfahrener Oberstaatsanwalt und zwei nicht minder erfahrene Ermittler eine solche Fehleinschätzung hatten vornehmen können.

»Mir schmeckt das nicht!«

Thomsen schaute auf und sah Johannsens starren Blick auf sich gerichtet.

»Ich will nicht, dass die in dieser Sache rumstöbern.« Johannsen legte seine Hände auf die Armlehnen und stemmte sich mit Mühe aus dem Stuhl hoch. Als er stand, brauchte er einen Augenblick, um das Gleichgewicht zu erlangen. »Gib mir sofort Bescheid, wenn du noch mal kontaktiert wirst. Sofort, hörst du!« Er machte sich mit unbeholfenen Schritten auf den Weg zur Tür und verließ das Büro ohne eine Verabschiedung.

14

»Haben Sie und Ihre Mitarbeiter die Suche an diesem Tag noch fortgesetzt?«, fragte Norberg.

Carsten Witt nickte. »Ja, natürlich, in so einem Fall kann man doch nicht sitzen bleiben. Florians Mitschüler hatten der Polizei und uns gesagt, dass er die Pfahlbauten faszinierend fand. Die wurden daraufhin alle abgeklappert, aber auch ohne Erfolg. Es wusste ja keiner, wann Florian verschwunden war, und am frühen Morgen hatte die Flut eingesetzt. Deshalb stand natürlich auch die Vermutung im Raum, dass er womöglich vom Wasser überrascht worden war, falls er sich an einem der Pfahlbauten aufgehalten hatte und nicht mehr zurückkonnte.«

»Haben Sie Ihren Schülern am Ankunftstag die Gezeitenkalender ausgehändigt?« Witt schaute die beiden Lehrer und die Lehrerin, die Florians Klasse begleitet hatten, der Reihe nach an. Die Männer waren um die fünfzig und machten einen zuverlässigen Eindruck auf ihn, die Frau war jünger und eher der Typ Kumpel, der schon mal was durchgehen ließ. Alle drei nickten.

»Ja, natürlich«, beteuerte einer der Älteren. »Und wir haben sie auch immer wieder darauf hingewiesen, dass sie nicht

allein ins Watt gehen dürfen. Wir kennen ja das große Interesse, deshalb haben wir während unseres Aufenthaltes vier Wattführungen im Programm.«

»Kann es sein, dass sich trotzdem mal welche allein oder zu mehreren auf den Weg gemacht haben?«

Die drei schüttelten den Kopf. »Das glaube ich nicht«, kam es fast einstimmig heraus. Aber in der Stimme der Lehrerin hatte ein leichtes Zögern gelegen.

Also hakte Witt noch einmal nach. »Aber ausschließen können Sie es nicht, oder?«

»Na ja«, sagte die Frau, »so eine Schulklasse ist wie ein Sack Flöhe, da kann man nicht jeden in jeder Sekunde im Auge behalten. Wir haben ihnen aber eine Reihe von Informationen an die Hand gegeben. Also zum Beispiel, dass Priele bei Flut als Erstes volllaufen und einem den Weg zurück abschneiden können. Dass man immer auf das Wetter achten muss, und wie gefährlich Seenebel ist und solche Dinge.«

Die Überlegung, dass Florian allein losgezogen war, hatte ebenfalls in der Akte gestanden; da allerdings in den vergangenen Jahren an ihrem Bereich der Nordseeküste und auch weit darüber hinaus keine Kinderleiche angeschwemmt worden war, erschien die Möglichkeit dann doch unwahrscheinlich.

»Und nachdem alle Vermutungen ins Leere liefen, gerieten Sie in Verdacht«, stellte Anna fest.

Witts Gesicht wurde hart. »Zwei Lehrer aus Florians Klasse hatten ausgesagt, dass ihnen meine enge Beziehung zu Florian aufgefallen wäre, und einer hatte sogar behauptet, dass ich ganz vernarrt in den Jungen gewesen wäre. Das hat mich total geschockt, denn man kann sich ja vorstellen, was auf solche Aussagen folgt. Als der Fahndungsaufruf nach Florian raus war, hat sich dann auch noch ein Nachbar bei der Polizei gemeldet und gesagt, dass er gesehen hätte, dass ich einmal mit dem Jungen in meinem Haus verschwunden wäre.« Witt schwieg und schloss für einen Moment die Augen. Als er sie wieder öffnete, stand Trauer darin. »Es stimmt, dass ich Florian gemocht habe. Er … er hat mich so sehr an meinen verstorbenen Sohn erinnert. Lukas ist 1989 gestorben, da war er acht Jahre alt. Er hatte einen seltenen und sehr aggressiven Hirntumor.« Witt starrte auf seine Hände. »Meine Frau und ich haben uns einige Jahre später scheiden lassen. Nach Lukas' Tod haben wir uns immer weiter voneinander entfernt, und irgendwann gab es keinen Weg mehr zurück.«

»Das tut uns sehr leid«, sagte Anna leise.

»War Florian denn bei Ihnen im Haus?«, fragte Norberg nach einem Augenblick des Schweigens.

»Ja. Ich hatte damals ein Aquarium, und das wollte er unbedingt sehen. Er war vielleicht zwei Stunden bei mir und hat davon erzählt, dass sie mit der Klasse am Vortag einen Ausflug ins Multimar Wattforum nach Tönning gemacht hatten. Er war immer noch ganz erfüllt von dem Erlebnis, weil ihn die Unterwasserwelt sehr interessiert hat.«

»Und wie ging es nach Florians Besuch weiter?«

»Wir sind ins Heim zurückgefahren«, sagte Witt.

»Wussten Florians Lehrer, dass Sie ihn mit zu sich nach Hause genommen hatten?«, fragte Anna.

»Ja, natürlich. Ich hätte den Jungen doch nie einfach so mitgenommen.«

»Es wurden damals einige Dinge in Ihrem Haus sichergestellt, die Florian gehörten«, sagte Anna. »Sie haben ausgesagt, dass man sie Ihnen untergeschoben hätte, und auch die Vermutung geäußert, dass dies durch die damaligen Ermittler geschehen sein könnte. Was hat Sie zu dieser Annahme gebracht?«

Witts Kiefernmuskeln mahlten. »Dieser Johannsen und Lürssen waren fanatisch, anders kann ich es nicht bezeichnen. Und da alle Spuren ins Nichts führten, waren die Aussagen der beiden Lehrer und die meines Nachbarn natürlich ein gefundenes Fressen für sie. Auf diese Aussagen konnte man aber noch keine Anklage aufbauen, so weit zumindest kannte ich mich damals schon aus.« Sein Lachen war bitter. »Mittlerweile bin ich ja Experte auf dem Gebiet. Und da das den beiden Polizisten klar war, mussten Beweise her, die mich überführen würden. Es war ein Leichtes für sie, an die Sachen zu kommen, die dann bei mir gefunden wurden, denn schließlich hatten sie ja alles sichergestellt, was Florian gehört hatte. Und bei der Hausdurchsuchung waren sie natürlich dabei, da konnten sie schon mal schnell etwas in einer Schublade verschwinden lassen und dann als vermeintliches Indiz für meine Schuld wieder hervorholen.«

Er hatte das Gefühl, sich in einem Albtraum zu befinden und war nur froh, dass Sabine an diesem Tag unterwegs war und nicht mitbekam, wie ein Trupp Polizisten das Haus auf den Kopf stellte. Um zehn hatten sie vor der Tür gestanden und ihm ein Stück Papier vor die Nase gehalten mit dem Hinweis, dass es sich um einen Durchsuchungsbeschluss für sein Haus handeln würde.

»Aber wieso …«, der kalte Schweiß brach ihm aus, »… was hat das zu bedeuten?« Er folgte den Beamten, die sich an ihm vorbeigedrängt und das Haus betreten hatten, ohne ihn zu fragen. Zwei von ihnen hatte er erkannt, Johannsen und Lürssen. »Sie können doch nicht einfach hier reinmarschieren und mein Haus durchsuchen.«

»Oh doch, Herr Witt, das können wir«, gab ein hagerer und spitznasiger Mann zur Antwort, der sich im Flur umschaute, während die anderen Eindringlinge in die einzelnen Zimmer ausschwärmten. »Der Durchsuchungsbeschluss, der Ihnen gezeigt wurde, gibt uns das Recht dazu.«

Witt versuchte, seine Gedanken zu sammeln und sich zur Ruhe zu zwingen. Er kannte sich mit derlei Dingen nicht aus, aber er würde nicht zulassen, dass wildfremde Menschen in seine Privatsphäre eindrangen und hier alles durchwühlten. Er ging zu dem Mann hinüber und bemühte sich um einen forschen Ton. »Wer sind Sie überhaupt? Halten Sie es nicht für nötig, sich vorzustellen?«

Der Mann streckte ihm die Hand entgegen, sein Lächeln war aufgesetzt. »Oberstaatsanwalt Gerling. Ich leite die Ermittlungen im Fall Florian Berger von Seiten der Staatsanwaltschaft.«

Witt starrte ihn an und ignorierte die ausgestreckte Hand. »Was hat das Verschwinden von Florian mit mir zu tun?«

Der Oberstaatsanwalt behielt sein eingefrorenes Lächeln bei. »Wir haben Hinweise erhalten, dass sich Florian häufiger hier aufgehalten hat und Sie ein, sagen wir mal, sehr vertrautes Verhältnis zueinander hatten.«

»Das stimmt nicht«, fuhr Witt ihn an. »Florian war ein einziges Mal hier, und das war mit seinen Lehrern abgesprochen. Und was heißt hier vertrautes Verhältnis? Was wollen Sie mir unterstellen?« Erst als einer der Polizisten hinzutrat und »Alles in Ordnung, Dr. Gerling?« fragte, wurde Witt bewusst, dass er den Oberstaatsanwalt angebrüllt hatte.

Gerling blieb ruhig und nickte dem Polizisten zu. »Ja, alles in Ordnung.« Als der Beamte sich entfernte, richtete der Oberstaatsanwalt seinen Blick wieder auf Witt. »Wir unterstellen Ihnen überhaupt nichts, Herr Witt, wir machen lediglich unseren Job. Und je weniger wir dabei behindert werden, umso schneller sind wir fertig.«

Anderthalb Stunden später tauchte Gerling an der Küchentür auf. Witt hatte sich in die Küche zurückgezogen, nachdem die Durchsuchung des Raumes abgeschlossen war. Der Oberstaatsanwalt legte drei durchsichtige Beutel auf den Tisch, in denen sich Gegenstände befanden, die Witt ohne Brille nicht auf den ersten Blick erkennen konnte. »Was ist das?« Er zog die Brille heraus und setzte sie auf.

»Das wurde in einer Art Geheimfach in Ihrem Schreibtisch gefunden, Herr Witt«, sagte Gerling und deutete auf den ersten Beutel. »Eine Kinderarmbanduhr«, sein Zeigefinger ging in Richtung des nächsten Beutels, »drei Comichefte«, er legte *eine Kunstpause ein, bevor der Finger auf den dritten Beutel zeigte, »und ein Kinderslip.«*

Norberg überlegte. Witt hatte recht, wenn er sagte, dass die damaligen Ermittler problemlos an diese Dinge herangekommen wären. Florians Sachen waren von ihnen sichergestellt worden, da wäre es niemandem aufgefallen, wenn einiges entwendet worden wäre. Wenn Johannsen und Lürssen wirklich dafür verantwortlich gewesen waren, war es ein Leichtes für sie gewesen, die Dinge zur Hausdurchsuchung mitzunehmen und in einem unbeobachteten Moment zutage zu fördern.

Aber was war eigentlich mit Thomsen gewesen? Hatte er nicht an der Hausdurchsuchung teilgenommen?

»Doch, da war noch ein Polizist aus Husum«, bestätigte Witt auf seine Frage hin. »Der hat sich aber im Hintergrund gehalten.«

»Wie kam es eigentlich dazu, dass auch noch Dieter Nabers und Martin Hellwig in Verdacht gerieten?«, fragte Norberg weiter.

Witt wiederholte das, was Anna bereits von Thomsen erfahren hatte.

»Warum sind Sie nach all den Jahren zurückgekommen?«, stellte Norberg die Frage, die ihn schon die ganze Zeit über beschäftigt hatte.

»Weil St. Peter-Ording meine Heimat ist.« Witts Stimme hatte einen harten Ton angenommen. »Und aus der lasse ich mich nicht länger vertreiben! Von niemandem!«

15

»Und?«, fragte Anna, als sie wieder im Streifenwagen saßen. »Was für einen Eindruck habt ihr von Witt?«

»Schwer zu sagen«, drückte Norberg offensichtliche Zweifel aus. »Seine letzten Sätze klangen für mich fast wie eine Drohung. Nach dem, was er gesagt hat, scheint er ja noch eine Rechnung mit Johannsen und Lürssen offen zu haben. Vielleicht ist er zurückgekommen, um sie zu begleichen.« Er seufzte. »Unabhängig davon, ob er schuldig ist oder nicht. Falls er tatsächlich unschuldig sein sollte, haben sie seinen Ruf zerstört und ihn von hier vertrieben. Da kann man schon Rachegedanken hegen.«

»Also zumindest mit Johannsen muss doch irgendwas oberfaul sein, so wie er sich dir gegenüber verhalten hat«, sagte Anna nachdenklich. »Vielleicht hat Witt ja wirklich recht, dass sie ihm Florians Sachen untergeschoben haben. Die Frage wäre dann allerdings, warum. Und falls es so gewesen sein sollte, ist es von Johannsen doch bescheuert gewesen, dich so anzugehen. Jetzt muss er doch erst recht davon ausgehen, dass wir ihm kräftig auf den Zahn fühlen.«

Der Gedanke, dass die Kollegen womöglich solche Maßnahmen angewandt hatten, war scheußlich, aber sie durften ihn nicht außer Acht lassen. Denn auch in ihrer *Polizeifamilie*, die sich so gerne ihres Zusammenhaltes versicherte, lag so manches im Argen.

»Ich weigere mich, Witts Anschuldigungen zu glauben«, sagte Nils und klang dabei, als müsse er sich gut zureden, genau das zu tun. Er richtete sich auf der Rückbank auf und rutschte nach vorn. »Mensch, das sind Kollegen, die begehen doch keine Straftaten.«

Anna wandte sich zu ihm herum. »Glaubst du etwa, dass es bei uns keine falschen Fuffziger gibt?«

Hilflos hob Nils die Schultern und schien um eine Antwort zu ringen. »Ich möchte es zumindest glauben«, sagte er schließlich zögernd. »Oder ist das naiv?«

»Ja, das ist es«, sagte Norberg mit schneidender Stimme. »Das ist sogar sehr naiv! Oder hast du den Exkollegen Paulsen vergessen?«

»Nein«, gab Nils kleinlaut zu, »natürlich nicht.«

Anna sah, dass Norbergs scharfer Ton ihrem jungen Kollegen zu schaffen machte. Er war auf der Rückbank zusammengesunken und blickte sie verunsichert an. »Ich hätte so etwas zu Beginn meiner Laufbahn auch nicht für möglich gehalten«, sagte sie begütigend. »Aber leider ist es nun mal so. Ich hoffe, dass dir diese Erfahrung erspart bleiben wird, aber wenn ich ehrlich bin, glaube ich nicht daran.«

»Nils steht aber nicht mehr am Beginn seiner Laufbahn«, wandte Norberg ein, wobei er ein wenig versöhnlicher klang als bei seinen vorherigen Worten.

»Aber ich habe bisher nur in St. Peter-Ording gearbeitet«, begehrte Nils auf und setzte sich wieder aufrecht hin. »Mir fehlt doch eure Erfahrung!«

Gut so, dachte Anna, lass dir ja nicht die Butter vom Brot nehmen und dich von Norberg anblubbern. Sie warf einen

Blick zu ihm hinüber. Er hatte den Motor gestartet und legte beim Einbiegen auf die Straße Norderdeich ein ziemliches Tempo vor. Sein Gesicht war angespannt, anscheinend war ihm irgendetwas über die Leber gelaufen. Vielleicht hing es ja mit dem Anruf zusammen, den er während ihres Gesprächs mit Witt erhalten hatte, oder ihn plagten private Dinge. Was auch immer, jetzt mussten sie erst einmal etwas klären.

»Wohin jetzt? Zu Nabers oder zu Hellwig?«

Carsten Witt hatte ausgesagt, dass er nach seiner Rückkehr keinen Kontakt zu den beiden Männern aufgenommen hätte. Sie seien zwar einmal befreundet gewesen, hätten aber nach den damaligen Ereignissen nicht wieder zu ihrer alten Verbundenheit zurückgefunden. Und heute habe er kein Verlangen mehr, sie wiederzusehen.

»Das müsst ihr ohne mich machen, ich muss etwas in der Dienststelle klären«, gab Norberg zur Antwort. Anna musterte ihn, aber er hatte offensichtlich nicht die Absicht, mehr preiszugeben. Na gut, dann eben nicht, sollte er doch weiterhin in seinem eigenen Saft schmoren. Männer! Zu manchen Zeiten Lebewesen von einem anderen Stern.

Anna griff zum Smartphone und rief Martin Hellwig an, dem sie ihren Besuch schon angekündigt hatte. Er war zu Hause und klang auch bei diesem zweiten Anruf ebenso wenig erfreut wie bei ihrem ersten.

»Carsten ist wieder da?«

Martin Hellwig, sechzig Jahre alt, circa einsachtzig groß mit einer hageren, fast ausgezehrten Figur, hatte erst nach mehrmaligem Klingeln geöffnet und sah Anna und Nils ausdruckslos an. Das Einzelhaus, in dem er wohnte, lag in der Friesenstraße und machte einen heruntergekommenen Eindruck, der in starkem Kontrast zu den gepflegten Nachbarhäusern und deren ansprechenden Grundstücken stand. Der Vorgarten wirkte geradezu verwildert mit den hohen und unverschnittenen Rhododendren, die entweder eingegangen waren oder in alle Richtungen wucherten.

»Hat er sich nicht mit Ihnen in Verbindung gesetzt?«, fragte Anna, obwohl Witt dies bereits verneint hatte. Aber das musste ja nicht stimmen.

»Nein.« Hellwig machte nicht den Eindruck, als würde ihn dieser Umstand in irgendeiner Weise berühren, aber er bat sie wenigstens ins Haus.

Bereits am Telefon hatte er sein Unverständnis darüber geäußert, dass der Fall wieder aufgerollt wurde. Nachdem Anna und Nils jetzt auf einem verschlissenen Sofa Platz genommen hatten, tat er es erneut, wobei er dieses Mal sichtlich verärgert klang.

»Was soll der Quatsch? Wollen Sie jetzt erneut in unserem Privatleben rumstochern und uns wieder an den Pranger stellen?« Mit einer fahrigen Geste strich er über seine Glatze, die mit unzähligen Pigmentflecken übersät war. Tiefe Falten hatten sich in sein Gesicht gegraben.

»Nein, das wollen wir nicht«, entgegnete Anna ruhig. »Wir wollen den Fall aufklären, und dazu müssen wir uns einen Eindruck von den damals Beteiligten verschaffen.«

»So, müssen Sie das.« Hellwigs Stimme klang verächtlich. Er hatte sich im Sessel zurückgelehnt und die Beine übereinandergeschlagen, die in einer ausgeblichenen Jeans steckten;

das schwarze Sweatshirt schlackerte um seinen Oberkörper und wies mehrere Flecken auf. Je länger Anna Hellwig betrachtete, umso mehr machte er auf sie den Eindruck eines Mannes, der sich aufgegeben hatte, wovon auch das Innere des Hauses Zeugnis ablegte. Die Wände des Wohnzimmers hätten dringend einen neuen Anstrich benötigt, der Teppichboden war abgetreten, und auch die dunklen Möbel, Marke Eiche brutal, hatten definitiv schon bessere Tage gesehen.

In der Altakte hatte gestanden, dass Hellwig Inhaber eines Restaurants gewesen war und sich 2004 um den Posten des Bürgermeisters in St. Peter-Ording beworben hatte. Leider hatte Anna im Netz keine Hinweise gefunden, wie die Wahl ausgegangen war, aber sie vermutete, dass die damaligen Ereignisse ihm nicht zu diesem Posten verholfen hatten.

»Das ist doch alles Tinnef!«, brach es plötzlich aus Hellwig heraus. Er hatte sich im Sessel aufgerichtet und funkelte sie und Nils wütend an. »Ihre tollen Kollegen haben damals nichts zustande gebracht, wieso glauben Sie, dass Sie jetzt mehr Erfolg haben werden?«

Anna wiederholte das, was sie zuvor schon Witt gesagt hatte. »Weil meine Kollegen und ich unvoreingenommen an den Fall herangehen. Wenn eine Spur schon so kalt ist, hilft es häufig, sie mit Abstand aus einem neuen Blickwinkel zu betrachten.« Eine Standardformulierung, die in ihren Ohren etwas geschwollen klang. Aber schließlich konnte sie nicht zugeben, dass die damaligen Kollegen allem Anschein nach Fehler begangen hatten. Sie konnte nur versuchen, es besser zu machen, und genau das hatte sie vor. Allerdings durfte sie nicht aus den Augen verlieren, dass der Mann vor ihr trotzdem schuldig sein könnte, ebenso wie Carsten Witt und Dieter Nabers, auch wenn alle drei immer das Gegenteil behauptet hatten. »Wir wissen, dass Carsten Witt ins Ausland gezogen ist, weil sein Leben hier unerträglich für ihn geworden war«, fuhr sie fort. »Ich kann mir vorstellen, dass es bei Ihnen ähnlich gewesen sein muss, aber Sie sind trotzdem geblieben.«

»Natürlich bin ich das!«, brauste er auf. »Ich lasse mich nicht so einfach vertreiben!«

»Sie hatten seinerzeit für den Posten des Bürgermeisters kandidiert.«

Hellwig lachte höhnisch auf. »Ach, und jetzt wollen Sie wissen, was dabei rausgekommen ist, oder? Na, was wohl? Den Posten konnte ich mir in die Haare schmieren, oder haben Sie etwa geglaubt, dass ich nach den Ereignissen noch eine Chance gehabt hätte?« Er ballte die Hände zu Fäusten. »Ich habe den Wahlkampf bis zum Ende durchgezogen, auch wenn mir klar war, wie er ausgehen würde.« Er sackte in sich zusammen und schwieg einen Moment, sichtlich mitgenommen von der Erinnerung an die damaligen Ereignisse. »Es war furchtbar. Meine Frau hat mich immer wieder angefleht, dass ich mich zurückziehen soll, aber das wollte ich nicht. Aufzugeben hätte in meinen Augen wie ein Schuldeingeständnis ausgesehen.«

Für den heutigen Nachmittag war ein Termin auf dem Markt-
platz im Dorf angesetzt. Es war der erste Tag der letzten
Wahlkampfwoche, in der er noch einmal alles geben würde,

auch wenn ihm und den wenigen Helfern, die ihm noch geblieben waren, klar war, dass sie auf einem aussichtslosen Posten kämpften. Bei den letzten beiden Veranstaltungen waren faule Eier und Farbbeutel mit Ketchup geschmissen worden.

»Willst du dir das wirklich antun?«

Bettina war in der Tür des Schlafzimmers aufgetaucht, wo er gerade vor dem Kleiderschrank stand und überlegte, welchen Anzug er anziehen sollte.

»Ja, verdammt noch mal, das will ich! Mich kriegt niemand so schnell klein!«

Seine Frau trat zu ihm und strich zärtlich über seinen Rücken. Er drehte sich zu ihr herum und schloss sie in seine Arme. »Danke, dass du da bist und an mich glaubst. Ich weiß, dass es im Moment nicht leicht ist, aber es kommen auch wieder bessere Zeiten.«

Sie löste sich von ihm und sah in seine Augen. »Glaubst du das wirklich?«

Ich muss es glauben, dachte er voller Verzweiflung. Weil ich mich sonst gleich aufhängen könnte. »Ja, das tue ich!«

»Petra hat gekündigt«, sagte sie übergangslos. »Sie hat gesagt, dass sie es nicht länger verantworten könne, für einen Mann zu arbeiten, gegen den ein so schwerwiegender Verdacht erhoben wurde.« Sie knetete ihre Hände. »Was sollen wir denn jetzt machen? Zu zweit schaffen wir das nicht.«

Die zweite Servicekraft innerhalb weniger Tage. Wenn jetzt auch noch die dritte ging, dann ... ja, was dann? Ihr Restaurant wurde von immer weniger Gästen besucht, lohnte es sich da überhaupt noch, eine Stellenanzeige aufzugeben? Servicekräfte waren rar, und er hatte großes Glück gehabt, dass seine alle aus St. Peter stammten. Aber unter den gegebenen Umständen musste er damit rechnen, dass er jetzt nicht einmal mehr jemanden von außerhalb bekam.

Die Nachricht, dass Witt, Nabers und er in Verdacht geraten waren, etwas mit dem Verschwinden von Florian Berger zu tun zu haben, war vor zwei Wochen wie ein Lauffeuer durch den Ort gegangen. Entfacht von der Presse, die es sich nicht nehmen ließ, jeden Tag neue Anklagen gegen sie zu erheben.

Hellwig war fassungslos gewesen, als er den ersten Artikel gelesen hatte, und hatte sofort einen der Ermittler, Pieter Johannsen, zur Rede gestellt, wie diese völlig haltlosen Anklagen in die Presse hatten gelangen können. Er hatte dem Mann von Anfang an großes Misstrauen entgegengebracht und sagte ihm nach dessen lapidarer Erklärung, dass so etwas schon mal passieren könne, auf den Kopf zu, dass er diese Dinge an die Presse weitergegeben hätte. Vorsicht, hatte Johannsen daraufhin mit schmalen Lippen erwidert, noch so eine Bemerkung und ich kriege Sie wegen übler Nachrede dran. Dann sind Sie schneller im Knast, als Sie es sich träumen lassen. Hellwig wusste, dass zumindest Letzteres eine haltlose Übertreibung war, aber er wusste ebenso, dass er den Kürzeren ziehen würde, und hatte zähneknirschend von weiteren Anklagen abgesehen.

»Martin, hast du mir zugehört?« Bettinas Stimme drang in seine Gedanken. »Was machen wir denn jetzt?«

»Lass uns das heute Abend in Ruhe besprechen, ja?« Er musste zwar erst in einigen Stunden zur Wahlkampfveranstaltung aufbrechen, aber er hatte jetzt definitiv keinen Kopf für diese Überlegung. Erst vor einer Stunde hatte einer seiner

Wahlkampfhelfer in der Tür gestanden und ihm berichtet, dass mittlerweile fast alle im Ort platzierten Aufsteller und Plakate Vandalismus zum Opfer gefallen waren. Sie hatten beschlossen, sie trotzdem stehen zu lassen, da das Ersetzen durch neue mit Sicherheit die gleichen Aktionen nach sich ziehen würde.

Es klingelte an der Haustür.

»Lass mich gehen!« Hellwig hielt Bettina zurück, als sie sich auf den Weg machen wollte. Seitdem einige Male des Nachts Müll in ihrem Vorgarten entleert worden war, ging er lieber selber zur Tür; er merkte, dass Bettinas Nerven dem langsam nicht mehr gewachsen waren. Wenn sie alleine zu Hause war, öffnete sie mittlerweile aus Angst schon gar nicht mehr.

Er warf einen Blick durch den Spion, und als er die beiden Männer auf der anderen Seite der Tür erblickte, schoss ihm der Schreck in die Glieder.

Johannsen und Lürssen, der leitende Ermittler der Flensburger Mordkommission, die ebenfalls an dem Fall mitarbeitete, seitdem die Polizei davon ausging, dass Florian Berger nicht nur sexuell missbraucht worden, sondern auch einem Tötungsdelikt zum Opfer gefallen war.

Hellwig atmete tief durch, um seinen rasenden Pulsschlag zu beruhigen. Es funktionierte nicht, am liebsten wäre er weit weggerannt, um sich irgendwo zu verkriechen, bis der Spuk vorüber war. Aber das würde nicht passieren. Er atmete noch einmal durch, dann öffnete er die Tür.

»Herr Hellwig, wir möchten Sie bitten, uns auf die Polizeistation zu begleiten«, sagte Johannsen ohne einen Gruß.

»Wieso, was ist los?« Bleib ruhig!

»Das werden wir Ihnen dort darlegen.« Johannsen machte eine auffordernde Handbewegung in Richtung Straße, wo ein dunkelblauer Ford Transit neben dem Bürgersteig stand.

»Was ist los, Schatz?« Bettina tauchte neben ihm auf und blickte fragend zu den Beamten.

»Wir müssen Ihren Mann noch in einer weiteren Angelegenheit befragen«, gab Lürssen zur Antwort.

»Wieso, was für eine weitere Angelegenheit?«, wollte Bettina wissen. »Mein Mann hat nichts verbrochen, können Sie ihn nicht endlich in Ruhe lassen?« In ihrem Gesicht standen jetzt hektische rote Flecken.

»Lass, Bettina«, versuchte Hellwig sie zu beruhigen, was ihm angesichts seiner eigenen Panik schwerfiel. »Es wird nicht lange dauern.« Er drückte ihr einen Kuss auf die Wange und ging dann ohne ein weiteres Wort hinaus zum Wagen.

»Woher haben Sie diese Fotos?«

Hellwig zwang sich, die sechs Fotos, die Johannsen auf dem Tisch vor ihm ausgebreitet hatte, ein weiteres Mal anzuschauen.

Ein nackter Mann, der sich an einem Jungen verging, der um die sechs Jahre alt sein mochte.

Das Antlitz des Jungen war verpixelt, aber der Mann trug sein Gesicht …

»Die Fotos stellten sich im Nachhinein als Fälschungen heraus«, sagte Hellwig. »Sie waren der Polizei per Mail zugespielt worden, und der IT-Experte, der drangesetzt wurde, konnte als Absender einen Mann aus dem Wahlkampfteam meines Konkurrenten identifizieren.« Er lachte bitter auf. »Die Mühe hätte er sich sparen können, ich hätte doch sowieso keine Chancen mehr auf den Sieg gehabt.«

Anna hatte regungslos zugehört, denn das Gehörte war wirklich schwer zu verdauen. »Wie kam es eigentlich, dass Dieter Nabers und Sie überhaupt in den Fokus der Kollegen gerieten? Denn das passierte doch schon vor dem, was Sie mir gerade erzählt haben«, fragte sie nach einem Augenblick.

»Das weiß ich nicht«, sagte Hellwig. »Ihre Kollegen hatten sich ja zuerst nur auf Carsten eingeschossen. Wir kamen dann ins Spiel, als bekannt wurde, dass wir drei befreundet waren. Also haben sie auch Dieter und mich unter die Lupe genommen. Sie hatten bis zu diesen unsäglichen Anschuldigungen natürlich nichts gegen uns in der Hand, aber es hat im Ort sofort die Runde gemacht, dass wir ebenfalls vernommen worden waren. Das hat dann auch die Presse aufgegriffen. Dafür habe ich Johannsen verantwortlich gemacht und ihm das auch auf den Kopf zugesagt.« Er schnaubte. »Der war überhaupt der Schlimmste. Dieser Lürssen wirkte zwar auch ziemlich besessen, uns dranzukriegen, aber dem habe ich das nicht zugetraut.«

»Und Hark Thomsen? Hatten Sie mit dem auch Kontakt?«

»Ja, aber das war ein ganz ruhiger Vertreter. Der hat auf mich eher wie ein Mitläufer gewirkt, der nicht viel zu sagen hatte.«

»Sind denn auch Infos über die Fotos in die Öffentlichkeit gelangt?«

»Nein, zum Glück nicht. Das haben sie sich wohl nicht

getraut, aber vielleicht hatte mein Angriff auch kurzzeitig Wirkung gezeigt. Außerdem hat dieser IT-Mensch ein sehr schnelles Ergebnis geliefert. Letztendlich war das aber auch egal. Einer Reihe von Leuten hat alleine die Tatsache gereicht, dass die Polizei uns ebenfalls verdächtigte. Die haben da keinen Unterschied gemacht. Und von einem solchen Verdacht können Sie sich im Leben nicht mehr befreien. Selbst wenn Ihre Unschuld irgendwann bewiesen wird, bleibt immer etwas an Ihnen hängen.« Seine blassen Wangen hatten Farbe angenommen. »Ich hatte ein gut gehendes Restaurant in Dorf, in dem auch viele Einheimische gegessen haben. Die wurden immer weniger, und irgendwann blieben sie ganz aus. Unsere Servicekräfte haben gekündigt, woraufhin meine Frau und ich ihre Arbeit übernommen haben, weil wir keine neuen bekommen konnten. Nur unser Koch hat zu uns gehalten. Bis zum Ende der Saison hielten uns noch die Touristen über Wasser, aber danach ging alles den Bach runter. Damals war St. Peter im Herbst und Winter noch nicht so gut besucht wie heute. Im März des darauffolgenden Jahres mussten wir den Laden schließen. Unsere Rücklagen waren zu dem Zeitpunkt komplett aufgebraucht, weil wir zwei Jahre zuvor den Großteil in einen Anbau gesteckt hatten.« Er knetete seine Hände im Schoß. »Meine Frau hat das alles nicht verkraftet. Sie hatte Krebs, und vor den Ereignissen hatte es den Anschein gehabt, dass sie die Krankheit besiegen könnte. Chemotherapie und Bestrahlungen hatten gut angeschlagen, wir waren wieder voller Hoffnung. Aber die Zerstörung unseres Lebens hat dann alles wieder zunichtegemacht. Eine Woche nach dem Verkauf des Restaurants ist sie gestorben.«

Das Gehörte wühlte Anna immer mehr auf. Falls Hellwig unschuldig war, hatte es ihn noch härter getroffen als Carsten Witt. »Das tut mir sehr leid.«

Hellwig erwiderte nichts, sein Blick ging ins Leere.

»Was haben Sie nach dem Verkauf Ihres Restaurants gemacht?«

»Ich hab in einem Supermarkt in Tönning gearbeitet. Der Filialleiter war ein alter Bekannter und hat sich zum Glück nicht von dem ganzen Kram beeinflussen lassen, sondern mir eine Chance gegeben. Mittlerweile bin ich sein Stellvertreter.« Ein kurzes, bitteres Auflachen folgte. »Wenigstens etwas.«

»Und wie sieht es heute aus? Gibt es immer noch Vorbehalte seitens der Einwohner?«

Hellwig schüttelte den Kopf und sah auf einmal unendlich müde aus. »Ich weiß es nicht. Seit damals meide ich die Öffentlichkeit und gehe eigentlich nur noch zum Einkaufen raus. Und zum Spazierengehen am Strand.«

»Warum sind Sie nicht ebenfalls weggezogen?«

Hellwig blickte sie an und wiederholte dann fast wortwörtlich das, was sie bereits von Carsten Witt gehört hatten. »Weil ich mich von niemandem aus meinem Heimatort vertreiben lasse!« Und dann leiser, »Und weil ich immer gehofft habe, dass jemand die Wahrheit herausfinden wird. Ich möchte, dass mein Ruf wiederhergestellt wird und ich rehabilitiert bin, wenn ich irgendwann abtreten muss.«

**VERTRAUEN SIE BEIM SCHUTZ IHRER
IMMOBILIE NICHT AUF DIE POLIZEI,
SONDERN LASSEN SIE IHREN BESITZ
DURCH PROFIS SICHERN!**

**INFO-VERANSTALTUNG AM 07. JANUAR
UM 20 UHR IM RESTAURANT WIPPSTEERT,
DORFSTRASSE 35a
PAULSEN SECURITY, IHR SICHERHEITS-
DIENST IN ST. PETER-ORDING**

»Das glaub ich jetzt nicht!« Aufgebracht warf Norberg den Flyer, den Sören Rohde ihm in die Hand gedrückt hatte, auf seinen Schreibtisch. »Wo hast du den her?«

»Der steckte vorhin in unserem Briefkasten.«

»Hat jemand gesehen, wer ihn da reingesteckt hat?«

Rohde schüttelte den Kopf. »Leider nicht.«

Norberg nahm den Flyer noch einmal zur Hand und warf einen Blick auf das Datum. »Das ist heute Abend.«

»Genau!«, sagte Rohde mit deutlicher Betonung. »Deshalb hab ich dich ja sofort angerufen. Da sollte nämlich auf jeden Fall jemand von uns hingehen! Am besten du, denn das ist doch eine offensichtliche Retourkutsche in deine Richtung.«

»Und ob ich da hingehe!«, sagte Norberg erbost. »Wenn der Typ glaubt, dass er uns vorführen kann, hat er sich geschnitten.«

Rohde blickte ihn fragend an. »Willst du alleine hingehen? Ich hab schon mit Lars gesprochen, wir kommen gerne mit.«

Norberg dachte einen Augenblick nach. Normalerweise würde er so etwas ohne Unterstützung ausfechten, da er aber nach einem halben Jahr als Dienststellenleiter noch immer als Neuling in St. Peter galt, obwohl er schon bald zwanzig Jahre hier wohnte, wäre es vielleicht klüger, die beiden Kollegen mitzunehmen. Wie hatte Klüver einmal gesagt? Wir sind hier so was wie die Dorfsheriffs. Wir kennen die Leute, und sie uns. Das war bei ihm noch nicht der Fall, da er aufgrund seiner Position mehr an den Schreibtisch gefesselt war und die Streifenfahrten häufig seinen Kollegen überlassen musste.

Er fasste einen Entschluss und blickte Rohde an. »Das ist eine gute Idee!«

Nachdem die Kollegen sein Büro verlassen hatten, starrte er gedankenverloren vor sich hin.

Paulsen wollte Krieg, das war offensichtlich. Er war ein Narzisst, der wie viele Menschen mit dieser Persönlichkeitsstörung nicht nur unter einer überbordenden Eitelkeit, sondern auch unter einem ausgeprägten Größenwahn litt. Der Hinweis auf die heutige Veranstaltung war reine Provokation, da Paulsen wusste, dass niemand ihm etwas konnte. Er hatte sich ja sogar gegenüber Kunden als ehemaliger Polizist geoutet und das Blaue vom Himmel gelogen, was sein Ausscheiden aus dem Polizeidienst betraf. Weil er davon ausgehen konnte, dass seine Exkollegen nichts über seine Verfehlungen verlauten lassen würden.

Das waren Momente, die Norberg nur schwer ertrug. Ebenso wie die Tatsache, dass Paulsen bisher nur mit einer Geldstrafe davongekommen war. Der Mann war gefährlich, und dieses milde Urteil dürfte ihn in seiner Selbstwahrnehmung dahingehend bestätigt haben, dass seine Missachtung gegenüber Frauen nur ein Kavaliersdelikt war. Norberg hatte mitbekommen, dass er sich bei dem Prozess von einer Anwältin hatte vertreten lassen. Eine häufige Vorgehensweise von Männern, denen Sexualstraftaten zur Last gelegt wurden.

Norberg beschloss, Paulsen im Auge zu behalten, soweit dies möglich war. Denn er war überzeugt davon, dass der Mann sich wieder etwas zuschulden kommen lassen würde.

17

Zum Abschluss der heutigen Befragungen suchten Anna und Nils Dieter Nabers auf, der in einem ansehnlichen und von Feldern umgebenen Reetdachhaus am Ortsausgang von Böhl wohnte. Es war kälter geworden, und von der Nordsee begann dichter Nebel aufzuziehen, der nach und nach die Farben auflöste und die Umgebung verschluckte.

Nabers war umgänglicher als zuvor Hellwig, wenngleich nicht minder verwundert, was die Wiederaufnahme des Falls betraf. Anna erklärte auch ihm die Hintergründe und gewann den Eindruck, dass Nabers diese Tatsache begrüßte, was dann ja auch Hellwig in seinen letzten Worten zum Ausdruck gebracht hatte.

»Wussten Sie, dass Carsten Witt zurückgekehrt ist?«, fragte Anna, nachdem sie Nabers ins Wohnzimmer gefolgt waren. Im Gegensatz zu Hellwigs Haus strahlte das von Nabers Gemütlichkeit und Wohlstand aus. Das Wohnzimmer war durch dunkel gebeizte Fachwerkbalken in einen Wohn- und Essbereich unterteilt, die Einrichtung im Friesenstil wirkte gediegen und dem Stil des Hauses entsprechend.

Nabers strich über sein schütteres, mausgraues Haar, nachdem er ihnen frisch aufgebrühten Tee eingeschenkt und wieder Platz in einem Sessel genommen hatte. Er trug einiges Übergewicht mit sich herum und hatte leicht geschnauft, als er ins Zimmer zurückgekehrt war. »Ich habe es vermutet, da ich seine damalige Lebensgefährtin neulich im Supermarkt gesehen habe.«

»Sie reden von Sabine Borchert?«, fragte Anna, die diesen Namen in Witts Akte gelesen hatte. Die Frau hatte damals angegeben, dass sie von seiner Unschuld überzeugt sei, und war mit ihm gegangen, als er St. Peter-Ording verlassen hatte. Anna hatte Witt darum gebeten, dass sie sich zügig mit ihnen in Verbindung setzte.

Nabers nickte und trank einen Schluck Tee. »Ja.«

»Haben Sie mit ihr gesprochen?«

»Nein. Sie schien mich nicht bemerkt zu haben, und ich war, ehrlich gesagt, ein bisschen erschrocken, sie zu sehen.« Nabers wirkte verlegen. »Das alles ist verdammt schwierig, wissen Sie. Wir waren alle einmal richtig gut miteinander befreundet, also auch die Frauen und mein ehemaliger Partner, aber nach den damaligen Geschehnissen ist nichts mehr davon übrig geblieben. Martin und ich haben den Kontakt zu Carsten irgendwann abgebrochen, weil wir ja nicht wussten, ob an den ganzen Vorwürfen nicht vielleicht doch etwas dran war. Immerhin wurden einige Sachen von Florian in Carstens Haus gefunden.«

»Ihnen dürfte doch aber bekannt sein, dass Carsten Witt ausgesagt hat, dass ihm Florians Sachen untergeschoben wurden.«

Nabers zupfte an seinem rechten Ohrläppchen. »Ja, aber das schien uns dann doch etwas weit hergeholt.«

»Herr Nabers, wir sollten hier nicht um den heißen Brei herumreden«, sagte Anna energisch. »Glauben Sie, dass

Carsten Witt schuldig ist?« Martin Hellwig hatte sie nach dieser Frage nur ausdruckslos angeschaut und die Gegenfrage gestellt, ob das jetzt noch wichtig sei.

Nabers malträtierte erneut das Ohrläppchen. »Wir mussten ja seinerzeit davon ausgehen, als Anklage erhoben wurde. Da haben wir natürlich geglaubt, dass die Polizei genug gegen ihn in der Hand hätte. Tja, und als Carsten dann freigesprochen wurde, haben wir uns gefragt, was da gelaufen ist.« Nabers stieß einen tiefen Seufzer aus. »Man steckt ja in keinem Menschen drin, selbst wenn man ihn gut zu kennen glaubt. Als Carsten damals St. Peter verließ, waren Martin und ich trotz des Freispruchs von seiner Schuld überzeugt. Und heute …?«, er zuckte ratlos die Schultern und sah Anna wieder an. »Ich weiß es nicht.«

»Herr Hellwig hat ausgesagt, dass er Carsten Witt dafür verantwortlich macht, dass er ihn und auch Sie in die Angelegenheit mit reingezogen hätte. Das würde er ihm nie verzeihen.«

Nabers seufzte erneut. »Ich habe das damals genauso empfunden, aber mittlerweile sehe ich es differenzierter. Wir sind da reingeraten, weil wir mit Carsten befreundet waren. Da konnte er ja nun nichts für. Bei Martin kam dann noch die Sache mit den gefakten Fotos dazu, und bei mir die Verleumdung durch einen Kollegen. Das hatte alles überhaupt nichts mit Carsten zu tun.« Er trank noch einen Schluck Tee. »Für Martin ist danach alles zusammengebrochen, das dürfte er Ihnen ja erzählt haben. Bei mir war es zum Glück nicht ganz so schlimm. Gut, mein Lebensgefährte und ich haben uns getrennt, darauf wäre es aber sowieso hinausgelaufen. So wurde die Angelegenheit nur beschleunigt. Ich habe meinen Posten behalten, und das Gerede hörte nach einiger Zeit wieder auf.«

»Sie sind Oberstudienrat am hiesigen Gymnasium, hatten also auch mit Kindern zu tun.« Anna stockte, als Nabers den Zeigefinger hob.

»Ich war Oberstudienrat. Seit drei Monaten bin ich pensioniert.« Er lächelte breit. »Endlich pensioniert, muss ich dazu sagen. Schule ist heute auch nicht mehr das, was sie mal war.«

Anna nickte. »Aha, das wusste ich nicht. Aber noch einmal zurück zu Ihrer aktiven Zeit. Gab es damals keine Vorbehalte seitens des Kollegiums oder der Eltern?«

»Doch, die gab es, allein schon weil ich schwul bin. Das war bereits vor der ganzen Angelegenheit der Fall, aber danach erst recht.« Sein Gesicht war ernst geworden. »Ich würde jetzt gerne sagen, dass unsere Gesellschaft heute aufgeklärter ist, aber das ist leider nicht der Fall. Als schwuler Lehrer muss man höllisch aufpassen, dass man in keinen falschen Verdacht gerät. Da reicht bereits die freundschaftliche Berührung eines Jungen, und schon denken sich manche sonst was.«

»Galt das auch für die Verleumdung, deren Opfer Sie damals geworden sind?«

»Sagen wir es mal so, der Kollege hat versucht, sich diesen Umstand zunutze zu machen. Er war sehr unzuverlässig, und ich habe ihm ein paarmal die Meinung gegeigt. Das hat er übel genommen und die Gelegenheit genutzt. Bei der Befragung durch die Polizei ist er dann zum Glück eingeknickt und hat zugegeben, dass seine Anklage gelogen war, weil er mir eins auswischen wollte.«

Im weiteren Verlauf des Gesprächs ließ auch Nabers keinen Zweifel daran, dass er immer noch einen Brass auf Johannsen und Lürssen hatte und hoffe, dass sie für ihr damaliges Verhalten irgendwann zur Rechenschaft gezogen würden.

Auf dem Rückweg in die Polizeistation war Nils Scheffler ungewöhnlich still. Anna schwieg ebenfalls, da sie noch einmal über die zurückliegenden Gespräche nachdachte. Plötzlich aber brach es aus Nils heraus.

»Ich kann nicht glauben, dass das alles hier passiert sein soll. Mensch, ich bin in St. Peter geboren, ich weiß doch, wie die Leute hier ticken. Die stellen doch nicht einfach so Menschen an den Pranger.«

»Na ja, das war ja auch nicht einfach so«, wandte Anna ein. »Hier war ein Kind verschwunden, und in so einem Fall ist nichts mehr wie vorher. In einer Großstadt kommt so etwas häufiger vor, aber wenn es in einem kleinen Ort passiert, ist die Verunsicherung ungleich größer. Ihr habt hier doch normalerweise einen Heile-Welt-Status. Wenn der dann plötzlich zerbricht, kann das schon einiges auslösen, weil man sich nicht mehr sicher in seiner Blase fühlt. Und weil man natürlich im ersten Moment nicht wahrhaben will, dass jemand aus dem Ort dafür verantwortlich sein könnte. Dafür werden zuerst immer Außenstehende angeprangert, weil nicht sein kann, was nicht sein darf. Und wenn es dann doch jemand aus dem Ort ist, oder Personen auch nur verdächtigt werden, entlädt sich eine große Wut, die auch bei bis dato friedlichen Menschen, die man gut zu kennen glaubt, zu Überreaktionen führen kann. Weil diese Person oder diese Personen die heile Welt in Stücke geschlagen haben.« Sie war ein bisschen verwundert, dass Nils sich das nicht selbst erklären konnte, so neu war er ja nun nicht im Job, und an gesundem Menschenverstand mangelte es ihm auch nicht. Offensichtlich erschütterte ihn die Tatsache, was damals in seinem geliebten St. Peter-Ording vor sich gegangen war, doch mehr, als er es sich bisher hatte anmerken lassen.

Als Anna und Nils die Dienststelle betraten, hörten sie laute Stimmen aus dem Doppelbüro, das Rohde und Klüver teilten.

»Was ist denn da los?«, wunderte sich Nils. »Streitet sich unser altes Ehepaar etwa?« Er wirkte wieder entspannter.

Anna lachte und knuffte ihn in die Seite. »Lass sie das bloß nicht hören, sonst kriegst du Ärger.«

Nils winkte ab. »Ach was, das können die beiden ab.« Er ging ihr voraus und öffnete die angelehnte Bürotür. »Na, Männer, habt ihr Ehekrach?«

Der unmittelbar nach diesem Ausspruch geschleuderte Radiergummi traf Anna an Nils' statt, weil dieser das Wurfgeschoss hatte kommen sehen und blitzschnell zur Seite ausgewichen war.

Anna hob den Radiergummi auf und warf ihn zu Klüver zurück. »Na, sag mal«, wandte sie sich in gespielter Empörung an Nils, »das war aber nicht gentlemanlike.«

»Nee, Nils, das war es wirklich nicht«, kommentierte Rohde mit einem breiten Grinsen. »Ein Gentleman verteidigt seine Lady, notfalls mit dem Leben.«

Anna brach in Gelächter aus, und nach einem Blick in Nils' schuldbewusstes Gesicht fielen Rohde und Klüver ein, bis auch Nils nicht mehr an sich halten konnte und losprustete.

»Was war denn los?«, wollte Anna wissen, als sie wieder zu Atem gekommen war.

»Och …«, sagte Klüver gedehnt, »wir konnten uns bloß über unsere Strategie für heute Abend nicht einigen.«

»Wieso?«, fragte Nils. »Was ist denn heute Abend?«

Rohde machte eine Kopfbewegung nach links, in Richtung von Norbergs Büro. »Fragt mal den Chef. Ihr werdet euch wundern.«

»Sollen wir auch mitkommen?«, fragte Nils, nachdem Norberg Anna und ihm den Flyer gezeigt und sie darüber informiert hatte, dass er zusammen mit Rohde und Klüver auf die Veranstaltung gehen würde.

»Nein«, Norberg schüttelte den Kopf, »das ist nicht nötig.«

»Dieser markige Spruch auf dem Flyer ist aber ziemlich grenzwertig«, meinte Nils. »Das können wir nicht auf uns sitzen lassen.«

»Deshalb gucken wir uns das Ganze ja heute Abend an.« Norbergs Ärger war noch nicht verraucht, aber er hatte mittlerweile ein zwiespältiges Gefühl, was diese Infoveranstaltung betraf. Dass Paulsen Stimmung gegen sie machte, war bekannt, die Frage war nur, wie weit er dabei gehen würde. Mit Sicherheit nicht so weit, dass er ihnen etwas an die Hand gab, mit dem sie gegen ihn vorgehen konnten. Er wollte sie bei dieser Veranstaltung dabeihaben, denn anders war der Flyer in ihrem Briefkasten nicht zu erklären. Und das konnte nur einen Grund haben …

»Das halte ich für keine gute Idee«, sagte Anna in seine Gedanken hinein.

»Warum nicht?«, fragte Nils irritiert.

»Na, das ist doch eine eindeutige Aufforderung zum Tanz«, entgegnete sie. »Oder was glaubt ihr, warum der Flyer in eurem Briefkasten war?« Sie blickte ihn an. »Paulsen will dich auf der Veranstaltung sehen, weil er dich zu provozieren gedenkt und hofft, dass du aus der Rolle fällst.«

Für einen verrückten Moment fragte sich Norberg, ob Anna seine Gedanken lesen konnte. Denn genau das war ihm gerade ebenfalls durch den Kopf geschossen. Aber dazu würde er es nicht kommen lassen. »Ja, das dürfte seine Absicht sein. In der Hinsicht werde ich, werden wir ihn allerdings enttäuschen.«

Anna blickte ihn zweifelnd an. »Also ich weiß nicht. Wenn ihr dort auftaucht, wird er euch als Deppen hinstellen, weil ihr diese Einbruchserie noch nicht aufklären konntet. Es könnte schwer werden, dem ruhig und emotionslos zu begegnen.«

Norberg nickte. »Das ist mir bewusst. Aber nicht hinzugehen ist keine Alternative. Wir werden das Kind schon schaukeln.« Hoffte er jedenfalls.

Gegen zwanzig Uhr kehrte Sabine Borchert nach Hause zurück. Sie hatte Carsten zweimal von unterwegs angerufen, einmal am Morgen, nachdem sie die ersten Geschäfte in Hamburg besucht hatte, und dann auf der Rückfahrt am frühen Abend, als sie wegen des Wetters und einem damit verbundenen Unfall in einen Stau auf der A23 geraten war.

Bei ihrem zweiten Anruf hatte Carsten bedrückt geklungen, ihre Nachfrage aber abgewiegelt mit dem Hinweis, dass sie nach ihrer Rückkehr darüber sprechen würden. Seitdem zerbrach sie sich den Kopf, was während ihrer Abwesenheit vorgefallen sein mochte.

»Schatz, ich bin wieder da!« Sabine legte ihre Tasche auf der Flurkommode ab, schlüpfte aus Daunenmantel und Stiefeln und streifte ihre bequemen Puschen über. Es war still im Haus, aber sie hatte von draußen gesehen, dass in Carstens Arbeitszimmer im Obergeschoss Licht brannte.

Er saß am Schreibtisch und hatte einen Schuhkarton vor sich stehen, um den herum Zeitungsartikel ausgebreitet lagen. Sie brauchte keinen Blick darauf zu werfen, sie wusste auch so, um was es sich handelte. Bestürzt sah sie ihn an. »Was ist passiert? Warum holst du das alte Zeug wieder raus?« Sie hatte nie verstanden, warum er den Krempel aufbewahrte, und hätte ihn am liebsten schon damals weggeworfen, oder besser noch verbrannt. Aber Carsten hatte darauf bestanden, die Artikel aufzubewahren, in denen er als Kinderschänder und Mörder bezeichnet worden war. Sie hatte versucht, zu verstehen, aber es war ihr bis heute nicht gelungen.

Carsten sah zu ihr auf, sein Blick war verschleiert, und sie hatte den Eindruck, als wenn er geweint hätte. »Es geht wieder los.«

»Was meinst du damit?« Gab es neue Artikel, in denen er verunglimpft worden war?

»Die Polizei war hier.« Seine Stimme klang belegt. »Sie haben den Fall wieder aufgerollt.«

Sabine ließ sich in einen Sessel sinken. Sie brauchte einen Augenblick, um ihre Gedanken zu sortieren, aber dann spürte sie eine wilde Hoffnung in sich aufsteigen. »Haben Sie neue Erkenntnisse?«

»Darauf habe ich keine klare Antwort erhalten. Es ist wohl so, dass es bei uns in Schleswig-Holstein eine neue Vermisstenstelle gibt, die sich um aktuelle Fälle, aber auch um Altfälle kümmert.« Er reichte ihr eine Visitenkarte. »Das ist die Leiterin dieser Abteilung. Sie war mit dem Dienststellenleiter unserer Polizeistation hier. Sie wollen übrigens auch mit dir sprechen. Du sollst dich morgen bei ihnen melden.«

Sabine warf einen Blick auf die Karte. »Mach ich.« Sie steckte sie in die Tasche ihrer Jeans und sah ihn an. »Das ist doch eine wunderbare Nachricht, Carsten. Wenn da endlich mal unvoreingenommene Polizisten rangehen, wird der Fall vielleicht doch noch aufgeklärt und deine Unschuld endlich bewiesen.« Von neuer Energie erfüllt, ging sie zum Schreibtisch und packte die Zeitungsartikel zurück in den Karton.

»Ich schmeiß den Dreck jetzt endgültig weg.« Sie klemmte sich den Karton unter den Arm und wartete auf Protest, aber es kam keiner. Carsten saß zusammengesunken in seinem Stuhl und starrte ins Leere. Im Kamin brannte ein Feuer, kurzerhand warf sie den Karton hinein und sah zu, wie er schon nach kurzer Zeit ein Opfer der Flammen wurde.

Sie ging zum Schreibtisch zurück und suchte Carstens Blick. Aber er schaute sie noch immer nicht an. Sie konnte nicht nachvollziehen, warum er so niedergedrückt war, und nahm sich vor, ihn abzulenken. »Hast du schon zu Abend gegessen?«

Müde schüttelte er den Kopf.

»Dann mach ich uns schnell was.« Sie wartete seine Antwort nicht ab und ging in die Küche hinunter, wo sie den Reissalat aus dem Kühlschrank holte, den sie am Vorabend zubereitet hatte. Flugs deckte sie den Tisch und rief Carsten dann zu sich herunter.

»Bier oder Wein?«, fragte sie, nachdem er Platz genommen hatte.

»Ist mir egal. Mir steht eh nicht der Sinn nach Essen und Trinken.«

»Carsten, bitte! Warum hängst du denn jetzt so durch?«

Voller Unverständnis blickte er sie an. »Das fragst du ernsthaft?«

»Ja, das frage ich ernsthaft! Du solltest glücklich sein über diese neue Entwicklung! Bis der Fall nicht aufgeklärt ist, kommst du doch nie zur Ruhe.«

Und ich auch nicht, dachte sie, wie schon häufiger seit ihrer Rückkehr. Weil wir hier in St. Peter immer wieder Menschen über den Weg laufen werden, die von der alten Geschichte wissen. Weil ich mich nicht wie du verkriechen sondern unter die Leute gehen will. Weil ich schön essen gehen möchte, oder in eine Bar. Vielleicht auch mal wieder zum Tanzen, das haben wir doch früher immer so genossen.

Zum ersten Mal ließ sie den Gedanken zu, dass sie auf Dauer nicht so leben wollte. Vor den damaligen Ereignissen war Carsten ein lebensbejahender Mann gewesen, zwar eher der Typ Einzelgänger, aber aufgeschlossen und an so vielen Dingen interessiert. Und mit ihrer Hilfe hatte er auf Mallorca zumindest in Teilen zu dieser Einstellung zurückgefunden. Aber seit sie wieder in St. Peter waren, igelte er sich ein. Er war noch kein einziges Mal in den trubeligen Ortsteilen Bad und Dorf gewesen, höchstens im ruhigeren Ording oder Böhl spazieren gegangen, und auch das immer erst, wenn die Dämmerung einsetzte. Tagsüber war er ausschließlich am Strand unterwegs, zu dem es nur ein Katzensprung über den Deich war.

Ohne es zu wollen, sprudelten ihre Gedanken aus ihr heraus. Sein Gesicht war regungslos, als sie geendet hatte.

»Heißt das, dass du mich verlassen willst?« Seine Stimme klang rau, er war blass geworden.

Erschrocken griff sie nach seinen Händen. »Nein, natürlich nicht! Ich möchte dir nur klarmachen, dass es so nicht weitergehen kann. Du bist aus freien Stücken nach St. Peter zurückgekommen, aber du kannst dich jetzt doch nicht bis an dein Lebensende hier verkriechen. Deshalb finde ich es gut, dass sich die Polizei den Fall noch einmal vornimmt. Damit besteht doch eine reelle Chance, dass du endlich rehabilitiert wirst.«

Er blickte sie schweigend an, dann führte er ihre Hände an seine Lippen und drückte einen Kuss darauf. »Du hast recht, verzeih! Vielleicht haben wir es dieses Mal ja mit fähigeren Polizisten zu tun, die endlich Licht in den Fall bringen werden.« Er erhob sich. »Möchtest du auch ein Glas Wein?«

Sabine nickte, verwundert über seinen plötzlichen Stimmungswechsel. Hatten ihre Worte ihn erreicht, oder hatte er bloß ein anderes Thema anschneiden wollen? Sie konnte es nicht einschätzen. In solchen Momenten war ihr dieser Mann, den sie so gut zu kennen glaubte, fremd.

Während des Essens fragte er sie nach ihrem Besuch in Hamburg. Sie hatte sich dort in einer Reihe von Möbelhäusern umgesehen, um Ideen für die Einrichtung ihrer Galerie zu erhalten.

Sie beschloss, das Thema, das ihn so erregt hatte, für diesen Abend ruhen zu lassen. Wenn er eine Nacht darüber geschlafen hatte, würde er ebenfalls einsehen, dass sie von der Neuaufnahme des Falls nur profitieren konnten. Davon war sie überzeugt. »Ich hab schon ein bisschen was bestellt«, sagte sie und trank genüsslich einen Schluck Wein. »Ich werde aber morgen zusätzlich noch nach Kiel fahren und gucken, was es dort so gibt. Da ich jetzt schon in die Lagerhalle einziehen kann, möchte ich die Einrichtung so zügig wie möglich erledigen. Es juckt mich nämlich in den Fingern, endlich meine Sachen auszustellen und dann auch mit den Workshops zu beginnen.«

»Hast du denn schon Flyer in Auftrag gegeben?«

»Das wollte ich auch in Kiel erledigen; ich kenne da einen sehr zuverlässigen und schnellen Anbieter. Bei den Bestellungen im Internet weiß man ja nie, was man bekommt. Dann brauche ich auch noch eine Website.«

»Dabei wollte dir doch Biggi helfen.«

Sabine nickte. Sie hatte Carsten von dem Besuch am Vortag erzählt und wie glücklich sie darüber war, dass ihre und Biggis Freundschaft eine zweite Chance erhielt.

»Sag Bescheid, wenn du noch in anderen Dingen Unterstützung brauchst. Ich kann zwar nicht mehr schwer tragen, aber zum Regale einräumen und Bilder aufhängen bin ich noch gut genug.«

Sie lachte. »Das mach ich, danke!« Sie lächelte ihn an, dankbar für seinen Beistand und plötzlich wieder voller Hoffnung auf die Zukunft.

19

Das *Wippsteert* war rappelvoll. Das Restaurant bot internationale Küche, war stylish eingerichtet und hatte Platz für circa fünfzig Personen. Norberg kannte es von einigen Besuchen mit Kathrin.

Er war erst auf den letzten Drücker erschienen, weil noch eine Reihe von Dingen in der Dienststelle zu erledigen gewesen waren und er sich außerdem vor der Veranstaltung Bericht von Anna über ihre Besuche bei Hellwig und Nabers hatte erstatten lassen wollen.

Als er jetzt das Restaurant betrat, hielt er Ausschau nach Rohde und Klüver, die mit dem Streifenwagen vorausgefahren waren. Beide, wie er selber, in Uniform, da es wichtig war, dass sie ganz offiziell als Amtspersonen auftraten.

So waren seine beiden Kollegen trotz des Gewusels nicht schwer aufzufinden. Die Tische waren entfernt und durch Stuhlreihen ersetzt worden, und Norberg sah die beiden in der ersten Reihe vor einem aufgebauten Podest sitzen. Als er hinzutrat und auf den freien Platz neben Klüver schaute, runzelte er irritiert die Stirn beim Anblick des dort befestigten Schildes.

RESERVIERT / POLIZEI

»Wir sind ja davon ausgegangen, dass er uns erwartet«, raunte Klüver ihm zu. »Da hielten wir es für besser, auch hier Platz zu nehmen, da es sonst ja sehr wahrscheinlich schon zum ersten Schlagabtausch kommen würde.« Klüver hatte ebenso wie Rohde einen unbeteiligten Gesichtsausdruck aufgesetzt, und Norberg tat es ihm gleich. Lasst euch bloß nicht aus der Ruhe bringen, hatte Anna bei der Verabschiedung gemahnt. Darauf wartet Paulsen doch nur. Norberg hoffte, dass er durchhalten würde, da Paulsen ein extrem rotes Tuch für ihn war.

Während er durch die Reihen nach vorne gegangen war, hatte Norberg einen aufmerksamen Blick auf die Besucher geworfen, die zum großen Teil schon Platz genommen hatten. Es war ein bunt gemischter Haufen, Männer und Frauen jeden Alters. Er kannte nur wenige Gesichter und war bestürzt über eine Reihe von feindseligen Blicken, die ihn trafen. Hingen sie mit dem Thema des Abends zusammen oder womöglich damit, dass sich die zunehmende Feindseligkeit gegen die Polizei jetzt auch in St. Peter-Ording zu zeigen begann?

Auf dem Podest stand nur ein Stehpult. Keine Leinwand, kein Notebook, also würde ihnen eine Multimedia-Show wohl erspart bleiben. Während Norberg noch überlegte, ob Paulsen eigentlich Angestellte hatte, kam dieser aus einer Tür im Hintergrund und betrat die Bühne.

»Oha!«, entfuhr es Klüver, und auch Norberg musste zweimal hinschauen, bis er Paulsen erkannte. Aus dem auf jung getrimmten Fünfziger mit Undercut-Frisur, Dreitagebart und Ohrring war zumindest optisch ein seriöser Geschäftsmann geworden. Glatt rasiert und mit einem modischen Kurzhaarschnitt versehen, trug Paulsen einen gut geschnittenen Businessanzug, der ihm tatsächlich so etwas wie Seriosität verlieh.

»Ah«, sagte er mit sonorer Stimme, die er lange eingeübt haben musste, »wie ich sehe, sind unsere Ordnungshüter ebenfalls anwesend.« Er deutete eine Verbeugung in ihre Richtung an. »Dann können wir uns ja auf einen spannenden Abend mit einer lebhaften Diskussion freuen.«

Es könnte schwer werden, ruhig und emotionslos zu bleiben, hatte Norberg plötzlich Annas Worte im Ohr. Sie hat recht gehabt, dachte er jäh, und ich scheine das Ganze unterschätzt zu haben. Denn die Stimmung in diesem Raum war offensichtlich schon vor seinem Erscheinen aufgeheizt gewesen, was darauf hindeuten mochte, dass Paulsen bereits mit seiner Hetze gegen sie begonnen hatte.

»Nee, hat er nicht«, gab Klüver zur Antwort, »wir gehörten zu den Ersten, und bis gerade eben hat er sich noch nicht blicken lassen.«

»Sind euch die Anwesenden bekannt? Oder zumindest einige von ihnen?«, fragte Norberg leise.

»Ja, eine Handvoll Zweitwohnungsbesitzer, die in der Vergangenheit schon häufiger mal Stunk gemacht haben«, raunte Klüver. »Es sind aber auch Einheimische da, die uns als Querulanten bekannt sind. Das könnte sich unter Umständen in eine blöde Richtung entwickeln.«

Als Paulsen das Mikrofon zur Hand nahm und einige Male demonstrativ dagegenklopfte, verstummte das Stimmengewirr. In seiner Begrüßung betonte er, dass er sich über die zahlreichen Anwesenden und das Interesse, das seiner Firma entgegengebracht werde, freue.

»Meine Frau und ich sind sehr froh, dass es hier jetzt endlich eine Sicherheitsfirma gibt, die sich um den Schutz unserer Immobilien kümmert. Auch wenn wir dafür zahlen müssen, aber das ist es uns wert.« Ein älterer, weißhaariger Mann in Designerklamotten war aufgestanden und warf Norberg und seinen beiden Kollegen einen vernichtenden Blick zu. »Denn die hiesige Polizei ist ja unfähig, unser Eigentum zu schützen und diese elenden Einbrecher endlich dingfest zu machen.«

Ein zustimmendes Gemurmel folgte seinen Worten.

»Ganz genau!«, war eine Frauenstimme zu vernehmen. Die dazugehörige Person saß in der zweiten Reihe und stand jetzt auf, um Norberg ins Visier zu nehmen. Elegante graue Stoffhose, weiße Bluse unter dem Karoblazer, Perlenkette und dicke Klunker auf nahezu jedem Finger der rechten Hand, die mit einer affektierten Bewegung durch die blondierten Haare strich, die ein solariumgebräuntes Gesicht umgaben. Über der Rückenlehne ihres Stuhls hing ein Nerzmantel. Syltklientel, dachte Norberg voller Abneigung. Euch brauchen wir hier nun wirklich nicht. »Ich frage mich langsam, warum ich noch Steuern zahle. Vor allen Dingen diese Zweitwohnungssteuer ist doch ein Witz, wenn niemand in der Lage ist, diesen Zweitwohnsitz zu schützen. Die Sylter Polizei ist da wesentlich mehr auf Zack, bei der wissen wir unser dortiges Haus in guten Händen.« Dann zieh doch weg aus St. Peter und verschone uns in Zukunft mit deiner Gegenwart, hätte Norberg ihr am liebsten ins Gesicht geschleudert.

»Wir lassen seit zwanzig Jahren verdammt viel Geld in SPO«, schimpfte ein wettergegerbter Mittvierziger aus der fünften Reihe in Norbergs Richtung. »Allein schon durch den Kauf unseres Hauses, das bereits damals nicht preiswert war. Aber sicher fühlen wir uns hier mittlerweile nicht mehr.« Er stand auf und sprach Norberg jetzt direkt an. »Sie sind doch hier der Dienststellenleiter, wenn ich mich nicht irre. Wann gedenken Sie endlich mal was zu tun?«

Norberg hatte erwartet, dass sich bei dieser Veranstaltung etwas hochschaukeln würde, aber er war davon ausgegangen, dass die Provokationen überwiegend von Paulsen ausgehen würden. Ein Irrtum, wie er sich jetzt eingestehen musste. Paulsen stand seelenruhig auf dem Podest, die Hände in den Hosentaschen, einen äußerst zufriedenen Ausdruck im Gesicht, und ließ die anderen für sich arbeiten.

Norberg erhob sich jetzt ebenfalls und nahm den Mittvierziger und seine beiden Vorredner ins Visier. »Ich weiß nicht, wieso Sie der Meinung sind, dass wir nichts tun würden. Wir haben eine Reihe von Maßnahmen eingeleitet, um die Einbrecher dingfest zu machen.«

»Was für Maßnahmen?«

Es war klar, dass diese Frage kommen musste, und Norberg konnte sie auch verstehen. Natürlich wollten die Menschen wissen, was die Polizei unternahm, aber er konnte nun mal keine Interna herausgeben.

»Darüber kann ich Ihnen keine Auskunft erteilen, aber Sie können mir glauben, dass wir alles in unserer Macht Stehende tun.«

»Ja, vielleicht ein paar Streifenfahrten mehr oder ein Beamter, der zu Fuß Streife geht«, höhnte der Mann. »Das ist doch alles pillepalle, damit kann man doch keine Einbrecherbande schnappen.«

»Ganz richtig«, fiel ein anderer Mann ein. »Hier müssten viel mehr Polizisten eingesetzt werden, dann würde vielleicht eine Chance bestehen. Aber so ...«, er winkte ab und nahm wieder Platz.

Immer mehr meldeten sich zu Wort und ließen ihren Frust heraus, und Norberg konnte nicht viel mehr tun, als mit den immer selben Antworten dagegenzuhalten, wobei Klüver und Rohde ihm tatkräftig zur Seite sprangen. Dann plötzlich ...

»Ich finde es ziemlich unfair, was ihr hier abzieht!« Eine Frau war aufgestanden, rote Lockenmähne, attraktive Erscheinung, um die vierzig. Sie warf einen aufgebrachten Blick in die Runde. »Die hiesige Polizeistation ist mit sechs Beamten besetzt, die schließlich nicht rund um die Uhr an allen Orten sein können. Habt ihr da mal drüber nachgedacht, bevor ihr hier rummeckert?«

»Sag ich doch«, wiederholte ihr Vorredner, »es müssten viel mehr Polizisten eingesetzt werden.«

»Ja, glaubt ihr denn, dass unser Dienststellenleiter sich die aus den Rippen schneiden kann? Offensichtlich noch nichts von den Einsparungsmaßnahmen bei der Polizei gehört, oder?«

Stefanie Albers, die Tourismuschefin von St. Peter-Ording. Norberg hatte im Sommer einen Antrittsbesuch bei ihr und ihren Mitarbeitern gemacht, und seitdem waren sie sich auf zwei größeren Veranstaltungen begegnet, bei denen sie allerdings nur wenige Worte gewechselt hatten. Dass sie ihm jetzt zur Seite sprang, überraschte und erfreute ihn.

Nach ihren Worten entspann sich ein Für und Wider unter den Besuchern, bei dem es teilweise hoch herging. Norberg hatte den Eindruck, dass nahezu jeder der Anwesenden die

Tourismuschefin kannte, die sich laut Hörensagen in den bisher acht Jahren ihrer Amtszeit einen ausgesprochen guten Ruf erarbeitet hatte. Stefanie Albers brachte sich lebhaft in die Diskussion ein, aber irgendwann platzte ihr der Kragen. Sie sprang auf das Podest, das Paulsen schon vor einiger Zeit verlassen hatte, um sich zu einer Gruppe von besonders vehementen Befürwortern seiner neuen Firma zu gesellen, und griff nach dem Mikrofon.

»Ich kann jedem, der einen Vertrag mit *Paulsen Security* abzuschließen gedenkt, nur raten, sich genauestens über den Inhaber dieser Firma zu informieren.« Der Blick, den sie Paulsen zuwarf, war eine Mischung aus Abscheu und Wut. »Was übrigens auch für diejenigen gilt, die bereits einen Vertrag mit ihm haben.«

Norberg registrierte irritierte Blicke und »Was soll das denn heißen?«-Rufe. Er beobachtete, wie sich Michael Paulsen mit einem finsteren Gesichtsausdruck in Richtung der Tourismuschefin aufmachte, die das Podest wieder verlassen hatte. Als er sie erreichte, begann er auf sie einzureden. Was er sagte, war in dem allgemeinen Lärm nicht zu verstehen, es schien allerdings keine Höflichkeit zu sein. Stefanie Albers' Blick wurde immer wütender, sie erweckte den Anschein, als wenn sie Paulsen am liebsten eine Ohrfeige versetzt hätte, aber sie beließ es bei einer letzten, offensichtlich zornigen Bemerkung, griff nach ihrer Jacke und bahnte sich einen Weg durch die Menge zur Tür.

Norberg hatte eine Ahnung und folgte ihr. Ein scharfer Wind schnitt ihm ins Gesicht, als er auf den Gehweg vor dem Restaurant trat. »Frau Albers! Bitte warten Sie!«

Stefanie Albers war gerade dabei, die schmale Dorfstraße zu überqueren und drehte sich um, als sie seine Stimme vernahm. Sie zögerte, aber schließlich kam sie auf den Gehweg zurück. »Herr Norberg. Was gibt es?«

Norberg überlegte, wie er beginnen sollte. »Vielen Dank für die Unterstützung«, sagte er deshalb erst einmal.

»Immer gerne.« Sie blickte ihm forschend ins Gesicht. »Das war doch aber noch nicht alles, oder?«

»Nein.« Er holte tief Luft. »Ich glaube, den Grund zu kennen, warum Sie diese Bemerkung über Michael Paulsen gemacht haben.« Er gab sich einen Ruck. »Hat der Mann Sie irgendwann einmal sexuell belästigt?«

Stefanie Albers wich seinem Blick nicht aus. Sie wirkte unentschlossen, aber ihr Gesichtsausdruck war eindeutig. Allerdings kam sie nicht dazu, etwas zu sagen, da plötzlich Paulsen wie aus dem Boden gewachsen neben ihnen auftauchte.

»Was soll das?«, herrschte er Stefanie Albers an. »Wie kommen Sie dazu, mich vor allen Leuten zu diffamieren?«

Norberg trat zwischen die beiden. »Lassen Sie Frau Albers in Ruhe!«

»Ach, guck an, der Herr Dienststellenleiter spielt den weißen Ritter.« Ein hämisches Grinsen lag jetzt auf Paulsens Gesicht. »Erst ist sie dir beigesprungen, und jetzt läuft es umgekehrt. Was wird das hier? Habt ihr euch gegen mich verschworen und wollt mich gemeinsam fertigmachen?«

Paulsens Atem roch nach Minze, und Norberg war überzeugt davon, dass er bereits einiges intus hatte. »Gehen Sie zu Ihrer Veranstaltung zurück, Paulsen. Vielleicht gelingt es Ihnen ja, noch ein paar Dumme über den Tisch zu ziehen.«

Paulsen sah ihn mit zusammengekniffenen Augen an, aber Norberg rechnete nicht damit, dass der Mann handgreiflich werden würde. Männer wie Paulsen ließen ihre latenten Aggressionen und ihr Minderwertigkeitsgefühl an schwächeren Personen, meistens am weiblichen Geschlecht aus, weil sie nur so das Machtgefühl erlangen konnten, nach dem es sie gierte.

»Wir sprechen uns noch, Norberg! Glaub ja nicht, dass ich mit dir schon fertig bin!« Paulsen warf ihm und Stefanie Albers einen letzten wütenden Blick zu und verschwand dann wieder im Restaurant.

»Was war das denn?«, fragte Stefanie Albers und blickte ihn verwirrt an. »Das klingt ja so, als hätte er noch eine Rechnung mit Ihnen offen.«

»Hat er auch«, gab Norberg zu, ohne sich weiter auszulassen. Er wies die verschneite Dorfstraße hinunter, in der die in der Adventszeit aufgestellten Tannenbäume mit ihrer festlichen Weihnachtsbeleuchtung noch immer Idylle pur vermittelten. »Sollen wir in die *Friesenstube* gehen und eine Kleinigkeit essen? Ich habe nämlich, ehrlich gesagt, mittlerweile einen Mordshunger. Und wenn Sie wollen, können Sie mir dann auch eine Antwort auf meine Frage geben.« Das mit dem Hunger war nicht einmal gelogen, aber er hoffte auch, dass er sie auf diese Weise zum Reden bewegen konnte.

Sie zögerte einen Moment, dann nickte sie. »Okay.«

Norberg schickte Klüver eine Nachricht, dass er etwas erledigen müsse, und ging dann zu seinem Wagen, um wenigstens Dienstjacke und Dienstpullover auf die Schnelle durch neutrale Kleidung zu ersetzen, die er vorsichtshalber immer dabei hatte. Die Ausrüstung hatte er nicht angelegt, zum

Glück, denn er wäre nun wirklich ungern in voller Montur in einem Restaurant zum Essen erschienen.

Die *Friesenstube* befand sich im Dünenweg, der ersten Querstraße links. Das weiß gekalkte Haus mit den blauen Fensterläden und der gleichfarbigen Türeinfassung war klein, urig und gemütlich, und bot deutsche sowie nordfriesische Küche an.

Sie setzten sich an einen Tisch am Fenster. Das Restaurant war nur halb voll, sodass sie ungestört reden konnten. Wenn Stefanie Albers mit dem herausrücken würde, was ihr ganz offensichtlich auf der Seele lag. Sie bestellten etwas zu trinken und zu essen, und dann fragte Norberg sie noch einmal, ob sie Opfer einer sexuellen Belästigung durch Paulsen geworden wäre.

»Ja«, gab sie zu. Sie zog einen Haargummi aus der Tasche ihrer Jeans und band ihre rote Mähne zu einem Pferdeschwanz zusammen.

Norberg ließ ihr Zeit. Die Bedienung kam und brachte die Getränke, und nachdem sie wieder gegangen war, begann Stefanie Albers zu reden.

»Eine Freundin in Tönning wollte ihr Haus mit Sicherheitstechnik ausstatten lassen. Sie ist mittlerweile pensioniert und lebt seit dem Tod ihres Mannes allein darin. Sie fühlt sich seitdem immer ein bisschen mulmig, vor allem in der dunklen Jahreszeit, aber sie will trotzdem nicht in eine Wohnung ziehen, weil einfach zu viele Erinnerungen mit dem Haus verbunden sind. Da ich Paulsens Anzeige in der Zeitung gesehen hatte, habe ich sie auf seine Firma aufmerksam gemacht. Er hat einen Mitarbeiter geschickt, und die Sache ist zügig und zu ihrer Zufriedenheit über die Bühne gegangen. Ich hatte sie einen Tag nach Abschluss der Arbeiten besucht und war eine Zeit lang allein im Haus, weil sie noch etwas einkaufen war. Plötzlich klingelte es, und Paulsen stand vor der Tür. Er wollte sich erkundigen, ob alles in Ordnung sei. Er wusste gleich, wer ich war, und hat sich bei mir bedankt, weil meine Freundin ihm gegenüber erwähnt hatte, dass der Tipp von mir gekommen war.« Sie stockte einen Moment und drehte ihr Glas in den Händen. »Ich habe ihn ins Haus gebeten, damit er warten konnte, und gefragt, ob er einen Kaffee möchte, und als ich in der Küche bei der Zubereitung war, hörte ich plötzlich seine Stimme hinter mir. Ich hatte ihn nicht kommen hören, und als ich mich umdrehte, kam er ganz nah an mich heran und sagte mir völlig unverblümt, dass er mich attraktiv fände und ob ich nicht Lust hätte, am Abend mit ihm auszugehen. Ich habe das abgelehnt und wollte die Küche verlassen, da griff er in mein Haar und zog mich mit einer schnellen Bewegung zu sich heran.« Sie blickte Norberg an. »Ich bin normalerweise ein Mensch, der sich gut zur Wehr setzen kann, aber in dem Moment war ich so überrascht, dass ich stocksteif dastand. Erst als ich seine Hände überall auf meinem Körper spürte, bin ich wieder zu mir gekommen und habe ihn von mir gestoßen und ihm eine geknallt. Er hat gelacht und gesagt, dass ihm so etwas gefallen würde, und dann hat er wieder nach mir gegriffen. Ich habe mich nach Kräften gewehrt und geschrien, aber ich bin nicht gegen ihn angekommen. Erst als plötzlich die Stimme meiner Freundin zu hören war, hat er von mir abgelassen. Ich mag gar nicht daran denken, was passiert wäre, wenn sie nicht gekommen wäre.«

Das war starker Tobak. »Wie hat Paulsen reagiert?«

»Er ist zu ihr gegangen und sagte, dass er nur mal hatte nachsehen wollen, ob die Arbeiten zu ihrer Zufriedenheit ausgeführt worden waren. Er klang vollkommen unbefangen, obwohl er davon ausgehen musste, dass meine Freundin meine Schreie gehört hatte. Das hatte sie auch, wie sie mir im Nachhinein sagte, aber bevor sie mich in dem Moment fragen oder etwas sagen konnte, hatte er sich bereits verabschiedet und war gegangen. Ich habe ihr dann erzählt, was passiert war.«

»Haben Sie Anzeige erstattet?«

Stefanie Albers nickte. »Ja, bei der Polizei in Tönning. Das war dann die zweite schlimme Erfahrung an diesem Tag.«

Er hatte eine Befürchtung, was sie damit meinen könnte, und hakte nach. »Inwiefern?«

»Ich hätte gerne mit einer Polizistin gesprochen, es waren aber nur Männer anwesend. Ich habe darum gebeten, allein mit einem zu sprechen, da ich die Sache nicht vor allen ausbreiten wollte. Das schien eine Zumutung für die Anwesenden zu sein, aber schließlich wurde ich dann doch in einen Raum gebeten, wo ich meine Aussage machen und Anzeige erstatten konnte. Bevor ich die Station verließ, bin ich noch zur Toilette gegangen. Als ich in den Eingangsbereich zurückkam, hörte ich Lachen aus dem Nebenraum und die Worte: *Was, unser Paulsen? Hat er sich mal wieder danebenbenommen?* Das hat mich so erbost, dass ich in das Zimmer gegangen bin und gefragt habe, was diese Worte bedeuten sollten. Ob Paulsen auch einmal Polizist gewesen sei. Das war den Anwesenden ziemlich peinlich, aber einer von ihnen hat es mir dann bestätigt.« Sie schwieg und starrte in ihr Glas, das ihre Hände noch immer fest umschlossen hielten. »Ich habe nach dem Vorfall einige Personen hier in St. Peter befragt und erfahren, dass er bis vor einigen Monaten auf Ihrer Station gearbeitet hat und dann entlassen wurde.« Sie blickte ihn wieder an. »Ich lebe zwar schon seit acht Jahren hier, aber ich hatte noch nie mit einem Ihrer Kollegen zu tun. Deshalb kannte ich Paulsen bis dato auch nicht.« Sie seufzte. »Mehr habe ich nicht herausbekommen, aber ich schätze mal, dass diese Bemerkung mit dem zusammenhing, was er sich mir gegenüber geleistet hat.«

»Das stimmt«, bestätigte Norberg leise. »Ich bitte um Verständnis, dass ich Ihnen nicht mehr dazu sagen kann.« Er schwieg, weil ihr Essen gebracht wurde, und stellte trotz des appetitlichen Anblicks und des verlockenden Dufts fest, dass ihm der Appetit vergangen war. Stefanie Albers schien es ähnlich zu gehen, auch sie stocherte lustlos in ihrem Gericht herum.

»Ich hätte das vorhin sagen sollen«, brach es aus ihr heraus. »Ich hätte ihn verdammt noch mal vor allen bloßstellen müssen.«

»Nein«, beschwichtigte Norberg sie. »Damit hätten Sie sich unter Umständen eine Anzeige wegen übler Nachrede eingehandelt.«

»Nicht, wenn ich erzählt hätte, was mir passiert ist.«

»Sie haben keinen Zeugen für den Vorfall, Frau Albers. Paulsen ist gewieft, der würde sich in jedem Fall zu wehren wissen und die Angelegenheit zu Ihren Ungunsten auslegen. Ich habe festgestellt, dass mittlerweile viele der MeToo-Debatte überdrüssig sind und es häufig wieder heißt, die Frauen sollten sich nicht so anstellen. Oder noch schlimmer, sie hätten es ja darauf angelegt.«

Niedergeschlagen sah sie ihn an, aber sie erwiderte nichts.

»Ich werde mich morgen in Tönning nach dem Stand der Dinge erkundigen. Denn Sie haben bisher ja anscheinend nichts gehört, oder?«

Sie schüttelte den Kopf. »Nein, nicht das Geringste. Es wäre nett, wenn Sie mal nachhaken könnten. Auch wenn ich nicht glaube, dass da groß etwas passiert ist. Ihre dortigen Kollegen schienen das ja eher witzig zu finden.«

Das war nicht auszuschließen, da sexuelle Belästigung für viele Männer noch immer ein Kavaliersdelikt war. Leider auch für manche Polizisten. »Wann hat sich der Vorfall ereignet?«

»Am 21. Dezember letzten Jahres.«

»Alles klar.« Norberg sah sie aufmunternd an und blickte dann auf ihre beiden Gerichte. »Ich habe zwar keinen großen Hunger mehr, aber es wäre doch schade, wenn wir diese leckeren Essen zurückgehen lassen würden.«

Sie lachte und sah wieder etwas entspannter aus. »Sie haben recht! Guten Appetit!«

20

Der Besuch von Johannsen hatte Hark Thomsens Anspannung noch verstärkt, und deshalb hatte er auch Mareikes Drängen, am Abend zu ihr zu kommen, nachgegeben, in der Hoffnung, dass ihn ein Treffen wenigstens ein bisschen ablenken würde.

Warum war Johannsen so daran gelegen, dass der alte Fall nicht wieder aufgerollt wurde? War damals, abgesehen von der zu frühen Anklageerhebung, etwas geschehen, das er zu verbergen suchte? Hatte er deshalb darauf bestanden, dass nur er und Lürssen die Akte führten, weil es Dinge gegeben hatte, die auf keinen Fall dort hineingelangen durften?

Fragen über Fragen, die Thomsen während der Fahrt malträtierten; und so war er froh, als er endlich bei Mareike eintraf. Es dauerte allerdings keine Viertelstunde, bis er seine Entscheidung zu bereuen begann. Er fühlte sich zwar wohl in ihrer kleinen und behaglich eingerichteten Wohnung, die in so starkem Kontrast zu seiner eigenen stand, aber er fühlte sich zunehmend unwohler mit ihr. Mit ihrem ständigen Mitteilungsbedürfnis, mit dem sie den Tag im Büro beschrieb, den Einkaufsmarathon nach Feierabend, weil es doch heute ein ganz besonderes Abendessen geben sollte, bis hin zu ihrem unaufhaltsamen Geplapper, mit dem sie bis ins letzte Detail die einzelnen Zubereitungs- und Kochvorgänge beschrieb.

»Wieso, was ist denn heute los?«, fuhr er sie schließlich an, während er sich das vierte Glas Rotwein zu Gemüte führte. Er wünschte, er wäre im Wohnzimmer geblieben, wo ihn ihr unaufhörlicher Wortschwall wenigstens gedämpft erreichte. Aber der Wein, ohne den er diesen Abend nicht überstehen würde, hatte dummerweise in der Küche gestanden. »Warum machst du so ein Bohei um das Essen?«

Wäre er nüchtern gewesen, hätte ihr verletzter Gesichtsausdruck ein Gefühl der Scham in ihm ausgelöst. Aber über diesen Zustand war er mittlerweile meilenweit hinaus. Alles in ihm drängte danach, die Frau, die vor ihm stand, zu verletzen. Ihr ins Gesicht zu schreien, dass er ihr verdammtes Essen nicht wollte, dass er sie nicht wollte, dass sie ihn endlich in Ruhe lassen sollte. Dass er diese Unterwürfigkeit nicht ertrug, die sie teilweise an den Tag legte, dieses Betteln um seine Zuneigung und Liebe, weil er eine Frau wollte, die ihm auf Augenhöhe begegnete und kein verhuschtes Mäuschen. Weil er diese Frau gehabt hatte, der keine andere jemals das Wasser würde reichen können. Und weil er es vergeigt hatte und diese Frau gegangen war.

»Ich …«, Mareike rang sichtlich nach Worten. Hatte er eigentlich nie bemerkt, wie lächerlich sie in dieser geblümten Küchenschürze aussah, die den Eindruck erweckte, als hätte sie bereits ihre Großmutter getragen?

»Was *ich*?«

Sie zuckte zusammen nach seinen barschen Worten, schluckte mehrere Male und bemühte sich vergeblich, die Fassung wiederzuerlangen.

Wieso bereitete es ihm eine solche Genugtuung, sie zu verletzen? So tickte er doch normalerweise nicht.

»Ich …«, eine einzelne Träne stahl sich ihre Wange herunter, aber sie straffte den Rücken und schaffte es, seinem aufgebrachten Blick standzuhalten. »Ich liebe dich, Hark. Und ich möchte, dass wir zusammenbleiben und du dich endlich dazu entschließt, hier einzuziehen. Das wollte ich dir heute Abend sagen.«

Er starrte sie an und brauchte einen Augenblick für eine Erwiderung. »Wie kommst du darauf, dass ich hier einziehen will? Und dass wir zusammenbleiben?« Er trat ganz nah an sie heran und musste ihr wider Willen Respekt zollen, dass sie keinen Schritt zurückwich. »Ich will nichts mehr mit dir zu tun haben, Mareike Ebers! Du ödest mich an!« Er trank den letzten Schluck Wein und schleuderte das Glas vor ihre Füße. Ein einzelner Tropfen ergoss sich auf den Boden und färbte die Spitze ihrer weißen Ballerinas. Blutrot wie seine momentane Stimmung, in der er an sich halten musste, um nicht die Hand gegen sie zu erheben. Mit einem Aufschrei stürzte er aus der Wohnung.

Es war drei Uhr nachts, als er erwachte. Mit einem Stöhnen richtete er sich im Bett auf und sank sofort wieder zurück, als der Schmerz in seinem Kopf explodierte. Erst nach einiger Zeit kam er erneut hoch und suchte nach Orientierung in dem diffusen Licht einer auf dem Boden stehenden Nachttischlampe.

Nein, er war nicht bei Mareike, er war in seiner Wohnung. Ächzend schwang er die Beine aus dem Bett und schleppte sich in die Küche, wo er eine Wasserflasche aus dem Kühlschrank nahm und fast zur Hälfte leerte, um den pelzigen

Geschmack in seinem Mund zu beseitigen. Sein Kopf drohte zu zerspringen, als er ins Schlafzimmer zurückkehrte und sich wieder auf die Bettkante fallen ließ. Er trank weitere Schlucke, viel zu hastig, die Kälte und die Kohlensäure ließen seinen Magen rebellieren. Wenn er noch einen Funken Energie in sich gehabt hätte, wäre er ins Badezimmer gewankt, um sich in die Kloschüssel zu erbrechen. Aber dieser Funken fehlte, also ließ er sich auf den Rücken sinken in dem Bemühen, die aufsteigende Übelkeit zu unterdrücken. Sein Blick glitt über die Zimmerdecke, die dunklen Schimmelflecken in einer der Ecken. Sie befanden sich schon länger dort, aber er hatte noch nie den Versuch unternommen, sie zu beseitigen. Weil er diese wenig ansprechende Wohnung in Altenholz, die er nach der Scheidung von Sandra bezogen hatte, noch immer als eine Durchgangsstation empfand, ein Provisorium auf dem Weg nach … ja, auf dem Weg wohin eigentlich? Den zu Sandra zurück hatte er sich verbaut, sie war ihm nicht einmal als Freundin geblieben, zu der er sich in einer solchen Situation wie jetzt hätte flüchten können. Selbst sein Versprechen, sich in eine Therapie zu begeben, hatte die Scheidung nicht verhindern können, und nachdem alles vorbei gewesen war, hatte er kein Interesse mehr daran gehabt, die zurückliegenden Geschehnisse vor einem Seelenklempner auszubreiten.

Er schloss die Augen und dämmerte zu einem der schlimmsten Tage seines Lebens zurück …

»*Im Namen des Volkes ergeht folgendes Urteil: Der Ange-klagte Carsten Witt wird freigesprochen.*«

Auch wenn er mit diesem Ausgang gerechnet hatte, zuckte Thomsen bei der Urteilsverkündung zusammen. Sein Blick flog zu Johannsen und Lürssen, die neben ihm auf der Besu-cherbank saßen und völlig unbeteiligt wirkten. Am liebsten hätte er sie an den Schultern gepackt und durchgeschüttelt, denn nur sie hatten dieses Urteil zu verantworten. Was auch für Oberstaatsanwalt Gerling galt, der die Worte des Vorsit-zenden Richters ebenfalls mit unbewegter Miene zur Kennt-nis genommen hatte.

»Das ist eure Schuld!«, fuhr er seine Kollegen an, nachdem sie das Landgericht Flensburg verlassen hatten und sich auf den Weg zu ihren Pkws machten. »Ich habe von Anfang an gesagt, dass wir noch mehr gegen Witt in der Hand haben müssen, bevor es zu einer Anklageerhebung kommen kann.«

»Mensch, Hark, jetzt gib doch endlich mal Ruhe!«, sagte Johannsen genervt und entriegelte seinen Wagen. »Deine ewi-gen Schuldzuweisungen sind nämlich langsam nicht mehr aus-zuhalten. Wenn du schon so lange im Job wärst wie wir, wür-dest du nicht so große Töne spucken. Dann wüsstest du nämlich, dass man sich mit gewissen Dingen arrangieren muss.« Er klopfte ihm gönnerhaft auf die Schulter. »Du musst das Urteil akzeptieren, wir können jetzt nichts mehr daran ändern.«

Lürssen pflichtete Johannsen bei. »Pieter hat recht, Hark. Wir haben getan, was wir konnten.«

»Nein, das haben wir nicht!« Thomsen ließ seinen Blick zwischen den beiden Älteren hin und her wandern. Wurde man im Laufe der Jahre so kalt und abgebrüht wie die beiden,

dass einem viele Dinge egal waren? Er wollte es nicht glauben und schwor sich in diesem Moment, alles daranzusetzen, dass ihm so etwas nie passieren würde. »Wir haben nicht alles getan«, fuhr er leise fort, »andernfalls hätten wir nämlich Witt überführen können und Florian gefunden.« Ihn marterte der Gedanke, wie es Florians Eltern nach diesem Urteil gehen musste. Wie sollten sie mit dem Wissen weiterleben, dass Florians Leichnam aller Voraussicht nach niemals gefunden werden würde und man seinen Mörder nicht hatte überführen können? Denn davon, dass der Junge tot war, waren mittlerweile alle überzeugt.

Karola Berger war nicht anwesend gewesen, wohl aber ihr Mann. Hark hatte nach der Urteilsverkündung mit ihm sprechen wollen, aber Berger hatte abgewunken und war ins Freie geflüchtet. Zum Glück war er mit der Bahn angereist, andernfalls hätte Thomsen befürchtet, dass er auf der Rückfahrt einen Unfall bauen würde, so erregt wie er war.

»Du bist noch jung, Hark, und wirst auch noch erfahren, dass man nicht jeden Fall aufklären kann«, vernahm er Lürssens Stimme. Er sprach weiter, aber Thomsen hörte die Worte nicht mehr, weil er zu seinem Wagen lief. Er wollte nur noch weg von hier und war heilfroh, dass er mit seinem eigenen Pkw nach Flensburg gefahren war und nicht, wie von Johannsen vorgeschlagen, zusammen mit diesem.

Eine knappe Stunde später erreichte er St. Peter-Ording. Er nahm die Auffahrt zum Ordinger Strand und parkte seinen Wagen auf dem leeren Parkplatz bei der heruntergelassenen Schranke. Es war Ende November, die erste Sturmflut hatte die Nordseeküste vor einigen Tagen erreicht; für Pkw war die Zufahrt zum Strand aufgrund der Witterungsverhältnisse gesperrt.

Was hatte ihn nach St. Peter getrieben? War es das Verlangen gewesen, hier vor Ort einen Abschluss zu finden und diesen verdammten Fall, der so viele Wunden aufgerissen hatte, endlich hinter sich zu lassen? Er wusste es nicht, er konnte nur über den Strand zum Wasser laufen, immer schneller, bis ihm trotz der Kälte der Schweiß den Rücken hinunterlief und seine Stimme schließlich den Dienst versagte, weil er nicht mehr anschreien konnte gegen die Wut und den Schmerz, die in seinem Innersten wühlten und ihn an so vielen Tagen am Leben verzweifeln ließen.

Der Anblick der sturmgepeitschten Nordsee ließ ihn erschauern, und er blieb schwer atmend stehen, das Gesicht dem Himmel zugewandt, über den dunkle Wolken stoben. Die Gischt peitschte die Tränen aus seinem Gesicht, das Heulen des Windes und das Tosen der See gaben den Zustand in seinem Inneren wieder.

Tu es!

Er zuckte zusammen, als er die Stimme tief drinnen wispern hörte, die er schon so lange nicht mehr vernommen hatte.

Es sind nur wenige Schritte, es ist ganz leicht. Lass dich fallen, lass endlich alles hinter dir.

Es ist ganz leicht ...

»Mein Gott, Hark, was ist passiert?«

Sandras Augen weiteten sich vor Schreck, als sie aus dem Wohnzimmer kam und seiner ansichtig wurde. Er brauchte keinen Blick in den bodentiefen Flurspiegel zu werfen, um zu wissen, dass sein Anblick sie zutiefst verstören musste.

»Ich ...«

Sie ließ ihm keine Zeit zu einer Antwort sondern drängte ihn ins Bad. »Erklär's mir später, jetzt musst du erst mal aus den nassen Klamotten raus, sonst fängst du dir nämlich 'ne dicke Erkältung ein.«

Sie half ihm aus der Winterjacke, die während der Fahrt von St. Peter nach Husum kaum getrocknet war, was ebenso für die Jeans, das Hemd sowie das Jackett galt, die er darunter getragen hatte. Seine Lederschuhe quietschten vor Nässe.

»Ich lass dir ein heißes Bad ein.«

Ihre Nüchternheit tat ihm gut. Wo andere Frauen als Erstes den Umstand hinterfragt hätten, warum er wie ein nasser Kater vor ihrer Tür aufgetaucht war, handelte Sandra zielorientiert und stellte keine überflüssigen Fragen. Nachdem er sich auch der Unterwäsche entledigt hatte, verfrachtete sie ihn in die Wanne und machte sich dann mit dem Hinweis, dass jetzt erst mal ein heißer Tee Not täte, auf den Weg in die Küche. Fünf Minuten später war sie zurück und drückte ihm einen Becher in die Hand. »Ich hab 'nen Schuss Rum reingetan. Damit du wieder auf die Füße kommst.« Sie sammelte seine nassen Klamotten zusammen und stopfte sie in die Waschmaschine.

»Sandra ...«. Es war verkehrt gewesen, zu ihr zu fahren, bloß weil er nicht weiterwusste und endlich mit jemandem über alles reden musste. Er durfte sie nicht mit seiner Vergangenheit belasten, das hatte er sich fest vorgenommen. Und wie konnte er ihr sagen, dass er sich vor einer Stunde in die Nordsee gestürzt hatte, getrieben von dem einzigen Verlangen, sein Leben endlich zu beenden? Ohne einen Gedanken an sie zu verschwenden, an das Leid, das er ihr damit zufügen würde. Dass es nur Gott oder dem Schicksal oder welchem Umstand auch immer zu verdanken gewesen war, dass er sich im letzten Moment besonnen hatte und unter Aufbietung seiner letzten Kräfte ans Ufer zurückgeschwommen war.

»Ja?« Sie klappte den Toilettendeckel herunter und ließ sich darauf nieder. Er sah in ihren Augen, dass jetzt die Stunde der Wahrheit gekommen war, ob er es wollte oder nicht. Zu häufig hatte sie sich schon zurückgesetzt gefühlt, weil sie spürte, dass etwas in ihm wühlte, und weil sie nicht verstand, wieso er kein Vertrauen zu ihr hatte und sie aus einem wichtigen Teil seines Lebens ausschloss. »Sag mir endlich, was dich so fertigmacht. Das hängt doch nicht nur mit diesem elenden Fall zusammen, du hast dich doch auch schon vorher mit irgendetwas gequält.«

»Ich habe Angst, dass du mich nicht mehr liebst, wenn du es erfährst«, sagte er.

Sie blickte ihn zärtlich an und strich über seine Wange. »Red keinen Unsinn.«

21

Mittwoch, 08. Januar

»Wie war denn Paulsens Veranstaltung?«, wollte Anna wissen, nachdem sie auf dem Beifahrersitz des Streifenwagens Platz genommen hatte.

Norberg startete den Motor und bog in den Deichgrafenweg ein. Er hoffte, dass sie zügig in die Bezirkskriminalinspektion nach Flensburg und auch zurückkommen würden, denn nach dem dortigen Gespräch mit Arndt Lürssen musste er sich um einige dringende Angelegenheiten in der Dienststelle kümmern, während für Anna noch der Besuch von Florians Eltern in Hamburg anstand. Nils sollte am heutigen Tag die ehemaligen Angestellten des Jugendheims aufsuchen, und wenn das erledigt war, hatten sie schon mal einen großen Teil an Arbeit geschafft.

»Na ja«, sagte er gedehnt und erzählte von dem Ablauf der Veranstaltung und dem, was er von Stefanie Albers erfahren hatte. »Wenn wir zurück sind, werde ich in Tönning nachfragen, wie weit die Sache gediehen ist. Laut Frau Albers' Schilderung haben die Kollegen die Angelegenheit anscheinend auf die leichte Schulter genommen.«

»Es wird Zeit, dass Paulsen endlich einen Denkzettel bekommt«, meinte Anna erbost, »und zwar nicht nur in

Form einer Geldstrafe. Sonst geht das doch ewig so weiter.«

»Tja, wollen wir mal das Beste hoffen.«

Sie hatten Glück und kamen nach anderthalb Stunden in Flensburg an. Norberg hatte allerdings auch ziemlich aufs Gaspedal getreten. Arndt Lürssen erwartete sie bereits mit dem Hinweis, dass er nur eine halbe Stunde Zeit hätte, weil ein aktuelles Tötungsdelikt hereingekommen war. Er war in keiner Weise kooperativ und wiederholte lediglich Dinge, die ihnen bereits bekannt waren. Außerdem ließ er im Laufe des Gesprächs mehrere Male durchblicken, dass er es überhaupt nicht schätzen würde, wenn man seine Arbeit beanstandete. Er und seine Kollegen hätten damals nichts unversucht gelassen, den Jungen zu finden, und müssten sich keinen Vorwurf machen.

Lürssens Einstellung war für Norberg bis zu einem gewissen Punkt nachvollziehbar. Ungelöste Tötungsdelikte und Vermisstenfälle nagten an jedem Ermittler, vor allem wegen des unausgesprochenen Vorwurfes von anderen und auch von sich selbst, nicht alles Menschenmögliche getan zu haben. Wenn sich dann nach Jahren plötzlich andere Kollegen den Fall vornahmen und ihn womöglich sogar aufklären konnten, kratzte das natürlich arg am Selbstbewusstsein. Trotzdem sollte man erleichtert sein, wenn der Fall aufgeklärt werden konnte, und die Arbeit der Kollegen anerkennen. Doch diese Größe war nicht jedem gegeben.

»Warum habt ihr den Fall eigentlich nie wieder angefasst? Oder besser gesagt du, er liegt ja in deinem Dienstbereich.

Immerhin ging es um das Verschwinden eines Kindes, solche Fälle sollten doch Vorrang haben.«

»Wer sagt, dass ich ihn mir nicht mehr vorgenommen habe?«

»Die Aktenlage«, erwiderte Anna. »Es sind keine neuen Ermittlungen dokumentiert.«

Lürssen schwieg, seine Augen hatten sich verengt.

»Also hast du ihn noch mal hervorgeholt?«, hakte Anna nach. Norberg wusste mittlerweile, dass es ihr gegen den Strich ging, unbekannte Kollegen zu duzen. Erst recht, wenn diese ihr unsympathisch waren, was ganz offensichtlich auf Lürssen zutraf. Deshalb zollte er ihr Respekt, dass sie so ruhig blieb, ihm ging nämlich langsam der Hut hoch angesichts Lürrsens pampigem Verhalten.

»Dazu werde ich mich nicht äußern.«

»Was soll das denn, Arndt? Du kannst doch nicht einfach eine Andeutung machen und dich danach in Schweigen hüllen.« Als auch jetzt keine Erklärung kam, reichte es Norberg. »Was ist das eigentlich mit euch und diesem Fall? Wieso habe ich den Eindruck, dass ihr alle versucht etwas vor uns zu verbergen?«

Lürssens Miene wurde eisig. »Was unterstellst du hier gerade?«

»Ich unterstelle überhaupt nichts, sondern sage lediglich, wie es ist. Du sagst kein Wort zu viel, machst aber eine Andeutung, die du nicht kommentieren willst. Thomsen hat den Fall angeblich für sich abgeschlossen, und Johannsen hat mich vor die Tür gesetzt, als ich mit ihm sprechen wollte.«

»Du hast ihn provoziert!«

Na, guck an, dachte Norberg, da hat ja schon eine Kommunikation stattgefunden. Bevor er diesen Gedanken aussprechen konnte, kam Anna ihm zuvor.

»Dann hatten Johannsen und du also Kontakt nach dem Besuch meines Kollegen?«

Lürssen blickte sie aus zusammengekniffenen Augen unter buschigen Brauen an. »Spricht etwas dagegen?« Seine Stimme war zunehmend aggressiver geworden.

»Nein, natürlich nicht«, sagte Anna freundlich.

»Was sollte dann diese Bemerkung?«

»Nun, ich frage mich, ob ihr euch abgesprochen habt. Denn irgendetwas ist hier doch ganz offensichtlich im Busch.« Sie behielt ihr Lächeln bei, und Norberg realisierte, dass dies Lürssen noch mehr hochzubringen schien als seine vorherige Bemerkung. Lürssens Kiefermuskeln arbeiteten, sein Gesicht hatte sich gerötet. Aber verbal hatte er sich jetzt wieder unter Kontrolle. Und so sagte er nach einem kurzen Blick auf seine Armbanduhr nur: »So, das war's. Wie ich ja bereits erwähnte, haben wir ein aktuelles Tötungsdelikt.« Er erhob sich und griff nach einer Akte auf seinem Schreibtisch, bevor er zur Tür ging und ihnen diese demonstrativ offen hielt.

Auf dem Weg nach draußen blieb Norberg neben ihm stehen. »Was immer ihr unter dem Deckel zu halten versucht, wir werden es herausfinden.«

22

Pieter Johannsen hatte die Nacht in einem Hotel in Kiel verbracht, da sein Besuch im LKA länger gedauert hatte als geplant und er die Taxifahrt nach Hause dank seines verfluchten Rückens nicht mehr geschafft hätte. Dem ging es heute allerdings auch nicht viel besser, und deshalb stellte die Rückfahrt nach Friedrichstadt Johannsens Geduld auf eine harte Probe. Egal welche Strecke man von Kiel aus nahm, sie kostete Zeit, die er heute nicht hatte, weil er dringend Lürssen zurückrufen musste. Außerdem schmerzte das Sitzen, und überhaupt ging ihm dieses versiffte Taxi auf den Geist, ganz zu schweigen von dem Fahrer, dessen gebrochenes Deutsch und Knoblauchausdünstungen ihn an einen Kameltreiber erinnerten. Nur noch Migrantengesocks in Deutschland, mit dem er sich in seinem Job viel zu häufig hatte herumschlagen müssen. Zum Schluss auch immer mehr in den eigenen Reihen, denn diese Ölaugen drängten ja auch dort die Deutschen zurück.

Zumindest war der Besuch im LKA nicht ergebnislos gewesen, auch wenn es zuerst so ausgesehen hatte. Nach dem fruchtlosen Gespräch mit Thomsen hatte Johannsen ein paar Exkollegen aufgesucht, die mehr wussten, und im Gespräch mit ihnen erfahren, was es mit dieser neuen Vermisstenstelle auf sich hatte und wieso Hendrik Norberg jetzt auf einer Polizeistation in der Provinz den Dienststellenleiter gab. Diese

Kenntnis befriedigte ihn noch immer zutiefst, denn seit damals wünschte er Norberg die Pest an den Hals. Er hatte immer gehofft, dass ihn irgendein Lebensereignis einmal so richtig aus der Bahn werfen würde. Aber die Tatsache, dass Norberg jetzt an diesem Vermisstenfall mitarbeitete und ihm bei seinem Besuch vor zwei Tagen auch noch ganz unverhohlen gedroht hatte, beunruhigte ihn. Diese Anna Wagner fürchtete er nicht, Frauen hatten noch nie zum Polizeidienst getaugt, die sollten gefälligst ihrer natürlichen Berufung als Hausfrau und Mutter nachgehen. Aber Norberg war ein Pitbull; wenn der sich in etwas verbiss, ließ er nicht mehr los.

Der Taxifahrer setzte Johannsen vor seiner Haustür ab, machte aber keine Anstalten, ihm aus dem Wagen zu helfen und ihn sicher über den Gehweg zu geleiten, obwohl er beim Einsteigen gesehen haben musste, wie schwer Johannsen das Gehen fiel. Sicherlich hatte er ein Trinkgeld erwartet, aber wenn man sich darauf einließ, den Taxameter auszustellen und einen Kunden für einen vorher ausgehandelten Festpreis zu fahren, war das logischerweise im Preis enthalten. Manche Menschen waren einfach zu dämlich.

Das Aussteigen und der Gang zur Haustür waren beschwerlich, obwohl er den Gehweg vor dem Haus am Vortag unter Mühen gefegt und sauber abgestreut hatte, trotzdem hätte Johannsen sich eher die Zunge abgebissen, als den Taxifahrer, der gerade den Motor startete, um Hilfe zu bitten. Im Flur hängte er Mantel und Schal an die Garderobe und schleppte sich ins Wohnzimmer, wo er mit einem Stöhnen auf dem Sofa niedersank. Ein Kaffee wäre jetzt schön, am liebsten eine Kanne davon, aber so, wie ihn im Moment sein ganzer

Körper schmerzte, würde er den Weg in die Küche nicht schaffen.

Johannsen lehnte sich zurück und schloss die Augen, so konnte er am besten nachdenken. Und das musste er dringend vor dem Rückruf bei Lürssen. Er hatte den Exkollegen vorhin am Telefon abgewimmelt, weil er nicht im Taxi mit ihm hatte sprechen wollen.

Nach zehn Minuten war er bereit und drückte die eingespeicherte Nummer.

»Norberg und diese Anna Wagner waren vorhin bei mir«, waren Lürssens erste Worte, nachdem er das Gespräch angenommen hatte.

»Das war zu erwarten, deshalb hatte ich dich ja vorgewarnt«, fiel ihm Johannsen ins Wort, da Lürssen zu Monologen neigte und nur schwer zu bremsen war, wenn er in Fahrt geriet. »Hark Thomsen hatte ebenfalls Besuch von dieser Tussi aus der Vermisstenstelle.«

»Mir schmeckt das nicht«, sagte Lürssen. »Die Wagner kenne ich nicht, aber Norberg ist ein scharfer Hund, vor dem wir uns in Acht nehmen müssen.«

»Wem sagst du das.«

»Was sollen wir tun?«

Was er zu tun beabsichtigte, hatte er sich mittlerweile überlegt, aber das würde er Lürssen mit Sicherheit nicht auf die Nase binden. »Abwarten.«

»Abwarten?« In Lürssens Stimme lag jetzt ein Anflug von Panik, aber er war noch nie besonders belastbar gewesen.

»Ja, oder hast du eine bessere Idee?«

»Nein ... ehrlich gesagt nicht.«

Sie verabredeten, sich auf dem Laufenden zu halten, falls man sie erneut befragen sollte. Dann beendete Johannsen das Gespräch und suchte in den Kontakten seines Smartphones nach dem Mann, der ihm noch einen Gefallen schuldig war.

Als das Gespräch angenommen wurde, hielt er sich mit keiner Begrüßung auf. »Michael, wir müssen reden! Ich erwarte dich morgen früh um zehn bei mir zu Hause! Sei pünktlich!«

23

Während der Fahrt nach Hamburg dachte Anna über das Gespräch mit Arndt Lürssen nach und kam dabei zu dem Schluss, dass der Mann ebenso wie Johannsen und Thomsen etwas zu verbergen hatte. Deshalb war es wichtig, jetzt so viel wie möglich über die drei Männer herauszufinden. Wenn sie versuchen würden, sich im Kollegenkreis umzuhören, dürften sie allerdings nicht weit kommen, da der Zusammenhalt groß war und keiner so schnell etwas auf den anderen kommen ließ.

Aber vielleicht bestand eine Möglichkeit im privaten Umfeld …

Pieter Johannsen war verheiratet, nach Norbergs Kenntnisstand gab es hier keine Kinder. Auf Hark Thomsens Schreibtisch hatte sie das Foto einer attraktiven Frau gesehen, hier mussten sie ebenso wie bei Arndt Lürssen nachhaken. Darum hatte sie Norberg gebeten, der aufgrund seiner langjährigen Zugehörigkeit zur Landespolizei ungleich höhere Chancen haben dürfte, etwas über die Familienverhältnisse der beiden Männer herauszubekommen.

Klaus Berger wohnte im Münzkamp im Hamburger Stadtteil Hummelsbüttel. Das eingeschossige Backsteinhaus mit dem Garagenanbau war älteren Datums, aber gut in Schuss. Eine

Buchenhecke trennte das Grundstück vom Gehweg, an dessen Begrenzung zur Straße zwei imposante Birken wuchsen.

Der Münzkamp war eine Straße, in der nur noch wenige alte Häuser standen, die Nachverdichtung aber zum Glück durch ansprechende Einzelhäuser und keine uniformierten Mehrfamilienbauten erfolgt war, die immer mehr Straßen ihren Charakter und Charme nahmen.

Anna hatte ihren Besuch telefonisch angekündigt und darum gebeten, auch mit Bergers Frau sprechen zu können. Seine Antwort hatte sie erschüttert, Karola Berger hatte sich vier Jahre nach Florians Verschwinden das Leben genommen.

»Es tut mir sehr leid, was mit Ihrer Frau geschehen ist«, sagte Anna, nachdem sie im Wohnzimmer Platz genommen hatten. Sie hatte ihre Anteilnahme bereits am Telefon ausgedrückt, verspürte aber das Bedürfnis, es jetzt ein weiteres Mal zu tun.

»Danke«, sagte Berger, der sich ihr gegenüber niedergelassen hatte. Er sah älter als zweiundfünfzig aus; sein Haar war fast weiß, in das Gesicht hatten sich tiefe Falten gegraben. Aber sein Blick war hellwach und zugewandt. Während er eine Flasche Wasser aus der Küche geholt hatte, hatte Anna sich im Wohnzimmer umgesehen. Es war geschmackvoll eingerichtet, schöne Pinienmöbel und eine farblich abgestimmte Sitzgarnitur. Auf einem Sideboard hatte sie eine Fotografie von Florian entdeckt, der neben einer Frau auf einem Ponton am Hamburger Hafen stand, sehr wahrscheinlich handelte es sich um seine Mutter. Auf dem Bild daneben war Berger mit einer anderen Frau und einem vielleicht zwölfjährigen Mädchen zu sehen. Offensichtlich hatte er eine neue Familie gefunden oder sogar gegründet; es wäre ihm zu wünschen, nach allem, was er durchgemacht hatte.

Berger hatte bereits am Telefon gefragt, ob sie neue Erkenntnisse hätten und der Fall deshalb wieder aufgenommen worden sei. Leider nicht, hatte Anna erwidert, aber lassen Sie uns das doch alles bereden, wenn ich bei Ihnen bin. Jetzt blickte er sie auffordernd an.

»Warum haben Sie den Fall wieder aufgenommen, Frau Wagner?«

Anna klärte ihn über die neu gegründete Vermisstenstelle und die Vorgehensweise bei Altfällen auf. »Ich nehme mir diese Fälle jetzt wieder vor und befrage alle Personen, die seinerzeit involviert waren.« Sie blickte Berger mitfühlend an. »Ich weiß, dass es schwer für Sie sein muss, die damaligen Ereignisse noch einmal zu schildern. Aber ich muss mir ein umfassendes Bild verschaffen, und dazu reicht das Aktenstudium nicht aus.«

Berger nickte. »Es vergeht sowieso kein Tag, an dem ich nicht daran denke, also machen Sie sich deshalb bitte keine Gedanken. Ich gehe nach all der Zeit nicht mehr davon aus, dass Florian noch lebt, aber ich werde erst damit abschließen können, wenn ich weiß, was damals passiert ist und der Täter gefunden wird.« Er schluckte. »Und wenn ich ein Grab habe, zu dem ich gehen kann.«

»Das kann ich gut verstehen«, sagte Anna leise. »Ich habe gelesen, dass Sie und Ihre Frau nach Florians Verschwinden noch einige Tage in St. Peter-Ording geblieben sind. Haben Sie sich an der Suche beteiligt?«

»Ja, natürlich. Wir hatten die Ferienwohnung ja noch für eine weitere Woche gebucht und wären auch noch länger geblieben, haben dann aber kein Quartier mehr bekommen. Es war furchtbar, abreisen zu müssen. In St. Peter hatten wir immer noch das Gefühl, Florian nah zu sein. Wir waren uns sicher, dass er sich noch im Ort oder zumindest in der näheren Umgebung befand. Und als wir dann wieder nach Hause fuhren, hatten wir das Gefühl, Florian im Stich zu lassen. Ich bin den Sommer über so oft hochgefahren, wie ich konnte. Zuerst kam ich immer nur außerhalb unter, weil St. Peter sehr lange ausgebucht war. Erst im Herbst konnte ich dort wieder Quartier nehmen. Aber meine Suche hat nichts gebracht.«

»Ihre Frau war nicht mit dabei?«

»Nein. Karola war ein Wrack, nachdem Florian verschwunden war. Das konnte und wollte ich ihr nicht zumuten.«

»Wie ist Ihre Suche unmittelbar nach Florians Verschwinden abgelaufen, Herr Berger? Wo sind Sie überall gewesen?«

»Wir haben jeden Tag den Ort durchkämmt und überall das Foto von Florian rumgezeigt. Also nicht nur in Geschäften und Restaurants, sondern auch auf der Straße. Wir haben in den Salzwiesen gesucht und dann natürlich immer wieder am Strand und in den Dünen. In Ording ist der Strand teilweise ja menschenleer, je weiter man nach Norden geht, und in den Dünen kann man sich mancherorts gut verstecken. Wir haben anfangs ja immer noch geglaubt, dass Florian weggelaufen ist und uns einen Denkzettel verpassen wollte, indem er sich ein paar Tage nicht blicken lässt.« Er räusperte sich und fuhr mit der Hand über seine Augen. »Aber irgendwann wurde uns klar, dass das Wunschdenken war und etwas Schreckliches passiert sein musste.«

»Welchen Eindruck hatten Sie von der Arbeit der Polizei?«

Berger seufzte. »Sie hatten meiner Meinung nach zu wenig Leute für die Suche eingesetzt. Also jedenfalls im späteren Verlauf der Suche. Am Anfang war eine ganze Hundertschaft damit beschäftigt, wie man mir sagte. Je mehr Zeit ins Land ging, umso weniger wurden es. Heute ist mir natürlich klar, dass selbst bei der Suche nach einem Kind nicht über Monate hinweg Hunderte von Polizisten eingesetzt werden können. Damals habe ich das aber nicht akzeptieren können und mich immer wieder beschwert.« Er schwieg einen Augenblick. »Und irgendwann konzentrierte sich dann alles auf diesen Heimleiter. Sie wissen ja sicherlich, dass in seinem Haus einige Dinge von Florian gefunden wurden.«

Anna nickte.

»Die Polizisten haben daraufhin sein Haus und seine Garage auf den Kopf gestellt und auch das gesamte Grundstück umgegraben. Sie haben aber nichts gefunden.«

»Sie haben Carsten Witt damals doch sicher kennengelernt. Also bevor Florian verschwand.«

Berger nickte.

»Welchen Eindruck hatten Sie von ihm?«

Er stieß die Luft aus. »Einen guten. Wobei ich sagen muss, dass wir nur einmal mit ihm gesprochen haben. Das war am Anreisetag der Klasse, und meine Frau bestand darauf, dass wir ihn auf Floris Herzfehler aufmerksam machten. Witt hat auf mich einen kompetenten und sehr zuverlässigen Eindruck gemacht.«

»Und was war später? Waren Sie auch davon überzeugt, dass Carsten Witt der Täter war?«

»Ja, und ich bin es heute noch.« Bergers Hände begannen zu zittern. »Wir konnten nicht fassen, dass er freigesprochen wurde. Floris Sachen in seinem Haus waren doch ein eindeutiger Beweis. Außerdem sagte uns die Polizei, dass Witt mit unserem Jungen Ausflüge unternommen hatte. Also allein mit Flori, da war niemand anderer dabei. Außerdem sei er einmal in Witts Haus gewesen.«

Anna hakte noch einmal nach. »Die Polizei hat Ihnen von Florians Ausflügen erzählt? Nicht Florian selbst?«

»Nein, unser Junge hat uns nichts gesagt. Das war für uns und die Polizei ein sicheres Indiz, dass Witt es ihm verboten hatte. Denn normalerweise hätte Flori uns das doch erzählt.«

Ja, das sollte man im ersten Moment annehmen, dachte Anna. Andererseits besteht aber auch die Möglichkeit, dass Florian ganz bewusst nichts erzählt hat, weil er befürchten musste, dass seine Mutter ihm diese Ausflüge verbieten würde. Was nicht unwahrscheinlich war angesichts ihrer Sorge um ihn. Während Anna darüber nachsann, hörte sie das Öffnen der Haustür und eine Stimme im Flur.

»Hey, Papa, ich bin wieder da!« Augenblicke später steckte ein junges Mädchen den Kopf zur Tür herein und blickte Anna erstaunt an. »Oh, wir haben Besuch.«

Anna erkannte das Mädchen vom Foto, und jetzt fiel ihr auch die Ähnlichkeit zu Berger auf. Offensichtlich handelte es sich um seine Tochter, was Berger im nächsten Moment bestätigte.

»Das ist meine Tochter Johanna.« Er stellte Anna vor und blickte dann wieder seine Tochter an. »Es dauert hier noch ein bisschen. Wir gehen dann später zum Einkaufen.«

»Kein Problem.« Johanna gab ihm einen schnellen Kuss auf die Wange und wirbelte zurück zur Tür. »Ich muss eh noch telefonieren.«

Berger blickte ihr hinterher und wandte sich dann wieder an Anna. »Meine Frau ist zwei Jahre nach Florians Verschwinden noch einmal schwanger geworden. Wir waren überglücklich, als Johanna zur Welt kam, und eine Zeit lang sah es tatsächlich so aus, als wenn sie Karola wieder Halt geben würde. Aber das war ein Trugschluss. Karola hatte ebenso sehr wie ich ein weiteres Kind gewollt, aber irgendwann begann sie mich zu beschuldigen, dass ich ein Kind gegen ein anderes hätte ersetzen wollen. Es kam immer häufiger zum Streit zwischen uns, und das Schlimmste war, dass sie ja irgendwie recht hatte. Wenn man ein Kind verliert und sich dann entschließt, ein weiteres in die Welt zu setzen, spielt dieser Gedanke wohl immer mit rein. Auch wenn einem das häufig gar nicht bewusst ist. Ich habe es jedenfalls erst nach Karolas Anschuldigungen begriffen.« In seinem Blick lag jetzt Verzweiflung. »Irgendwann begann Karola dann sich von allem zurückzuziehen und jegliches Interesse an Johanna zu verlieren. Mir war klar, dass sich die Depression, aus der sie die Geburt von Johanna kurzfristig rausgeholt hatte, wieder verstärkte. Ich bin mit ihr wieder zu zig Ärzten gelaufen, musste nebenbei ja aber auch noch arbeiten und mich um die Kleine kümmern. Karola und ich sind Einzelkinder, unsere Eltern leben nicht mehr. An Verwandtschaft gab es auf beiden Seiten nur ein paar Cousins und Cousinen, zu denen aber seit Jahren kein Kontakt mehr bestand. Ich habe mich dann an das Jugendamt gewandt, weil ich mir keinen anderen Rat mehr wusste. Ich hatte keine Möglichkeit, meine Arbeitsstunden zu reduzieren, und brauchte jemanden für Johannas Betreuung. Der Gedanke, sie in fremde Hände zu geben, widerstrebte mir zutiefst, aber mir blieb keine andere Wahl. Karola interessierte sich nicht mehr für ihre Tochter. Sie war häufig in der Klinik, und wenn sie zu Hause war, saß sie meistens nur da und starrte apathisch vor sich hin. Ich habe daraufhin mit dem Arzt vereinbart, sie für einen längeren Zeitraum in einer Spezialklinik unterzubringen. Von dort ist sie in der zweiten Nacht verschwunden und hat sich vor einen Zug geworfen.« Berger konnte die aufsteigenden Tränen nicht mehr unterdrücken und barg sein Gesicht in den Händen.

Anna schwieg, jedes *Tut mir leid* hätte in diesem Augenblick falsch geklungen. Sie wartete, bis Berger sich wieder gefangen hatte und weitersprach.

»Das Jugendamt hat mich dann an eine Kinderbetreuung vermittelt. Dort habe ich eine Frau kennengelernt, die sich um Johanna gekümmert hat.« Ein Lächeln erschien auf seinem tränenverschmierten Gesicht, als er einen Blick auf das Foto warf, das Anna bereits aufgefallen war. »Wir sind jetzt seit acht Jahren verheiratet. Ohne sie hätte ich das alles nicht überstanden. Sie hat mich ins Leben zurückgeholt.«

»Das freut mich sehr für Sie«, sagte Anna leise. Sie war tief berührt von dem Gehörten und wäre jetzt am liebsten gegangen, um Berger nicht noch länger den quälenden Erinnerungen auszusetzen, aber sie musste noch einige Dinge wissen. »Lassen Sie uns bitte noch einmal auf die Arbeit der damaligen Kollegen zurückkommen, Herr Berger. Es geht mir speziell um die drei Männer, die die Ermittlungen geleitet haben. Arndt Lürssen von der Flensburger Mordkommission sowie Hark Thomsen und Pieter Johannsen von der Husumer Kripo. Erinnern Sie sich noch, welchen Eindruck Sie von den dreien hatten?«

Berger blickte sie nachdenklich an und überlegte einen Augenblick. »Soweit ich das beurteilen konnte, sind sie mit großer Professionalität vorgegangen. Mir ist allerdings aufgefallen, dass Lürssen und Johannsen emotional ziemlich unbeteiligt wirkten. Aber das muss man wohl auch in dem Beruf, denn wenn man alles an sich heranlassen würde, dürfte man ihn wohl nicht lange durchhalten.«

»Und was war mit Thomsen?«

»Dem ist das alles sehr nahegegangen. Als dieser Witt unter Verdacht geriet und auch nach dessen Freispruch war Thomsen der Einzige, der weiterhin einen regelmäßigen Kontakt zu uns gehalten hat. Er hat uns versprochen, dranzubleiben und den Fall irgendwann aufzuklären.«

»Ihnen war aber bekannt, dass er mittlerweile in einem anderen Bereich arbeitete, oder?«

Berger nickte. »Ja, das hatte er mir gesagt, allerdings mit dem Hinweis, dass ihn das nicht von weiteren Nachforschungen abhalten würde.« Berger schaute sie an. »Ich halte Thomsen für einen integeren Menschen, der nicht einfach nur seinen Job erledigt. Als er erfuhr, dass sich meine Frau das

Leben genommen hatte, ist er zu ihrer Beerdigung gekommen. Das rechne ich ihm bis heute hoch an.«

Das waren interessante Informationen, und Anna stellte sich die Frage, warum Thomsen sie ihr vorenthalten beziehungsweise sie belogen hatte.

24

Hendrik Norberg hatte die Zeit seit seiner Rückkehr aus Flensburg mit Angelegenheiten der Dienststelle verbracht und einige Telefonate geführt, um sich einen Überblick über das private Umfeld von Lürssen, Thomsen und Johannsen zu verschaffen. Zum Glück hatte er die besten Kontakte und brachte in solchen Fällen tatsächlich so etwas wie Small Talk zustande, bis er aus seinen Gesprächspartnern die Informationen herausgekitzelt hatte, nach denen es ihn verlangte.

Die Auskünfte, die er erhalten hatte, waren allerdings ziemlich mau gewesen. Der einzige Hinweis, von dem er sich etwas versprach, war der bezüglich Thomsens geschiedener Frau Sandra. Norbergs Quelle hatte ihm verraten, dass sie und Thomsen sich bei der Kripo in Husum kennengelernt hatten, wo sie heute noch arbeitete. Seit fünf Jahren waren die beiden geschieden, weil sie seine Besessenheit in einem alten Fall nicht mehr ertragen hätte. Vielleicht war damit ja ihr Fall gemeint, das mussten sie versuchen rauszufinden.

Im Anschluss hatte sich Norberg von Nils Scheffler Bericht erstatten lassen, der die nach wie vor in St. Peter-Ording lebenden ehemaligen Mitarbeiter des Jugendheims aufgesucht hatte.

Was Witts Schuld anbelangte, waren sich auch heute noch alle unsicher. Zwar hatte ihn jeder als einen moralischen und zuverlässigen Mann bezeichnet, dem das Wohl des Heims und seiner Gäste sehr am Herzen gelegen hatte, aber es war auch einhellig zu hören gewesen, dass man ja nicht in einen Menschen hineinschauen könne. Neue Erkenntnisse waren bei keinem der Gespräche gewonnen worden.

Dahingegen schien Anna bei ihrem Besuch in Hamburg etwas in Erfahrung gebracht zu haben. Sie befand sich mittlerweile auf dem Rückweg nach St. Peter, aber bevor sie ihm am Telefon mehr hatte sagen können, war die Verbindung abgebrochen.

Er beschloss, die Wartezeit für den geplanten Anruf bei den Tönninger Kollegen zu nutzen. Man versicherte ihm, dass die Anzeige von Stefanie Albers an die zuständige Staatsanwaltschaft weitergeleitet worden sei. Dies wurde bei seiner dortigen Nachfrage allerdings nicht bestätigt. Die Sachbearbeiterin war sehr hilfsbereit und versprach, noch einmal zu überprüfen, ob vielleicht etwas falsch abgelegt worden sei, konnte ihm aber bei ihrem Rückruf eine halbe Stunde später wiederum nur mitteilen, dass es keinen Eingang aus Tönning gäbe.

Nach dieser Aussage geriet Norberg ins Grübeln. Die flapsige Bemerkung, die Stefanie Albers auf der Polizeistation über Paulsen gehört hatte, ließ ja darauf schließen, dass die Kollegen den Vorgang nicht allzu ernst genommen hatten. War es möglich, dass die Anzeige gar nicht weitergeleitet worden war? Er erinnerte die Worte *unser Paulsen*. Natürlich war der Exkollege in Tönning bekannt, schließlich gab es nur drei Polizeistationen auf Eiderstedt, und da kannte jeder jeden. Vielleicht hatte ihm da jemand einen Gefallen erweisen wollen.

Kurz entschlossen griff Norberg ein weiteres Mal zum Hörer und rief den Dienststellenleiter in Tönning an, den er sehr schätzte. Norberg schilderte die Angelegenheit und erfuhr schon kurze Zeit später bei dem Rückruf des Kollegen, dass die Anzeige aus Versehen, wie es hieß, noch nicht weitergeleitet worden sei.

»Ich weiß nicht, was ich sagen soll, Hendrik.« In der Stimme des Kollegen lagen Beschämung und unverhüllter Ärger. »Es tut mir leid, und du kannst dir sicher sein, dass die Angelegenheit Folgen haben wird. Dieser verdammten Kumpanei, die wir immer noch viel zu häufig in unseren Reihen finden, muss endlich ein Ende gesetzt werden!«

In dem folgenden Gespräch mit Stefanie Albers machte sich Norberg nicht die Mühe, die Angelegenheit zu beschönigen, bloß um irgendwelche Kollegen zu schützen, die ihren Job verfehlt hatten.

»Danke, dass Sie sich der Sache angenommen haben«, sagte sie und klang erleichtert.

»Keine Ursache. Ich werde mich darum kümmern, dass die Staatsanwaltschaft den Fall jetzt auch zügig angeht.« Falls nötig, würde er Dampf machen, allerdings ging er davon aus, dass dies nicht erforderlich sein würde, da ihm zu Ohren gekommen war, dass auf Seiten der Staatsanwaltschaft jetzt eine gute Bekannte von ihm für derlei Straftaten zuständig war. Wenn die neue Anzeige gegen Paulsen auf ihrem Tisch landete, würde der Mann nicht mehr mit einer Geldstrafe davonkommen, so viel war sicher. Aber das würde er Stefanie Albers noch nicht sagen.

»Ich würde Sie zum Dank gerne zum Essen einladen, Herr Norberg. Vielleicht haben Sie ja an einem der nächsten Abende Zeit.«

Die Einladung kam überraschend für ihn. Stefanie Albers war eine attraktive und interessante Frau, mit der man gute Gespräche führen konnte, wie er am Vorabend festgestellt hatte. Aber dieses Essen hatte für ihn den Charakter eines Arbeitsessens gehabt. Was allerdings nicht für ihre Einladung galt, jedenfalls empfand er es nicht so, auch wenn er sich sagte, dass es völlig normal und unverfänglich war, seinen Dank in Form einer Essenseinladung auszusprechen. Aber was, wenn von ihrer Seite mehr dahintersteckte? Oder war das jetzt zu weit hergeholt? Er wusste ja nicht einmal, ob sie gebunden war.

Der Gedanke an eine neue Beziehung war unvorstellbar für ihn, selbst flüchtige Begegnungen lagen außerhalb seiner Vorstellungskraft. Ihm war natürlich klar, dass er irgendwann wieder am Leben würde teilnehmen müssen und sich nicht weiterhin jeden Abend nach Dienstschluss in seinem Haus verkriechen konnte. Aber noch war er nicht so weit.

Er hatte zu lange mit seiner Antwort gewartet und hörte ein verlegenes Lachen aus dem Hörer dringen. »Sorry, ich wollte nicht aufdringlich sein.«

»Nein, nein, das sind Sie nicht«, beeilte er sich zu sagen. Und dann, zu seiner großen Überraschung, »ich nehme Ihre Einladung gerne an.«

Eine halbe Stunde später flog die Tür der Polizeistation mit einem lauten Krachen auf. Norberg war mittlerweile allein, weil Garding die Nachtbereitschaft angetreten hatte, und immer noch verwirrt, dass er die Einladung von Stefanie Albers trotz seiner Bedenken angenommen hatte. Sie hatten sich für den nächsten Abend verabredet, und er hoffte mittlerweile inständig, dass etwas dazwischenkommen würde.

»Ich bin zurück!«

Norberg ging auf den Flur hinaus und erblickte Anna, die sich abmühte, die Tür hinter sich zu schließen.

»Mann, ist das ein Sturm!«, fluchte sie. Jacke und Mütze waren schneebedeckt, den dicken Schal hatte der Wind fast heruntergerissen. Er half ihr, die Tür wieder zu schließen. »Habt ihr hier irgendwo Streugut?«, fragte sie. »Da draußen ist gerade Blitzeis angesagt, mich hätt's fast hingehaun.«

Norberg öffnete die Tür der Abstellkammer, knipste das Licht an und warf einen Blick hinein. »Wir haben hier irgendein Granulat.« Er gewahrte den entsprechenden Eimer, musste aber feststellen, dass dieser leer war. »Nichts mehr da, das muss morgen wieder aufgefüllt werden.«

Anna hatte in der Zwischenzeit Jacke, Mütze und Schal in ihrem Büro abgelegt und war auf dem Weg in die Küche. »Ich komm gleich zu dir, aber erst muss ich mir einen Tee machen.«

Norberg schmunzelte in sich hinein und ging zurück in sein Büro. Augenblicke später stand Anna mit einer Warmhaltekanne und ihrem Becher in seiner Tür. »Der ist ja schon fertig«, sagte sie überrascht.

»Ich dachte mir, dass du ihn brauchen würdest.« Dass sie

eine Rund-um-die-Uhr-Teetrinkerin war, hatte er bereits im Sommer festgestellt. Mittlerweile kannte er auch ihre bevorzugten Sorten. Earl Grey und Darjeeling. Mit aromatisierten Tees konnte man sie jagen, was auch für Grüntee und Roibusch galt. Kluntjes mussten auf jeden Fall rein, und manchmal gönnte sie sich auch einen kleinen Schuss Sahne. Wenn sie nicht wieder dieser in seinen Augen völlig bescheuerte Diätwahn umtrieb.

»Das ist ja lieb, danke schön!« Sie nahm vor seinem Schreibtisch Platz, gab Kluntjes in den Becher und goss den Tee darüber, der seinen aromatischen Duft im Raum zu verbreiten begann. »Hmmm«, sagte sie nach den ersten Schlucken, die sie mit sichtlichem Genuss zu sich genommen hatte. »Das ist jetzt genau das Richtige. Ich bin nämlich völlig durchgefroren, da scheint irgendwas mit der Autoheizung zu sein. Muss den Wagen mal in die Werkstatt bringen.« Sie setzte den Becher ab und blickte ihn an. »Was ich sagen wollte, als uns vorhin das Funkloch dazwischenkam. Hark Thomsen hatte doch angegeben, dass er den Fall für sich zu den Akten gelegt hätte. Von Klaus Berger habe ich jetzt allerdings erfahren, dass Thomsen ihm seinerzeit versprochen hatte dranzubleiben. Außerdem hat Thomsen die ganzen Jahre über den Kontakt zu Berger gehalten und ist sogar zur Beerdigung von dessen Frau erschienen. Berger hatte den Eindruck, dass der Fall Thomsen emotional sehr nahegegangen sei. Im Gegensatz zu Lürssen und Johannsen, für die es offensichtlich ein Fall unter vielen gewesen war.«

»Das passt zu dem, was Thomsens geschiedene Frau gesagt haben soll«, sagte Norberg und erzählte von seinem Gespräch. »Wir müssen in den nächsten Tagen unbedingt mit ihr sprechen.«

Anna nickte. »Ich habe Thomsen angerufen, weil ich ihn zu Bergers Angaben befragen wollte, aber er war nicht im Büro, und sein Handy ist ausgeschaltet. Deshalb werde ich morgen noch mal zu ihm fahren, und zwar ohne Vorankündigung. Es muss doch einen Grund haben, dass er uns angelogen hat.«

»Es ist aber nirgendwo dokumentiert, dass die Akte seit damals wieder angefasst wurde. Auch wenn Lürssen diese komische Andeutung gemacht hat.«

Anna blickte ihn an. »Was die sollte, kann ich mir immer noch nicht erklären. Aber seien wir doch mal ehrlich, wenn man sich auskennt, kann man heutzutage alles manipulieren. Außerdem besteht ja auch die Möglichkeit, dass Thomsen nur privat an der Sache drangeblieben ist.«

Das war nicht gänzlich von der Hand zu weisen, und es würde zu den ganzen Merkwürdigkeiten, mit denen dieser Altfall belastet war, passen.

Bevor sie Feierabend machten, brachte Norberg sie noch auf den neuesten Stand, was Nils' Nachforschungen und die ohne neue Erkenntnisse abgeschlossenen Befragungen der Hamburger Kollegen anbelangte, die in der Zwischenzeit reingekommen waren. Als sie die Station verließen, ging es auf acht Uhr zu, und wenn es weiter so schneite, würden die Straßen bald unpassierbar sein.

Anna war heilfroh, als sie sich in den Feierabend verabschieden konnte, denn die Begegnung mit Florians Vater hatte ihr zugesetzt. Wenn ein Kind starb, konnten die Eltern irgendwann mit dem Trauerprozess beginnen, auch dann, wenn es getötet worden war. Ganz wichtig war in einem solchen Fall auch ein Grab, das vielen Eltern großen Trost spendete, weil sie hier das Gefühl hatten, ihrem Kind besonders nahe zu sein. All das war Florians Vater seit sechzehn Jahren verwehrt, er wusste ja nicht einmal, was mit Florian passiert war. Er hatte zwar eine neue Familie gefunden, aber die Trauer um Florian würde niemals weichen.

Konfrontiert mit dieser Situation, war Anna froh, dass sie keine Kinder hatte und aller Voraussicht nach auch keine mehr bekommen würde, da weit und breit kein Mann in Sicht war, der als Partner und Vater ihrer Kinder infrage käme. Außerdem musste sie sich mit ihren mittlerweile achtunddreißig Jahren einen solchen Schritt sehr genau überlegen, falls doch mal wieder ein passendes Mannsbild ihren Weg kreuzen sollte.

Sie wärmte sich unter der Dusche auf und machte sich dann an die Arbeit, die sie für heute Abend eingeplant hatte. Eine Bestandsaufnahme der Räume war nötig, und danach galt es zu überlegen, was umgestellt und was aussortiert werden musste, damit ihre Möbel Platz fanden. Es waren ausschließlich antike Stücke, die sie von ihren Großeltern geerbt hatte und von denen sie Ralf kein einziges überlassen hätte. Zwei Holzkommoden aus Kirschbaum waren darunter sowie ein ovaler und ausziehbarer Esstisch aus Mahagoni mit sechs dazu passenden Stühlen, an dem ihr Herz besonders hing. Sie hatte schon immer einen Mix aus modernen und alten Möbeln geliebt und im Laufe der Jahre ein Gespür für die dazu passenden Accessoires entwickelt. Wenn Zeit war, würde sie mit dem Streichen einiger Zimmer beginnen, in denen bisher die Farbe Weiß an Wänden und Decken dominierte; außerdem standen Besuche in Möbelhäusern und bei Raumausstattern an, da die Fenster neue Gardinen, Jalousien und Plissees bekommen sollten. Sie freute sich jetzt schon auf diese Unternehmungen.

Nach einer halben Stunde hatte sie eine Liste mit den Gegenständen erstellt, die sie aussortieren wollte. Darüber musste sie jetzt mit den Hecklers sprechen, damit diese entschieden, was mit den Möbeln passieren sollte. Sie hatte mit beiden seit ihrer Ankunft nur wenige Worte gewechselt. Corinna Heckler war ziemlich erkältet, wie sie von Norberg erfahren hatte, und Anna hoffte, dass es ihr mittlerweile besser ging, da sie das Gespräch nicht länger aufschieben konnte, weil die Möbel schließlich schon am Freitag kamen.

Auf ihr Klingeln öffnete Peter Heckler die Tür. »Moin, Frau Wagner.« Er sah müde aus, und sie bekam ein schlechtes Gewissen, dass sie um diese Uhrzeit noch störte.

»Hallo, Herr Heckler. Haben Sie einen Augenblick Zeit für mich? Ich müsste nämlich etwas mit Ihnen und Ihrer Frau besprechen und habe es nicht früher geschafft. Tut mir leid, aber der neue Fall hält Ihren Schwiegersohn und mich mal wieder auf Trab.«

»Macht nix.« Er winkte sie ins Haus, wo sie im Flur aus ihren Stiefeln schlüpfte und die Jacke an die Garderobe hängte. Sie folgte ihm ins Wohnzimmer, in dem er offensichtlich alleine vor dem Fernseher gesessen hatte.

»Ich habe gehört, dass Ihre Frau erkältet ist. Geht es ihr inzwischen besser?«

Peter Heckler bat sie, Platz zu nehmen, und seufzte dann tief. »Na ja, es geht so. Sie ist noch ziemlich hinfällig, aber das Fieber ist zum Glück gesunken.«

Anna erinnerte sich, dass Heckler seinen Führerschein abgegeben hatte, und so fragte sie ihn, ob Einkäufe zu erledigen wären.

»Danke fürs Angebot«, sagte er, »aber das hat Hendrik schon übernommen. Die nächste Wochenration für Corinna und mich ist gesichert. Und seitdem Lasse das Kochen für sich entdeckt hat, läuft es jetzt mal umgekehrt. Früher hat seine Oma ihn bekocht, jetzt bringt er uns täglich eine warme Mahlzeit vorbei.« Heckler lachte. »Ich hab da ja zuerst drüber gelästert, aber der Junge kocht richtig gut. Nicht nach irgendwelchen Rezepten, der denkt sich alles Mögliche selber aus.«

Anna erinnerte sich an den Stress, den Norberg und die Hecklers im vergangenen Jahr mit Lasse gehabt hatten. Der Junge war nicht mit dem Tod seiner Mutter fertiggeworden, aber wie es aussah, lief es jetzt besser. Das freute sie sehr für die Familie. Sie hatte Lasse noch nicht kennengelernt, sondern nur einmal kurz gesehen. Bei ihrer Abschiedsfeier im vergangenen Jahr hatte er sich bei Norbergs Vater in Stockholm aufgehalten, zu dem er in seiner Verzweiflung geflüchtet war. Bei dieser Feier hatte sie allerdings Bekanntschaft mit Norbergs jüngerem Sohn Finn gemacht, einem quirligen Sonnenschein, den sie sofort in ihr Herz geschlossen hatte.

»Dann lasse ich Ihre Frau mal besser in Ruhe«, sagte Anna. »Sie können mir ja sicher auch alleine weiterhelfen.« Sie erzählte ihm von der Ankunft ihrer Möbel und erwähnte, dass sie deshalb einiges aussortieren müsste. Sie empfand das Gespräch als heikel, da sie nicht einschätzen konnte, inwieweit Heckler dies als Eingriff empfinden würde, aber andererseits baute sie darauf, dass er Verständnis dafür aufbrachte, dass sie sich in ihrem neuen Heim auch mit eigenen Möbeln umgeben wollte.

Peter Heckler hatte Verständnis und erklärte, dass er und seine Frau sich auch schon Gedanken darüber gemacht hatten. »Ein Bekannter sammelt Möbel für Bedürftige. Dort werden wir die Sachen hingeben.«

»Das ist eine gute Idee«, sagte Anna erleichtert. Sie gab Heckler die Liste, die sie erstellt hatte. »Diese Möbel wollte ich aussortieren.« Sie überlegte kurz. »Vielleicht will Ihr Schwiegersohn ja auch noch etwas haben, dann frage ich ihn morgen.«

»Nee, das brauchen Sie nicht, das haben wir schon vor einiger Zeit geklärt. Er hatte einen Ledersessel rausgeholt, den Lasse haben wollte. Aber für mehr ist kein Platz bei ihnen, die sind ja genauso wie wir auch voll eingerichtet.« Heckler warf einen kurzen Blick auf die Liste, faltete sie dann zusammen und steckte sie in seine Hosentasche. »Das geht klar. Ich lasse die Sachen morgen abholen, dann haben Sie am Freitag freie Bahn.«

»Prima«, sagte Anna, »den Zweitschlüssel haben Sie ja.« Sie erhob sich, wurde aber von Heckler gebeten, noch einen Augenblick zu bleiben.

»Meinen Sie, dass Sie in den nächsten Tagen Zeit finden, einmal mit meiner Frau zu sprechen?«, fragte er mit stockender Stimme. In seinen Augen lag Hilflosigkeit.

Anna nickte und nahm wieder Platz. Sie hatte Corinnas offensichtliches Unwohlsein am Tag ihrer Ankunft auf die erwähnte Erkältung geschoben, aber jetzt dämmerte ihr, dass hier etwas anderes im Busch zu sein schien. »Ja, natürlich, die Zeit werde ich mir nehmen.« Sie blickte ihn an und wartete auf eine Erklärung.

»Wissen Sie …«, er seufzte schwer und setzte sich auf die Kante des Sessels. »Ich weiß nicht, wie ich es sagen soll, aber es ist so schwer mit Corinna im Moment. Und da Sie sich ja gut verstanden haben, dachte ich, Sie könnten mal mit ihr reden. Vielleicht finden Sie heraus, was mit ihr los ist, mit mir spricht sie nämlich nur das Nötigste.« Er sah sie unsicher an. »Wenn das eine Zumutung ist, sagen Sie es.«

Anna schüttelte den Kopf. »Lieber Herr Heckler, das ist doch keine Zumutung. Ich mag Ihre Frau sehr, und wenn ich irgendwie helfen kann, dann tue ich das gerne.« Sie blickte ihn forschend an. »Was glauben Sie denn, was mit ihr sein könnte?«

»Ich denke, dass es mit dem Tod unserer Tochter zusammenhängt. Sie haben ja im vergangenen Jahr zum Teil mitbekommen, dass Corinna den Haushalt bei meinem Schwiegersohn geschmissen hat. Sie ist vollkommen in der Arbeit aufgegangen, weil sie dadurch natürlich abgelenkt wurde.« Er fuhr sich über die Augen. »Ich hab sie häufig erst abends wieder gesehen, wenn Hendrik später nach Hause kam. Ich weiß jetzt, dass ich darauf hätte dringen sollen, dass Hendrik sich eine Haushälterin nimmt. Dann hätten Corinna und ich eine gemeinsame Zeit der Trauer gehabt. So hat das jeder mit sich allein ausgemacht, und das ist uns nicht gut bekommen. Und seitdem Lasse sich jetzt wieder um Finn kümmert und darüber hinaus immer häufiger den Haushalt schmeißt, fühlt Corinna sich überflüssig. Ich habe den Eindruck, dass sie in ein tiefes Loch gefallen ist, aber ich weiß nicht, wie ich sie da wieder rausholen kann.« Er knetete seine Hände. »Und wissen Sie, was das Schlimmste ist? Sie kann nicht weinen und wirkt mittlerweile wie versteinert.«

Bei ihrem Aufenthalt im vergangenen Jahr war Peter Heckler anfangs ziemlich bärbeißig dahergekommen, dann aber zugänglicher geworden. Viele Worte hatte er allerdings nie verloren. Dass er jetzt ausgerechnet ihr sein Herz ausschüttete, konnte sie sich nur so erklären, dass sie am weitesten entfernt von den beteiligten Personen und der Situation war. Sehr wahrscheinlich war sie die Erste, mit der er so offen gesprochen hatte.

»Es tut mir leid, dass ich Sie damit behellige«, hörte sie Heckler sagen, »aber ich weiß mir einfach keinen Rat mehr.«

Spontan griff Anna nach seiner Hand. »Danke für Ihr Vertrauen! Ich spreche mit Ihrer Frau, vielleicht komme ich ja an sie ran.« Sie warf einen Blick auf ihre Armbanduhr. »Soll ich jetzt noch zu ihr gehen?«

Heckler wirkte unentschlossen. »Ich weiß nicht, sie war vorhin so müde und wollte schlafen.« Er mied ihren Blick. »Sie ist in unseren ehemaligen Partykeller gezogen, den ich für unsere Enkel umgebaut hatte, falls mal einer von ihnen bei uns übernachten will. Sie hatten das ja letztes Jahr mitbekommen. Corinna hat gesagt, dass sie mich nicht anstecken will, aber ich glaube, ihr Rückzug hat einen anderen Grund. Dort unten steht Kathrins altes Bett, und im Schrank hängen auch noch einige Kleidungsstücke von unserer Tochter, die Corinna nicht weggeben wollte.«

Anna hatte bisher noch nicht den Tod eines geliebten Menschen verkraften müssen, aber sie wusste aus ihrem Münchner Freundeskreis, wie viel Trost manche Gegenstände der Verstorbenen den Zurückgebliebenen gaben. Wie Peter Heckler ja bereits angedeutet hatte, befand sich seine Frau erst jetzt im Trauerprozess, und da war es nicht verwunderlich, dass sie sich zurückzog und mit Kathrins Dingen umgab. Es war bloß wichtig, dass sie in ihrem Kummer nicht allein blieb und sich nicht immer mehr darin verlor, sodass sie womöglich in eine Depression hineinrutschte. Anna mochte Corinna sehr und hatte mittlerweile auch ihren einstmals so brummigen Mann ins Herz geschlossen, und wenn es eine Möglichkeit gab, den beiden zu helfen, würde sie diese ergreifen.

Peter Heckler war aufgestanden. »Ich gucke mal eben nach ihr.« Es dauerte nicht lange, bis er zurück war. »Sie schläft.«

Anna erhob sich. »Dann komme ich morgen Abend wieder, wenn es Ihnen recht ist. Es wird wohl allerdings erst wieder um diese Uhrzeit etwas werden.«

»Das macht doch nichts, Hauptsache, Sie kommen!«, sagte er erleichtert. Er begleitete sie auf den Flur hinaus, wo sie in ihre Jacke und die Stiefel schlüpfte und ihn zu beruhigen versuchte. »Das wird schon, Herr Heckler. Ihre Frau ist zäh, die kommt wieder auf die Füße.«

Plattitüden waren normalerweise nicht ihr Ding, aber angesichts des Zustands, in dem sich Peter Heckler gerade befand, machte sie heute einmal eine Ausnahme.

25

Der Anruf von Anna Wagner holte Norberg in die Gegenwart zurück. Ein Gefühl der Erleichterung durchströmte ihn, während er das Notebook zuklappte, auf dem er in der vergangenen Stunde Videos aus einem der vielen Urlaube mit Kathrin und den Jungs angesehen hatte. Er tat das in letzter Zeit häufig, ein geradezu masochistisches Unterfangen, bei dem er immer wieder feststellen musste, dass das Ansehen von Fotos und Videos keine heilsame Wirkung auf seinen Trauerprozess hatte, sondern ihn im Gegenteil immer tiefer hinabzog. Und trotzdem konnte er sich nicht dazu überwinden, damit aufzuhören.

Das erste Weihnachtsfest und der erste Jahreswechsel ohne Kathrin waren schwer zu ertragen gewesen. Die Hecklers hatten sich abgeschottet und Finn und Lasse nur am ersten Weihnachtstag für ein paar Stunden zur Bescherung zu sich geholt. In der restlichen Zeit hatte Norberg versucht, mit seinen beiden Jungs so normale Tage wie möglich zu verbringen, aber er war dabei immer wieder an seine Grenzen gestoßen. Mehr und mehr hatte sich in der letzten Zeit der Eindruck in ihm verfestigt, dass er langsam, aber sicher in eine Depression hineinzurutschen begann. Woran auch die Jahreszeit ihren Anteil hatte, die düsteren, oft nebelverhangenen Tage, an denen es nicht hell werden wollte; das häufige Regenwetter, das längere Aufenthalte im Freien unmöglich machte. Da war er, genauso wie jetzt, über jeden Anruf dankbar gewesen, der ihn zurück an die Arbeit holte.

Was Anna ihm in knappen Worten mitteilte, beunruhigte ihn. Carsten Witt war verschwunden. Was hatte das zu bedeuten? Witts Lebensgefährtin hatte sich am Vormittag bei ihnen gemeldet und angegeben, dass sie den ganzen Tag unterwegs sei und erst morgen auf die Dienststelle kommen könne. Und jetzt hatte sie voller Aufregung vor wenigen Minuten Anna angerufen, weil Witt bei ihrer Rückkehr nicht, wie erwartet, zu Hause gewesen war. Das war an sich noch kein Grund zur Sorge, aber Anna hatte sich im Gespräch mit Sabine Borchert vergewissert, dass dies ein ungewöhnlicher Umstand war, der Witts Lebensgefährtin große Angst machte, zumal sie am Morgen nach einem heftigen Streit auseinandergegangen waren.

»Wir treffen uns bei Witts Haus, okay? Gib mir eine Viertelstunde.« Er beendete das Telefonat und stieg in den ersten Stock hinauf, um Lasse Bescheid zu geben, dass er noch einmal dienstlich weg musste. Sein Sohn nickte nur und wandte sich dann wieder dem Computerspiel zu, das er von Norbergs Vater zu Weihnachten geschenkt bekommen hatte.

Leise öffnete Norberg die Tür zu Finns Zimmer, um sich zu vergewissern, dass auch hier alles in Ordnung war. Der Raum war dunkel, aber ein heller Schimmer unter der Bettdecke verriet ihm, dass der Stöpsel noch nicht schlief. Mit einem Ruck zog Norberg die Decke weg und musste sich ein Lachen verkneifen, als Finn herumfuhr und ihn verdattert anschaute. Vor seinem Jüngsten lag ein Comic, daneben die Taschenlampe. Ein Trick, mit dem Finn seinen Vater schon häufiger zu täuschen versucht hatte, wenn dieser abends noch einmal nach ihm schaute. Dumm nur für den Stöpsel, dass er ihn dieses Mal nicht gehört hatte.

»Es ist nach halb zehn. Solltest du nicht langsam mal schlafen?«, sagte Norberg mit seiner strengsten Vaterstimme.

»Och, Papa, es sind doch Ferien. Außerdem hab ich's gleich durch.«

Norbergs Herz weitete sich, als Finn ihn mit seinem treuherzigsten Blick rumzukriegen versuchte. »Na gut, aber um zehn ist definitiv Schluss. Versprochen?«

»Okay ...«

»Ich verlass mich auf dich!«

»Jahaaaa ...«

Norberg hob die Decke vom Boden und legte sie wieder aufs Bett. »Ich muss noch mal los. Lasse ist in seinem Zimmer und weiß Bescheid.«

Finn hatte sich bereits wieder seinem Comic zugewandt und nur halbherzig zugehört. »Okay.«

Der Sturm fegte Norberg fast von den Füßen, als er ins Freie trat. Er lief zur Garage, froh darüber, dass er seinen Wagen nicht noch von Schnee und Eis befreien musste. Zehn Minuten später erreichte er Witts Haus, wo Annas Wagen bereits auf der Einfahrt stand. Auf sein Klingeln hin öffnete sie fast augenblicklich die Tür und nahm ihn mit in das Wohnzimmer im ersten Stock, in dem er eine aufgelöste Frau vorfand. Anna machte sie miteinander bekannt.

Sabine Borchert war groß und schlank und ein eher herber Typ mit einem schmalen Gesicht und kurzen, grauen Haaren. Norberg schätzte sie um die sechzig. Witts Lebensgefährtin hielt ein Taschentuch in den Händen und tupfte sich immer wieder die Tränen ab.

»Entschuldigen Sie«, schniefte sie. »Ich heul normalerweise nicht so schnell, aber ich hab solche Angst, dass Carsten sich etwas angetan hat.«

Aus dem, was Anna bisher erfahren und ihm am Telefon mitgeteilt hatte, ergab sich noch kein klares Bild. »Sie haben meiner Kollegin gesagt, dass Carsten Witt nach unserem gestrigen Besuch mit Ihnen über seine Bedenken gesprochen hat und es darüber heute Morgen zum Streit zwischen Ihnen gekommen ist.«

»Ja. Ich verstehe einfach nicht, wieso er so dagegen ist, wenn mit dieser Wiederaufnahme eine reelle Chance besteht, dass seine Unschuld endlich bewiesen werden kann.«

Das verstand Norberg ebenfalls nicht, was auch für Anna zu gelten schien, wenn er ihr leichtes Schulterzucken richtig deutete. Die einzig sinnvolle Erklärung schien für ihn im Moment die, dass Carsten Witt doch schuldig war und nicht riskieren wollte, dass seine Schuld aufgedeckt wurde. Aufgrund des Strafklageverbrauchs gab es da allerdings kein Risiko, weil er kein zweites Mal angeklagt werden konnte, wenn er nicht aus freien Stücken gestand. Aber wer wusste schon, was in einem Menschen vor sich ging.

Anna bat Sabine Borchert, ihnen den Ablauf des gestrigen Abends zu schildern.

»Wir sind nach dem Abendessen nicht mehr auf das Thema

zurückgekommen«, sagte Witts Lebensgefährtin. »Carsten hat noch ein bisschen ferngesehen, und ich habe mich am Computer mit der Einrichtung meiner Galerie beschäftigt.« Sie erzählte von ihrem Vorhaben und schloss mit den Worten, dass sie gegen elf Uhr ins Bett gegangen seien. Und beim Frühstück hätte sie dann diesen unseligen Streit vom Zaun gebrochen, für den sie sich jetzt noch ohrfeigen könne.

»Worum ging es denn genau bei diesem Streit?«, wollte Anna wissen.

»Ich hab Carsten vorgeworfen, dass er sich ausschließlich um sich dreht und nicht im Geringsten dafür interessiert, wie es mir in all den Jahren ergangen ist. Und dass ich es mittlerweile bereue, mit ihm zurückgekommen zu sein.« Sie zog ein weiteres Papiertaschentuch aus der Packung und schnäuzte sich kräftig. »Ich weiß nicht, was da über mich gekommen ist. Carsten ist der liebste Mensch, den ich kenne, und ich schäme mich, dass ich ihn so fertiggemacht habe. Ich war bloß so wütend, dass er das Gute an dieser Wiederaufnahme nicht sehen will.«

»Und wie sah Ihr heutiger Tag aus?«, fragte Norberg, als Sabine Borchert schwieg.

»Ich bin um neun nach Hamburg gefahren. Gegen fünfzehn Uhr bin ich dort wieder aufgebrochen und habe dann noch einige Geschäfte in Kiel besucht. Gegen einundzwanzig Uhr war ich dann wieder hier. Tut mir leid, dass ich heute nicht zu Ihnen kommen konnte, aber ich hatte einige Termine vereinbart.«

»Hatten Sie im Verlauf des Tages Kontakt zu Carsten Witt?«

»Nein, das macht mich ja so fertig. Wenn ich unterwegs bin, rufe ich ihn häufiger an, aber heute war ich so aufgebracht, dass ich es nicht getan habe.«

»Schildern Sie uns doch bitte, was Sie seit Ihrer Ankunft heute Abend gemacht haben«, bat Norberg.

Auch heute hatte sie wieder einen erfolgreichen Tag hinter sich gebracht und war deshalb erst gegen einundzwanzig Uhr zu Hause. Beschwingt schloss sie die Haustür auf und legte ihre Utensilien im Flur ab. »*Tut mir leid, dass es wieder so spät geworden ist, Schatz. Aber jetzt habe ich wenigstens alles zusammen. Und was das Tollste ist, sämtliche Möbelstücke sind auf Lager. Nächste Woche wird alles angeliefert, und dann kann ich endlich loslegen und mein Atelier einrichten.*«

Sie ging in die Küche, wo sie verwundert vor dem kleinen Esstisch stehen blieb, auf dem sich noch die Reste des Frühstücks befanden. Komisch. Als sie am Morgen das Haus verlassen hatte, war Carsten noch nicht fertig gewesen, aber er war ein Mann, der im Haushalt mit anpackte und niemals schmutziges Geschirr rumstehen lassen, geschweige denn Lebensmittel nicht in den Kühlschrank zurückräumen würde.

Sabine trat wieder auf den Flur hinaus. »*Carsten?*« *Als eine Antwort ausblieb, warf sie einen Blick in das Esszimmer und das Bad. Niemand da.* »*Carsten? Wo bist du?*« *Sie horchte nach oben, da sie von draußen Licht in Carstens Arbeitszimmer und im Wohnzimmer gesehen hatte, aber sie vernahm keinen Laut. In der Stille registrierte sie ihren Herzschlag, der* plötzlich in ihren Ohren dröhnte. Sie eilte die Treppe hinauf und knipste das Licht im oberen Flur an. Die Türen zu Carstens Arbeitszimmer und zum Wohnzimmer waren angelehnt, die Tür zum Schlafzimmer geschlossen. »Carsten?« Sie hastete in jeden Raum, fand ihn aber auch hier oben nicht. Ein Anflug von Panik machte sich in ihr breit, aber sie gab ihm erst nach, als sie auch den Keller ergebnislos durchsucht hatte. Zurück im Erdgeschoss, ließ sie sich auf einen der Küchenstühle fallen.

Wo, um alles in der Welt, war Carsten?

Der Streit vom Frühstück kam ihr wieder in den Sinn. Seine Worte, dass es ein Fehler gewesen sei, zurückzukommen. Sabine hatte ihm voller Unverständnis gelauscht, seine Erregung wahrgenommen, die sich mit jedem Satz steigerte, und nichts mehr verstanden. Er hatte doch zurückgewollt, sie war diejenige mit den Einwänden gewesen. Mehr und mehr hatte sie das Gefühl gehabt, einen fremden Menschen vor sich zu haben, denn dem Carsten, den sie kannte, war selbst damals der Begriff Selbstmitleid fremd gewesen. Aber seit dem gestrigen Besuch der Polizei war er nicht mehr der Alte. Sie war immer wütender geworden und hatte ihm einige unfreundliche Worte an den Kopf geworfen.

Und jetzt war er fort. Aber wohin? Und warum? Sein Wagen stand im Carport, und seine Jacken hingen an der Garderobe, also konnte er auch nicht spazieren gegangen sein. Letzteres wäre sowieso Irrsinn gewesen, da der Sturm, der von der Nordsee heraufzog, immer stärker wurde.

Sie blickte noch einmal auf die Garderobe und sah, dass sie sich geirrt hatte. Die dunkelblaue Daunenjacke war fort, und auch die dicken Winterstiefel fehlten.

Verzweiflung ergriff sie, hektisch durchwühlte sie die Taschen der anderen Jacken auf der Suche nach Carstens Smartphone. Nichts. Sie wählte seine Nummer und hörte, wie von oben eine melodische Tonfolge erklang. Nachdem sie wieder hinaufgehastet war, fand sie das Mobiltelefon auf dem Sessel in Carstens Arbeitszimmer und überprüfte mit fliegenden Fingern die ausgegangenen Gespräche. Es waren nur wenige, und sie hatten alle ihr gegolten. Dasselbe traf auf die eingegangenen Anrufe zu, die ausschließlich von ihr erfolgt waren. Entmutigt legte sie das Smartphone auf dem Couchtisch ab.

Wohin war Carsten gegangen? Hatte er einen Anruf von jemandem aus seinem früheren Leben erhalten, der ihn vielleicht zu sich eingeladen hatte? Sicherlich wussten mittlerweile einige dieser Personen, dass sie wieder zurück waren, schließlich hatte zumindest sie den Ort nicht gemieden. Aber hätte Carsten sie nicht angerufen oder ihr eine Nachricht geschickt, wenn es so gewesen wäre, oder einen schriftlichen Hinweis im Haus hinterlassen? Und hätte er überhaupt eine Einladung angenommen?

Sie eilte ins Wohnzimmer zurück und überprüfte auf dem Festnetzanschluss die Anrufe des heutigen Tages und die der davorliegenden Tage. Aber auch hier erfüllte sich ihre Hoffnung auf einen Hinweis nicht, da es heute weder aus- noch eingegangene Telefonate gegeben hatte. Das Telefon speicherte maximal zehn Nummern, und diese stammten sämtlich von Teilnehmern, mit denen sie in den Vortagen in Zusammenhang mit der Einrichtung ihres Fotoateliers gesprochen hatte.

Je mehr sie nachdachte, umso überzeugter war sie, dass etwas passiert sein musste. Hatten der Besuch der Polizei und ihr morgendlicher Streit womöglich zu einer Kurzschlusshandlung bei Carsten geführt? Hatte er sich etwas angetan?

Sabine Borcherts Schilderung klang plausibel, war aber für Norbergs Geschmack zu erschöpfend gewesen. Vielleicht war dies ihrer Aufregung geschuldet, es bestand aber auch die Möglichkeit, dass sie etwas mit Witts Verschwinden zu tun hatte und hoffte, Anna und ihn mit einer ausführlichen Darstellung und ihrer immer wieder vorgebrachten Sorge nur einzulullen. Einer Darstellung, von der kein einziges Wort der Wahrheit entsprechen musste.

»Wäre ich doch bloß früher hier gewesen«, sagte sie und brach erneut in Tränen aus.

»Machen Sie sich keine Vorwürfe, Frau Borchert«, sagte Anna beruhigend. »Wir wissen doch noch gar nicht, was passiert ist und wann Herr Witt das Haus verlassen hat. Da hätte ein früheres Heimkommen unter Umständen überhaupt nichts gebracht.«

»Ich mache mir aber Vorwürfe!« Sabine Borchert schlug die Hände vor ihr Gesicht.

»Herr Witt und Sie haben doch sicherlich Verwandte und Freunde, bei denen wir uns nach seinem Verbleib erkundigen können«, sagte Anna. »Oder haben Sie das schon getan und nur vergessen, uns das gerade zu erzählen?«

Sabine Borchert schüttelte den Kopf. »Carsten hat keine Angehörigen mehr, und die Freunde haben sich schon damals von ihm und auch von mir abgewandt. Ich wüsste, wenn er nach seiner Rückkehr mit ihnen in Kontakt getreten wäre.«

»Und wie sieht das bei Ihnen aus, Frau Borchert?«, wollte Norberg wissen. »Gibt es da irgendwelche Personen, bei denen Herr Witt sich gemeldet haben könnte?«

»Ich habe nur noch zwei Cousins hier auf Eiderstedt, zu denen aber kein großer Kontakt mehr besteht. Ich habe sie trotzdem angerufen, aber Carsten hat sich nicht bei ihnen gemeldet. Hier in St. Peter ist mir nur eine Freundin geblieben, und die hat auch nichts von ihm gehört.«

»Was ist mit den beiden Männern, die damals ebenfalls in Verdacht geraten waren?«, fragte Norberg. »Dieter Nabers und Martin Hellwig. Könnte er die kontaktiert haben? Schließlich waren sie einmal miteinander befreundet.« Witt hatte dies zwar ebenso wie die beiden Männer bestritten, aber diese Aussagen waren am Vortag erfolgt.

»Nein, ganz bestimmt nicht. Das hätte er mir gesagt.«

Norberg beschloss, Nabers und Hellwig trotz dieser Aussage umgehend zu kontaktieren, und verließ zu diesem Zweck das Zimmer. Beide gaben an, dass sie nach wie vor nichts von Witt gehört hätten.

Als er über den Flur in Richtung Wohnzimmer zurückging, hörte Norberg durch die angelehnte Tür, wie Anna wieder beruhigend auf Sabine Borchert einzuwirken versuchte. Da bisher noch keine Möglichkeit bestanden hatte, sich unter vier Augen mit Anna auszutauschen, konnte er nicht einschätzen, wie sie die Aussage von Witts Lebensgefährtin beurteilte.

Er wurde jedenfalls von Minute zu Minute skeptischer und beschloss, die Samthandschuhe auszuziehen. Er fand es nämlich nach wie vor äußerst befremdlich, dass Sabine Borchert nicht, wie erbeten, heute bei ihnen vorstellig geworden war, sondern sie wegen angeblich unaufschiebbarer Termine auf morgen vertröstet hatte. Wenn sie die Wiederaufnahme des Falls wirklich so begrüßt hätte, wie gerade betont, wäre sie umgehend bei ihnen erschienen, um die damaligen Geschehnisse noch einmal durchzugehen. Stattdessen hatte sie sich in Möbelhäusern aufgehalten, was ja nun wirklich noch einige Tage hätte warten können.

War es nicht viel eher so gewesen, dass Witt nach all den Jahren doch noch seine Schuld zugegeben hatte und Sabine Borchert daraufhin ausgerastet war? Vielleicht hatte sie ihn getötet und den Tag damit verbracht, seine Leiche zu beseitigen.

»Sie haben damals immer gesagt, dass Sie an Carsten Witts Unschuld glauben«, sagte er, nachdem er ins Wohnzimmer zurückgekehrt war und wieder Platz genommen hatte.

»Ja, und das tue ich nach wie vor!«

Jäh fragte er sich, warum sie und Witt eigentlich nie geheiratet hatten. Hatte sie es nicht gewollt, weil vielleicht die ganze Zeit über doch noch ein Restzweifel bei ihr bestanden hatte? »Ihnen sind nie irgendwelche Zweifel gekommen?«

»Nein, verdammt! Sonst wäre ich ja wohl kaum bei ihm geblieben! Was sollen diese Fragen?«

»Nun, ich denke, das liegt auf der Hand. Carsten Witt sträubt sich gegen die Wiederaufnahme des Falls. Das muss doch einen Grund haben. Also, ich an Ihrer Stelle wäre da sehr misstrauisch geworden, und es fällt mir schwer zu glauben, dass Sie sich einfach so damit abgefunden und nicht nachgehakt haben.«

»Ich habe nachgehakt, aber was soll ich denn machen, wenn er mir keine vernünftige Erklärung gibt?«, fuhr sie ihn an.

»Aber genau dieses Verhalten hätte Ihr Misstrauen doch noch verstärken müssen!« Norberg wechselte einen kurzen Blick mit Anna, die ihn irritiert anschaute und leicht den Kopf schüttelte. Okay, dann ging er diesen Weg eben allein, schließlich hatte er schon häufiger die Erfahrung gemacht, dass sich Menschen mit gezielten Provokationen aus der Deckung locken ließen. »Ist es nicht eher so gewesen, dass er Ihnen seine Schuld gestanden hat und Sie in einer Kurzschlussreaktion ausgerastet sind und ihm etwas angetan haben?«

Ihr Mund stand offen, und auf ihrem Gesicht lag eine Mischung aus Wut und … ja, was? Verzweiflung? Angst?

»Sie sind ja …«

»Was sollte das?«, fragte Anna aufgebracht. Nach dem gerade aus dem Ruder gelaufenen Gespräch zwischen Norberg und Sabine Borchert, das mit einem Wutausbruch und Rechtfertigungen seitens der Frau begonnen und schließlich mit deren bockigem Schweigen geendet hatte, hatte Anna ihn nach unten in die Küche gebeten, um ungestört mit ihm reden zu können. »Warum gehst du die Frau so an?«

»Weil ich glaube, dass sie uns anlügt. In so einem Fall kann eine Provokation ganz hilfreich sein.«

»Sind das die Methoden, die man in einer Mordkommission lernt? Den Macker rauskehren?« Sie blickte ihn verständnislos an. »Das ist doch sonst nicht dein Stil.«

Er schwieg, und sie fragte sich, was mit ihm los war. »Bist du gereizt wegen der Sache mit Paulsen? Oder hast du wieder Ärger mit Lasse?«

Als sich seine Augen verengten, wurde ihr klar, dass es falsch gewesen war, die zweite Frage zu stellen. Norberg war der Typ Mann, der Menschen auf Distanz hielt, und die Tatsache, dass er bei ihrer ersten Zusammenarbeit von den Schwierigkeiten mit seinem ältesten Sohn erzählt hatte, bedeutete offensichtlich nicht, dass er sich ihr gegenüber auch weiterhin öffnen würde.

»Ich wüsste nicht, was dich das Verhältnis zu meinen Söhnen angeht!«

Okay, irgendwas war, so viel stand für sie fest. Aber wenn er nicht reden wollte, konnte er ihr mal gepflegt den Buckel runterrutschen. Sie würde allerdings nicht zulassen, dass seine Befindlichkeiten ihre Arbeit beeinträchtigten. »Da hast du recht, dein Privatleben geht mich nichts an. Unsere Zusammenarbeit aber sehr wohl, und deshalb wäre ich dir dankbar, wenn so etwas wie eben nicht wieder vorkommt beziehungsweise wir uns vorher absprechen. Ich gehe jetzt nach oben und hoffe, dass sich Frau Borchert wieder beruhigt hat, damit ich noch einmal mit ihr sprechen kann. Selbst wenn du recht haben solltest, sind Provokationen nicht der richtige Weg, um bei ihr weiterzukommen.« Sie vermied es, ihn darauf hinzuweisen, dass *sie* die Leitung der Vermisstenstelle innehatte und somit ihm gegenüber weisungsbefugt war. Das wusste er selber, und ihr war daran gelegen, auf einer vertrauens- und respektvollen Basis mit ihm zusammenzuarbeiten, ohne die Chefin herauskehren zu müssen.

Sabine Borcherts Wut schien verpufft, und der Ausdruck, mit dem sie Anna anschaute, zeugte von Unsicherheit. Sie kam nicht mehr auf Norbergs Anschuldigung zu sprechen, und auch Anna sah davon ab, diese noch einmal zu erwähnen, sondern klärte sie stattdessen darüber auf, welche Maßnahmen sie jetzt ergreifen würden. Da war zum Beispiel der Einsatz einer Hundertschaft, falls Witt bis zum nächsten Morgen nicht zurückgekehrt sein sollte.

»Aber warum denn erst morgen?«, wollte Sabine Borchert wissen.

»Weil wir uns im Moment nur den Ort vornehmen können, und dafür setzen wir unsere Kollegen ein«, erwiderte Anna. »Eine Absuche am Strand und in den Dünen muss bei Tageslicht erfolgen.«

Sabine Borchert nickte. »Können Ihnen bei der Suche im Ort denn nicht die Kollegen aus Garding und Tönning helfen?«

»Die werden wir ebenfalls abfordern.« Das musste sie mit Norberg besprechen, da sie hier noch keine Ansprechpartner kannte.

»Und was passiert noch?«, fragte Sabine Borchert.

Anna wies sie darauf hin, dass sie die Spurensicherung anfordern würde, die das Haus auf Einbruchsspuren untersuchen sollte. Sie und Norberg hatten zwar bei einem ersten Blick auf Fenster und Türen nichts Auffälliges entdecken können, da mussten aber in jedem Fall noch einmal die Experten ran. Denn schließlich konnte die Möglichkeit, dass Witt entführt worden war oder vielleicht einen Einbrecher überrascht hatte, nicht außer Acht gelassen werden.

Dass sie die Spurensicherung auch dahin gehend instruieren würde, das Haus ebenfalls auf Anzeichen eines Gewaltverbrechens zu untersuchen, sagte sie nicht, wohl aber, dass sie noch eine Liste der Geschäfte benötige, in denen sich Sabine Borchert am Vortag und heute aufgehalten hätte. »Das ist eine übliche Maßnahme, Frau Borchert. Bei Vermisstenfällen befragen wir das Umfeld der vermissten Person und überprüfen deren Alibis. Und Ihnen muss ja auch daran gelegen sein, dass wir Sie ausschließen können.«

Sie konnte Sabine Borchert noch nicht einschätzen und wollte vermeiden, sich ebenso wie Norberg vorschnell festzulegen. Es war ihr aber wichtig, der Frau ein Gefühl der Sicherheit zurückzugeben.

»Ich habe mich in manchen Geschäften aber nur umgesehen und nichts bestellt oder gekauft«, sagte Witts Lebensgefährtin. »Da wird sich niemand an mich erinnern.«

Davon war Anna schon ausgegangen. »Listen Sie einfach auf, zu welchen Zeiten Sie in welchem Geschäft waren und wo Sie Bestellungen aufgegeben haben.«

Während sich Sabine Borchert an die Liste machte, stieg Anna wieder ins Erdgeschoss hinunter und forderte die Spurensicherung an. Dann ging sie in die Küche, um sich mit Norberg abzusprechen. Er stand am Fenster und starrte hinaus.

»Ich hab die SpuSi angefordert«, sagte sie zu seinem Rücken. »Sie sollen hier nach Einbruchspuren Ausschau halten, aber auch überprüfen, ob ein Gewaltverbrechen stattgefunden haben könnte.«

Er drehte sich zu ihr herum, sein Gesicht war ausdruckslos. »Ich hatte den Eindruck, dass du Sabine Borchert für unschuldig hältst.«

»Das habe ich nicht gesagt. Mir hat bloß die Art und Weise missfallen, mit der du sie angegangen bist. Das kann man auch etwas subtiler machen.«

Sie vertieften das Thema nicht weiter, sondern machten sich daran, die erforderlichen Schritte zu besprechen. Normalerweise würden sie noch ein, zwei Tage warten, bevor sie etwas in Gang setzten, da die Erfahrungswerte sagten, dass das Gros der vermissten Personen entweder am kommenden oder an den darauffolgenden Tagen wieder auftauchte. Aber Carsten Witts Verschwinden war eine andere Sache.

»Dann alarmiere ich jetzt unsere Kollegen und die aus Garding und Tönning, und für morgen früh fordere ich eine Hundertschaft an«, sagte Norberg und griff zum Handy.

»Wenn Carsten Witt bis morgen nicht wieder aufgetaucht ist, sollten wir auch über eine Öffentlichkeitsfahndung in den sozialen Netzwerken nachdenken«, schlug Anna vor.

Norberg nickte und erledigte die entsprechenden Telefongespräche.

»Was ist mit einem Mantrailer?«, fragte Anna im Anschluss. »Den könnten wir doch heute schon einsetzen.«

»Das wird mein nächster Anruf sein«, antwortete Norberg. »Es kommt ein Kollege aus Kiel«, sagte er nach Beendigung des Gesprächs und warf einen Blick aus dem Fenster. »Das kann allerdings dauern, wenn ich mir das da draußen so anschaue.«

Er hatte recht. Es schneite, als wolle dieser Winter all die Jahre nachholen, in denen zum Teil fast frühlingshafte Temperaturen geherrscht hatten. Anna liebte den Schnee, schließlich war sie ein Kind der Berge, aber in der momentanen Lage erschwerte er ihre Arbeit immens.

Sie ging ins Obergeschoss zu Sabine Borchert zurück. »Wir benötigen ein Kleidungsstück von Herrn Witt. Am besten einen Schal oder eine Mütze.«

Die Frau blickte mit großen Augen von ihrer Liste auf. »Wofür denn das?«

Anna erklärte es ihr, und Witts Lebensgefährtin deutete mit dem Kopf nach unten. »Ein Schal hängt an der Garderobe. Der karierte.«

Anna ging wieder hinunter und steckte den Schal in eine Asservatentüte, von denen sie immer einige bei sich trug. Sabine Borchert folgte ihr nach einem Augenblick und händigte die erbetene Liste aus.

»Können Sie mir bitte noch die Zahnbürste und den Kamm von Herrn Witt mitgeben«, bat Anna. Witts Lebensgefährtin blickte sie misstrauisch an, verlor aber kein Wort, sondern ging in das Badezimmer, um wenig später mit den erbetenen Gegenständen zurückzukommen.

Bevor sie sich auf den Rückweg in die Polizeistation machten, musste Anna noch eine Sache klären. Witts Lebensgefährtin konnte nicht im Haus zurückbleiben, wo demnächst die

Spurensicherung das Regiment übernehmen würde. Außerdem bereitete ihr der Zustand der Frau zunehmend Sorge. Ein Zittern hatte ihren Körper erfasst, aber sie weigerte sich, einen Notarzt kommen zu lassen.

»Ich bin okay«, sagte sie, wobei die Brüchigkeit in ihrer Stimme in starkem Kontrast zu dieser Aussage stand. Als Anna sie zweifelnd anschaute, wiederholte Sabine Borchert die Worte »ich bin okay. Wirklich! Sie müssen sich keine Gedanken machen.«

»Die mache ich mir aber.« Anna setzte sich neben sie. »Sie können für den Moment nicht hier bleiben. Was ist mit Ihrer Freundin, die Sie vorhin erwähnt haben? Könnten Sie einige Tage bei ihr unterkommen, oder soll ich ein Hotelzimmer für Sie buchen?«

Sabine Borchert griff zu ihrem Smartphone. »Ich rufe meine Freundin an.«

Einige Minuten später war alles geklärt. Sabine Borchert würde von ihrer Freundin abgeholt werden, während der von Norberg herbeigerufene Nils die Spurensicherung in Empfang nehmen sollte.

»Hier.« Anna drückte Nils Witts Smartphone in die Hand, nachdem sie ihn darauf hingewiesen hatte, auf welchen Aspekten die Prioritäten der Spurensicherer liegen sollten. Einbruch und Gewaltverbrechen. »Gib das bitte den Kollegen, vielleicht finden sie ja irgendeinen Hinweis darauf, der uns weiterhilft. Außerdem sollen sie eine Funkzellenabfrage veranlassen und die Fingerabdrücke von Frau Borchert nehmen. Wir fahren zurück in die Station und veranlassen alles Weitere.«

»Kommt der Hundeführer direkt hierher?«, wollte Nils wissen. Er wirkte hoch konzentriert, aber auch ein wenig aufgeregt.

»Nein, der kommt zuerst in die Dienststelle. Wir bringen ihn dann her.« Sie nickte ihrem Kollegen aufmunternd zu. »Das wird eine lange Nacht. Bist du fit?«

»Jo.«

In der Polizeistation wartete eine Reihe von Kollegen auf sie. Garding und Tönning hatten jeweils fünf Beamte geschickt, ihre eigene Dienststelle war vollzählig vertreten. Lars Klüver bot sich an, die Hotels und Ferienwohnungen abzutelefonieren, auch wenn es ihnen nicht sehr wahrscheinlich erschien, dass Witt sich irgendwo einquartiert haben könnte. Nachdem schließlich alle instruiert worden waren und die einzelnen Suchgebiete zugeteilt bekommen hatten, machten sie sich auf den Weg.

Anna und Norberg nahmen sich den Ordinger Bereich vor. Sie bogen von der B202 auf den Strandweg ab, checkten den Pkw-Parkplatz und die Ausläufer der Straße bis zur Strandsegelschule und der nördlich gelegenen Wetterstation. Als die Suche nichts erbrachte, fuhren sie den Strandweg bis zur Abzweigung zurück und bogen dann nach links in die Straße Am Deich ein. Wie der Name besagte, führte sie am Deich entlang, dessen linkerhand gelegene Silhouette sie während der Fahrt begleitete. Sie kontrollierten die Nebenstraßen und die drei Hotels, die an der Strecke lagen, bevor sie sich an die Erkundung des Campingplatzes an der Straße Norderdeich machten. Er war nicht übermäßig groß und um diese Jahreszeit nicht frequentiert, aber ihre Suche dauerte trotzdem länger als gedacht, da sie durch die Dunkelheit und das Wetter erschwert wurde. Ein eisiger Wind tobte von der Nordsee herüber, und es schneite mittlerweile heftig, sodass man kaum die Hand vor Augen sah; außerdem behinderte der heulende Wind ihre gegenseitige Verständigung.

So wurde Norberg auch erst spät durch das Vibrieren seines Smartphones in der Jackentasche darauf aufmerksam, dass ihn jemand zu erreichen versuchte. Das Klingeln des Mobiltelefons war selbst für Anna, die gerade neben ihm stand, kaum wahrzunehmen.

»Das war Hauke Dammann, der Hundeführer«, sagte er nach Beendigung des Gesprächs. »Er wird in circa einer halben Stunde in der Dienststelle sein. Lass uns zurückfahren.«

Während sie in der Station auf Dammanns Eintreffen warteten, versorgten sie sich mit frischem Tee und Kaffee und nahmen alles mit in Norbergs Büro. Erneut zerbrachen sie sich den Kopf, was der Anlass für Witts Verschwinden gewesen sein mochte, aber auch dieses Mal konnten sie nur Spekulationen anstellen.

»Ich kann mir das nur so erklären, dass er doch schuldig ist und sich jetzt abgesetzt hat«, sagte Anna zum wiederholten Mal. »Auch wenn ihm bekannt sein dürfte, dass er kein zweites Mal für diese Tat angeklagt werden kann.«

»Das war ihm mit Sicherheit bekannt«, sagte Norberg. »Umso unverständlicher ist das Ganze.«

»Ich mag gar nicht daran denken, dass er womöglich Suizid begangen hat«, sagte Anna bedrückt.

»Das ist nicht auszuschließen.«

Anna blickte Norberg bestürzt an. »Du sagst das, als ob es dir überhaupt nicht nahegehen würde. Egal ob Witt schuldig ist oder nicht, wenn er aufgrund unserer Neuaufnahme Suizid begangen hat, tragen wir die Schuld daran.«

»Natürlich würde mir das nahegehen!«, konterte er. »Aber das ist doch immer das Risiko, wenn man einen Fall wieder aufnimmt. Damit bringt man unter Umständen Ereignisse ins Rollen, die sich nicht mehr stoppen lassen. Das muss ich dir doch wohl nicht sagen.«

Sie atmete tief durch und bemühte sich, ihre Emotionen wieder in den Griff zu bekommen. »Nein, natürlich nicht. Dieses Wissen macht es aber nicht besser.«

»Eine andere Möglichkeit wäre, dass Witt einem erneuten Medienrummel entfliehen und vermeiden wollte, dass er wieder an den Pranger gestellt wird«, sagte Norberg.

Annas Blick war skeptisch. »Also, ich weiß nicht.«

»Es wurden immerhin einige Personen befragt. Wenn die das weitertragen, ist das hier wieder ganz schnell rum. Und vergiss nicht, welches Misstrauen er unserem Berufsstand entgegenbringt. Er hat mit Sicherheit Angst, dass auch wir die Presse informieren.«

Anna klappte ihren Notizblock auf, um die einzelnen Möglichkeiten aufzuschreiben. Es schwarz auf weiß zu sehen hatte ihr schon immer geholfen, ihre Gedanken besser zu sortieren.

Witt hat sich freiwillig abgesetzt. Schuldig / unschuldig?

Er wurde entführt. Von jemandem, der in den Fall verwickelt war / dem Täter?

Er hat Suizid begangen.

Sabine Borchert ist in sein Verschwinden verwickelt / hat ihn getötet.

Sein Verschwinden hat nichts mit dem Fall zu tun.

Sie reichte Norberg den Zettel. »Fällt dir noch mehr ein?«

Er überflog das Geschriebene und gab ihr den Zettel zurück. »Im Moment nicht.« Er stand auf und durchmaß den Raum einige Male, bevor er zum Fenster trat, gegen das der Schnee peitschte. Seine Art des Nachdenkens, das kannte sie schon. Auch sie grübelte weiter, als seine Stimme in ihre Gedanken drang.

»Es tut mir leid.«

Im ersten Moment wusste sie nicht, was er meinte.

»Ich halte Frau Borchert für verdächtig, aber ich hätte sie nicht attackieren dürfen. Und dich auch nicht.«

Damit hatte sie nicht gerechnet. Sie war kein nachtragender Mensch und hatte gesagt, was zu sagen war, und den Vorfall danach für sich zu den Akten gelegt. »Alles okay.«

Er drehte sich herum und sah sie einen langen Augenblick an. Dann nickte er. »Gut. Mit Lasse ist übrigens wieder alles okay.« Sein Lächeln geriet etwas schief. »Halbwegs zumindest, aber wir arbeiten dran.«

»Das freut mich für euch.« Ihr Handy klingelte, und sie schaltete den Lautsprecher ein. »Das ist Nils.«

»Also, das wird hier noch 'n büschen dauern«, hörten sie seine Stimme. »Im Moment deutet laut SpuSi aber noch nichts darauf hin, dass hier jemand mit Gewalt eingedrungen ist.«

Anna blickte zur Wanduhr. »Okay, Nils, dann setz dich mit Sören in Verbindung. Er ist mit Lars in Böhl unterwegs, und die beiden könnten noch ein bisschen Unterstützung gebrauchen. Das bringt mehr, als wenn du jetzt weiter vor Ort bleibst. Der Hundeführer ist gleich hier, dann kommen wir ja eh mit ihm hin.«

»Allens kloor.« Nils klang noch erstaunlich munter.

Norberg kam zum Schreibtisch zurück und nahm wieder Platz. »Dass Witts Verschwinden nichts mit dem Fall zu tun hat, ist doch eher unwahrscheinlich, oder?«, griff er einen der von ihr notierten Punkte auf.

»Ja, sehr sogar, das kann ich mir nicht vorstellen«, bestätigte Anna, »ich wollte es aber trotzdem nicht außer Acht lassen.«

»Ich denke die ganze Zeit auch über eine eventuelle Entführung nach«, fuhr Norberg fort. »Wir haben jetzt alle Personen befragt, die damals in irgendeiner Weise in den Fall involviert waren. Somit weiß jeder, dass er wieder neu aufgerollt wurde.« Er schwieg und starrte nachdenklich vor sich hin.

»Worauf willst du hinaus?«, wollte Anna wissen. Müdigkeit breitete sich in ihr aus und lähmte ihre Gedanken.

»Das weiß ich selbst noch nicht«, murmelte Norberg gedankenverloren.

Bis zur Ankunft des Hundeführers waren sie mit ihren Überlegungen bezüglich einer Entführung keinen Schritt weitergekommen. Aber trotzdem ließ der Gedanke sie beide nicht los. Vielleicht fanden sie ja einen Ansatzpunkt, wenn sie ein paar Stunden geschlafen hatten und nicht mehr vor Müdigkeit in den Seilen hingen.

»Moin, Hauke«, grüßte Norberg, als Dammann sein Büro betrat, und Anna fragte sich, ob es eigentlich irgendeinen Kollegen in der Landespolizei gab, den er nicht kannte. »Hast du Aki mitgebracht?«

Der Angesprochene nickte und reichte Anna die Hand. »Hauke Dammann, freut mich, dich kennenzulernen.«

Aber hallo, dachte Anna, mich auch! Schlank, hochgewachsen, schwarze Haare, blaue Augen, war der Kollege genau ihr Typ. »Anna Wagner, ebenfalls.« Sie erwiderte sein Lächeln, bevor sie nach dem Beutel mit Witts Schal griff, der auf dem Schreibtisch gelegen hatte, und ihn dem Kollegen reichte. »Der gehört dem vermissten Mann.«

Dammann nahm den Beutel in Empfang, sein Lächeln wurde breiter. »Danke, Anna, dann komm mal mit raus, damit ich dir meinen Aki vorstellen kann.«

Bei dem fünfjährigen Aki handelte es sich um einen bildschönen Malinois, in den Anna sich auf den ersten Blick verliebte. Die Rasse der Belgischen Schäferhunde, die gleichzeitig auch Schutzhunde waren, dominierte bei der Schleswig-Holsteinischen Landespolizei, wie sie von Norberg erfahren hatte.

Dammann ließ den Hund kurz aus der Transportbox und füllte einen Napf mit stillem Wasser, das im Nu von Aki aufgeschleckt wurde. Nachdem er seinen Durst gestillt hatte, ging er schwanzwedelnd auf Anna zu, wurde allerdings sofort von Dammann zurückgepfiffen. »Nichts da, mein Lieber. Mit schönen Frauen flirtest du erst nach getaner Arbeit.« Er gab dem Hund ein Zeichen, und Aki sprang augenblicklich in die Box zurück. Dammann blickte sie an. »Bist du startklar?«

»Ja, wir sind startklar«, erwiderte Norberg mit unüberhörbarer Betonung.

Dammann grinste ihn mit hochgezogenen Augenbrauen an. »Ach, du wolltest auch mit? Schade eigentlich.« Er warf Anna einen weiteren Blick zu, bevor er die Heckklappe schloss. »Dann mal los! Ihr dürft mich lotsen.«

Als sie bei Witts Haus ankamen, war die Spurensicherung noch in vollem Gange. Seit dem Telefonat mit Nils hatte sich nichts Neues ergeben, also ließen sie die Kollegen weiter ihrer Arbeit nachgehen und gingen zurück zu Dammann, der an seinem Transporter auf sie wartete. Er öffnete die Heckklappe und holte Aki aus der Transportbox, bevor er ihm das Geschirr mit der langen Leine anlegte. Dann stülpte er den Beutel mit Witts Schal für einen Augenblick über die Schnauze des Hundes, damit dieser den Geruch des Vermissten aufnahm. Aki wirkte hoch konzentriert, als er mit dem Trail begann und die Auffahrt hinunter zum Norderdeich lief, der schmalen Straße, die unterhalb des Deichs entlangführte. Linkerhand gelangte man zurück nach Ording, nach rechts ging die Straße in nicht allzu weiter Entfernung in den Grudeweg über, führte dann am Campingplatz vorbei, den sie vorhin bereits abgesucht hatten, bevor sie wieder auf die B202 stieß.

Der Hund wandte sich nach rechts. Anna hatte in München und Umgebung im Zuge ihrer Arbeit schon an einigen Trails teilgenommen und war jedes Mal wieder fasziniert von der Arbeit der Hunde. Da sie der individuellen Duftspur eines Menschen folgten, trailten sie mit der Nase nicht am Boden, wie es Hunde bei der Fährtenarbeit taten, sondern in der

Luft. Ein Mantrailer konnte eine Spur noch nach Tagen verfolgen; wenn er trailte, war es allerdings wichtig, dass immer wieder Pausen eingelegt wurden, weil er während seiner Arbeit viel trinken musste.

Zu Beginn des Trails lief Aki unbeirrt die Straße hinunter, aber als Wind und Schneefall zunahmen, blieb er irgendwann stehen und wirkte orientierungslos. Sie schlossen zu ihm auf.

»Na, mein Alter«, sagte Dammann und ging neben ihm in die Hocke, »das wird wohl doch nichts bei dem Wetter.« Er stand auf. »Tut mir leid, aber ich habe mir das schon gedacht. Normalerweise sind Schnee und Kälte kein Problem für die Hunde, aber bei einem solchen Schneegestöber verlieren sie leicht die Spur und können sie dann auch nicht wieder aufnehmen. Wir müssen es morgen noch einmal versuchen. Vielleicht schneit's dann ja nicht mehr.«

Schweren Herzens pflichteten sie ihm bei. »Ich besorg dir ein Hotelzimmer«, sagte Norberg. »Bei dem Wetter solltet ihr nicht mehr nach Kiel zurückfahren.«

»Ist schon erledigt«, winkte Dammann ab. »Ich hab mir nämlich gedacht, dass es darauf hinauslaufen wird.«

»Okay«, sagte Norberg, als sie zu Witts Haus zurückgingen, »dann treffen wir uns morgen früh um neun wieder hier.«

Dammann warf einen Blick auf seine Armbanduhr. »Heute Morgen um neun«, sein Lächeln war wirklich charmant und verursachte Anna für einen Moment doch tatsächlich weiche Knie, »es ist nämlich schon zwei Uhr, also sollten wir zusehen, dass wir noch 'ne Mütze Schlaf bekommen.«

26

Donnerstag, 09. Januar

Die morgendliche Besprechung zwischen Anna, Norberg und Nils war kurz. Da die nächtliche Suche nichts erbracht hatte, mussten sie heute weitersehen. Norberg würde sich wie verabredet mit Hauke Dammann bei Witts Haus treffen, und Anna wollte sich mit Nils um den Einsatz der Hundertschaft kümmern, die bereits eingetroffen war. Umgekehrt wäre es ihr lieber gewesen, da sie sich gerne noch ein wenig mit Dammann unterhalten hätte, aber wo Gefahr im Verzug war, hatten private Wünsche nichts zu suchen. Außerdem wollte sie Sabine Borchert bei ihrer Freundin aufsuchen, da sie die Hoffnung hegte, dass dieser vielleicht noch etwas zu Witts Verschwinden eingefallen war. Nils würde sich um die bisherigen Reaktionen auf die Öffentlichkeitsfahndung kümmern und die Namen auf der Liste abarbeiten, die Witts Lebensgefährtin ihnen gegeben hatte.

»Sabine Borchert war übrigens in der Nacht noch einmal in Witts Haus«, wurde sie von Norberg informiert, bevor dieser ging. »Die SpuSi hatte mir eine Nachricht geschickt.«

»Warum das denn?«, fragte sie erstaunt.

»Sie hatte gehofft, dass Witt zurückgekommen sei.«

»Aber dann hätten wir sie doch informiert.«

»Tja, das ist schon ein bisschen verwunderlich.« Norberg schlüpfte in seine Dienstjacke und nahm die Wollmütze vom Garderobenhaken. Es schneite noch immer, die Temperatur war schon in der Nacht auf minus sechs Grad gesunken und hatte sich bis jetzt nur unwesentlich erhöht. Schlechte Chancen für einen erneuten Trail. »Vielleicht wollte sie ja etwas Belastendes beiseiteschaffen und hatte gehofft, dass die SpuSi wieder weg ist.«

»Wir werden die Frau im Auge behalten, Hendrik.«

Nachdem die Kollegen der Hundertschaft ausgeschwärmt waren, setzte sich Anna zusammen mit Nils vor den Computer. Ihr Kollege seufzte, als sie auf die beiden eingegangenen Nachrichten der Öffentlichkeitsfahndung aufmerksam wurden und er einen Blick auf die Liste von Sabine Borchert warf.

»Das bleibt jetzt wieder alles an mir hängen, oder?«

Anna konnte seine Verstimmung nachvollziehen. Während des Vermisstenfalls im vergangenen Sommer war das Abklären eingegangener Hinweise Nils' Job gewesen. Eine nervige Aufgabe, weil das Gros solcher Eingänge von Wichtigtuern oder Spinnern kam. »Sind doch nur zwei«, tröstete sie ihn.

»Dabei wird's aber nicht bleiben.«

Nils war der Unerfahrenste in ihrer kleinen Soko, und sie wollte nicht, dass er das Gefühl hatte, ständig zu Hiwi-Diensten verurteilt zu werden. Aber andererseits machte es keinen Sinn, die einzelnen Aufgabenbereiche jetzt auseinanderzupflücken. Sie konnte verstehen, dass er lieber raus an die Front wollte, aber er musste begreifen, dass die Arbeit, die jetzt vor ihm lag, ebenso wichtig war. Polizeiarbeit bestand nun einmal auf weiten Strecken aus Arbeit im Innendienst, und das bedeutete, dass der tägliche Formularkrieg erledigt werden musste, Akten zu führen waren und vieles mehr. Da musste jeder von ihnen durch.

»Ja«, sagte er mit gequälter Stimme, als sie ihn darauf aufmerksam machte, »das weiß ich doch.«

Sie klopfte ihm aufmunternd auf die Schulter, bevor sie das Büro verließ.

Norberg wurde bereits von Krischan Garbers erwartet; Hauke Dammann und Aki waren noch nirgends zu sehen.

»Du siehst aus, als wenn du was für mich hättest«, sagte Norberg, als der Leiter der Spurensicherung durch den Schnee auf ihn zugestapft kam.

»Hab ich auch«, antwortete Garbers, der Schutzmaske und Kapuze heruntergezogen hatte und sein Smartphone in der Hand hielt, »ich wollte dich gerade anrufen. Wir konnten an einer von Witts Jacken, die an der Garderobe hing, Blutspuren sichern. Und das war noch nicht alles. Komm mal mit.«

Der Asservatenbeutel mit der sichergestellten Jacke befand sich bereits im Wagen der SpuSi. Es handelte sich um eine Daunenjacke in einem dunklen Braunton, auf der die Blutspur im ersten Moment nicht ins Auge fiel. Erst als er den Beutel in die Hand nahm, konnte Norberg sie erkennen. »Sieht aus wie der Abdruck einer Hand.«

Garbers nickte. »Ja, das scheint mir auch so.«

Norberg ließ sich Zeit beim Betrachten. »Die Spur setzt sich bis zum unteren Ende der Jacke fort.« Er ließ den Beutel sinken und blickte seinen Kollegen an. »Das sieht für mich aus, als wenn sich jemand an der Jacke festgehalten hätte und dann abgerutscht ist.«

»Das war auch mein Gedanke«, bestätigte Garbers. »Deshalb haben wir uns die Fliesen direkt unter der Garderobe noch einmal genauer angeschaut.« Er setzte sich wieder in Richtung Haus in Bewegung.

Norberg folgte ihm und schloss die Eingangstür hinter sich, während Garbers die restlichen Türen im Erdgeschoss zumachte, damit der Flur im Dunkeln lag. Garbers hockte sich neben die Garderobe und hielt eine Schwarzlichtlampe über die darunter befindlichen Fliesen. Und da sah Norberg es: ein intensives bläuliches Leuchten.

Blut.

»Eine mögliche Tatwaffe haben wir nicht gefunden. Ebenso wenig irgendwelche Lappen, mit denen das Blut weggewischt wurde. Auch nicht draußen in den Mülltonnen, die wurden nämlich alle noch nicht abgeholt. Wir sind im Haus jetzt durch und haben nur an dieser Stelle Blut entdeckt«, sagte Garbers und erhob sich wieder.

»Und was ist mit draußen?«

Garbers öffnete die Haustür, und Norberg folgte ihm zurück ins Freie. Sein Kollege deutete mit einer weit ausholenden Geste auf die weiße Fläche vor ihren Augen und den wolkenschweren Himmel, aus dem noch immer dicke Flocken fielen.

»Schon klar«, nickte Norberg. »War 'ne blöde Frage.«

»Nö, so blöd nun auch wieder nicht. Wenn es irgendwann mal aufgehört hätte zu schneien, wären wir unter Umständen sogar fündig geworden.«

Ja, Scheiße, dachte Norberg, dieser verdammte Schnee vernichtete sämtliche Spuren.

»Sag mal, wie ich von Nils Scheffler gehört habe, ist gar nicht bekannt, wann Witt gestern verschwunden ist. Oder ob das nicht vielleicht schon am Vortag der Fall war. Ist das richtig, oder hab ich da irgendwas falsch verstanden?«

»Nee, hast du nicht«, bestätigte Norberg. »Wir wissen es tatsächlich nicht.«

»Wie auch immer«, fuhr Garbers fort und strich sich über die Augen. »Ich will in jedem Fall auf Nummer sicher gehen und habe deshalb ein zweites Team angefordert. Du weißt ja selbst, wie das ist. Man arbeitet die ganze Nacht, die Müdigkeit nimmt überhand, da kann man schon mal was übersehen.«

Bei solchen Aussagen wurde Norberg wieder bewusst, warum er am liebsten mit Garbers zusammenarbeitete. Es war nicht nur die Akribie, mit der der Kollege zu Werke ging, sondern auch die menschliche Größe, die er mit einem solchen Ausspruch zeigte. Wo andere Kollegen nichts auf ihre Arbeit kommen ließen und sich lieber die Zunge abgebissen hätten, bevor sie Müdigkeit und Erschöpfung als mögliche Fehlerquellen eingestanden, beugte Garbers vor und ließ seine Arbeit und die seines Teams noch einmal überprüfen.

»Was meinst du, was passiert sein könnte?«, fragte Norberg seinen Kollegen.

»Gesetz den Fall, dass das Blut von Witt stammt, besteht

natürlich die Möglichkeit, dass seine Lebensgefährtin dafür verantwortlich ist«, sagte Garbers. »Wenn sie all die Jahre über an seine Unschuld geglaubt hat und er ihr jetzt im Zuge der neu aufgenommenen Ermittlungen gesteht, dass er den Jungen damals doch missbraucht und auch getötet hat, könnte das bei ihr schon zu einem Ausraster geführt haben. Vielleicht hat es zunächst nur eine verbale Auseinandersetzung gegeben, der er sich entziehen wollte, indem er das Haus verlässt. Sie ist ihm gefolgt, und im Flur wurde sie dann handgreiflich und hat ihn verletzt. Anhand der Blutspuren auf der Jacke und den Fliesen kann ich keine gesicherte Aussage darüber machen, wie viel Blut er verloren hat. Ich vermute aber, dass er keine lebensgefährliche Verletzung davongetragen hat. Denn falls Frau Borchert dafür verantwortlich sein sollte, dürfte sie nicht über genügend Körperkraft verfügen, um einen bewusstlosen oder gar toten Mann aus dem Haus zu schleppen, in ein Auto zu hieven und irgendwo abzulegen.«

Norberg spann den Faden weiter. »Vielleicht ist es ihm gelungen zu fliehen. Oder er war benommen, konnte sich aber noch auf den Beinen halten, und Sabine Borchert hat ihn in ein Auto verfrachtet und irgendwohin gebracht, wo sie ihn dann getötet hat.« Er warf einen Blick zur Doppelgarage. »Sind die beiden Autos schon abgeholt?«

»Der Abschleppwagen ist auf dem Weg.«

»Du hast doch in der Nacht mit Frau Borchert gesprochen, als sie wieder hier auftauchte. Welchen Eindruck hat sie da auf dich gemacht?«

»Sie war ziemlich aufgeregt. Aber das spricht ja nun nicht unbedingt gegen sie.«

»Sie könnte zurückgekommen sein, weil sie irgendwas beseitigen wollte und die Hoffnung hatte, dass ihr wieder weg seid.«

»Hmmm«, brummte Garbers. Es klang unentschlossen.

Norberg überlegte weiter. Eine Entführung stand immer noch im Raum, wie Anna und er ja bereits in Erwägung gezogen hatten. Witt war allein im Haus gewesen, hatte ahnungslos die Tür geöffnet und die Person vielleicht sogar hereingebeten. Weil er sie kannte oder zumindest nichts Böses vermutete. Dann war es zu einem Handgemenge gekommen, in dessen Verlauf er eine oder mehrere Verletzungen davongetragen hatte. Immer vorausgesetzt natürlich, dass das Blut auch wirklich von ihm stammte, deshalb war es wichtig, dass sie hier jetzt so schnell wie möglich ein Ergebnis erhielten.

Ein Wagen näherte sich, und Norberg erkannte den Transporter von Hauke Dammann.

»Wir machen uns dann mal auf den Weg«, sagte Garbers. »Du hörst von mir.«

»Danke, Krischan.« Norberg klopfte ihm auf die Schulter und begrüßte Dammann und Aki, die beide wesentlich ausgeschlafener aussahen als er.

»Ich hatte gehofft, dass du deine nette Kollegin mitbringst«, sagte Dammann lächelnd. »Aki hatte sich auch schon auf sie gefreut.«

»Mann, Hauke, du bist zum Arbeiten hier und nicht zum Flirten!« Norberg sah ihn kopfschüttelnd an. »Außerdem warst du bei unserem letzten gemeinsamen Einsatz doch in festen Händen, wenn ich mich recht erinnere. Ich dachte, das wäre jetzt mal was für länger.«

»Bin wieder Single. Gibt ja auch noch andere schöne Frauen da draußen.« Er blickte ihn neugierig an. »Wie sieht das denn bei Anna aus? Ist sie in festen Händen?«

Die Frage machte Norberg bewusst, dass er so gut wie nichts über Annas Privatleben wusste, außer dass sie geschieden war. Bei der Zusammenarbeit im vergangenen Jahr hatte sie mehr über ihn erfahren als umgekehrt, weil er aufgrund der vertrackten Situation mit Lasse das Bedürfnis gehabt hatte, mit ihr darüber zu sprechen. Was ungewöhnlich für ihn war, aber es hatte sich gut angefühlt und ihn erleichtert, seine Sorgen mit ihr zu teilen. »Ich weiß es nicht«, sagte er knapp.

»Na ja, das dürfte ja rauszukriegen sein«, meinte Dammann. »Ich werde mal meine Fühler ausstrecken.«

Er ist und bleibt trotz seiner bald vierzig Jahre ein großer Junge, dachte Norberg, während er Dammann mit einem leichten Kopfschütteln betrachtete. Ein top Kollege mit einem enormen Frauenverschleiß, was man so hörte. Allerdings war auch die Rede davon, dass seine Exfreundinnen keineswegs schlecht auf ihn zu sprechen waren.

Und jetzt war er also wieder auf der Suche und schien tatsächlich Anna ins Visier genommen zu haben. Was unter Umständen auch für sie gelten mochte, denn Norberg war ihr interessierter Blick bei Dammanns Begrüßung am Vortag nicht entgangen.

Vielleicht tat er gut daran, sie vorzuwarnen.

»Mensch, Bine, jetzt bleib hier! Ich hab's doch nicht so gemeint!«

Der Ruf hallte über die Dorfstraße, als Anna auf das Haus von Brigitte Seemann zuging. Sie erblickte eine Frau an dessen Gartenzaun und eine weitere, die sich schnellen Schrittes entfernte und zu einem Taxi hastete, das an der Ecke wartete.

Sabine Borchert.

Anna eilte ihr hinterher, aber der Weg war zu rutschig für schnelles Laufen, und so war der Wagen schon bald ihren Blicken entschwunden. Sie lief zu der Frau zurück, die noch immer am Zaun stand und die Hände um ihren Oberkörper geschlungen hatte. »Brigitte Seemann?«

Die Frau wirkte einen Augenblick lang verwirrt und nickte dann. Sie trug Leggings und ein kurzärmeliges T-Shirt, und ihre Füße in den dunkelblauen Crocs waren nackt. Ausreichend für ein gut beheiztes Haus, aber definitiv zu wenig für die momentanen Außentemperaturen.

Anna stellte sich vor und zeigte ihren Dienstausweis. »Wissen Sie, wo Frau Borchert hin will?«

Brigitte Seemann stieß einen Seufzer aus. »Zurück nach Hause. Sie gibt die Hoffnung nicht auf, dass Carsten wieder auftaucht, und will dann zu Hause sein.«

»Sie war doch in der vergangenen Nacht schon einmal dort«, wandte Anna ein.

»Ja, da hatte ich ebenfalls versucht, ihr das auszureden, aber wie Sie sehen, ist beide Male nichts dabei rausgekommen.« Brigitte Seemann hatte die Arme immer noch um ihren Oberkörper geschlungen, wirkte aber nicht, als wäre ihr sonderlich kalt. Anna fror schon bei ihrem Anblick.

»Haben Sie einen Augenblick Zeit für mich, Frau Seemann?«, fragte sie. »Ich würde gerne mit Ihnen sprechen.«

Brigitte Seemann guckte erstaunt. »Ich dachte, Sie wären wegen Sabine gekommen.«

»Bin ich auch«, sagte Anna, »aber mit Ihnen wollte ich ebenfalls sprechen.«

»Na, dann kommen Sie mal mit rein.«

Anna zog ihr Smartphone aus der Jackentasche. »Ich muss nur noch kurz telefonieren.«

Brigitte Seemann nickte und verschwand im Haus. Anna suchte Norbergs Nummer heraus und entfernte sich einige Schritte, um ungestört sprechen zu können. »Hendrik, Anna hier. Ich hab Sabine Borchert nicht mehr bei ihrer Freundin erwischt, sie ist gerade wieder nach Hause gefahren.« Als sie hörte, was Norberg zu berichten hatte, schluckte sie. »Willst du Frau Borchert vorläufig festnehmen?«, fragte sie nach einem Augenblick.

»Ja, falls sie mir keine nachvollziehbare Erklärung für unseren Fund liefert. Es dürfte nämlich Fluchtgefahr bestehen.«

»Das glaube ich nicht, Hendrik. Wenn sie das vorhätte, würde sie mit Sicherheit nicht schon zum zweiten Mal zum Haus zurückkehren.«

»Noch ist sie ja nicht da …«, sagte Norberg bedeutungsschwer. »So weit ist es vom Dorf hierher nicht.«

»Ich bin überzeugt, dass sie demnächst bei euch auftauchen wird. Und was heißt hier nachvollziehbare Erklärung? Vielleicht kann sie uns überhaupt keine liefern, weil während ihrer Abwesenheit jemand ins Haus eingedrungen ist.«

»Es gibt aber keine Einbruchsspuren«, hielt er dagegen.

»Dann hat eben jemand an der Tür geklingelt und sich entweder mit Gewalt Einlass verschafft, oder Witt hat ihn freiwillig reingelassen. Dann ist etwas passiert, und der Eindringling oder Witt wurden verletzt. Oder Schlimmeres.«

Einen Augenblick herrschte Schweigen, dann »du verteidigst sie schon wieder.«

»Nein, ich will bloß vermeiden, dass wir uns jetzt ausschließlich auf sie konzentrieren. Damit wiederholen wir doch den Fehler der ursprünglichen Ermittler.« Das muss er doch auch sehen, dachte sie. Hoffentlich wurde das jetzt kein Dauerthema zwischen ihnen. »Lass uns abwarten, bis Nils die Namen auf der Liste abgearbeitet hat. Dann wissen wir, wie es mit ihrem Alibi für die letzten beiden Tage aussieht.«

Nach Beendigung des Gesprächs rief sie Nils an. Er hatte sich bereits mit den Geschäften in Verbindung gesetzt, die Sabine Borchert am Dienstag besucht haben wollte. Sie hatte angegeben, an diesem Tag zwei Bestellungen in einem Hamburger Möbelhaus getätigt zu haben, was bestätigt worden war. Laut ihren Angaben hatte sie am Nachmittag zwei weitere Möbelhäuser in Hamburg besucht, allerdings ohne etwas zu bestellen. Hier fehlte also ein Alibi. Was den Mittwoch betraf, würde es aller Wahrscheinlichkeit nach auf das Gleiche hinauslaufen. Hier hatte es laut Liste am Vormittag wieder Besuche ohne Bestellungen in Hamburg gegeben, am Nachmittag war eine Bestellung in einem Kieler Möbelhaus erfolgt. Wenn diese bestätigt wurde, hatte Sabine Borchert nach dem momentanen Stand der Dinge für den Zeitraum von Dienstagmittag bis Mittwochnachmittag kein Alibi.

»Ich ruf sofort das Möbelhaus in Kiel an«, sagte Nils. »Sowie ich etwas weiß, melde ich mich bei dir.«

»Warte mal!« Sie überlegte, ob es Sinn machen würde, ein Foto von Sabine Borchert in den Möbelhäusern herumzuzeigen. Vielleicht erinnerten sich Angestellte an sie. »Klär doch bitte, ob die SpuSi Fotos von Frau Borchert im Haus gefunden hat. Dann könnten wir die Hamburger Kollegen bitten, damit die Möbelhäuser aufzusuchen.«

»Mach ich!«

Anna beendete das Gespräch und ging zum Haus zurück. Brigitte Seemann hatte die Eingangstür einen Spaltbreit offen gelassen, und als Anna in den Flur trat, war sie heilfroh, endlich wieder im Warmen zu sein. Sie schloss die Tür hinter sich und hängte ihre Jacke an die Garderobe.

»Möchten Sie auch einen Tee? Wir waren nämlich gerade beim Frühstück.«

Brigitte Seemann war in einer offen stehenden Tür erschienen und winkte sie herein.

»Sehr gerne.« Anna betrat eine kleine und gemütliche Küche mit hellblauen Wänden und einer ebensolchen Decke und nahm an dem antik aussehenden Holztisch Platz, auf dem die Reste des Frühstücks standen. Brigitte Seemann stellte einen sauberen Becher mit einem Möwenmotiv vor ihr ab, schenkte Tee ein und deutete auf Kluntjes und Milch, die neben dem Brotkorb standen. »Bedienen Sie sich.«

»Danke.« Anna griff nach dem Schälchen mit den Kluntjes und gab zwei größere in ihren Becher. Tee musste süß, stark und heiß sein. Im Moment vor allem Letzteres, denn ihre Hände fühlten sich wie Eisklumpen an, obwohl sie in dicken Handschuhen gesteckt hatten. Sie nahm einen großen Schluck und hätte sich fast die Zunge verbrannt.

»Worüber wollten Sie mit mir sprechen?« Brigitte Seemann hatte sich ihr gegenüber niedergelassen und sah sie fragend an.

»Wie lange kennen Sie Sabine Borchert schon?«

Brigitte Seemann runzelte die Stirn. »Das weiß ich gar nicht mehr so genau. Das muss ein, zwei Jahre nach der Jahrtausendwende gewesen sein. Ich hatte einen Fahrradunfall, ein Typ hatte mich über den Haufen gefahren und war abgehauen. Sabine kam gerade mit ihrem Auto vorbei und hat mich zum Arzt gebracht. Wir waren uns gleich sympathisch und sind in Kontakt geblieben, und daraus ist dann eine Freundschaft entstanden.«

»Kennen Sie auch Carsten Witt?«

»Ja, natürlich. Ich mag ihn und fand immer, dass die beiden gut zusammenpassten.«

»Wie war das, als er damals unter Verdacht geriet?«

»Ich habe nicht geglaubt, dass er schuldig ist. Deshalb kam es ja auch zum Streit zwischen Bine und mir, als ich von dem Umzug nach Mallorca erfuhr. Das war in meinen Augen ein Weglaufen, das wie ein Schuldeingeständnis aussah.«

»Haben Sie Carsten Witt nach seiner Rückkehr auch wiedergesehen?« Anna pustete in ihren Tee und nippte dieses Mal nur. Trotzdem wurde ihr langsam wieder wärmer.

Brigitte Seemann schüttelte den Kopf. »Nein, ich wusste gar nicht, dass sie wieder hier sind. Während ihrer Zeit auf Mallorca ist der Kontakt zwischen Bine und mir irgendwann eingeschlafen. Sie hatte mich dann vor Kurzem angerufen, und am letzten Montag haben wir uns das erste Mal wiedergesehen.«

Anna schaute sie nachdenklich an. »Wir fragen uns, warum Carsten Witt verschwunden ist, nachdem er von der Wiederaufnahme des Falls erfahren hat. Haben Sie mit Ihrer Freundin darüber gesprochen?«

Brigitte Seemanns Gesicht verdunkelte sich. »Ja, deshalb ist es vorhin zum Streit gekommen.«

»Und worum ging es dabei?«

»Ich habe vorsichtig darauf hingewiesen, dass Carstens Widerwillen gegen diese Wiederaufnahme damit zusammenhängen könnte, dass er doch schuldig ist.« Brigitte Seemann schlug unvermittelt mit der Faust auf den Tisch, ihre Wangen hatten sich gerötet. »Herrgott noch mal, ich weiß doch jetzt auch nicht mehr, wo hinten und vorne ist, aber das muss man doch aussprechen dürfen! Und mir kann niemand erzählen, dass Bine diesen Gedanken nicht auch schon hatte! Aber statt mit mir darüber zu sprechen, beschimpft sie mich und haut ab.«

Sabine Borchert erschien tatsächlich, womit Norberg nicht gerechnet hatte. Sie entstieg einem Taxi und kam mit langsamen Schritten auf ihn zu, wobei sie einen irritierten Blick auf die Kollegen der Spurensicherung warf, die unterschiedliche Sachen aus dem Haus zu ihrem Fahrzeug trugen, darunter auch Witts Computer und die beiden Notebooks des Haushalts.

»Was wird das hier?«, fuhr sie Norberg an. »Wie kommen Sie dazu, diese ganzen Sachen mitzunehmen? Das dürfen Sie nicht!«

»Das dürfen wir sehr wohl, Frau Borchert.«

»Sie wollten das Haus auf Einbruchsspuren untersuchen lassen, mehr nicht.«

»Das ist richtig, aber in der Zwischenzeit haben sich neue Erkenntnisse ergeben, nach denen wir das Haus jetzt als einen Tatort betrachten.« Er zeigte ihr auf seinem Tablet den Durchsuchungsbeschluss, der kurz zuvor per Mail in der Dienststelle eingegangen war. »Wenn meine Kollegen mit ihrer Arbeit fertig sind, wird das Haus versiegelt.«

»Tatort … aber …« Ihre Verwirrung schien echt, aber vielleicht war sie auch nur eine gute Schauspielerin. »Ich verstehe nicht.«

Norberg klärte sie auf. »Haben Sie eine Erklärung für das Blut, Frau Borchert?«

»Nein«, sagte sie leise, »die habe ich nicht.« Sie schlug die Hand vor den Mund. »Aber dann ist Carsten ja verletzt. Oder …«

»Von wem das Blut stammt, wird eine DNA-Analyse ergeben«, sagte er, als sie schwieg. »Um auszuschließen, dass es von Ihnen stammt, möchte ich Ihnen jetzt eine Speichelprobe entnehmen. Sind Sie damit einverstanden?«

Sabine Borchert blickte ihn entsetzt an. »Das Blut stammt nicht von mir, das kann nur von Carsten sein. Jemand muss ihm etwas angetan haben.« Ihre Stimme zitterte.

»Wie gesagt, um das bestätigen zu können, ist eine Speichelprobe notwendig.«

Sie schüttelte den Kopf und blickte angestrengt zum Eingang hinüber.

»Falls Sie sich weigern, komme ich mit einem richterlichen Beschluss wieder.« Ihr Blick flog zu ihm zurück. »Es würde einen besseren Eindruck machen, wenn Sie die Probe freiwillig abgäben, Frau Borchert.«

Nach einem langen Augenblick gab sie schließlich mit einem unwilligen »in Gottes Namen« nach. Norberg holte ein Röhrchen aus dem Streifenwagen, entnahm ihr die Probe und beschriftete die Kanüle, bevor er sie an Garbers weitergab. Sabine Borchert würdigte ihn keines Blickes mehr, sondern blickte weiterhin mit grimmiger Miene auf den Eingang des Hauses.

Als sein Smartphone zu klingeln begann, warf Norberg einen entschuldigenden Blick zu Hauke Dammann, der mit Aki an seinem Transporter wartete. »Gib mir noch fünf Minuten, dann können wir los.« Er nahm das Gespräch an. »Anna? Was gibt's?«

Seine Kollegin informierte ihn darüber, dass Nils die von Sabine Borchert gemachten Angaben überprüft hatte. Die Bestellungen waren von den Möbelhäusern in Hamburg und Kiel bestätigt worden, aber dazwischen klaffte eine Lücke von Dienstagmittag bis Mittwochnachmittag, in der Witts Lebensgefährtin kein Alibi vorweisen konnte.

»Die SpuSi-Kollegen haben Nils ein aktuelles Foto von Frau Borchert gemailt, das sie aus dem Haus mitgenommen hatten«, schloss sie ihren Bericht. »Er schickt es jetzt nach Hamburg, damit die Kollegen die Möbelhäuser noch einmal abklappern. Vielleicht erinnern sich ja irgendwelche Angestellten, sie gesehen zu haben. Dann könnten wir eventuell Teile dieser Lücke schließen.«

Ja, unter Umständen bestand diese Möglichkeit. Vielleicht aber auch nicht. Für ihn war Sabine Borchert jedenfalls eindeutig verdächtig, etwas mit Witts Verschwinden zu tun zu haben. Und deshalb stand jetzt endgültig die Überlegung im Raum, ob es nicht klüger wäre, sie wegen einer möglichen Fluchtgefahr vorläufig festzunehmen.

28

Michael Paulsen hatte tatsächlich pünktlich um zehn Uhr vor Johannsens Haustür gestanden, was angesichts seiner normalerweise an den Tag gelegten Unpünktlichkeit wirklich erstaunlich war.

Sie hatten sich jetzt eine Reihe von Jahren nicht gesehen, und auch wenn sich Paulsen vom Äußeren her ziemlich verändert hatte, gelangte Johannsen schon sehr bald zu der Erkenntnis, dass der Mann, der vor ihm auf dem Sofa saß und sich auskotzte, vom Charakter her noch derselbe Drecksack wie früher war. Ein Drecksack, der gerade ziemliche Probleme am Hals hatte, wie Johannsen mit einer tiefen Befriedigung wahrnahm, da es ihm bei seinem Vorhaben ganz wunderbar in die Hände spielte.

»Die Jungs in Tönning wollten die Anzeige von der Tussi unter den Tisch kehren. Okay, man hätte damit rechnen müssen, dass sie nachfragt, aber das hätte dann ja damit erklärt werden können, dass es eben dauert, bis so etwas vor Gericht kommt. Aber jetzt liegt der Vorgang bei der Staatsanwaltschaft, weil sich dieser verdammte Norberg eingemischt hat. Der hat mich ja schon lange auf dem Kieker. Und wie ich ihn kenne, wird er Druck machen, und dann werde ich dieses Mal nicht mit einer Geldstrafe davonkommen.« Er schnaubte wie ein wütender Stier. »Um solche Anzeigen kümmert sich nämlich seit Kurzem eine Staatsanwältin, und mit der soll nicht gut Kirschen essen sein. Wie man hört, haben Männer bei ihr grundsätzlich die Arschkarte gezogen.«

Johannsen ließ den Redeschwall über sich ergehen und rieb innerlich seine Hände. Tatsächlich hatte er Paulsen noch nie so aufgeregt gesehen, anscheinend ging ihm ganz mächtig der Arsch auf Grundeis. Aber das war sein eigenes Problem, wenn er sich einfach nicht beherrschen konnte. Das kannte Johannsen bereits aus der Zeit, als er noch Paulsens Bärenführer gewesen war. Zugegeben, damals hatte sich Paulsen meist mit Grapschen begnügt, aber einmal war es allerdings nicht dabei geblieben. Da hatte er sich richtig in die Scheiße geritten, und wenn Johannsen ihn da nicht rausgeholt hätte, wäre es aus gewesen, und Paulsen hätte sich bereits zu diesem Zeitpunkt einen anderen Job suchen müssen. Höchste Zeit, ihn daran zu erinnern und die damals erbrachte Hilfeleistung wieder einzufordern.

Paulsen trank einen Schluck Wasser, bevor er sich weiter ereiferte. »Diesen Norberg mach ich fertig. Und die Tourismus-Tussi gleich mit. Ich hatte mehrere Aufträge in der Pipeline, die mir 'ne Menge Kohle eingebracht hätten; aber seitdem diese Bitch auf der Versammlung ihre bescheuerte Andeutung vom Stapel gelassen hat, haben alle Interessenten das Weite gesucht.«

»Dann haben sie den Hinweis dieser Frau offensichtlich ernst genommen und Erkundigungen über dich eingezogen. Oder aber sie sind vorsichtshalber gleich auf Abstand gegangen«, sagte Johannsen süffisant. »Wie bist du überhaupt auf die Idee mit diesem Sicherheitsdienst gekommen? Davon hast du doch null Ahnung.«

»Ja, verdammt, irgendwas muss ich doch machen! Mein Gehalt hat nie für Rücklagen gereicht, und durch die Entlassung aus dem Polizeidienst hab ich jetzt auch noch meine Pension verloren.«

»Das hättest du dir vielleicht vorher überlegen sollen.«

Paulsen funkelte ihn wütend an. »Auf dämliche Sprüche kann ich verzichten!«

Johannsen beschloss, noch ein wenig mehr Öl ins Feuer zu gießen, bevor er das ansprach, weshalb er Paulsen zu sich zitiert hatte. »Was ich nicht verstehe: Wie kann man nur so dämlich sein und einer Frau, die in St. Peter eine höhere Position bekleidet, an die Wäsche gehen? Bei dir scheint ja wirklich der sexuelle Notstand ausgebrochen zu sein.«

Paulsen ballte die rechte Hand zur Faust, aber Johannsen hatte keine Sekunde die Befürchtung, dass er ihm an die Gurgel gehen würde. Der Exkollege war schon immer ein Feigling gewesen, der sich nur mit Schwächeren anlegte, und dass er, trotz seiner körperlichen Hinfälligkeit, nicht zu diesen gehörte, dürfte Paulsen klar sein.

»Genug gejammert!«, sagte Johannsen energisch, als Paulsen sich anschickte, sein Klagelied von Neuem anzustimmen. »Du bist nicht hier, weil ich heute Lust hatte, deinen Kummerkasten zu geben. Ich wollte dich sprechen, weil ich einen Gefallen von dir einzufordern gedenke.« Er machte eine Kunstpause, dann »du erinnerst dich doch sicher noch an den 10. Juni 1994, oder?«

Das Zucken in Paulsens Gesicht und die eintretende Blässe zeigten ihm, dass sich sein Gegenüber sehr genau erinnerte.

»Und du willst doch sicher nicht, dass ein Hinweis auf

diese alte Sache ebenfalls auf dem Tisch der neuen Staatsanwältin landet, oder? Dann würde es nämlich endgültig zappenduster für dich werden.« Es war wirklich äußerst vergnüglich zu beobachten, wie Paulsen förmlich in sich zusammenschrumpfte. »Auch mir bereitet Norberg im Moment Probleme, die ich nicht gebrauchen kann«, fuhr Johannsen nach einem Augenblick fort. »Allerdings bin ich aufgrund meiner körperlichen Einschränkungen nicht mehr in der Lage, einen Kampf mit ihm auszufechten. Das ist der Grund, weshalb du heute hier bist.« Ein Lächeln breitete sich auf seinem Gesicht aus. »Und was soll ich sagen, mein Lieber, das gerade Gehörte freut mich wirklich ungemein, weil ich jetzt weiß, dass wir einen gemeinsamen Feind haben.«

29

Das Gespräch mit Brigitte Seemann hatte dann doch länger gedauert als gedacht, und Anna hatte dabei einiges über Witts Lebensgefährtin erfahren. Diese neuen Erkenntnisse waren jetzt allerdings dafür verantwortlich, dass auch sie die Schuld von Sabine Borchert nicht mehr so vehement von sich weisen konnte wie bisher. Eine Frau, die ihren Lebensgefährten seinerzeit wie eine Löwin verteidigt hatte, um ihn von jedem Verdacht reinzuwaschen, konnte im Umkehrschluss auch eine Affekthandlung begehen, wenn sie plötzlich erfahren musste, dass dieser Mann sie all die Jahre belogen hatte.

Deshalb hatte sich Anna in der Zwischenzeit mit Norberg darauf verständigt, Sabine Borchert wegen bestehender Fluchtgefahr doch vorläufig festzunehmen. Die Frau war nach Heide in den Gewahrsam überführt worden, wo sie achtundvierzig Stunden ohne richterlichen Beschluss festgehalten werden konnte. Bis dahin würden sie wissen, von wem das Blut in Witts Haus stammte; und vielleicht führte die Zeit in der Haft ja dazu, dass Sabine Borchert doch etwas preisgab.

Die erneute Suche von Dammann und Aki war auch heute durch den anhaltenden Schneefall beeinträchtigt worden, sodass der Kollege sie nach einer Stunde abgebrochen hatte und sich wieder auf den Rückweg nach Kiel machen wollte.

Vorher schaute er noch in der Dienststelle vorbei, um sich auch von ihr zu verabschieden.

»Schade, dass unsere Begegnung nur so kurz war«, raunte er und hielt ihre Hand viel zu lange in der seinen. »Aber vielleicht lässt sich das ja demnächst ändern. Deine Nummer hab ich ja.« Mit einem spitzbübischen Lächeln wandte er sich ab und verließ die Dienststelle, während Anna in größter Verlegenheit und mit hochrotem Kopf zurückblieb.

»Vorsicht«, sagte Norberg, als sie wieder allein waren. »Unser attraktiver Hundeführer hat einen ziemlichen Frauenverschleiß.«

»Ich will ja gar nichts von ihm«, verteidigte sie sich.

»Aber er offensichtlich von dir.«

»Ich dachte, du magst ihn.«

»Tu ich ja auch. Aber eine kleine Vorwarnung kann ja nicht schaden. Hauke hat schon einigen Kolleginnen den Kopf verdreht und scheint nicht die Absicht zu haben, irgendwo sesshaft zu werden.«

Vielleicht muss er nur die Richtige finden, dachte sie in einer kitschig sentimentalen Anwandlung, aber sie würde sich hüten, diese auszusprechen, da ihr das Thema peinlich war und sie es so schnell wie möglich beenden wollte. Stattdessen blickte sie auf ihre Armbanduhr. »Wir sollten jetzt zu Claas Hoyer fahren.«

Norberg schmunzelte. »Themawechsel, alles klar.«

»Das ist ja toll, dass du wieder da bist!«, freute sich der ehemalige Dienststellenleiter und schloss Anna zur Begrüßung in die Arme. Er führte sie und Norberg ins Wohnzimmer, wo noch ein prächtig geschmückter Weihnachtsbaum stand. »Ich wollte ihn ja eigentlich schon vor unserem Kurzurlaub abtakeln«, sagte er schmunzelnd, »aber da habe ich bei Hilde auf Granit gebissen. Wenn es nach ihr ginge, bleibt er wieder bis zur Abholung stehen.«

»Die ist doch aber erst Ende nächster Woche«, warf Norberg ein.

»Du sagst es, aber dieses Jahr setze ich meinen Willen durch. Ich kann das Teil nämlich nicht mehr sehen.« Er wies auf die Beleuchtung, die auf der Terrasse und im Garten angebracht war. »Und der Kram kommt auch weg, wir sind hier doch nicht das Weihnachtshaus von St. Peter-Ording.«

Anna lachte. »Dann hättet ihr vorne auch noch auftakeln müssen.«

»Nee, das hab ich Hilde abgewöhnt. Ständig diese Leute, die da stehen bleiben und fotografieren. Das ist nun so gar nicht meins.«

»Wo ist denn deine Frau?«, fragte Anna. »Ich würde sie gerne einmal kennenlernen.«

»Beim Yoga«, sagte Hoyer, und seinem Gesichtsausdruck nach zu urteilen war auch das nicht seins.

Sie nahmen Platz, und nachdem Anna Hoyer über ihren neuen Job aufgeklärt hatte, kamen sie auf den Fall zu sprechen, der sie hergeführt hatte. »Kannst du uns dazu noch irgendetwas sagen, das uns weiterhelfen könnte?«, fragte sie und fasste das zusammen, was die bisher befragten Personen ausgesagt hatten.

Hoyer hörte aufmerksam zu, schüttelte aber den Kopf, nachdem sie geendet hatte. »Du hattest mir am Telefon ja schon erzählt, um was es geht, aber ich fürchte, ich werde euch da auch nicht mehr sagen können. Ich erinnere mich noch ganz gut an den Fall, denn das war das einzige Mal während meiner Dienstzeit, dass hier ein Kind verschwunden ist und nicht wieder aufgefunden wurde. So etwas vergisst du nie.«

»Wie stark warst du seinerzeit in die Ermittlungen eingebunden?«, wollte Norberg wissen.

»Na ja, den Löwenanteil haben natürlich die Kollegen aus Husum und dann auch die Flensburger übernommen, nachdem sich die Vermutung eines Tötungsdeliktes erhärtet hatte. Wir haben immer mal wieder Befragungen durchgeführt, aber das war's dann auch schon.«

»Seid ihr von den Kripo-Kollegen auf dem Laufenden gehalten worden?«, fragte Anna.

»Ich denke schon.«

»Und wie hast du die Zusammenarbeit mit ihnen empfunden?«, wollte Norberg wissen.

»Die war so weit okay.« Hoyer blickte sie mit gerunzelter Stirn an. »Sagt mal ... diese Frage hat doch einen Hintergrund, oder?«

Hoyer war nicht mehr im Dienst, also durften sie ihm nach strenger Auslegung der Vorschriften nichts von ihren Vermutungen sagen. Aber dann hätten sie auch schon die Ergebnisse der bisherigen Befragungen nicht erwähnen dürfen. Anna wechselte einen kurzen Blick mit Norberg, der diesbezüglich ebenso wenig Bedenken zu haben schien und zu einer Antwort anhob.

»Ja, den hat sie.« Norberg legte ihre Zweifel dar, was die

Arbeit von Johannsen, Thomsen und Lürssen betraf. Schlampig geführte Ermittlung, Lücken in der Akte, zu schnelle Konzentration auf einen einzigen Verdächtigen, zu frühe Anklageerhebung.

»Ob das so stimmt, kann ich schlecht beurteilen«, sagte Hoyer nachdenklich, »weil die Zusammenarbeit ja nun nicht so aussah, dass wir ständig zusammengluckten. Johannsen und Lürssen erschienen mir sehr distanziert, bei Hark Thomsen hatte ich dagegen den Eindruck, dass der Fall ihm naheging. Ich hatte ihn schon drei Jahre zuvor kennengelernt, als er noch bei der Schutzpolizei war und einen Sommer lang als Bäderdienstler bei uns gearbeitet hat.«

Anna horchte auf. »Dann kennst du ihn näher?«

»Na ja, näher ist jetzt vielleicht gehetzt. Wir haben hin und wieder mal über einem Bier geschnackt. Er war damals sechsundzwanzig, wenn ich mich recht entsinne, und für sein Alter sehr ernsthaft und verantwortungsvoll. Das hat mir gut gefallen.« Hoyer lachte auf. »Und ich erinnere mich, dass er zu jener Zeit unheimlich verknallt war. Er hatte gerade eine Frau kennengelernt, und ich habe später gehört, dass sie geheiratet haben.«

»Sandra«, sagte Anna.

»Ja, stimmt.« Überrascht blickte Hoyer sie an. »Kennst du sie?«

Anna schüttelte den Kopf. »Nein, wir haben nur Erkundigungen eingezogen. Die Ehe wurde vor fünf Jahren geschieden.«

»Wieso habt ihr Erkundigungen über Thomsen eingezogen? Glaubt ihr wirklich, dass er Dreck am Stecken hat?«

»Wir haben uns über alle drei schlaugemacht«, gab Norberg zur Antwort. »Weil damals nicht korrekt ermittelt wurde und wir uns fragen, ob das nur Luschigkeit war, oder etwas anderes dahintersteckt.«

»Gilt dieser Vorwurf auch unserer Arbeit?«, fragte Hoyer stirnrunzelnd.

»Nein«, beruhigte ihn Anna, »wir haben nur die Kripo-Kollegen auf dem Schirm.«

»Hmmm«, brummte Hoyer und wiegte nachdenklich den Kopf, »geht ihr davon aus, dass die irgendwas vertuscht haben?«

»Das könnte sein«, sagte Anna. »Falls dir also noch etwas einfallen sollte, wären wir für einen Hinweis dankbar.«

30

Nach dem Gespräch mit Hoyer fuhren Norberg und Anna noch einmal zu Witts Haus. Als sie dort ankamen, war ein Mitarbeiter des zweiten SpuSi-Teams gerade dabei, das amtliche Siegel an der Haustür anzubringen. Sie begrüßten seine beiden Kollegen, die bereits in ihrem Transporter saßen, und gingen dann zu ihm hinüber.

»Moin, Ralf.« Norberg nickte dem langen Schlacks zu, der gerade mehrere herzhafte Nieser von sich gegeben hatte und so aussah, als kämpfe er gegen die nächsten an.

»Moin, Hendrik.« Ralf Fechtner nestelte das Oberteil seines Schutzanzugs herunter und angelte ein Taschentuch aus seiner Jeans. Er schnäuzte sich kräftig, dann stellte Norberg ihm Anna vor.

»Moin, Kollegin.« Fechtner wedelte mit seiner rechten Hand in der Luft herum. »Den Händedruck lassen wir mal lieber.«

Anna lachte. »Besser isses. Eine Erkältung kann ich im Moment nämlich gar nicht gebrauchen.«

»Wer braucht die schon? So was ist überflüssig wie ein Kropf.« Fechtner feuerte weitere Salven ab und machte sich auf den Weg zum Wagen.

»Habt ihr noch was gefunden?«, fragte Norberg, während sie ihm folgten. Der Kollege schälte sich umständlich aus dem

Schutzanzug und schlüpfte in eine dicke Daunenjacke, die auf dem Rücksitz lag.

»Nee, Krischans Team hat wieder mal ganze Arbeit geleistet.«

Das hatte Norberg auch nicht anders erwartet. »Na gut, dann seht zu, dass ihr heil zurückkommt.«

Auf dem Rückweg in die Polizeistation meldete sich der Einsatzleiter der Hundertschaft. Noch hatten sie keine Spur von Witt, sie würden die Suche aber auch in der Dunkelheit fortsetzen, so lange es ihnen möglich war.

»Zumindest im Ort«, sagte der Kollege, »den Strand und die Salzwiesen und Dünen können wir im Dunkeln vergessen. Die nehmen wir uns dann morgen weiter vor. Um acht sind wir wieder hier.«

Das würde eine kurze Nacht für die Kollegen werden, da der Weg von St. Peter-Ording bis nach Eutin, wo die 1. Einsatzhundertschaft der Landespolizei stationiert war, schon in normalen Zeiten je nach Strecke bis zu zweieinhalb Stunden dauerte. Diese Zeit dürfte sich aufgrund der Wetterverhältnisse jetzt deutlich erhöhen.

In der Dienststelle wurden sie von Nils darüber informiert, dass auf den Fahndungsaufruf weitere Hinweise eingegangen waren.

»Hast du was aus Heide gehört?«, wollte Norberg wissen. Ihn interessierte, ob Sabine Borchert nach einem Anwalt verlangt hatte, aber bisher hatten sich die Kollegen weder bei ihm noch bei Anna gemeldet.

Nils schüttelte den Kopf. »Nein, da kam nichts rein.«

Annas Handy klingelte. Aus ihren Antworten zog Norberg den Schluss, dass es sich bei der Person am anderen Ende der Leitung um Brigitte Seemann handelte, die auf der Suche nach ihrer Freundin war. Als seine Kollegin sie über die vorläufige Festnahme von Sabine Borchert informierte, drang ein erregter Wortschwall aus dem Mobiltelefon, aber Anna gelang es, die aufgeregte Frau zu beruhigen.

Darin ist sie gut, dachte Norberg. Wo er manchmal zu Ruppigkeit und Ungeduld neigte, legte Anna Ruhe und Besonnenheit an den Tag. Sie waren bei einem ihrer privaten Besuche im vergangenen Jahr kurz auf ihre Scheidung zu sprechen gekommen, und das Gespräch hatte ihm offenbart, dass auch sie eine harte Zeit hinter sich hatte. Aber trotzdem hatte Anna auf ihn immer den Eindruck gemacht, dass sie in sich ruhte, und es ihr gelang, sich diesen Wesenszug auch in schwierigen Zeiten zu bewahren.

»Ich gehe mit Nils jetzt die neuen Hinweise durch«, sagte Anna nach Beendigung des Gesprächs.

»Okay, dann gucke ich mal, was hier so alles liegen geblieben ist.«

Es waren einige Dinge, und wie schon bei der ersten Zusammenarbeit mit Anna im vergangenen Jahr redete er sich wieder ins Gewissen, mehr Zeit in die täglichen Belange der Dienststelle zu investieren. Es war vereinbart worden, dass er Anna unterstützte, wenn es seine Zeit erlaubte, aber seine Hilfeleistung durfte nicht dazu führen, dass er seine eigentliche Arbeit vernachlässigte und die Kollegen dadurch mehr Aufwand hatten. Auch wenn er die Arbeit an einem Vermisstenfall um Längen interessanter fand.

Bei der Einbruchsserie hatte es noch keinen Durchbruch gegeben, aber es war unwahrscheinlich, dass sie ein Ende gefunden hatte, bloß weil es seit einigen Tagen ruhig geblieben war. Die Beschäftigung mit dem Fall lenkte Norbergs Gedanken wieder auf Paulsen und die unterschlagene Anzeige von Stefanie Albers. Er griff zum Telefonhörer und rief in der Staatsanwaltschaft Flensburg an, wo er sich mit Yvonne Berthold verbinden ließ. Er kannte die vierzigjährige Staatsanwältin bereits aus ihrer Zeit in Itzehoe und hatte ein gutes Verhältnis zu ihr. Sie beschäftigte sich seit Jahren mit Sexualdelikten, und Norberg wusste, dass der Fall bei ihr in den besten Händen war und sie alles daransetzen würde, Michael Paulsen für einige Zeit aus dem Verkehr zu ziehen.

»Ja, ich habe die Anzeige von Frau Albers auf dem Tisch«, sagte sie nach einer kurzen Begrüßung. »Sag mal, was ist denn da gelaufen? Haben deine Kollegen in Tönning wirklich versucht, die zu unterschlagen?«

»Ja. Das war mal wieder so 'ne Buddy-Geschichte.«

»Das ist doch wirklich zum Kotzen«, sagte sie angewidert. »Diese scheiß Männerkumpanei ist einfach nicht totzukriegen.«

»Damit schlagen ja nicht nur wir uns herum, das ist leider ein gesamtgesellschaftliches Problem.« Dieses Wissen machte es für ihn persönlich aber auch nicht leichter. Er war mit Leib und Seele Polizist und glaubte an seinen Verein, weshalb bei solchen Vorkommnissen trotz seiner jahrelangen Erfahrung noch immer die Wut in ihm hochkochte.

»Ich knöpfe mir diesen Paulsen jetzt persönlich vor«, fuhr Yvonne Berthold fort, »die Vorladung ist heute rausgegangen. Dem werde ich die Hölle heißmachen, dieses Mal fährt der ein.«

»Das hatte ich bei der letzten Anzeige schon gehofft«, seufzte Norberg. »Aber bis dato ist es nur auf eine Geldstrafe hinausgelaufen.«

»Ja, das habe ich den Akten entnommen, und es wundert mich nicht. Sexuelle Belästigung ist leider noch immer für viele Männer ein Kavaliersdelikt, da schließe ich meine Herren Kollegen nicht aus.«

»Danke, Yvonne.«

Bevor Norberg ein weiteres Mal zum Telefonhörer griff, um Stefanie Albers die frohe Kunde zu überbringen, ging er in sich. Wenn er sich selbst gegenüber ehrlich war, hätte er am Abend zwei Stunden für die von ihr ausgesprochene Essenseinladung rausschinden können. Aber er verspürte nach wie vor Unbehagen bei dem Gedanken an dieses Treffen. Weil ihm Witts Verschwinden nicht aus dem Kopf ging und er Skrupel hatte, sich ein paar entspannte Stunden zu gönnen, wenn irgendwo unter Umständen ein Mensch festgehalten wurde, der Hilfe brauchte.

Das war aber nicht der einzige Grund für seine Beklemmung, und das war ihm wohl bewusst. Er schreckte vor diesem Treffen zurück, von dem er nicht wusste, wie es ausgehen würde und welche Bedeutung Stefanie Albers ihm womöglich beimaß. Also würde er den aktuellen Fall als Grund für seine Absage vorschieben.

Feigling, sagte eine bohrende Stimme in seinem Hinterkopf. Da lädt dich eine attraktive Frau zum Essen ein, und du kneifst. Ein zweites Mal wird sie das nicht tun.

Ja, verdammt noch mal, davon war auszugehen. Aber das war nicht das Ende der Welt. Es gab eben Zeiten, in denen man Wichtigeres zu tun hatte.

31

Also dafür, dass dieser Tag so beschissen angefangen hat, endet er doch ziemlich befriedigend, dachte Michael Paulsen und ließ sich mit einem breiten Grinsen und einem gut gefüllten Glas Whisky in seinen Sessel fallen.

Am Morgen war er noch davon ausgegangen, dass ihm nicht nur alle Felle wegschwimmen würden, sondern er mit seinem Hass auf Norberg auch allein auf weiter Flur dastand. Aber dann hatte ihm das Gespräch mit Johannsen gezeigt, dass dies nicht der Fall war. Und ihr Brainstorming hatte ihm eine um Längen bessere Möglichkeit aufgezeigt, es dem Typen endgültig heimzuzahlen, als alle die, die ihm bisher durch den Kopf gegangen waren. Oh nein, dieser elende Norberg würde es nicht schaffen, ihn fertigzumachen, weil er, Michael Paulsen himself, den längeren Atem hatte.

Seitdem Stefanie Albers bei seiner Veranstaltung diese bescheuerte Bemerkung abgelassen hatte, war er um Schadensbegrenzung bemüht. Noch am selben Abend war er von mehreren Besuchern, die bereits Interesse an einem Angebot seinerseits bekundet hatten, darauf angesprochen worden, was die Tourismuschefin mit ihrem Hinweis gemeint hatte. Er hatte den Ahnungslosen gemimt und trotzdem voller Frust mit ansehen müssen, wie sich die Interessenten mit dem Hinweis, dass sie es sich noch einmal überlegen wollten, einer nach dem anderen verabschiedeten. Überhaupt hatte sich der Raum nach Stefanie Albers Abgang verdammt schnell geleert. Er wusste um ihren guten Ruf und verfluchte sich jetzt noch, dass er sich ihr gegenüber so hatte gehen lassen. Er ging zwar nicht davon aus, dass sie jemandem von dem Vorfall erzählen würde. Schließlich gab es keine Beweise, und deshalb könnte er sie in so einem Fall der üblen Nachrede bezichtigen. Sie hatte allerdings mit Norberg darüber gesprochen, und das war mindestens ebenso schlimm, wenn nicht sogar noch schlimmer. Denn es war natürlich zu erwarten gewesen, dass der Kerl in Tönning nachhaken würde. Paulsens dortiger Exkollege hatte ihn am Vormittag darüber informiert, dass sich der Dienststellenleiter höchstpersönlich eingeschaltet hätte, sorry, Kumpel, aber mir waren die Hände gebunden, und ihm dann die Ohren vollgeheult, dass der Chef den Vorfall auch an die Interne gemeldet, und er jetzt ebenfalls mit Konsequenzen zu rechnen hätte. Paulsen hatte null Mitleid, schließlich hatte er diesem Vollpfosten auch einmal einen großen Gefallen getan. So war das nun mal, eine Hand wäscht die andere.

Das alles hatte dazu geführt, dass die Rachepläne, die er seit seiner Entlassung aus dem Polizeidienst gegen Norberg hegte, wieder an die Oberfläche getreten waren. Der Mann war die Pest, der musste jetzt endlich weg. Johannsen hatte vorhin fast die gleichen Worte gewählt, auch wenn er Paulsen trotz ihrer langjährigen Bekanntschaft nie erzählt hatte, warum er Norberg so hasste. Das hatte er auch dieses Mal nicht getan, aber letztendlich war es egal. Sie hatten einen gemeinsamen Feind, und der Vorschlag, den Johannsen zu dessen Beseitigung gemacht hatte, war schon ziemlich genial …

32

Als bis zum späten Nachmittag noch immer nichts aus Heide zu hören gewesen war, hatte Anna die dortigen Kollegen aufgesucht, weil sie noch einmal mit Sabine Borchert sprechen wollte. Diese hatte zwar nicht mehr gemauert, aber immer wieder beteuert, dass sie nichts mit Carsten Witts Verschwinden zu tun hätte. Wenn sie bis zum Ende des darauffolgenden Tages nichts Entscheidendes herausfanden, würden sie sie wieder freilassen müssen. Wobei Anna nach wie vor Zweifel an Sabine Borcherts Täterschaft hatte, was allerdings nicht für Norberg galt, der sich ziemlich auf sie eingeschossen hatte.

Das Hinzuziehen eines Anwalts hatte Witts Lebensgefährtin abgelehnt. Anna konnte diese Entscheidung nicht nachvollziehen; sie hatte während des Gesprächs allerdings den Eindruck gewonnen, dass die Frau völlig neben sich stand und überhaupt nicht ermessen konnte, was zu ihrem Vorteil sein mochte und was nicht.

Um zwanzig Uhr machten sie Feierabend. Sie hatten alle bisher eingegangenen Hinweise auf den Fahndungsaufruf überprüft, herausgekommen war bei keinem etwas. Neue Hinweise gab es zurzeit nicht; und die Hundertschaft hatte sich auf den Rückweg nach Eutin gemacht. Es ging Anna immer wieder gegen den Strich, am Ende eines Tages den Stift fallen zu lassen, wenn dieser Tag aber weit über acht Stunden angedauert hatte und einem die Dunkelheit bei der Suche nach einer Person irgendwann einen Strich durch die Rechnung machte, blieb nichts anderes übrig.

»Denk bitte dran, dass ich morgen später komme«, sagte sie zu Norberg und schlüpfte in ihre Daunenjacke.

Er blickte sie verständnislos an. »Wieso das?«

Also manchmal ließ sein Gedächtnis wirklich zu wünschen übrig. »Morgen früh kommen meine Möbel. Du erinnerst dich?«

»Stimmt«, er klopfte sich an die Stirn. »Was meinst du, wann du hier sein wirst?«

»Das kann ich nicht genau sagen. Zwei Stunden wird es wohl dauern.« Sie streifte ihre Handschuhe über. »Wie machen wir das jetzt mit Thomsens Exfrau? Wollen wir sie zusammen befragen, oder soll ich das allein machen? Es kann natürlich sein, dass ich mir einen Korb hole, aber ich will es wenigstens versuchen.«

Norberg überlegte nicht lange. »Mach das mal besser allein. So von Frau zu Frau. Da kommt ja häufig mehr bei raus.«

Anna nickte. »Okay, dann werde ich mich bei ihr ankündigen. Vielleicht klappt es ja schon morgen Vormittag, dann kann ich zu ihr fahren, wenn die Sache mit den Möbeln erledigt ist. Sonst suche ich als Erstes Thomsen auf.«

In ihrem neuen Zuhause stellte Anna nur kurz ihre Tasche ab und ging dann zum Haus der Hecklers hinüber, um ihr Versprechen einzulösen und mit Corinna zu reden. Beim Telefonat mit Sandra Thomsen auf dem Rückweg hatte sie erfahren, dass ein Treffen mit ihr erst am Freitagnachmittag zustande kommen würde, da sie morgen Vormittag eine längere Besprechung hätte.

»Kommen Sie rein.« Peter Heckler sah aus, als hätte er nicht viel geschlafen, unter seinen Augen lagen dunkle Ringe. Anna folgte ihm ins Wohnzimmer und erfuhr, dass Corinna das Zimmer im Keller den ganzen Tag über nicht verlassen hatte.

»Geht es ihr denn wieder schlechter?«, fragte Anna besorgt.

»Nein, jedenfalls nicht, was die Erkältung betrifft. Die scheint abzuklingen.«

»Das sind doch schon mal gute Nachrichten.«

»Ich habe versucht, sie zu einem Spaziergang zu überreden, aber sie wollte nicht«, sagte er mutlos. »Außerdem isst sie kaum noch. Lasse hatte ihr nach der Schule etwas vorbeigebracht, aber das hat sie nicht angerührt. Dabei hat der Junge den Bogen jetzt wirklich raus, seine Mahlzeiten sind echt spitze.«

»Ich guck mal nach ihr«, sagte Anna beruhigend. »Bringen Sie mich runter?«

Heckler nickte, und sie folgte ihm in den Keller. Er klopfte kurz an die letzte Tür auf der rechten Seite und trat dann ein, obwohl von drinnen kein Laut zu hören gewesen war.

»Ich hab Besuch mitgebracht«, sagte er.

»Ich will niemanden sehen«, war die leise Stimme seiner Frau zu vernehmen.

Anna ließ sich nicht abschrecken und betrat das Zimmer ebenfalls. »Mich auch nicht?«

Corinna saß in einem Ohrensessel und war trotz des fast schon überheizten Zimmers in eine dicke Wolldecke gehüllt. Als sie Annas Stimme vernahm, wandte sie ihr den Kopf zu.

»Frau Wagner.« Corinnas Blick wirkte abwesend, aber Anna ließ sich nicht beirren.

»Ich wollte mal schauen, wie es Ihnen geht.« Sie holte die auf dem Rückweg erstandene Pralinenschachtel aus ihrer Tasche und legte sie auf den Beistelltisch neben dem Sessel. Sie hätte gerne etwas Persönlicheres mitgebracht, aber dafür kannte sie Corinna Heckler noch nicht gut genug. Und etwas Süßes mochte doch jeder.

»Danke.« Corinna warf einen Blick auf die Schachtel und schaute dann wieder Anna an. »Setzen Sie sich doch.« Sie deutete auf einen Hocker neben dem Schrank.

Anna zog den Schemel heran und warf einen schnellen Blick durch das Zimmer. Es war nicht allzu groß, aber gemütlich eingerichtet mit Bett, Schrank, einem kleinen Kiefernholzschreibtisch und den Sitzgelegenheiten. An der hinteren Wand befanden sich im oberen Bereich zwei schmale, längliche Fenster, die tagsüber ein wenig Licht hereinließen.

Peter Heckler wandte sich wieder zur Tür. »Ich geh nach oben. Sagt Bescheid, wenn ihr irgendwas braucht.«

Seine Frau antwortete nicht, aber Anna nickte. »Machen wir, danke.« Sie wandte sich an Corinna. »Ihr Mann meinte, dass Ihre Erkältung am Abklingen ist.« Sie war unschlüssig, ob sie erst ein bisschen Small Talk betreiben oder Corinna gleich ganz direkt fragen sollte, was mit ihr sei und ob sie ihr irgendwie helfen könne.

»Ja, das ist sie«, bestätigte Corinna.

»Das ist schön«, sagte Anna, als nichts weiter folgte, und fand die drei Worte selten dämlich. Sie versuchte, Corinnas Blick einzufangen, aber es gelang ihr nicht. Also beschloss sie, das Gespräch jetzt doch frontal anzugehen. Sie beugte sich vor. »Was ist mit Ihnen, Frau Heckler? Möchten Sie nicht mit mir darüber reden?«

Corinna blickte auf, und zum ersten Mal, seitdem sie das Zimmer betreten hatte, hatte Anna den Eindruck, dass sie ihre Gegenwart bewusst wahrnahm. Ihr verschleierter Blick wurde klarer, und Tränen traten in ihre Augen. »Ich vermisse Kathrin so sehr.«

Anna hockte sich neben den Sessel und schloss sie in die Arme. Corinna ließ es geschehen, und nach einem Augenblick begann ihr Körper unter der lang zurückgehaltenen Tränenflut zu zucken. Anna wiegte sie und flüsterte tröstende Worte, aber es dauerte einige Zeit, bis sich Corinna wieder halbwegs gefangen hatte. »Entschuldigung«, schniefte sie irgendwann und löste sich aus Annas Armen.

Ihr Schmerz tat Anna fast körperlich weh. Sie hatte ein solches Elend schon einige Male beruflich erleben müssen, und es war ihr immer nahegegangen, auch wenn es bis dato fremde Personen betroffen hatte. Aber jetzt saß ein Mensch vor ihr, den sie im vergangenen Jahr schätzen gelernt hatte, und sie fühlte sich auf einmal hilflos, weil sie nichts weiter tun konnte als hier sitzen und zuhören.

Sie blieb fast zwei Stunden, in denen sich Corinna vieles von der Seele redete. Einmal damit angefangen, schien ein Damm gebrochen, und Anna lernte Corinnas Trauer kennen, erfuhr von ihren Selbstvorwürfen, in denen sie sich bezichtigte, ihrer

Tochter nicht immer eine gute Mutter gewesen zu sein, und wurde mit ihrer Angst konfrontiert, dass ihr Schwiegersohn und ihre Enkel sie nicht mehr brauchen würden. Anna hielt sich mit guten Ratschlägen zurück, da sie keine Worthülsen von sich geben wollte, in dem Wissen, dass allein das Endlich-darüber-Reden schon zu Corinnas Gesundung beitragen würde und ein erster Schritt aus der Dunkelheit war.

Eines legte sie Corinna allerdings ans Herz, nämlich wie wichtig es für sie war, mit ihrem Mann und auch mit ihrem Schwiegersohn über all das zu sprechen, was sie ihr gerade anvertraut hatte.

Schließlich verabschiedete Anna sich. Sie war glücklich, als nach ihrem Versprechen, am nächsten Abend erneut vorbeizukommen, wieder ein wenig Glanz in Corinnas Augen zu finden war.

33

Lasse hatte ihnen an diesem Abend Grünkohl satt mit Kasseler, Kochwurst und süßen Bratkartoffeln vorgesetzt. Norberg staunte angesichts der Mengen, die sein Ältester und auch Finn verdrücken konnten. Er hatte ebenfalls ziemlichen Hunger, aber er hielt sich zurück, da er andernfalls die halbe Nacht nicht würde schlafen können.

»Wie geht's Oma?«, wollte Finn wissen, nachdem er seinen Teller leer geputzt hatte. »Ist sie immer noch erkältet? Ich hab vorhin bei ihr angerufen, aber Opa hat gesagt, dass sie schläft.«

Augenblicklich setzte das schlechte Gewissen bei Norberg ein, da er sich seit seinem Besuch am Montag nicht mehr bei seinen Schwiegereltern gemeldet hatte. Über dem aktuellen Fall hatte er es vollkommen vergessen. »Die Erkältung ist besser geworden«, sagte er, auch wenn er nicht die leiseste Ahnung hatte, ob diese Aussage stimmte.

»Au prima!«, freute sich sein Jüngster. »Dann kommt sie ja bald wieder und kann uns Essen kochen.«

»Sag mal, geht's noch?« Lasse blickte seinen jüngeren Bruder in gespielter Empörung an. Er war zugänglicher geworden in den letzten Tagen, und Norberg hatte sich schon gefragt, ob dieser Zustand mit seiner zunehmenden Begeisterung für das Kochen zusammenhing, oder er womöglich verliebt war. Er vermutete Letzteres, da er am Vortag ein zärtliches

Geplänkel am Telefon mitbekommen hatte, als Lasse sich unbeobachtet wähnte. »Ich denke, mein Essen schmeckt dir.«

»Tut es ja auch, aber trotzdem vermisse ich Oma«, erwiderte Finn ungerührt. »Und ihr Essen. Deins ist manchmal so anders.«

»Wie anders?«, fragte Lasse.

Finn hob die Schultern und grinste treuherzig. »Na, anders eben.«

»Mann!« Lasse verpasste seinem Bruder eine gemäßigte Kopfnuss. »Oma und Opa wohnen fünf Minuten von hier, dann geh doch zu ihnen, wenn du so auf Entzug bist und nicht immer *anders* essen möchtest.«

»Ich will aber, dass Oma wieder zu uns kommt«, maulte Finn, und Norberg fand, dass es an der Zeit war, einzugreifen.

»Passt mal auf, zu dem Thema möchte ich etwas mit euch besprechen«, sagte er in seinem besten Jetzt-wird-nicht-mehr-geblödelt-Ton. Er zeigte tatsächlich noch immer Wirkung, da die Jungs mit dem Frotzeln aufhörten und ihn erwartungsvoll anschauten. »Ich bin der Meinung, dass wir Oma jetzt endlich entlasten sollten. Sie hat sich nach Mamas Tod rührend um uns gekümmert, aber nun braucht sie auch mal wieder ein bisschen Zeit für sich und für Opa. Deshalb wollte ich mit euch, aber vor allem mit dir, Lasse, einmal besprechen, ob wir es hinkriegen, dass Corinna nicht mehr jeden Tag kommen muss.«

»Und was sagt Oma dazu?«, fragte Lasse mit skeptischem Blick. »Will sie nicht mehr kommen, oder machst du das jetzt über ihren Kopf hinweg?«

Norberg wurde klar, dass er hier nur mit der Wahrheit weiterkam. »Wenn es nach eurer Großmutter ginge, würde sie auch künftig jeden Tag kommen und sich um euch kümmern. Aber so kann das nicht weitergehen. Ihr müsst doch auch mitbekommen haben, dass es ihr in der letzten Zeit nicht mehr gut geht. Aber davon will sie nichts wissen, wenn man sie darauf anspricht.« Er seufzte und strich sich über das Gesicht. »Ich weiß nicht so recht, wie ich euch das erklären soll. Wenn ein geliebter Mensch stirbt, durchlaufen die Hinterbliebenen einen Trauerprozess.«

Er erinnerte sich an ein Buch der bekannten Sterbeforscherin Elisabeth Kübler-Ross, das ihm nach Kathrins Tod Trost gegeben hatte, und in dem die fünf Phasen der Trauer aufgeführt gewesen waren: Leugnen, Wut, Feilschen und Verhandeln, Depression und Annahme. In einem anderen Ratgeber hatte er gelesen, dass die meisten Hinterbliebenen drei bis fünf Jahre benötigten, um aus ihrer Trauer wieder herauszufinden, und eine nicht gelebte Trauer krank machen konnte. Dinge, mit denen er sich vor Kathrins Tod nicht beschäftigt hatte und die er jetzt Lasse und Finn zu erklären versuchte. Sie hörten aufmerksam zu, und er hatte den Eindruck, dass sie verstanden. »Jeder von uns hat auf Mamas Tod anders reagiert«, fuhr er fort, wobei er es vermied, Lasses Verhalten zu erwähnen. Stattdessen sprach er von Corinna und sich. »Eure Großmutter und ich haben uns in die Arbeit gestürzt. Das hilft, es besteht aber die Gefahr, dass es einen Menschen blockiert, weil er sich auf diese Weise betäubt und seine Trauer nicht zulässt. Und genau das scheint bei Oma der Fall gewesen zu sein. Sie hat sich mit der Arbeit bei uns abgelenkt, war aber in den letzten Monaten immer anfälliger für Krankheiten.«

Sprach er hier wirklich nur von Corinna? Er hatte seine Trauer doch auch an so vielen Tagen zu unterdrücken versucht und inzwischen das Gefühl, dass sie sich erst jetzt, in dieser verhassten dunklen Jahreszeit, nicht länger verleugnen ließ. Sein Rücken bereitete ihm zunehmend Probleme, die Schlafstörungen nahmen überhand, und das häufige Herzrasen ließ sich mit Sicherheit nicht ausschließlich auf einen erhöhten Kaffeekonsum zurückführen. Aber wie nahezu immer wollte er auch jetzt nicht darüber nachdenken, also fuhr er fort. »Ich schäme mich, dass ich trotzdem nicht die Konsequenzen gezogen und offen mit eurer Großmutter gesprochen habe. Ich hatte Angst, ihr zu sagen, dass sie sich endlich einmal auf sich besinnen soll und wir auch ohne sie klarkommen, weil ich ja wusste, dass sie sich abgeschoben fühlen würde. Ich hatte aber genauso viel Angst davor, dass hier jemand Fremdes ein und aus geht, der sich um euch kümmert. Die habe ich übrigens immer noch, denn es dürfte nicht einfach sein, da eine zuverlässige Person zu finden.«

»Wir brauchen hier keine fremde Person«, sagte Lasse nach einem Augenblick bestimmt. »Ich sorge weiterhin dafür, dass ihr anständiges Essen auf den Tisch bekommt«, es folgte ein Seitenblick zu Finn, »auch wenn es manchmal *anders* ist. Außerdem werden Finn und ich uns um den Haushalt kümmern, soweit es geht. Wenn es Oma dann wieder besser geht, kann sie ja ein, oder zweimal in der Woche herkommen. Dann fühlt sie sich nicht außen vor.«

»Muss ich dann etwa putzen?«, fragte Finn mit einem entsetzten Gesichtsausdruck.

»Ja, verdammt noch mal, das musst du!«, fuhr Lasse ihn an, aber es lag keine Schärfe in seiner Stimme. »Da wird dir kein Zacken aus der Krone fallen. Je eher du das lernst, umso besser.«

Norberg fehlten die Worte. Die Verständigkeit und Souveränität, mit der Lasse das Problem anging und ihnen die Lösung präsentierte, überwältigte ihn. Er war so stolz auf seinen Sohn wie schon lange nicht mehr.

Eine halbe Stunde später war die Küche blitzblank, und Lasse und Finn hatten sich in ihre Zimmer verzogen. Vorher hatte Norberg seinem Jüngsten allerdings noch das Versprechen abgenommen, nicht wieder unter der Bettdecke zu lesen. Finn hatte es hoch und heilig zugesichert, aber Norberg traute ihm in dieser Hinsicht nicht über den Weg. Allerdings widerstrebte ihm eine ständige Kontrolle.

Er hatte sich gerade mit einem Bier ins Wohnzimmer zurückgezogen, um einen Augenblick die Füße hochzulegen und die Nachrichten im Fernsehen anzuschauen, als er das Klingeln seines Smartphones vernahm. Sein Rücken antwortete mit einem stechenden Schmerz, als er sich hastig aufrichtete und in die Küche zurückkehrte, wo das Mobiltelefon einen wilden Tanz auf der Arbeitsplatte vollführte.

»Moin, Hendrik.« Krischan Garbers klang fast schon unverschämt munter.

»Moin, Krischan.« Norberg lehnte sich an den Rand der Arbeitsplatte und beugte den Rücken nach vorn auf der Suche nach einer erträglichen Position. »Was hast du für mich?«

»Das Blut, das wir in Witts Haus und an der Jacke gefunden haben, stammt von ihm.«

Verdammt, das war nun wirklich die denkbar schlechteste Nachricht, da sie jetzt davon ausgehen mussten, dass Witt sich nicht freiwillig abgesetzt hatte und verletzt oder womöglich nicht mehr am Leben war.

»An Fingerabdrücken hatten wir ja eine Menge sichergestellt, die stammen aber nur von Sabine Borchert und Carsten Witt. Die von Witt hatten wir noch vorrätig. Dann haben wir noch einen Teilabdruck gefunden, der allerdings nur im Eingangsbereich vorhanden war. Da sind wir dran. Die Untersuchung der Wagen von Witt und Borchert ist ebenfalls abgeschlossen. Kein Blut und keine Hinweise, dass jemand darin transportiert wurde. Aber auch hier jede Menge DNA und Fingerabdrücke, allerdings wieder nur von den beiden.«

»Dann hoffen wir mal, dass ihr den Teilabdruck jemandem zuordnen könnt.«

Norberg verabschiedete sich von Garbers und wählte Annas Nummer, um sie auf den neuesten Stand zu bringen. Aber ihr Handy war ausgeschaltet, was ihn verwunderte, denn das kannte er nicht von ihr. Also schickte er eine Nachricht mit den Neuigkeiten und ging ins Wohnzimmer zurück, wo er sich wieder vor den Fernseher setzte und die letzten Schlucke des Biers austrank. Ohne zu wissen, wie ihm geschah, landeten seine Gedanken bei dem Telefonat mit Stefanie Albers. Sie hatte sich für seine Unterstützung bedankt und Verständnis für seine Absage gezeigt. Keine Bemerkung von wegen *vielleicht klappt es ja ein anderes Mal*, nein, sie hatte seine Worte kommentarlos zur Kenntnis genommen und ihm nach einem erneuten Dank einen schönen Abend gewünscht und sich verabschiedet.

Wieso irritierte ihn dieses Verhalten jetzt plötzlich? Er hatte sich doch vor der Verabredung gedrückt und keinen neuen Termin ins Gespräch gebracht. Hätte sie es getan, hätte er wieder eine Ausrede erfunden, was sollte also dieser Kinderkram?

Er fand keine Erklärung für diese seltsamen Gedanken, die auf einmal durch seinen Kopf schwirrten, ihm war nur bewusst, dass er es bedauerte, dass sie nicht gefragt hatte.

34

Freitag, 10. Januar

Anna hatte Norbergs Nachricht am Vorabend gelesen, war aber nach dem Gespräch mit seiner Schwiegermutter zu aufgewühlt gewesen, um ihn zu dieser späten Stunde noch zurückzurufen. Außerdem musste sie erst einmal überlegen, ob sie ihm gegenüber erwähnen sollte, wie schlecht es um Corinna stand, was natürlich mit dem Hinweis verbunden gewesen wäre, dass sie Unterstützung bei ihrer Trauerarbeit benötigen würde.

Anna hatte Corinna nämlich gefragt, ob sie sich ihrem Mann und Norberg anvertraut und mit ihnen über ihre Nöte gesprochen hätte, und die erwartete Antwort erhalten.

Nein, das hätte sie nicht. Die beiden stecken doch auch noch mittendrin in ihrer Trauer, wie kann ich sie da mit meiner behelligen?

Ja, hatte Anna frustriert gedacht, es ist ein Kreuz mit uns Frauen. Selbst in einem Trauerfall stecken wir noch zurück, anstatt Hilfe einzufordern.

Aber auch ein anderer Gedanke hatte sich in ihrem Kopf verankert und ließ sie nicht zur Ruhe kommen. Das merkwürdige Verhalten von Pieter Johannsen gegenüber Norberg. Okay, es gab diesen Vorfall in der Vergangenheit, aber

Johannsens Wut auf Norberg müsste sich doch mittlerweile gelegt haben, da er den angepeilten Posten auch trotz des Zwischenfalls bekommen hatte, wenn auch erst einige Jahre später. Somit hatte doch gar kein Grund mehr bestanden, dass er bei Norbergs Besuch so über ihn hergefallen war. Also konnte es nur mit dem alten Vermisstenfall zusammenhängen. Johannsen wollte nicht, dass dieser Fall wieder aufgenommen wurde und hatte deshalb bei der Nachricht überreagiert.

Weil er Angst hatte, dass sie die schlampige Arbeit, die offensichtlich in erster Linie er zu verantworten hatte, aufdeckten? Oder waren er und seine Kollegen tiefer in den Fall verstrickt? Dass sie mit Florians Verschwinden etwas zu tun hatten, war unwahrscheinlich, aber vielleicht hatte es bei der Suche nach ihm irgendeinen Vorfall gegeben, den sie um jeden Preis zu vertuschen suchten.

Falls Johannsen also Dreck am Stecken haben sollte, wäre es klüger gewesen, Norberg nicht zu reizen, da dieser jetzt erst recht nicht lockerlassen würde. Es war natürlich möglich, dass Johannsen durch seine Krankheit und den Umstand, dass er dieser seine Frühpensionierung zu verdanken hatte, einfach nur verbittert war und jeden attackierte, aber so, wie Norberg ihn beschrieben hatte, glaubte sie das nicht. Und je länger sie darüber nachdachte, umso überzeugter war sie, dass Johannsen und Lürssen dafür verantwortlich waren, dass der Fall nie wieder aufgenommen worden war. Zumindest Lürssen hätte turnusmäßig dafür Sorge tragen müssen.

Und Thomsen? Nach allem was sie bisher wussten, war er das schwächste Glied in der Kette. Er hatte zugegeben, dass er seinerzeit quasi unter der Knute der beiden älteren Kollegen gestanden hatte und seine Mahnungen bezüglich einer zu frühen Anklageerhebung ungehört verhallt waren. Wenn Johannsen und Lürssen etwas vertuscht haben sollten, würde das allerdings auch auf ihn zurückfallen. Vielleicht konnte man hier den Hebel ansetzen, wenn man ihm einmal in aller Deutlichkeit klarmachte, dass es ihm schwerfallen dürfte, dann seine Unschuld zu beweisen.

35

Norberg blickte auf, als Anna ihren Kopf zur Tür hereinsteckte. »Na, alles erledigt?«

Sie betrat sein Büro und ließ sich auf den Stuhl vor seinem Schreibtisch sinken. »Ja, Gott sei Dank! Wenn ich Zeit habe, stehen noch einige Verschönerungsarbeiten an, aber das Gros ist jetzt erst mal geschafft.« Sie knöpfte ihre Jacke auf und streckte die Füße von sich. »Gibt es noch weitere Neuigkeiten oder nur das, was du mir gestern geschrieben hast?«

Er nickte. »Es sind einige Antworten auf unsere Abfragen vom Dienstag eingegangen. Sowohl auf Bundes- als auch auf nationaler Ebene wurden im Jahr 2004 einige Kinder vermisst gemeldet, die aber nach kurzer Zeit alle wieder aufgetaucht sind.« Er warf einen Blick in den Computer, wo er gerade die entsprechende Datei geöffnet hatte. »Kindesentführungen mit Lösegeldforderungen gab es im Jahr 2004 nicht, ebenso wenig in den Vorjahren. Es fielen nur einige Kindesentziehungen durch Elternteile an. Das hilft uns also alles nicht weiter.«

»Und was ist mit dem Gutachten über die Meeresströmungen?«

»Das steht noch aus. Außerdem haben sich in der Zwischenzeit die Hamburger Kollegen gemeldet. Sie haben Sabine Borcherts Foto in den genannten Möbelhäusern rumgezeigt, da konnte sich aber niemand an sie erinnern. Somit besteht nach wie vor eine Lücke in ihrem Alibi.« Er trank einen Schluck Kaffee, auch wenn er sich am Frühstückstisch geschworen hatte, den Konsum endlich zu drosseln. »Neue Hinweise auf unseren Fahndungsaufruf sind nicht eingegangen. Die Hundertschaft ist wieder unterwegs, und von Sabine Borchert gibt es auch nichts Neues. Wir treten auf der Stelle.«

Anna seufzte. »Vielleicht bringt uns das Gespräch mit Sandra Thomsen ja einen Hinweis. Sie hat heute Nachmittag Zeit für mich. Bis dahin nehme ich mir ihren Ex vor.«

Norberg wäre gerne mit nach Kiel gefahren, weil er Thomsen als einzigen der drei Ermittler noch nicht persönlich kennengelernt hatte. Da es in der vergangenen Nacht aber wieder einen Einbruch gegeben hatte, nahm er davon Abstand. Er wollte sich mit Rohde und Klüver das bewusste Haus anschauen und mit den Besitzern sprechen, die bereits informiert worden waren und sich auf der Anreise zu ihrem Zweitwohnsitz befanden.

Da Anna sich dieses Mal nicht bei Thomsen angekündigt hatte, hoffte sie, dass der Überraschungseffekt ihr zusätzliche Informationen liefern würde. Ihre Zuversicht verpuffte allerdings umgehend, als sie ein leeres Büro vorfand und auf Nachfrage von seinen Kollegen erfuhr, dass er sich krankgemeldet hätte. Sie fragte sich, ob das etwas zu bedeuten hatte, oder ob er tatsächlich krank war. Hoffentlich würde ihr das Gespräch mit seiner geschiedenen Frau etwas mehr Klarheit verschaffen, was diesen Mann anbelangte.

Beim Blick auf die Uhr beschloss sie, nach Husum weiterzufahren und die zwei Stunden Wartezeit, die sie dann noch haben dürfte, mit einem Mittagessen und einem kurzen Bummel am Hafen zu verbringen. Sie kannte die Stadt bisher noch nicht, hatte aber schon einmal einen Fernsehbeitrag über das Schloss und den dazugehörigen Park gesehen, der in jedem Frühjahr Anziehungspunkt für unzählige Touristen war, wenn ihn Millionen wilder Krokusse in ein lila Blütenmeer verwandelten.

Das Navi lotste sie zum Parkplatz am Binnenhafen, von wo aus sie einige Schritte hinunter zum Wasser ging und dann eine Brücke zur gegenüberliegenden Hafenstraße überquerte. Fasziniert blickte Anna auf eine malerische Häuserzeile, deren Dächern der Schnee weiße Hauben aufgesetzt hatte. Ein Fischrestaurant erregte ihre Aufmerksamkeit, und die einladenden Lichter hinter den Fenstern signalisierten ihr, dass es geöffnet hatte. Sie entschied sich für den Husumer Pannfisch und genoss die Aussicht auf den beschaulichen Binnenhafen, während sie auf ihr Essen wartete.

Das Gericht war köstlich, und nachdem sie aufgegessen und gezahlt hatte, ging sie den Weg zurück, den sie gekommen war. Dieser malerische Hafenbereich gefiel ihr ausnehmend gut, und sie beschloss, im Frühjahr oder Sommer wiederzukommen.

Sandra Thomsen holte Anna im Eingangsbereich des Polizeireviers ab und nahm sie mit in ein kleines Büro im ersten Stock, von dem aus man einen Blick auf die Poggenburgstraße hatte, auf der sich der beginnende Feierabendverkehr zähflüssig dahinschleppte.

»Danke, dass du Zeit für mich hast«, sagte Anna, nachdem sie Platz genommen hatte und mit Tee versorgt worden war.

»Kein Thema«, wiegelte Thomsens Exfrau ab. Sie war eine attraktive Person, zierliche Figur mit schwarzen Haaren, einem flotten Kurzhaarschnitt und grünen Katzenaugen, die Anna aufmerksam musterten. »Ich hoffe, dass ich dir helfen kann.«

Anna hatte sich am Telefon vage gehalten und nur von einem Cold Case gesprochen, den sie wieder aufgenommen hätten. Auch wenn fünf Jahre nach der Scheidung noch immer Sandras Foto auf dem Schreibtisch ihres Exmannes stand, hatte Anna natürlich keine Ahnung, wie das Verhältnis zwischen den beiden war. Also würde sie unter Umständen eine Bruchlandung erleben, wenn sie jetzt damit begann, Sandra über ihn und seine Beziehung zu dem alten Fall auszufragen. »Es geht um den Fall des neunjährigen Florian Berger, der 2004 in St. Peter-Ording verschwunden ist.«

Sandras Augen weiteten sich. Hatte sie vorher noch entspannt gewirkt, schien sie jetzt auf der Hut zu sein. »Mit dem Fall hatte ich nichts zu tun, das müsstest du doch wissen.«

Anna nickte. »Ja, das weiß ich natürlich. Dein geschiedener Mann hat ihn bearbeitet.«

»Warum sprichst du dann nicht mit ihm?«

»Das habe ich getan.« Anna hielt Sandras Blick fest. »Ich will offen sein. Dein Exmann hat mir gesagt, dass er den Fall für sich abgeschlossen hätte. Meine Nachforschungen haben allerdings ergeben, dass dem nicht so ist.« Als Sandra schwieg, fuhr Anna fort. »Ich habe erfahren, dass der Fall deinem Mann sehr nahegegangen ist, und ich stelle mir die Frage, warum er mich angelogen hat.«

»Warum hast du ihm diese Frage nicht gestellt?«

»Das hatte ich vor, aber er hat sich krankgemeldet. Sein Handy ist ausgeschaltet, und seine Adresse rücken die Kollegen nicht raus.« Anna seufzte. »Ich versuche, mir ein Bild zu machen. Es gibt eine Reihe von Unregelmäßigkeiten, die damals passiert sind. Und mein Gefühl sagt mir, dass dein Mann emotional sehr tief in dem Fall drinhing, beziehungsweise immer noch hängt.«

Sandra stieß ein bitteres Lachen aus. »Frauen und ihre Gefühle. Solltest du dich nicht besser auf die Fakten verlassen?«

Anna runzelte die Stirn. »Den Spruch habe ich aus dem Mund einer Frau auch noch nicht gehört.« Sie beugte sich vor. »Ihr wart doch damals schon zusammen. Wenn es etwas gibt, das ich wissen sollte, dann sag es mir bitte. Ich möchte deinem Mann helfen. Ich glaube nämlich nicht, dass er sich damals etwas hat zuschulden kommen lassen, aber irgendwas ist doch mit ihm und diesem Fall.«

Sandras Blick bohrte sich in ihren. Der Moment dehnte sich, bis Thomsens geschiedene Frau schließlich hörbar die Luft ausstieß und in ihrem Stuhl zurücksank. »Dein Gefühl hat dich nicht getrogen. Hark war besessen von dem Fall und dürfte es noch immer sein. Die ganzen Jahre über hat er versucht, Beweise für Witts Schuld zu finden. Er hat mehrere Male darauf gedrungen, dass der Fall wieder aufgenommen wird, und sogar angeboten, sich selber dranzusetzen. Aber das wurde stets abgelehnt, und die MK in Flensburg hat ihn auch nicht wieder angefasst.«

»Warum ist Hark denn so besessen von diesem Fall?«

Sandra schloss für einen Moment die Augen. Als sie Anna

wieder ansah, lagen Trauer und Resignation darin. »Weil er als Kind jahrelang von seinem Vater missbraucht wurde. Er hätte den Fall nie bearbeiten dürfen, dadurch ist alles wieder hochgekommen.«

Anna war bei Sandras Worten heiß geworden. Sie erinnerte sich an Thomsens Bemerkung, dass sie im Zuge der Neuaufnahme ja auch Witt befragen müsse, der auf Mallorca leben würde. Und an ihre Antwort, dass Witt nach St. Peter-Ording zurückgekehrt sei …

»Carsten Witt ist seit einiger Zeit zurück in St. Peter-Ording und wurde am Mittwoch von seiner Lebensgefährtin vermisst gemeldet«, sagte sie mit tonloser Stimme. »Wir konnten Spuren in seinem Haus sicherstellen, die darauf schließen lassen, dass Witt nicht freiwillig untergetaucht ist.« Sie suchte Sandras Blick. »Kannst du dir vorstellen, dass Hark etwas damit zu tun haben könnte?«

Sandras Blick wurde starr. Abrupt stand sie auf und ging zum Fenster hinüber, wo sie für einen langen Moment stehen blieb und auf die Straße hinunterstarrte. Als sie zum Schreibtisch zurückkehrte und wieder auf ihrem Stuhl Platz nahm, sah Anna Tränen in ihren Augen schimmern.

»Ich weiß es nicht«, flüsterte sie. »Ich weiß es nicht.«

»Jetzt mach dich doch nicht verrückt, Anna!« Norberg blickte seine Kollegin kopfschüttelnd an. »Es ist schließlich überhaupt nicht gesagt, dass Thomsen etwas mit Witts Verschwinden zu tun hat.«

Seine Kollegin hatte die Strecke von Husum nach St. Peter-Ording in Rekordzeit zurückgelegt, so aufgeregt war sie nach dem Gespräch mit Thomsens geschiedener Frau gewesen. Auch jetzt ließ sie sich durch keines seiner Worte beruhigen, während sie ihm schilderte, was sie erfahren hatte. Und das war einiges gewesen, denn einmal angefangen, hatte Sandra Thomsen nicht mehr aufhören können, vom Trauma ihres Exmannes zu sprechen, dem letztlich ihre Ehe zum Opfer gefallen war. Von mehreren Suizidversuchen, der Therapie, die er stets abgelehnt hatte. Von der Qual des täglichen Zusammenlebens. Von seinen Depressionen und ihren Schuldgefühlen, weil sie ihm nicht helfen konnte, und dem immer wieder aufgeschobenen Entschluss, endlich die Scheidung einzureichen. Als sie es schließlich getan hatte, war sie sich wie ein Monster vorgekommen, auch wenn ihr klar gewesen war, dass sie nur so ihr eigenes Leben retten konnte, das andernfalls ebenso dem Untergang geweiht gewesen wäre. Thomsen hatte sie in der ersten Zeit nach der Scheidung nicht in Ruhe gelassen, war immer wieder im Revier und vor ihrer Haustür aufgetaucht. Sie hatte sich nie auf ein Gespräch mit ihm eingelassen und einige Male über eine Versetzung in eine andere Stadt nachgedacht. Aber ich wollte hier nicht weg, hatte sie irgendwann unter Tränen zu Anna gesagt. Und ich will es noch immer nicht, weil ich hier geboren bin und mir nicht vorstellen kann, irgendwo anders zu leben. Das lasse ich mir von Hark nicht kaputt machen.

»Natürlich hat er etwas mit Witts Verschwinden zu tun«, beharrte Anna zum wiederholten Mal. Es hielt sie nicht mehr auf dem Stuhl, sie sprang auf und begann, im Büro hin- und herzulaufen. »Ich habe Thomsen am Montag von Witts Rückkehr erzählt. Zwei Tage später verschwindet Witt. Und jetzt hat sich Thomsen krankgemeldet und ist telefonisch nicht zu erreichen. Außerdem lässt sich sein Handy nicht orten. Das ist doch alles kein Zufall.«

Norberg unterdrückte einen Seufzer. Er hatte immer gerne mit Frauen zusammengearbeitet, weil sie häufig Dinge erfassten, die der männlichen Intuition abgingen. Womit er aber so gar nicht klarkam, war ihre Emotionalität. Und diese geradezu masochistische Angewohnheit, sich für alles und jedes die Schuld zu geben. »Anna, bitte, jetzt bleib doch mal sachlich! Vielleicht ist Thomsen am Montag ja wieder im Büro, dann konfrontieren wir ihn mit dieser neuen Erkenntnis und hören, was er dazu zu sagen hat.«

»Der ist am Montag nicht wieder im Büro, da gehe ich jede Wette ein. Entweder hält er Witt irgendwo gefangen, oder er hat ihn getötet und ist untergetaucht.«

»Also ehrlich, das glaub ich jetzt nicht! Du hast mir vorgeworfen, dass ich mich auf Sabine Borchert eingeschossen habe, und machst jetzt das Gleiche mit Thomsen.« Bevor er fortfahren konnte, begann sein Smartphone zu klingeln. Als er den Namen des Anrufers erblickte, stellte er den Lautsprecher ein. »Hast du was Neues für uns, Krischan?«

Krischan Garbers' herzhaftes Lachen drang aus dem Gerät. »Moin, Hendrik, ich freue mich auch, dich zu hören.«

Norberg verdrehte die Augen. Ja, Ungeduld war eine seiner großen Schwächen, weshalb er häufig die Begrüßungsfloskeln übersprang und gleich auf den Punkt kam. Garbers kannte diese Angewohnheit gut und gefiel sich darin, in solchen Situationen erst einmal die typisch norddeutsche Gelassenheit an den Tag zu legen, die ihn nur selten verließ.

»Wir konnten den Teilabdruck identifizieren«, sagte Garbers, dessen Ton wieder ernst geworden war, »und das Ergebnis wird euch nicht gefallen. Er stammt nämlich vom Kollegen Hark Thomsen.«

Die Nachricht hatte trotz aller bisherigen Spekulationen dann doch etwas vom Einschlag einer Bombe. Anna schnappte nach Luft, und Norberg spürte einen Adrenalinstoß durch seinen Körper jagen. Der Abgleich mit den in ihrer internen Datenbank hinterlegten Informationen war üblich, da an einem Tatort natürlich auch immer DNA-Spuren und Fingerabdrücke der anwesenden Polizisten gefunden wurden und man diese rausfiltern musste.

»Puh«, sagte Norberg, »das ist ja mal 'ne Nachricht. Danke, Krischan. War das alles, oder hast du noch weitere Hiobsbotschaften?«

»Nee, das war alles. Das reicht aber auch, finde ich. Ist doch Scheiße, wenn plötzlich ein Kollege zum Kreis der Verdächtigen gehört.«

Das finde ich auch, dachte Norberg. Er beendete das Gespräch und blickte Anna an. »Dann hast du ja offensichtlich recht gehabt.«

Ihr Gesicht war ernst. »Darauf hätte ich gerne verzichtet.«

Annas erster Anruf nach Garbers' Eröffnung galt Thomsens Kollegen in Kiel, die sich auch jetzt wieder sperrten, seine

Adresse rauszurücken, dann aber einknickten, als Norberg das Gespräch übernahm. Er ließ sich mit keinem Wort darüber aus, warum sie Thomsen so dringend sprechen mussten, erhielt die Adresse aber trotzdem in kürzester Zeit.

Thomsen wohnte in einem Mehrfamilienhaus in Altenholz bei Kiel. Norberg hatte einen SEK-Trupp angefordert und erfahren, dass es einige Zeit dauern würde, bis dieser zu ihnen stoßen konnte. Sie beschlossen, die Lage erst einmal ohne die Kollegen zu sondieren, und machten sich auf den Weg.

Nach dem, was sie bis jetzt wussten, mussten sie davon ausgehen, dass Thomsen für Witts Verschwinden verantwortlich war. Falls er Witt nicht getötet hatte, hielt er ihn irgendwo fest. Es war zwar schwer vorstellbar, dass er ihn in seine Wohnung gebracht hatte, aber ausschließen konnten sie es nicht.

Die Fahrt dauerte aufgrund der Wetterverhältnisse über zwei Stunden, und als Anna am Ziel aus dem Wagen stieg, fühlte sie sich wie gerädert. Erst von St. Peter nach Kiel, dann weiter nach Husum, zurück nach St. Peter und jetzt nach Altenholz. Damit hatte sie definitiv den größten Teil dieses Tages im Auto verbracht. Wenigstens hatte sie dieses Mal das Steuer Norberg überlassen können.

Als sie vor dem Haus eintrafen, nahmen sie als Erstes die Fenster zur Straße und zum Garten in Augenschein, die im ersten Stock lagen. Norberg hatte zum Glück herausbekommen, dass sich Thomsens Wohnung auf der rechten Seite befand. Hinter keinem der Fenster brannte Licht. Sie gingen zum Eingang zurück, wo Norberg einen Blick auf die Namensschilder warf. »Sechs Parteien«, hörte Anna ihn murmeln, und sie ahnte, welche Gedanken ihm durch den Kopf gingen.

»Das erschwert den SEK-Einsatz«, sagte sie leise.

Norberg nickte. Er trat einige Schritte zurück und ließ seinen Blick ein weiteres Mal über die Fassade des Hauses schweifen, die dringend einen neuen Anstrich benötigt hätte.

Anna tat es ihm gleich. Die Fenster von Thomsens Nachbarwohnung waren ebenfalls dunkel, aber hinter denen der vier anderen Wohnungen brannte Licht, also waren hier Personen anwesend. Ein Einsatz unter solchen Bedingungen barg immer eine Reihe von Risiken. Es ging zwar mittlerweile auf dreiundzwanzig Uhr zu, aber es war auch um diese Zeit noch damit zu rechnen, dass man im Hausflur auf Personen traf, die vielleicht noch den Müll rausbrachten oder von der Arbeit, einem Kinobesuch oder Ähnlichem zurückkehrten.

»Ich rufe Sandra Thomsen an«, beschloss Anna. »Vielleicht weiß sie, wo ihr Exmann ist, und wir können uns den Einsatz sparen.«

»Gehst du denn davon aus, dass sie trotz ihrer Aussage noch Kontakt zu ihm hat?«, fragte Norberg. Sie gingen zum Streifenwagen zurück, den ihr Kollege in kurzer Entfernung auf der gegenüberliegenden Seite hinter einem großen Verteilerkasten geparkt hatte, damit er nicht für jedermann, vor allen Dingen aber nicht für Thomsen, sichtbar war, falls sich dieser doch in seiner Wohnung aufhalten sollte.

»Ja, das tue ich«, sagte Anna, nachdem sie eingestiegen waren. »Da sind nämlich von ihrer Seite noch jede Menge Gefühle im Spiel. Was meiner Meinung nach auch für ihn gilt, denn sonst würde ja wohl kaum fünf Jahre nach der Scheidung noch immer ihr Foto auf seinem Schreibtisch stehen.«

Sandra Thomsen hatte Anna eine Visitenkarte mitgegeben,

auf der auch ihre Handynummer vermerkt gewesen war. Es dauerte einen Augenblick, dann nahm sie das Gespräch an, und Anna schaltete den Lautsprecher ein. »Sandra, hier spricht Anna Wagner. Ist dir bekannt, wo sich Hark aufhält?« Als keine Antwort erfolgte, dachte Anna im ersten Moment, dass die Leitung unterbrochen worden wäre, aber ein Blick auf das Display zeigte ihr, dass dies nicht der Fall war. »Sandra? Hast du meine Frage verstanden?«

»Ja, natürlich habe ich das.« Sandra Thomsen bemühte sich um einen energischen Ton, aber das Zittern in ihrer Stimme war nicht zu überhören. »Ich war nur so verwundert, dass du mich fragst. Ich hatte doch gesagt, dass wir keinen Kontakt mehr haben.«

Da stimmte irgendetwas nicht. Anna beschloss, nicht länger um den heißen Brei herumzureden. »Die Kollegen haben Harks Fingerabdruck im Haus von Carsten Witt sicherstellen können. Deshalb gehen wir jetzt davon aus, dass er etwas mit Witts Verschwinden zu tun hat. Außerdem wurde Witts Blut an einer seiner Jacken entdeckt, und im Flur wurde der Versuch unternommen, weitere Blutspuren zu beseitigen.«

»Oh, nein«, hörten sie Sandra flüstern.

»Sandra, wenn du etwas weißt, dann musst du uns das sagen!«, drängte Anna.

Es dauerte eine gefühlte Ewigkeit, bis Sandra Thomsen antwortete. »Hark hat sich vor einer Stunde gemeldet und gesagt, dass er einen entsetzlichen Fehler begangen hätte. Er hat mich inständig gebeten, ihn nicht zu verurteilen, wenn ich davon erfahre.« Ein lautes Aufschluchzen war zu hören. »Aber er hat nicht gesagt, worum es ging, sondern aufgelegt, bevor ich nachfragen konnte. Ich habe dann immer wieder versucht, ihn zurückzurufen, aber sein Handy ist ausgeschaltet und lässt sich nicht mehr orten.« Ihre nächsten Worte waren kaum zu verstehen, weil Tränen ihre Stimme erstickten. »Das Gespräch klang wie ein Abschied. Ich habe solche Angst, dass er sich etwas antun wird.«

»Verdammt!«, fluchte Norberg nach Beendigung des Gesprächs. »Warum hat sie dich denn nicht sofort angerufen?«

Sandra Thomsen hatte auf Annas diesbezügliche Frage keine Antwort gegeben, sondern nur haltlos geweint und das Gespräch schließlich weggedrückt. Als Anna jetzt versuchte, sie zurückzurufen, musste sie feststellen, dass das Handy in der Zwischenzeit ausgeschaltet worden war.

»Das fehlte noch, dass sie jetzt hier auftaucht«, ereiferte sich Norberg. Er stieg wieder aus dem Wagen, damit er die Fenster von Thomsens Wohnung im Blick hatte. Aber dahinter war es nach wie vor dunkel.

Was nichts bedeuten musste. Thomsen konnte trotzdem dort oben sein. Falls diese Überlegung zutreffen sollte, konnte er bereits einen Suizidversuch unternommen haben, dann tat unter Umständen schnelle Hilfe not. Es war aber auch nicht auszuschließen, dass sich Witt doch in der Wohnung oder einem Kellerraum befand. Er war verletzt, vielleicht sogar schwer, und dann war ebenfalls Gefahr im Verzug.

Die Leitstelle hatte inzwischen mitgeteilt, dass die SEK-Kollegen auf dem Weg waren, aber das Warten zerrte von

Minute zu Minute mehr an Norbergs Nerven. Natürlich konnte er erst einmal versuchen, sich allein Zutritt zur Wohnung zu verschaffen, allerdings fehlte ihm die dafür nötige Schutzausrüstung ebenso wie sämtliche Hilfsmittel, denn nur mit bloßer Körperkraft war dies in den seltensten Fällen zu bewerkstelligen. Außerdem ginge er mit einer solchen Aktion ein großes Risiko ein, falls ein gewaltbereiter Thomsen hinter der Tür lauern sollte. Norberg hatte den Aspekt der Eigensicherung immer zu beherzigen versucht, und seitdem er alleinverantwortlich für Lasse und Finn war, hatte dieser oberste Priorität für ihn. Überdies hatte er Anna bei sich, die mit dieser Art von Zugriffen keine bis wenig Erfahrung haben dürfte und die er nicht in ein widerrechtliches Vorgehen hineinziehen wollte. Also nahm er von der Überlegung wieder Abstand; so schwer es ihm auch fiel, womöglich wichtige Zeit mit Warten zu vergeuden.

Nach dreißig Minuten traf der SEK-Trupp dann endlich ein. Norberg hatte den Streifenwagen in der Zwischenzeit in eine Nebenstraße umgesetzt, damit er kurz vor dem Zugriff nicht doch noch Aufsehen erregte, auch wenn bisher niemand vorbeigekommen und auf ihn aufmerksam geworden war. Das unwirtliche Wetter machte ihm Hoffnung, dass es dabei bleiben würde. Es hatte wieder zu schneien begonnen, und in Verbindung mit einem kalten Ostwind lud das nicht zu einem späten Abendspaziergang ein.

Norberg dirigierte das in neutralem Schwarz gehaltene Einsatzfahrzeug der Kollegen auf einen freien Parkplatz schräg gegenüber von Thomsens Wohnhaus. Als er sah, wer auf der Fahrerseite ausstieg und um den Wagen herum auf ihn zukam, atmete er auf, weil er den Kollegen noch aus seiner eigenen SEK-Zeit kannte und immer sehr geschätzt hatte. Was für einige, die in den letzten Jahren nachgerückt waren, nicht galt.

»Hendrik!« Constantin Meinert, den alle nur Conny nannten, blickte ihn erfreut an. »Lange nicht gesehen, altes Haus!« Er hob die rechte Hand, und sie klatschten sich wie in alten Zeiten ab. Norberg stellte ihm Anna vor, dann begrüßten sie die vier weiteren Kollegen, die mittlerweile ebenfalls aus dem Transporter gestiegen waren. Alle trugen bereits ihre volle Montur. Auch Anna und Norberg hatten in der Zwischenzeit ihre schusssicheren Westen übergestreift und wurden jetzt von Meinert verkabelt. Norberg deutete auf das Zielobjekt und erklärte mit wenigen Worten den Hintergrund des Einsatzes und womit sie zu rechnen hatten.

Meinert hatte aufmerksam zugehört und nickte jetzt. »Alles klar.«

»Wie wollen wir vorgehen?«, fragte Norberg.

»Eine Evakuierung des Hauses erscheint mir zu riskant, weil so etwas nie geräuschlos vor sich geht. Wir können die Leute auch nicht in ihren Wohnungen festsetzen, du weißt ja selber, wie schnell so etwas aus dem Ruder laufen kann. Wir müssen da jetzt so geräuschlos wie möglich hoch und gucken, ob wir die Endoskopkamera einsetzen können. Wenn wir Pech haben, befindet sich in Thomsens Nachbarwohnung doch jemand und kriegt etwas mit. Oder es kommt irgendwer nach Hause.«

»Dann lieber gleich in die Wohnung«, sagte Norberg und wollte sich in Bewegung setzen.

»Nee, nee, mein Lieber, so läuft das nicht.« Meinert hielt ihn am Arm fest. »Du bist nicht mehr bei uns und stellst dich gefälligst hinten an.«

»Das hatte ich auch vor!«

Meinert warf ihm einen skeptischen Blick zu. »Dann ist es ja gut!«

Norberg knirschte innerlich mit den Zähnen bei dem Gedanken, dass er jetzt im Erdgeschoss zum erneuten Warten verdammt sein würde. Da brachte es auch nichts, sich die Erinnerung an die Eigensicherung wieder ins Gedächtnis zu rufen. Es hatte ihn immer mit Stolz erfüllt, Teil eines SEK-Trupps zu sein, bis ihm durch Johannsen seine Zugehörigkeit zu dieser Elite-Einheit verleidet worden war. Und ja, auch wenn das vielleicht kindisch war für einen Mann von bald dreiundvierzig Jahren, es gab Tage, an denen er den Adrenalinkick vermisste, der seine Einsätze begleitet hatte. Ebenso wie er noch immer seiner Zeit in der Itzehoer Mordkommission nachtrauerte. Zum Glück waren diese Momente seltener geworden.

Meinert gab seinem Team kurze Anweisungen, dann überquerten sie die Straße und liefen auf den Hauseingang zu. Es dauerte nur Sekunden, bis ein Kollege das Schloss der Eingangstür geknackt hatte. Während die SEKler lautlos in das erste Stockwerk vordrangen, harrten Norberg und Anna mit entsicherten Waffen im Erdgeschoss aus. Anna machte einen angespannten, aber entschlossenen Eindruck, und es hatte für ihn den Anschein, dass sie sich nicht zum ersten Mal in einer solchen Situation befand.

Die Wartezeit kam ihm endlos vor, aber ein schneller Blick auf die Armbanduhr zeigte, dass seit Betreten des Hauses erst vier Minuten vergangen waren. Nur Augenblicke später hörten sie lautes Krachen und das Splittern von Holz, das ihnen signalisierte, dass die mitgebrachte Ramme zum Einsatz gekommen war. Es dauerte nicht lange, bis sich eine der beiden Wohnungstüren im Erdgeschoss öffnete. Anna beruhigte den schlaftrunkenen Mann, der vor ihnen auftauchte, und verfrachtete ihn in seine Wohnung zurück, mit der Anweisung, auf jeden Fall drinnen zu bleiben. In der Wohnung daneben rührte sich nichts.

»Sicher«, war von oben zu hören. »Ihr könnt hochkommen.«

Im ersten Stock wurden sie auf die Bewohner des darüber gelegenen Geschosses aufmerksam, die schreckerfüllt auf der Treppe über ihnen aufgetaucht waren. Anna nahm sich ihrer an und brachte sie mit beruhigenden Worten in ihre Wohnungen zurück. Nach kurzer Zeit tauchte sie wieder neben ihm auf.

»Alles okay da oben?«, fragte er.

»Sicher nicht«, gab sie trocken zurück. »Einen SEK-Einsatz zu nachtschlafender Zeit muss man erst mal verdauen.« Sie wies mit dem Kopf in Richtung von Thomsens Wohnungstür. »Können wir rein?«

»Ja, könnt ihr«, sagte Meinert, der in diesem Moment auf den Flur trat. »Keine Menschenseele weit und breit.«

Eine Dreiviertelstunde später waren die Kollegen der Spurensicherung vor Ort, die sich nicht nur die Wohnung, sondern auch den dazugehörigen Keller vornehmen wollten, der bis auf einige mit Geschirr und Gläsern gefüllte Umzugskartons leer war. Norberg hatte in der Zwischenzeit die Fahndung nach Thomsen rausgegeben. Mittlerweile war es weit nach Mitternacht, der Adrenalinkick verflogen, und seine Müdigkeit nahm überhand. Die SEK-Kollegen hatten sich verabschiedet, und Krischan Garbers hatte Anna und ihn mit den Worten »Abmarsch, ihr steht uns hier nur im Weg rum« aufgefordert, ebenfalls den Heimweg anzutreten.

Norberg sehnte sich nur noch nach seinem Bett, als sie in St. Peter eintrafen. Er setzte Anna vor ihrem Haus ab und machte sich nicht die Mühe, den Streifenwagen noch zur Station zu fahren, sondern parkte ihn auf seiner Einfahrt. Ein letzter Blick in die Zimmer von Finn und Lasse, dem er eine Nachricht geschickt hatte, dass es wieder mal später werden würde, dann sank er wie ein Stein ins Bett und schlief auf der Stelle ein.

36

Sonnabend, 11. Januar

Anna hatte lange gebraucht, um in den Schlaf zu finden, da sie von den Ereignissen zu sehr aufgewühlt gewesen war. Außerdem hatte sie noch mehrere Male versucht, Sandra Thomsen zu erreichen, die anders als erwartet nicht bei der Wohnung ihres geschiedenen Mannes aufgetaucht war. Aber Sandras Handy war nach wie vor ausgeschaltet.

Es wollte Anna nicht in den Kopf, warum sich Thomsens geschiedene Frau nicht sofort nach seinem Anruf bei ihnen gemeldet hatte. Sie hatte Angst um ihn gehabt, das war unüberhörbar gewesen. Hatte sie gewusst oder geahnt, wo er sich aufhielt, und sich womöglich auf den Weg dorthin gemacht? War sie deshalb telefonisch nicht mehr erreichbar?

Die Überlegungen hatten dazu geführt, dass Anna gerade mal drei Stunden Schlaf abbekommen hatte, als der Wecker um acht Uhr klingelte. Normalerweise wäre sie um diese Zeit schon auf der Dienststelle gewesen, durch den nächtlichen Einsatz hatten Norberg und sie sich aber verständigt, erst um neun Uhr vor Ort zu sein.

Sie brachte die Morgentoilette und das Frühstück in aller Eile hinter sich, weil sie vor ihrem Aufbruch noch kurz nach Corinna Heckler schauen wollte, der sie schließlich versprochen hatte, am Vorabend vorbeizukommen. Sie hatte ein schlechtes Gewissen, aber andererseits war Corinna natürlich bekannt, dass in ihrem Beruf häufig etwas dazwischenkommen konnte.

»Dafür habe ich doch Verständnis«, sagte Corinna dann auch wie erhofft, als Anna sich zu ihr an den üppig gedeckten Frühstückstisch setzte. Norbergs Schwiegermutter sah besser aus als vor zwei Tagen; sie hatte sich zurechtgemacht, sogar ein wenig Make-up aufgelegt, und ihre Augen blickten wieder etwas zuversichtlicher in die Welt. Sie drückte Annas Hand. »Danke«, sagte sie leise, »unser Gespräch hat mir sehr geholfen. Ich habe es jetzt endlich geschafft, mit meinem Mann über alles zu sprechen.«

Auch Peter Heckler wirkte erleichtert, als er mit der Kaffeekanne aus der Küche kam und seiner Frau eine Tasse einschenkte. Anna wurde eingeladen, ordentlich zuzulangen, musste den Hecklers aber zu ihrem großen Leidwesen eine Absage erteilen, da ihre Anwesenheit in der Dienststelle erforderlich war.

»Sie müssen aber zusehen, dass Sie genügend Schlaf bekommen«, sagte Corinna Heckler und strich ihr leicht über die Wange, als sie sich an der Haustür verabschiedeten.

»Das passt schon«, erwiderte Anna, »aufgrund der aktuellen Situation ist an Schlaf im Moment eher weniger zu denken. Den hole ich dann später nach.« Sie wandte sich ab, kam aber noch einmal zurück, weil ihr etwas eingefallen war. »Hatte Ihr Schwiegersohn Sie eigentlich zu dem Fall befragt, den wir wieder aufgenommen haben?«

»Nein, was meinen Sie?«

Anna schilderte die damaligen Ereignisse in groben Zügen. »Sie haben seinerzeit doch sicher etwas davon mitbekommen. Haben Sie noch irgendeine Erinnerung daran?«

Norbergs Schwiegermutter überlegte einen Augenblick und nickte dann. »Ja, das war hier ein ziemlicher Aufruhr, den ich mit Sorge betrachtet habe. Es ist ganz furchtbar, wenn ein Kind verschwindet und damit zu rechnen ist, dass es missbraucht und vielleicht auch getötet wurde. Wogegen ich mich aber gewehrt habe, war diese Hexenjagd, der sich die drei Hauptverdächtigen ausgesetzt sahen. Dafür waren die Medien verantwortlich. Die haben das Ganze aufgepeitscht, was dazu führte, dass sich bis dato ruhige und besonnene Menschen plötzlich als Fanatiker entpuppten, die am liebsten Selbstjustiz geübt hätten. Das fand ich wirklich erschreckend.« Sie blickte Anna nachdenklich an. »Ich habe mich damals gefragt, wie es Männern ergehen muss, die unschuldig in einen solchen Verdacht geraten. Die sind doch stigmatisiert und werden ihres Lebens nicht mehr froh.«

»So ist es dann ja auch gekommen«, bestätigte Anna. »Kannten Sie die drei Männer, die in Verdacht geraten waren?«

»Nicht persönlich. Vom Sehen war mir nur der Mann bekannt, der damals für das Bürgermeisteramt kandidiert hat.«

»Erinnern Sie sich sonst noch an etwas, was für uns vielleicht von Bedeutung sein könnte?«

Corinna Heckler schüttelte den Kopf. »Nein, im Moment jedenfalls nicht. Aber falls mir noch was einfallen sollte, sage ich Ihnen oder Hendrik Bescheid.«

»Ich habe Corinna neulich nicht mehr befragt«, sagte Norberg, nachdem Anna in der Dienststelle erschienen war und von ihrem Gespräch mit seiner Schwiegermutter erzählt hatte.

»Es ist gut, dass du das erwähnst«, erwiderte sie, »dazu muss ich dir nämlich noch etwas sagen.«

Er hatte den Eindruck, dass sie sich unbehaglich fühlte, und blickte sie neugierig an.

»Ich habe am Donnerstag länger mit deiner Schwiegermutter gesprochen. Wir haben uns ja schon bei meinem ersten Aufenthalt gut verstanden, und deshalb hatte mich dein Schwiegervater um Unterstützung gebeten.« Ihr Blick suchte seinen. »Du hast ja sicher auch mitbekommen, dass es ihr schlecht geht.«

»Sie hat eine ziemliche Erkältung, deshalb habe ich sie an dem Abend ja auch in Ruhe gelassen.« Er hatte Anna bei ihrer Zusammenarbeit im vergangenen Jahr nur wenig über seine persönliche Situation anvertraut. Weil er sie kaum kannte und sowieso nicht der Typ war, der anderen sein Herz ausschüttete. Aber jetzt würden sie weiter zusammenarbeiten, und durch ihre direkte Nachbarschaft zu seinen Schwiegereltern und den guten Kontakt würde sie in Zukunft unter Umständen einiges mehr mitbekommen. Als sie ihn vorgestern gefragt hatte, ob etwas mit Lasse sei, hatte er das im ersten Moment als Einmischung betrachtet, die ihr nicht zustand. Im nächsten Augenblick hatte es ihm schon wieder leidgetan, dass er sie so angefahren hatte, und ihm war bewusst geworden, dass er sich gerne einmal fallen lassen und mit irgendeinem Menschen über seine Sorgen sprechen würde. Nein, nicht mit irgendeinem Menschen. Mit Anna. Weil ihre Fragen niemals von Neugierde und Aufdringlichkeit, sondern von Anteilnahme zeugten. Er beschloss, offen zu sein. »Ich glaube aber nicht, dass es ihr aufgrund ihrer Erkältung schlecht geht.« Er erzählte von Corinnas Angst, aufgrund von Lasses Aktivitäten jetzt überflüssig zu sein, und von seinen Skrupeln, weil er sie seit dem Tod seiner Frau über Monate hinweg in seinem Haushalt beansprucht hatte. Es tat gut, sich einmal alles von der Seele zu reden, auch den Stress mit Lasse, von dem er hoffte, dass er bald endgültig der Vergangenheit angehören würde.

»Ich habe lange überlegt, ob ich dir von meinem Gespräch mit Corinna erzähle«, sagte Anna, nachdem er geendet hatte. »Ich will mich nicht in eure Angelegenheiten mischen, aber ich glaube, dass ich auch ohne die Bitte deines Schwiegervaters das Gespräch mit ihr gesucht hätte. Corinna ist mir im letzten Jahr ans Herz gewachsen, und ich hätte es schäbig gefunden, jetzt so zu tun, als würde ich nichts mitbekommen.«

»Du brauchst dich doch nicht zu rechtfertigen, Anna! Ich bin froh, dass Peter dich angesprochen hat, obwohl er in diesen Dingen genauso hilflos ist wie ich.« Er seufzte.

»Mannomann, das war jetzt aber ein Eingeständnis, Herr Norberg.« Anna lachte, wurde aber gleich wieder ernst. »Corinna wollte euch nicht mit ihrer Not belasten. Aber sie ist so in ihrer Trauer gefangen, das war wirklich erschreckend zu sehen. Da braucht sie jede Unterstützung, vielleicht sogar die einer Trauergruppe, wenn es hier im Ort oder der Umgebung so etwas gibt. Ich weiß von einer Freundin, dass solche

Gruppen eine gute Unterstützung sein können, wenn man sich darauf einlässt, über seinen Kummer und seine Ängste zu sprechen.«

Norberg empfand ein tiefes Gefühl der Scham, dass er keinen Blick für Corinnas Not gehabt hatte. Dieses Versäumnis konnte er auch nicht damit entschuldigen, dass es ihm selber schlecht ergangen war und immer noch ging. »Danke«, sagte er leise, »ich werde mit meinen Schwiegereltern sprechen, und wenn Corinna damit einverstanden ist, werden wir uns eine solche Gruppe suchen.« Er wollte Anna sagen, dass ihn ihre Anteilnahme berührte, aber bevor er die richtigen Worte fand, begann ihr Handy zu klingeln. Sie runzelte die Stirn, während sie dem Anrufer lauschte, und ihre plötzlich angespannte Körperhaltung signalisierte Norberg, dass etwas passiert sein musste.

»Das war Thomsen«, sagte sie nach Beendigung des Gesprächs bestürzt. »Er hat Johannsen und Lürssen als Geiseln genommen und will uns sprechen.«

Norberg blickte sie entgeistert an. »Was?« Er musste die Nachricht kurz sacken lassen. »Hat er etwas von Witt gesagt?«

Anna hielt ihr Smartphone hoch. »Nein, und jetzt ist sein Handy ausgestellt. Verdammt!«

»Und wo ist er mit den beiden?«

»Bei Johannsen in Friedrichstadt.«

Norberg packte den Telefonhörer und rief parallel dazu Google Maps auf. Eine Geiselnahme erforderte immer ein SEK und in diesem Fall auch die Verhandlungsgruppe. Die Fahrt von Kiel nach Friedrichstadt war mit dem Passieren des Nord-Ostsee-Kanals verbunden, den man entweder auf der A7 über die Rader Hochbrücke überqueren konnte, oder aber man nahm den Weg durch den Rendsburger Kanaltunnel. Beide Strecken dauerten unter normalen Bedingungen etwas über eine Stunde, aufgrund der Wetterlage waren die Verkehrsverhältnisse im Moment allerdings katastrophal. Was ein Blick in den Computer bestätigte. Auf der A7 war bereits ab dem Autobahnkreuz Rendsburg ein Stau angezeigt, und bei der Ausweichstrecke durch den Tunnel sah es auch nicht besser aus. Also würden die Kollegen es in keinem Fall unter anderthalb, vielleicht sogar zwei Stunden schaffen, während Anna und er von St. Peter im besten Fall eine Dreiviertelstunde benötigen würden.

»Was überlegst du?«, fragte Anna ungeduldig, während sie ihre Jacke überstreifte.

Er erklärte es ihr, noch immer mit dem Hörer in der Hand. »Ich fordere die Kollegen an, aber sie werden nicht rechtzeitig da sein.« Die gleiche Lage wie am Vortag, schoss es ihm durch den Kopf. Nur dass wir dieses Mal zum Glück Kenntnis über die Situation haben.

»Bei einer Geiselnahme ist die VG doch mindestens ebenso wichtig wie der SEK-Trupp«, sagte Anna nachdenklich. »Und du hattest erzählt, was zu deinem Zerwürfnis mit Johannsen geführt hatte. Das war doch auch eine Geiselnahme. Also hast du Erfahrung mit einer solchen Lage.«

Er ahnte, worauf sie hinauswollte, und wusste nicht, ob es ihm gefiel, auch wenn es die einzige Möglichkeit zu sein schien. »Ich kann einen SEK-Trupp führen, ich bin aber nicht für den Bereich der Gesprächsführung und Psychologie ausgebildet, wie es die Mitglieder einer Verhandlungsgruppe sind. Denn darauf willst du doch hinaus, oder?«

Sie nickte. »War das damals dein einziger Einsatz bei einer Geiselnahme?«

»Nein, ich hatte insgesamt drei.« Er überlegte kurz. »Ich fordere die Kollegen jetzt an. Wenn wir beide vor Ort sind, sehen wir, wie die Lage ist. Notfalls gehen wir alleine rein.« Der Gedanke behagte ihm nicht, aber im Gegensatz zu dem gestrigen Einsatz dürfte es hier keine andere Möglichkeit geben.

»Thomsen hat gesagt, dass er nur mit uns beiden sprechen wird. Unter Umständen rastet er aus, wenn da plötzlich ein SEK anrückt.«

Norberg drückte die eingespeicherte Nummer und hob den Hörer ans Ohr. »Er ist Polizist, Anna, also wird ihm das klar sein.«

Das Gespräch war kurz, und im Anschluss daran ergriff auch Norberg seine Jacke und lief mit Anna ins Freie hinaus. »Verdammt«, fluchte er, als er auf den Stufen ins Straucheln geriet und Richtung Streifenwagen schlitterte, der schon wieder von einer dicken Schneeschicht bedeckt war. Sie befreiten ihn mit vereinten Kräften von der weißen Last, wohl wissend, dass sie kostbare Minuten verloren. Als sie endlich losfahren konnten, schaltete Norberg die Sondersignale ein, aber es war trotzdem ein mühseliges Vorankommen, da die Räumfahrzeuge im Moment einfach nicht hinterherkamen.

Im Ortskern von Garding mussten sie dann noch einen Schreckmoment überstehen. Kurz vor der rechterhand gelegenen Abbiegung nach Welt und zum Eidersperrwerk geriet der Streifenwagen durch einen Eisbuckel auf der Straße ins Schleudern und wäre fast auf einen widerrechtlich am Straßenrand geparkten Audi geprallt. Im letzten Moment bekam Norberg den Wagen wieder unter Kontrolle.

Den Rest der Fahrt legten sie zum Glück ohne Probleme zurück und erreichten nach fünfzig Minuten Friedrichstadt. Norberg parkte den Wagen auf dem Marktplatz, von wo aus sie den Mittelburggraben überquerten und sich dann nach rechts in Richtung von Johannsens Haus wandten. Es schneite nach wie vor, und ein Blick in den Himmel deutete darauf hin, dass es auch nicht so bald aufhören würde.

Während der Fahrt hatten sie überlegt, wie sie am besten vorgehen sollten. Thomsen befand sich in einer Ausnahmesituation, also war ihm zuzutrauen, dass er Johannsen und Lürssen etwas antun würde. Anna hatte die Vermutung geäußert, dass die Geiselnahme eine Verzweiflungstat war, mit der Thomsen hoffte, endlich Klarheit über die damaligen Geschehnisse zu erlangen. Eine Überlegung, die nicht von der Hand zu weisen war. Aber wie hing das mit dem Verschwinden von Witt zusammen, für das Thomsen aller Wahrscheinlichkeit nach ebenfalls verantwortlich war? Sie mussten herausfinden, wo sich Witt befand, aber diese Chance bestand erst dann, wenn es ihnen gelang, die Situation in Johannsens Haus zu befrieden. Eine scheußliche Konstellation, weil hier Menschenleben gegeneinander abgewogen werden mussten und jede Entscheidung die falsche sein konnte.

Norberg spürte seinen Pulsschlag, während sie sich langsam dem Haus näherten. Eine Geiselnahme war immer eine heikle Sache, und er überlegte, was ihr vorausgegangen sein mochte. Und wieso sich Lürssen überhaupt bei Johannsen aufhielt.

Er blieb stehen und machte Anna auf Johannsens Haus aufmerksam, das nur noch wenige Schritte entfernt lag. Die Straße war zum Glück menschenleer.

»Wie wollen wir vorgehen?«, fragte sie leise.

Norberg wiederholte das, was er bereits während der Fahrt vorgeschlagen hatte. »Ich halte es für das Beste, wenn du ihn anrufst und sagst, dass wir da sind. Dann gucken wir, wie er reagiert.«

Anna zog ihr Smartphone aus der Jackentasche. Das Gespräch war kurz, und nachdem sie es beendet hatte, setzte sie sich in Bewegung. »Er lässt uns rein.«

»Wie klang er?«, wollte Norberg wissen und folgte ihr. Er überlegte, ob es sicherer wäre, die Waffe zu ziehen, entschied sich dann aber dagegen, weil er jede Provokation vermeiden wollte.

Anna warf ihm einen besorgten Blick zu. »Ruhig. Zu ruhig für meinen Geschmack.«

Hark Thomsen öffnete die Tür und winkte sie mit einer Handbewegung ins Innere des Hauses, als wären sie Freunde oder Bekannte, die auf einen kleinen Plausch vorbeikamen. Er trug keine Waffe, jedenfalls konnte Norberg im Dämmerlicht des Flurs keine an ihm ausmachen. Erst als sie das Wohnzimmer betraten, wurde er auf die Ausbuchtung im hinteren Hosenbund aufmerksam.

Die Szene, die sie im Wohnzimmer vorfanden, hatte im ersten Moment etwas Surreales. Johannsen und Lürssen saßen auf zwei nebeneinanderstehenden Stühlen, ihre Hände waren mit Kabelbinder an deren Holzlehnen befestigt. Beim Anblick von Anna und Norberg trat ein Ausdruck der Erleichterung in Lürssens Augen.

»Endlich«, stieß er hervor, und Norberg hatte für einen Moment den Eindruck, dass Tränen in Lürssens Augen traten. »Ich bin so froh, dass ihr gekommen seid.«

Was um alles in der Welt war hier passiert? Noch am Mittwoch hatte Lürssen den Großkotz gegeben und komplett dichtgemacht, und jetzt war er froh, sie zu sehen?

Norberg warf einen Blick zu Johannsen, in dessen Mund ein Knebel steckte. Die Fesselung am Stuhl hatte rote Abdrücke an seinen Handgelenken hinterlassen, als hätte er versucht, sich zu befreien. Sein Gesicht war geschwollen, offensichtlich hatte Thomsen ihn geschlagen, aber in Johannsens Augen lag noch immer dieselbe Feindseligkeit, die Norberg nur allzu gut kannte. Als Thomsen den Knebel aus seinem Mund entfernte, brüllte Johannsen los.

»Dieser Verrückte hat mich als Geisel genommen. Ihr müsst mich befreien!«

Kein Wort, dass Lürssen doch ebenfalls eine Geisel zu sein schien, wie immer ging es Johannsen nur um sich selbst.

Oder war alles ganz anders, als es den Anschein hatte?

Obwohl sich weder Norberg noch Anna rührten, richtete Thomsen in einer blitzschnellen Bewegung seine Waffe auf sie. »Bleibt, wo ihr seid!«

»Was soll das, Thomsen?«, fragte Norberg und hob begütigend die Hände. »Was bezweckst du mit dieser Geiselnahme?« Er musste Thomsens Waffe an sich bringen, aber die momentane Situation war viel zu angespannt, um einen Versuch zu wagen.

»Ich bin hergekommen, weil ich Johannsen zwingen will, endlich mit der Wahrheit rauszurücken. Dafür brauche ich euch als Zeugen. Dass Lürssen auch hier ist, wusste ich nicht.«

»Jetzt nehmt mir endlich die Fesseln ab!«, brüllte Johannsen.

Norberg ignorierte ihn. »Wieso Johannsen?«, fragte er Thomsen. »Für dich stand doch immer fest, dass Witt der Schuldige ist. Gilt das jetzt nicht mehr?«

Nach seiner Frage behielt Norberg Thomsen aufmerksam im Auge. Auch wenn er sich bisher nur durch Annas Erzählungen ein Bild von ihm hatte machen können, gewann er in diesem Moment den Eindruck, dass sich in der Gedankenwelt des Kollegen ein Wandel vollzogen hatte. Thomsen schien nicht mehr ausschließlich auf Witt und dessen Täterschaft fokussiert zu sein, sondern endlich über den Tellerrand hinauszublicken und auch andere Personen ins Auge zu fassen.

»Ich weiß es nicht.« Thomsens Blick flackerte.

Diese Wende konnte nur etwas mit Witts Verschwinden zu tun haben. Hatte Thomsen ihm womöglich endlich geglaubt?

»Mein Bruder wird keine Aussage machen«, war plötzlich Lürssens Stimme laut und deutlich zu vernehmen. »Aber ich werde es tun.«

Norberg war für einen Moment irritiert, dann fing er sich wieder. »Johannsen ist dein Bruder?«

Lürssen nickte. »Mein Halbbruder, genauer gesagt.«

Das erklärte den Eindruck der damaligen Komplizenschaft, den Norberg beim Lesen der Altakte gewonnen hatte.

Johannsen funkelte Lürssen mit einem wütenden Blick an. »Du hältst die Schnauze!«

Lürssen schüttelte den Kopf. »Nein, Pieter, das werde ich nicht mehr tun. Ich schleppe diese Last jetzt seit sechzehn Jahren mit mir herum, ich kann nicht mehr. Ich muss das jetzt endlich loswerden.«

Für Pieter Johannsen hatte der Tag hervorragend begonnen, schon lange hatte Lürssen ihn nicht mehr so entspannt gesehen. Am frühen Morgen war endlich die langersehnte Nachricht hereingekommen, dass sein Halbbruder am 1. September in die Abteilung 5 des Landeskriminalamts wechseln würde, die für operative Einsätze und Ermittlungsunterstützung zuständig war. Hier würde er das Dezernat 52 leiten, dem die Beamten der Spezialeinsatzkommandos unterstellt waren. Der Sprung ins LKA würde ihm mit der Unterstützung einiger wohlmeinender Kollegen dann den Weg an dessen Spitze ebnen. Es war geplant, dass er in einigen Jahren der ständige Vertreter des LKA-Leiters werden sollte, um diesen nach dessen Pensionierung zu beerben.

Johannsen hatte eigentlich früh Feierabend machen wollen, um das Ereignis gebührend mit Sybille zu feiern, aber dann war dieser blöde Vermisstenfall auf ihrem Tisch gelandet.

»Scheiße, das muss doch nun wirklich nicht sein«, fluchte sein Bruder, nachdem er das Telefongespräch beendet und

Lürssen erzählt hatte, um was es ging. »Das Gör wird weggelaufen sein, so was kommt doch häufiger vor.«

»Und wenn nicht?«, wandte Lürssen sein, den Johannsens
Gleichgültigkeit in manchen Dingen immer wieder betroffen
machte. »Das Kind kann auch einem Verbrechen zum Opfer
gefallen sein.«

»Ja, du hast ja recht«, lenkte Johannsen widerwillig ein und
erhob sich von seinem Stuhl. »Aber mir passt das heute nun
mal nicht in den Kram; und darauf, dass es womöglich eine
längere Sache wird, habe ich so gar keinen Bock. Du weißt
doch, dass ich mich hier sukzessive rausziehen will.«

Ja, natürlich wusste Lürssen das. Die geplante Übergangs-
zeit im LKA war seinem Bruder zu kurz, weil er Wert auf eine
umfassende Einarbeitung legte. Sprach ja nichts dagegen, aber
wenn jetzt ein aktueller Fall reinkam, musste er nun mal mit
ran und konnte nicht ihnen die ganze Arbeit überlassen.

Nachdem sie mit Thomsen in St. Peter-Ording angekommen waren und erste Gespräche mit den dortigen Kollegen
sowie dem Einsatzleiter der Hundertschaft geführt hatten,
beschlossen sie, sich allein auf den Weg zu machen. Sie kannten St. Peter gut, auch die Plätze, an denen sich selbst im Sommer nur wenige Touristen herumtrieben. Und einen davon
wollten sie jetzt aufsuchen. Thomsen würde dem Vater des
Jungen auf den Zahn fühlen, da bei vermissten Kindern die
Eltern immer zum Hauptkreis der Verdächtigen gehörten.

Die Kollegen der Hundertschaft waren vom Ordinger
Strandparkplatz in alle Richtungen ausgeschwärmt, während
Lürssen und Johannsen jetzt mit seinem Hund Athos zum
weiter nördlich gelegenen Parkplatz Hungerhamm fuhren,

der sich an der Strandkorbhalle befand und nur in den Sommermonaten geöffnet war. Von dort waren es nur wenige Schritte bis zu einer Treppe, die zum Deich hinaufführte.

Als sie die Deichspitze erreichten, peitschte ihnen der Wind ins Gesicht. Der Tag war bedeckt, die Temperaturen gesunken, und am Nachmittag sollte laut der Wettervorhersage Regen aufkommen. Sie wandten sich nach links, wo es in kurzer Entfernung über eine weitere Treppe wieder zum Deichfuß hinunterging und ein Weg aus hölzernen Planken den Beginn des Übergangs zum Hundestrand anzeigte. Die Planken waren verwittert, genauso wie das halbhohe Geländer. Der Strandhafer zu beiden Seiten des Weges wogte im Wind, und wenn Lürssen Zeit gehabt hätte, wäre er einen Augenblick stehen geblieben, um diesen Anblick zu genießen. Er liebte solche Momente, ganz im Gegensatz zu seinem Bruder, der diesen Dingen mit vollkommenem Unverständnis begegnete. Aber Johannsen trieb ihn voran, also stieg er eilig die Holzstufen empor, die nach einigen Metern folgten, und schon bald setzte sich der Weg im Dünensand fort und wurde schmaler. Lürssen ließ den Blick schweifen und machte zu seiner Linken die Pfahlbauten am Ordinger Strand aus und rechts in weiter Ferne den Westerhever Leuchtturm, der von hier wie ein Miniaturspielzeug aussah. Der Himmel über ihm bot ein atemberaubendes Schauspiel mit seinen wechselnden Farben und den unterschiedlichen Wolkengebilden, zwischen denen für Minutenbruchteile immer wieder die Sonne auftauchte. So etwas gab es nur hier an der Nordseeküste.

Als es zum Strand hinunterging, zog Athos kräftig an der Leine. Der Belgische Schäferhund liebte die See und konnte stundenlang darin herumtoben. Wenn es um Einsätze am

Wasser ging, war er häufig schwer zu bändigen, was Johannsen immer zu verbergen versucht hatte, da sonst die Gefahr bestanden hätte, dass Athos vor seiner Zeit als Polizeihund ausrangiert worden wäre. Mittlerweile war Athos seit einigen Monaten in Rente, was Johannsen aber nicht daran hinderte, ihn trotzdem hin und wieder zu Einsätzen mitzunehmen. Athos war ihm ein treuer Freund geworden, den sein Bruder mehr als so manchen Menschen schätzte, und den er nicht nur in seiner Freizeit, sondern auch im Beruf noch einige Jahre an seiner Seite haben wollte. Auch wenn ihm im LKA nur der Platz unter seinem Schreibtisch beschieden sein würde. Lürssen hatte Johannsens Liebe nie so recht nachvollziehen können, sein Herz schlug für Katzen, weil sie unabhängiger waren und nicht so auf Menschen fixiert.

Sie blieben einige Minuten stehen, in denen Johannsen seinen verstauchten Fuß zu entlasten suchte und Lürssen sich an der unendlichen Weite vor ihren Augen erfreute, in der Himmel und Meer verschmolzen. Die Flut hatte eingesetzt, und der Bereich, auf dem man noch trockenen Fußes gehen konnte, war nicht mehr allzu breit. Hunde und ihre Besitzer waren keine zu sehen – zum Glück, denn die konnten sie hier gerade überhaupt nicht gebrauchen.

Nach einer kurzen Absprache wandten sie sich nach rechts, wo sich ein fast weißer Strand vor ihnen erstreckte, der seine Farbe in einem schnell wechselnden Wolkenspiel immer wieder veränderte. Athos war aufgeregt und zog erneut in Richtung Wasser, aber Johannsen bekam ihn unter Kontrolle.

»Jetzt ist aber mal gut, Junge, ich hab dich nicht zum Spielen mitgenommen.«

Der Hund blickte zu ihm auf, als würde er jedes Wort verstehen – Lürssen hatte schon häufig den Eindruck gehabt, dass dem tatsächlich so war. Als sie ihren Weg fortsetzten, parierte Athos und blieb eng an Johannsens Seite.

Nach einer halben Stunde blieb sein Bruder stehen und blickte auf den menschenleeren Strand vor ihnen, der immer stärker vom Wasser überflutet wurde. Sein Gesicht trug einen gequälten Ausdruck, Lürssen hatte bemerkt, dass ihm das Laufen über den Sand zunehmend schwerer gefallen war.

»Ich weiß nicht, ob das hier am Strand was bringt«, sagte Lürssen. »Es hieß doch, dass der Junge weggelaufen sein könnte, um seinen Eltern eins auszuwischen und sie in Angst zu versetzen. Wenn das wirklich so war, wird er sich doch irgendwo verstecken, wo man ihn nicht sofort findet. Da kämen leere Scheunen oder Ähnliches im Umland von St. Peter in Betracht oder die Dünen am Strand.«

Sein Bruder hielt die Hand über die Augen, um sie vor dem jetzt fast gleißenden Licht zu schützen, und setzte den Gedanken fort. »Der Dünengürtel von St. Peter-Ording ist an die fünfeinhalb Kilometer lang, wenn ich mich richtig erinnere. Wenn der Junge hier untergetaucht sein sollte, dann aber kaum in den Dünen der vielbevölkerten Ortsteile. Denk mal an Maleens Knoll, wie überlaufen das da immer ist.«

Lürssen pflichtete ihm bei. Die fast siebzehn Meter über Normalnull liegende Düne im Ortsteil Bad war mit ihrem Aussichtsturm ein großer Anziehungspunkt von St. Peter-Ording und gerade um diese Jahreszeit viel zu gut besucht, als dass man sich dort irgendwo hätte verstecken können.

»Nee«, fuhr Johannsen fort, »wenn sich der Junge wirklich in den Dünen aufhalten sollte, dann eher hier, wo sich nur wenige Menschen rumtreiben.«

Lürssen nickte. »Dann lass uns anfangen zu suchen. Wir finden hier bestimmt einen Weg nach oben.«

Sie gingen weiter und machten schließlich eine Stelle aus, an der sie problemlos hochkamen. Sand und Grasbewuchs wechselten, immer wieder ging es auf und ab. Sie hielten nach Fußspuren Ausschau, konnten aber keine entdecken, und irgendwann begann Johannsen zu fluchen, weil er hier noch schlechter vorankam. Als schließlich gar nichts mehr ging, ließ er sich ächzend auf einer erhöhten Stelle nieder. »Tut mir leid, aber mein Fuß braucht mal einen Augenblick Ruhe.«

Athos hatte neben ihm Platz genommen, und Lürssen bemerkte, wie der Hund auf einmal unruhig wurde. Er stand in gespannter Erwartung, begann unversehens zu bellen und rannte davon, bevor Johannsen nach der Leine greifen konnte, die er locker zwischen seinen Knien hängen lassen hatte.

»Athos! Verdammt noch mal, bleib hier!«, brüllte er, aber der Hund reagierte nicht.

»Was ist denn mit dem los?«, wunderte sich Lürssen und wurde im selben Moment auf das Kind aufmerksam, das in einem kleinen Dünental in kurzer Entfernung vor ihnen aufgetaucht war. Es war ein Junge, der für einen Moment wie erstarrt schien, bevor er herumwirbelte und dem Hund zu entkommen suchte. Johannsen war mittlerweile wieder hochgekommen und brüllte erneut, ein kurzes Kommando diesmal, aber wiederum vergebens. Athos hielt unbeirrt auf den Jungen zu, schließlich war er darin ausgebildet, flüchtende

Personen aufzuhalten. Und so mussten sie voller Entsetzen mit ansehen, wie der Hund Florian zu stoppen versuchte, indem er sich in seinem rechten Bein verbiss. Erst als der Junge zu Boden fiel, ließ Athos endlich von ihm ab.

Johannsen stand wie vom Donner gerührt da, aber in Lürssen kam nach einigen Schrecksekunden Bewegung. Er rannte los, und als er den Jungen erreichte, drängte er Athos zur Seite und sank neben dem Kind nieder. Er musste nicht Florians Foto zurate ziehen, das jeder von ihnen als Kopie erhalten hatte. Er hatte ein gutes Gedächtnis für Gesichter und sah auf den ersten Blick, dass er den gesuchten Jungen vor sich hatte.

»Florian!«

Lürssen packte das Kind an den Schultern und schüttelte es, auch wenn seine Erfahrung ihm sagte, dass hier jede Hilfe zu spät kam. Trotzdem begann er mit einer Herzdruckmassage und Mund-zu-Mund-Beatmung, aber vergebens. Schließlich sackte er neben Florian zusammen und starrte auf das bleiche Gesicht mit den vor Schreck geweiteten Augen. Athos drängte sich an ihn und jaulte, aber er stieß den Hund mit einer heftigen Bewegung von sich. Hinter sich hörte er den schweren Atem seines Bruders.

Man hatte sie darüber informiert, dass Florian unter einem angeborenen Herzfehler litt, und anscheinend hatte der Angriff des Hundes bei dem Jungen zu einem Herzstillstand geführt. Nicht auszudenken, was passieren würde, wenn das herauskäme.

Lürssen gingen die Nerven durch, erregt sprang er auf. »Was ist mit deinem verdammten Köter los?«

Wieso war Athos ohne ein Kommando losgerannt? Und wieso war er nicht stehen geblieben, als Johannsen ihn zurückgerufen hatte? Sein Bruder trainierte den Hund doch regelmäßig und ließ ständig verlauten, dass Athos auch heute noch einer der Besten sei. Die beiden waren von Anfang an ein eingespieltes Team gewesen, in dem sich einer immer auf den anderen hatte verlassen können.

Johannsen starrte auf den Jungen hinunter, sein Gesicht war erstarrt. »Ich weiß es nicht«, sagte er schließlich mit zitternder Stimme.

»Wieso greift der einfach einen Menschen an, ohne dass du ihm ein Kommando gibst?«

Johannsen schüttelte den Kopf. »Ich weiß es doch nicht«, wiederholte er verzweifelt.

Lürssen packte ihn am Kragen. »Ist das alles, was du dazu zu sagen hast? Der Junge ist tot! Tot, verstehst du? Weil dein Mistköter ihn angegriffen hat.« In einer jähen Bewegung zog er seine Waffe aus dem Holster und drehte sich zu dem Hund herum.

»Nein!« Johannsen fiel ihm in den Arm, sein Schrei gellte durch die Dünen. »Das darfst du nicht!«

»Und ob ich das darf!«, fuhr Lürssen ihn an, aber nach einem Blick in Athos' Augen ließ er die Waffe sinken, weil ihm bewusst wurde, dass er nicht in der Lage sein würde, abzudrücken.

Im Nachhinein konnte Lürssen nicht mehr sagen, wie lange sein Bruder und er im Sand neben dem toten Kind gehockt hatten. Tausend Gedanken waren Lürssen durch den Kopf gegangen, von denen einer der schlimmste gewesen war: *Wie sollen wir das Florians Eltern beibringen?*

»Es geht nicht«, hörte er irgendwann Johannsens Stimme. Sein Bruder hatte sich wieder hochgerappelt, und aus dem verzweifelten Gesichtsausdruck war ein entschlossener geworden.

»Was geht nicht?«

»Wir können niemandem sagen, was passiert ist. Wir müssen uns etwas einfallen lassen.«

Lürssen hatte die Worte gehört, aber deren Sinn wollte sich ihm nicht erschließen. Langsam erhob er sich und sah seinen Bruder verständnislos an. »Was meinst du damit?«

»Wenn wir sagen, was passiert ist, werden wir zur Verantwortung gezogen. Vor allen Dingen ich, denn ich habe Athos mitgenommen, obwohl er nicht mehr im Dienst ist. Seine tägliche Anwesenheit im Büro wird doch schon von den meisten Kollegen abgelehnt, was meinst du, was passiert, wenn sie das hier erfahren?« Sein Gesicht war gerötet, er redete sich in Rage. »Ich weiß doch, dass mir alle meine Beförderung neiden. Das hat mich nie tangiert, ich bin nicht auf der Suche nach Freunden, schon gar nicht im Dienst.«

Nein, dachte Lürssen, für dich zählen allein dein Aufstieg und die damit verbundene Macht.

»Ich sehe sie schon hämisch grinsen«, fuhr Johannsen aufgebracht fort, »weil ich mit diesem Vorfall so richtig auf die Schnauze fallen werde. Du weißt, dass ich gute Verbindungen nach oben habe, aber ich mache mir keine Illusionen, dass man mich hiernach wie eine heiße Kartoffel fallen lassen wird. Weil man sich jetzt an mir die Finger schmutzig machen würde.« Er blickte zu Athos, der auf der anderen Seite des Jungen saß, ihn nicht aus den Augen ließ und immer wieder leise jaulte. »Komm zu mir, mein Junge.« Er sank neben Athos nieder und vergrub seinen Kopf in dessen weichem Fell.

Als wenn der Hund ein Rettungsanker wäre, schoss es Lürssen durch den Kopf.

Johannsen stand wieder auf, der Ausdruck in seinen Augen war hart. »Sie werden darauf drängen, dass Athos eingeschläfert wird. Aber das lasse ich nicht zu.«

In Lürssen nahm eine schreckliche Befürchtung Gestalt an. »Was hast du vor?«

Sein Bruder humpelte zum Rand der Düne, blickte auf den Strand hinunter und kam dann zu ihm zurück. »Es kann nicht mehr lange dauern, bis die Kollegen der Hundertschaft hier sind. Wir müssen uns beeilen.« Er suchte die Umgebung mit den Augen ab und setzte sich in Bewegung. Lürssen folgte ihm wie paralysiert, weil er begriffen hatte, was gleich auf ihn zukommen würde.

Wäre er dazu in der Lage? Würde die Erinnerung daran sein weiteres Leben vergiften, oder wäre er stark genug, sie auszuhalten? Verzweiflung ergriff ihn, als ihm bewusst wurde, dass es keine Alternative für ihn gab, da der Tod des Jungen auch seine Karriere zerstören würde.

Vor einer tiefen Kuhle in einem kleinen Dünental blieb Johannsen schließlich stehen. Ein Rucksack und eine Decke lagen im Sand; wie es aussah, handelte es sich um Florians Versteck.

Johannsen kniete nieder und begann, mit bloßen Händen, den Sand zu beiden Seiten wegzuschaufeln. Es dauerte nicht *lange, bis er zu Lürssen hochsah. »Jetzt hilf mir doch endlich, verdammt! Wir müssen den Jungen vergraben, bevor die Kollegen kommen!«*

»Ihr habt Florian in der Düne vergraben?« Anna war erstaunt, wie ruhig ihre Stimme angesichts des Aufruhrs in ihrem Inneren klang.

Johannsen gab keine Antwort und blickte stur an ihr vorbei. So wie sie ihn einschätzte, würde er in einer Vernehmung alles abstreiten. Dann stand Aussage gegen Aussage.

Thomsen hatte Lürssens Worte teilnahmslos verfolgt, als hätte ihn das Gehörte sämtlicher Kräfte beraubt. »Deshalb seid ihr nach eurer Rückkehr so schnell verschwunden«, sagte er schließlich mit tonloser Stimme.

»Was heißt das?«, wollte Norberg wissen. Er stand ebenso wie sie weiterhin auf dem Sprung, damit sie jederzeit eingreifen konnten, falls Thomsen zu einem Angriff auf die beiden Männer ansetzen sollte. Thomsen hielt noch immer seine Waffe in den Händen, hatte sich aber auf einen Stuhl sinken lassen.

»Ich hatte den Eindruck, dass etwas passiert war, als die beiden an dem Abend zurückkamen«, sagte er leise. »Sie wirkten erregt und haben nur kurz Bericht erstattet, dass sie das Dünengebiet beim Strandübergang Hungerhamm abgesucht hätten und ihre Suche erfolglos gewesen sei. Ich hatte im Verlauf des Nachmittags auch mitbekommen, dass die Hundertschaft ihre Suche in diesem Gebiet nach Rücksprache mit Johannsen abgebrochen hatte.« Ein bitteres Auflachen folgte. »Jetzt ist mir klar, warum. Die beiden sind dann nach Husum zurückgefahren, und zwar ohne mir Bescheid zu geben, obwohl wir zusammen gekommen waren. Auf meine spätere Nachfrage hieß es, dass auf unserer Dienststelle etwas reingekommen sei, was ihre Anwesenheit erfordert gemacht hätte. Um was es sich dabei handelte, haben sie nicht gesagt.«

»Und was war an den folgenden Tagen?«, wollte Anna wissen.

»Ich bin über Nacht in St. Peter geblieben, weil ich mich so lange wie möglich an der Suche beteiligen wollte. Am nächsten Morgen tauchten Johannsen und Lürssen dann wieder auf, allerdings ohne Athos. Johannsen gab an, dass der Hund eine Durchfallerkrankung bekommen hätte und er ihn deshalb nicht einsetzen könne. Wir waren dann ja noch eine längere Zeit vor Ort, aber Athos war nicht mehr dabei.«

»Wie viele Tage haben sich Johannsen und Lürssen denn an der Suche beteiligt?«, fragte Norberg.

»Eine knappe Woche in etwa.«

Anna überlegte. Es war davon auszugehen, dass sie Florians sterbliche Überreste auffinden würden. Eine Bisswunde dürfte sich allerdings nicht mehr nachweisen lassen, da sie nach sechzehn Jahren nur noch auf ein Skelett stoßen dürften. Also hing jetzt viel von Thomsens Aussage ab, damit sich das, was sie von Lürssen erfahren hatten, untermauern ließ. Thomsen waren seinerzeit bestimmt noch eine Reihe weiterer Dinge seltsam erschienen, aber dies sollte sie besser in einer Einzelvernehmung zusammen mit Norberg erfragen.

»Wieso hast du da einfach so mitgemacht?«, wandte sie sich an Lürssen.

Er hielt ihrem Blick stand. »Ich könnte mich jetzt damit zu entschuldigen versuchen, dass Pieter mein Bruder ist und ich ihm helfen wollte. Mir war vollkommen klar, dass er mit allem recht hatte. Der Vorfall würde seine sämtlichen Karrierepläne zunichtemachen.« Er atmete tief ein. »Es ist aber so, dass ich auch an mich und meinen Aufstieg gedacht habe. Ich hatte zwar nicht so ehrgeizige Pläne wie Pieter und auch nicht sein Netzwerk im Rücken, aber ein paar Stufen wollte ich trotzdem auf der Karriereleiter hochsteigen.« Lürssen strich über sein Gesicht und sah auf einmal zehn Jahre älter aus. »Ich hatte gedacht, dass ich diese Vertuschungsaktion ebenso gut bewältigen könnte wie Pieter. Aber da habe ich mich gewaltig geirrt. Der Vorfall hat mich nicht mehr zur Ruhe kommen lassen, und ich war einige Male drauf und dran, mein Gewissen zu erleichtern. Und jetzt möchte ich endlich Nägel mit Köpfen machen.«

Anna blickte ihn voller Abscheu an. »Eine Vertuschungsaktion nennst du das? Hast du auch nur einen Gedanken an Florians Eltern verschwendet? Seine Mutter hat Suizid begangen, weil sie die Ungewissheit nicht mehr ertragen konnte.«

Lürssen stöhnte auf und barg seinen Kopf in den Händen.

»Und was ist mit den Männern, denen du und dein feiner Bruder Florians Verschwinden in die Schuhe schieben wollten?«, fuhr Anna fort. »Ist euch eigentlich bewusst, dass ihr deren Leben zerstört habt, weil sie sich bis heute nicht von dem Verdacht gegen sich reinwaschen konnten? Und als wäre das noch nicht genug, habt ihr alles darangesetzt, einen von ihnen ins Gefängnis zu bringen, um den Fall so schnell wie möglich abzuschließen, damit nicht noch irgendjemand dahinterkommt, was wirklich passiert ist.«

Der Blick in Johannsens Augen ließ einen Kälteschauer über ihren Rücken laufen. Nein, in diesem Mann war kein Funken Mitgefühl zu finden, nicht der Anflug eines Bedauerns. Das Einzige, was ihn Zeit seines Lebens interessiert hatte, war sein beruflicher Aufstieg gewesen, egal, wie viele Opfer dieser kostete.

Lürssen sah noch immer nicht auf, aber Anna vermutete, dass auch in seinem Blick keine Scham liegen würde. Er hatte mit seinem Geständnis sein Gewissen erleichtern wollen, in der Hoffnung, dann für sich Frieden zu finden, aber er würde merken, dass er sich damit einer Illusion hingab. Das Geschehene würde ihn bis ins Grab hinein verfolgen.

»Was war mit Florians Sachen, die ihr angeblich in Witts Haus gefunden habt?«, fragte Norberg.

»Die hatte ich mitgebracht«, sagte Lürssen mit leiser Stimme.

»Um sie dann bei passender Gelegenheit zu präsentieren.«

Lürssen nickte.

Anna wandte sich ab und kämpfte gegen eine aufsteigende Übelkeit. Sie ballte die Hände zu Fäusten, aus Angst, dass sie im nächsten Moment etwas Unüberlegtes tun würde. Als sie hinter sich einen erstickten Schrei vernahm, fuhr sie wieder herum und sah, dass Thomsen sich nicht so gut unter Kontrolle hatte. Er stand mittlerweile neben Johannsen und hielt ihm die Mündung seiner Waffe an die Stirn. Aus Johannsens Mund kam ein verächtliches Lachen.

»Das traust du dich nicht.«

»Willst du das wirklich herausfinden?« Thomsen entsicherte die Pistole.

»Hark, bitte, tu das nicht«, sagte Anna eindringlich. »Denk an Sandra.«

Thomsen starrte sie entgeistert an. »Was weißt du von Sandra?«

»Ich habe gestern mit ihr gesprochen und bin überzeugt davon, dass sie noch immer sehr viel für dich empfindet. Tu ihr das bitte nicht an.«

Thomsens Gesicht war verzerrt, nackte Verzweiflung stand jetzt darin. »Ich glaube dir kein Wort. Sandra will nichts mehr von mir wissen.«

»Das stimmt nicht«, sagte Anna. »Sie hat sich nach deinem letzten Anruf bei mir gemeldet, weil sie große Angst um dich hatte.«

Norberg sprang ihr zur Seite. »Ich war bei dem Gespräch dabei, Thomsen. Meine Kollegin hat recht.« Er trat neben ihn. »Nicht«, sagte er leise. »Das ist dieses Arschloch doch nicht wert. Und sein Bruder ebenso wenig. Ich kann verstehen, dass du den beiden jetzt an die Gurgel gehen möchtest, mir geht es ja ganz genauso. Aber damit ist niemandem gedient.« Er streckte die Hand aus. »Gib mir deine Waffe.«

Thomsen atmete schwer, aber nach langen, angstvollen Sekunden gab er schließlich nach und drückte seine Waffe in Norbergs Hand.

Während Norberg die Kollegen der Schutzpolizei anforderte, damit sie Johannsen und Lürssen in den Gewahrsam brachten, setzte sich Anna mit der Leitstelle in Verbindung, damit sie den SEK-Trupp zurückpfiff.

Lürssen war in seinem Sessel zusammengesunken, aber Johannsen bemühte sich nach wie vor um eine aufrechte Haltung. Der Blick, den er Norberg zuwarf, war hasserfüllt. »Das wird ein Nachspiel haben! Ich …«

»Schluss jetzt!«, herrschte Norberg ihn an. »Für dich und deinen Bruder wird es ein Nachspiel geben, denn wir werden dafür sorgen, dass ihr für eine lange Zeit ins Gefängnis geht.« Er trat nah an seinen Widersacher heran. »Und ich werde mich persönlich darum kümmern, dass die Angelegenheit die Runde macht. Ich weiß ja, wie wichtig dir dein Ruf ist, und ich kann mir vorstellen, dass dich dessen Zerstörung mindestens so hart trifft wie ein Gefängnisaufenthalt.«

Nach diesen Worten erschien für Sekundenbruchteile ein kleines Lächeln auf Johannsens Gesicht, das Anna in seiner Bösartigkeit einen Schauer über den Rücken jagte …

»Was hast du mit Carsten Witt gemacht?«, fragte Norberg, nachdem die Kollegen der Schutzpolizei Johannsen und Lürssen abgeführt hatten.

Als Thomsen schwieg, setzte sich Norberg neben ihn. »Rede mit uns, Hark! Wir konnten deinen Fingerabdruck in Witts Haus sicherstellen. Außerdem befand sich sein Blut an einer seiner Jacken und auf dem Boden des Flurs, wo jemand den Versuch unternommen hat, es wegzuwischen. Warst du das?«

»Ich wollte doch nur, dass er endlich seine Schuld eingesteht.« Thomsens Stimme war kaum zu verstehen.

Anna nahm ihnen gegenüber Platz. »Aber er ist nicht schuldig.«

Thomsen hob den Kopf und starrte sie an. »Das habe ich doch nicht gewusst.« In seinen Augen sammelten sich Tränen.

»Wo ist er?«, fragte Norberg noch einmal eindringlich. Er hätte Thomsen am liebsten geschüttelt, damit er endlich den Mund aufmachte. »Lebt er noch, oder hast du ihn getötet?«

»Er hat sich gewehrt«, stammelte Thomsen, »und dann ist die Situation eskaliert.«

Er ist alt geworden, war Thomsens erster Gedanke. Aber nicht gebrochen.

»Sie?«

Carsten Witt hatte ihn sofort erkannt und machte Anstalten, die Haustür zuzuschlagen. Aber Thomsen war schneller und stand schon im Flur, bevor Witt seine Absicht in die Tat umsetzen konnte.

»Verlassen Sie sofort mein Haus!«

Die Aufforderung sollte energisch klingen, aber Thomsen entging das Zittern in Witts Stimme nicht. Der Mann hatte Angst, natürlich hatte er die, denn ihm dürfte bewusst sein, dass jetzt die Stunde der Wahrheit gekommen war. Und die Stunde der Abrechnung.

Thomsen rief sich die Anordnung der Räume ins Gedächtnis und deutete dann in Richtung Küche. »Da rein!«

Witts Augen flackerten, und in einer Aufwallung von Widerstand schüttelte er den Kopf.

»Nein! Sagen Sie mir, was Sie wollen, und dann verschwinden Sie!«

Sagen Sie mir, was Sie wollen ...

Ich will, dass du endlich ein Geständnis ablegst. Dass du zugibst, was du Florian angetan hast. Und dann will ich dich dafür bestrafen. Ich will Rache nehmen für den Missbrauch an zu vielen Jungen und Mädchen, den schwächsten Mitgliedern unserer Gesellschaft, die sich nicht gegen Menschen wie dich wehren können. So wie ich mich nicht gegen meinen Vater wehren konnte, dieses sadistische Schwein.

Der Gedanke, das Gesetz in die eigenen Hände zu nehmen, war Thomsen schon damals gekommen, nachdem das Gericht Witt freigesprochen hatte. Es war inakzeptabel, dass Männer Kinder missbrauchten und umbrachten und weiterhin frei herumliefen, weil unfähige Ermittler nicht genügend belastbares Material gegen sie zusammentrugen oder schwache Richter der Meinung waren, dass auch bei diesen Delikten immer noch der Resozialisierungsgedanke im Vordergrund stand.

Aber dann war Witt von der Bildfläche verschwunden, und es hatte Thomsen einige Zeit gekostet, seinen Aufenthaltsort zu ermitteln. Und als er ihn endlich erfuhr, hatte der Wunsch nach Vergeltung in ihm nicht mehr die Oberhand gehabt, weil er endlich die Frau seines Lebens geheiratet und gehofft hatte, mit ihr ein erfülltes Leben führen zu können, in dem für seine Altlasten kein Platz mehr war.

Doch seine Hoffnungen und Wünsche hatten sich nicht erfüllt. Die Träume, aus denen er häufig schreiend erwachte, waren nicht vergangen, die dunklen Gedanken hatten ihn weiterhin in einem eisernen Griff gehalten. Er hatte Sandra

ihren Hintergrund gestanden, damals am Tag der Gerichts-
verhandlung, als er sein Schweigen keinen Tag länger hätte
ertragen können. Sie war geschockt gewesen, hatte aber nie
Zweifel aufkommen lassen, dass sie zu ihm stand und es ihnen
gemeinsam gelingen würde, seiner Vergangenheit Herr zu
werden und die Dunkelheit zu überwinden.

Aber sie hatten es nicht geschafft …

Witt stand jetzt in der Küche, und Thomsen bedeutete ihm, sich
auf einen Stuhl zu setzen. Der Gedanke, Witt zu fesseln, kam
ihm gar nicht erst, weil die Vorstellung an einen Fluchtversuch
des Mannes, der an die zwanzig Jahre älter und körperlich
bestimmt nicht mehr topfit war, etwas Absurdes an sich hatte.
Deshalb war Thomsen unvorbereitet und reagierte zu spät, als
Witt plötzlich aufsprang und wieder auf den Flur hinauslief.
Thomsen hetzte ihm hinterher und bekam seinen Arm zu fas-
sen. Das Messer in Witts Hand sah er erst im letzten Moment.
Erschrocken stieß er den Mann von sich und trat einige Schritte
zurück, bis er den Knauf der Haustür in seinem Rücken spürte.

»Lassen Sie mich endlich in Ruhe!« Witts Stimme über-
schlug sich fast. »Ich habe nichts getan!«

»Warum warst du so von Witts Schuld überzeugt?«, fragte
Norberg.

»Weil sie immer schuldig sind«, sagte Thomsen heftig. »Weil sie sich unter dem Deckmantel der Liebe an uns
vergreifen und niemand sie zur Rechenschaft zieht.« Sein

Kiefer mahlte. »Mein Vater hat mich jahrelang missbraucht«, sagte er nach einem Augenblick mit stockender Stimme. »Ich bin mehrere Male weggelaufen, aber er hat mich immer wieder zurückgeholt.«

Die Situation war an einem kritischen Punkt angelangt. Sie mussten endlich in Erfahrung bringen, was Thomsen mit Witt gemacht hatte. Ob der Mann tot war oder vielleicht nur verletzt, sodass womöglich jede Minute zählte. Aber jetzt nicht auf Thomsens Bekenntnisse einzugehen, konnte fatale Folgen haben, weil er allem Anschein nach reden wollte. Das zu ignorieren und ihn unter Druck zu setzen, damit er Witts Aufenthaltsort preisgab, könnte dazu führen, dass er sich wieder verschloss und sie überhaupt nichts erfuhren. Also war ein behutsames Vorgehen angesagt.

»Ihr habt es gewusst, oder?« Thomsens Frage kam unerwartet, sein Blick flog zu Anna. »Sandra hat es dir erzählt.«

Anna nickte.

»Dazu hatte sie kein Recht.«

»Sie will dir helfen, Hark«, sagte Anna nachdrücklich. »Weil du ihr immer noch wichtig bist. Wieso begreifst du das nicht?«

»Wohin bist du als Kind geflohen?«, fragte Norberg, als Thomsen keine Antwort auf Annas Frage gab. »Konnte dir dort niemand helfen?«

Thomsen schüttelte den Kopf und starrte auf seine Hände. »Ich bin zu meiner Tante ausgerissen. Aber sie konnte sich nicht gegen meinen Vater zur Wehr setzen.«

Sandra Thomsen hatte Anna erzählt, dass ihr geschiedener Mann einer Bauernfamilie entstammte, der ein Hof in Welt gehörte. Seine Tante hatte in einen Erbhof in der Nähe von Katharinenheerd eingeheiratet. Vier Jahre nach Harks Geburt war ihr Mann verstorben, seitdem bewirtschaftete sie das Anwesen allein. Als Harks Mutter zwei Jahre später ebenfalls starb, hatten sehr schnell Gerüchte die Runde gemacht, dass ihr Mann, der allgemein als Schläger bekannt war, für ihren Tod verantwortlich gewesen sei. Beweisen können hatte man es allerdings nicht. Harks Tante hatte ihn daraufhin zu sich holen wollen, aber sein Vater hatte sie vom Hof gejagt.

»Wann hat der Missbrauch begonnen?«, wollte Anna wissen. Sandra hatte ihr eine Reihe von Dingen erzählt, aber einige Fragen waren offen geblieben.

»Ein Jahr nach dem Tod meiner Mutter.«

»Da warst du sieben, oder?«, fragte Norberg nach kurzem Nachrechnen.

Thomsen nickte.

»Hat deine Tante denn nie etwas unternommen, um dich vor deinem Vater zu schützen?«

»Ich ... ich konnte nicht mit ihr darüber sprechen, ich habe mich so geschämt. Sie hat immer nur geglaubt, dass mein Vater mich schlägt.«

»Aber das hätte sie doch auch zur Anzeige bringen müssen«, wandte Anna ein.

»Das ist über dreißig Jahre her«, sagte Thomsen resigniert, »das war eine andere Zeit. Meine Tante war ja selber Schläge von meinem Vater gewohnt. Die kannte das nicht anders und hat es hingenommen.«

Das ist ja häufig das Problem, dachte Norberg. Hinnehmen, leiden und schweigen. Und die Missbrauchsopfer können oft jahrelang nicht darüber reden, weil sie sich schämen und häufig auch glauben, an dem, was ihnen angetan wird, die Schuld zu tragen. »Wie lange dauerte der Missbrauch an?«

»Bis zum Tod meines Vaters. Da war ich vierzehn.« Thomsen stockte, dann blickte er Norberg an. In seinen Augen lag jetzt ein kalter Glanz. »Er hatte einen Herzinfarkt. Ich habe ihn auf dem Boden liegen und verrecken lassen. Erst als er tot war, habe ich einen Arzt gerufen.«

Die Worte waren vollkommen emotionslos herausgekommen und ließen Norberg für einen Moment frösteln. »Hat es damals irgendwelche polizeilichen Untersuchungen gegeben?«

»Nein. Die Todesursache konnte eindeutig festgestellt werden, und dass ich drei Stunden neben dem Alten gesessen und darauf gewartet hatte, dass er endlich krepiert, wusste ja niemand.«

»Du hättest es auch uns nicht erzählen müssen«, sagte Anna leise. »Warum hast du es trotzdem getan?«

Ein sarkastisches Lachen war die Antwort. »Weil ich auch das bis heute nicht verwunden habe. Mein Vater war ein Dreckschwein, aber er war immer noch mein Vater. Ich hätte ihn nicht einfach so sterben lassen dürfen.«

Norberg klinkte sich ein. »Das ist richtig. Aber dein Vater hat dir Schlimmes angetan, auch wenn das keine Entschuldigung ist. Carsten Witt hingegen ist unschuldig. Hark, bitte, sag uns endlich, was mit ihm ist.«

»Ruhig, ganz ruhig.« Thomsen hob beschwichtigend die Hände.

»Warum lassen Sie mich nicht endlich in Ruhe?« Witts Stimme kippte. »Sie und Ihre Kollegen haben mein Leben zerstört.«

»So wie Sie das von Florian Berger.«

»Nein!«, schrie Witt auf. »Ich habe Florian wie einen Sohn geliebt. Wie meinen Sohn, dem er so ähnlich war, und der viel zu jung sterben musste. Ich hätte Florian doch niemals etwas antun können.«

Thomsen hatte diese Sätze auch damals immer wieder gehört. Wie in einer Endlosschleife hatte Witt sie von sich gegeben.

Thomsen ließ den vor ihm stehenden Mann nicht aus den Augen und überlegte, wie er ihm das Messer entwenden konnte. Allem Anschein nach handelte es sich um ein Klappmesser, das Witt aus der Hosentasche gezogen haben musste. Flüchtig streifte Thomsen der Gedanke, warum der Mann mit einem Messer in der Tasche herumlief, dann konzentrierte er sich wieder auf die Situation.

Witt stand auf Höhe der Garderobe und hielt das Messer auf ihn gerichtet. Er zitterte, und Thomsen war davon überzeugt, dass er es nicht fertigbringen würde, ihn anzugreifen. Jäh machte er einen Schritt nach vorn, packte Witts Hand und versuchte, ihm das Messer zu entwinden. Witt keuchte und setzte sich zur Wehr, aber Thomsen war stärker und natürlich geübt, was eine solche Situation anging. Als er das Messer schließlich in seinen Händen hielt, wollte er es zusammenklappen, aber bevor er dazu kam, sprang Witt mit einem verzweifelten Schrei auf ihn zu. Erneut wehrte Thomsen ihn ab und sah voller Entsetzen auf das Blut, das auf einmal den rechten Arm des Mannes hinunterfloss. Will stieß einen Schmerzensschrei aus. Seine Knie gaben nach, als er versuchte, sich an einer der Jacken festzuhalten, die an der Garderobe hingen. Wie in Zeitlupe sank er zu Boden.

Auf dem Weg zu dem bestellten Taxi fühlte sich Sabine Borchert noch immer wie betäubt. Beim Verlassen des Polizeireviers in Heide hatte sie im ersten Moment die Augen zusam-
menkneifen müssen, weil das Weiß des Schnees sie nach den
beiden Tagen im Dämmerlicht der Zelle blendete.

Während der Fahrt nach St. Peter-Ording zerbrach sie sich
den Kopf, wie es für den Moment weitergehen sollte. Man
hatte ihr gesagt, dass sie noch immer nicht zurück nach Hause
konnte; und vor einem Anruf bei Biggi und der Frage, ob
diese sie aufnehmen würde, schreckte sie bei dem Gedanken
an ihren heftigen Streit zurück. Außerdem graute ihr davor,
dass Biggi wieder damit anfangen würde, dass Carstens Verschwinden ein Schuldeingeständnis sein könnte und er sich
abgesetzt hatte. Dieser Gedanke hatte Sabine schließlich
schon vor Biggis Äußerung angesprungen, und sie hatte
Angst, dass er sich womöglich in ihrem Inneren verfestigte,
wenn Biggi ihn jetzt weiter verfolgte.

Also blieben nur ein Hotel oder eine Ferienwohnung.
Nach kurzem Nachdenken entschied sie sich für ein Hotel,
da sie nach der Einsamkeit in der Zelle das starke Bedürfnis
verspürte, von Menschen umgeben zu sein. Und wenn es nur
beim Frühstück oder bei Begegnungen innerhalb des Hauses
der Fall war. Sie hatte immer Menschen um sich gebraucht,

die Kommunikation mit ihnen, und jetzt, nach diesen beiden schrecklichen Tagen, benötigte sie die Gegenwart anderer umso mehr, weil sie sich vergewissern musste, dass sie nicht allein auf der Welt war. So irrational das auch klang.

Die zurückliegenden achtundvierzig Stunden hatten ihr schwer zugesetzt. Die Tatsache, wie schnell man in den Fokus der Polizei rücken konnte und ab einem gewissen Punkt machtlos gegenüber einer staatlichen Institution war, bestürzte sie noch immer. Es war dieser Schock gewesen, das Gefühl des Ausgeliefertseins, der sie gelähmt und von ihrem Ich, das normalerweise empört aufgeschrien und sich zur Wehr gesetzt hätte, immer weiter entfernt hatte.

Sie ließ sich in der Straße Im Bad absetzen, wo es eine Reihe von Hotels gab. Und erst jetzt, als sie mit langsamen Schritten den Fußweg entlangging, hatte sie das Gefühl, dass die Erstarrung langsam von ihr abzufallen begann und die vorübergehend außer Kraft gesetzten Instinkte zurückkehrten.

Unvermittelt blieb sie stehen. Aber sie hatte kein Auge für die Pracht dieses Schneewinters und die zögerlichen Sonnenstrahlen, die sich durch die Wolkendecke stahlen und das Weiß zum Funkeln brachten.

Warum hatte sie auf einen Anwalt verzichtet? Sie kannte keinen, aber ihr wäre ein Pflichtverteidiger zugeteilt worden, der sie mit Sicherheit früher hätte rausholen können. Durch ihre Passivität hatte sie zwei Tage verloren. Zwei kostbare Tage, in denen sie nach Carsten hätte suchen können.

Während der Fahrt hatte sie in der Polizeistation in St. Peter-Ording angerufen, weil sie in Erfahrung bringen wollte, was mit Carsten war. Aber man hatte ihr nur mitgeteilt, dass man über den Stand der Ermittlungen keine Auskunft geben dürfe.

Mein Gott, ich bin seine Frau, hatte sie den Polizisten anschreien wollen, ich muss doch wissen, wenn in der Zwischenzeit etwas passiert ist. Ist Carsten gefunden worden, lebt er noch?

Sie hatte die Worte unterdrückt und stattdessen nach Anna Wagner gefragt. Die Kommissarin hatte im Gegensatz zu ihrem Kollegen den Eindruck gemacht, als wenn sie ihr glauben würde. Sie hatte ihre Festnahme zwar auch nicht verhindern können, aber wenn es in dieser Dienststelle eine Person gab, der sie wenigstens etwas Vertrauen entgegenbrachte, dann war es diese Kommissarin.

Frau Wagner ist außer Haus, hatte es geheißen. Dann rufe ich sie eben an, hatte Sabine gedacht, aber in diesem Moment, als sie gerade eines der Hotels betreten wollte, wurde ihr bewusst, dass sie bei ihrer Festnahme zwar ein paar persönliche Dinge hatte mitnehmen dürfen, Anna Wagners Visitenkarte aber im Haus zurückgeblieben war.

Die Polizeistation lag nur wenige Schritte entfernt. Vor der Tür zögerte Sabine, aber dann gab sie sich einen Ruck und betrat die gut geheizten Räume.

»Kann ich etwas für Sie tun?«, wurde sie von einem Beamten gefragt, der gerade aus einem Büro kam.

Sie stellte sich vor und erklärte ihm, dass sie die Lebensgefährtin des verschwundenen Carsten Witt sei. »Ich muss dringend mit Frau Wagner sprechen, aber ihre Visitenkarte liegt bei uns zu Hause. Könnten Sie mir bitte ihre Nummer geben.«

»Wenn Sie etwas mitzuteilen haben, können Sie das auch mir sagen.«

»Nein ... bitte ...«, sie kämpfte gegen die aufsteigende Verzweiflung. »Ich muss wirklich dringend mit ihr sprechen.« Wenn er jetzt auf stur schaltet, drehe ich durch, dachte sie.

Der Polizist blickte sie einen Augenblick wortlos an, notierte dann aber eine Nummer auf einem Zettel und schob ihn zu ihr hinüber.

»Danke, das ist sehr nett von Ihnen!« Sie hastete ins Freie zurück, wo sie ihr Smartphone aus der Tasche zog und die Nummer eingab. Als niemand den Anruf entgegennahm und schließlich die Mailbox ansprang, bat sie um Rückruf.

Als sie eine Stunde später die in aller Eile erworbenen Utensilien für einen Kurzaufenthalt im Hotel auspackte, war noch immer kein Anruf erfolgt. Wieder wählte sie die Nummer der Kommissarin und landete wie bereits beim ersten Mal erneut auf der Mailbox.

»Bitte, Frau Wagner, rufen Sie mich zurück! Ich muss wissen, was mit Carsten ist!«

38

»Ich habe ihn gefunden!« Die Stimme von Sandra Thomsen vibrierte vor Erregung. »Er lebt! Hörst du, Carsten Witt lebt!«

Als ihr Smartphone erneut geklingelt hatte, war Anna davon ausgegangen, dass es sich bei der Anruferin wieder um Sabine Borchert handelte, die sie bereits zweimal auf die Mailbox weitergeleitet hatte. Umso erstaunter war sie, als sie Sandra Thomsens Stimme vernahm.

Sie hatten mittlerweile auch von Thomsen erfahren, dass Witt am Leben war und Thomsen sich um seine Verletzung gekümmert hatte. Dass Thomsens geschiedene Frau sie jetzt über den Aufenthaltsort von Witt informierte, überraschte Anna ebenso wie Norberg und auch Thomsen.

»Er ist in einem Haubarg im Grothusenkoog«, fuhr Sandra Thomsen fort. »Er ist verletzt, aber zum Glück nicht schwer.« Sie gab die Adresse durch.

Auch das war ihnen bereits bekannt. »Danke, Sandra«, sagte Anna. »Bleib bitte dort, mein Kollege und ich kommen sofort. Wir ...«

»Habt ihr Hark gefunden?«, fiel Sandra ihr ins Wort.

»Er ist bei uns«, beruhigte Anna sie. »Wir bringen ihn mit.«

Als Norberg den Streifenwagen auf der Rasenfläche vor dem Haubarg parkte und Anna das Gebäude in Augenschein nahm, fragte sie sich, wie jemand so tollkühn sein konnte, ein solch marodes Bauwerk zu erwerben. Oder wie verrückt, denn allein die Instandsetzung des Äußeren dürfte ein Vermögen kosten.

»Ich habe ihn einige Zeit vor der Scheidung gekauft«, hatte Thomsen auf der Fahrt erzählt. »Sandra und ich haben immer davon geträumt, ein altes Gebäude zu sanieren und dann irgendwann darin zu leben. Spätestens wenn wir in Rente sind.«

Aber Sandra Thomsen war zu dem Zeitpunkt schon so auf Abstand gegangen, dass sie sich den Haubarg nicht einmal angesehen hatte. Trotzdem hatte Thomsen ihn nicht aufgeben wollen und sich an die Restaurierung gemacht, auch wenn ihm klar gewesen war, dass er den Kredit, den er aufgenommen hatte, in diesem Leben nicht mehr würde abstottern können.

Sie hatten Thomsen keine Handfesseln angelegt, weil sie davon ausgingen, dass er nichts Unbedachtes mehr tun würde. Lürssens Geständnis hatte ihn erleichtert, ihm aber auch den Boden unter den Füßen weggezogen, als ihm bewusst geworden war, dass er sechzehn Jahre lang den falschen Mann verdächtigt hatte. Ganz zu schweigen von der Tatsache, dass Witt ebenso wie Nabers und Hellwig seit damals Gezeichnete waren, woran auch er eine Mitschuld trug, die er niemals würde abtragen können.

»Was ich nicht verstehe«, hatte Anna irgendwann gesagt. »Du hast Witt entführt, weil du nach wie vor an seine Schuld geglaubt hast und ihm endlich ein Geständnis abringen wolltest. Aber irgendwann während dieser Aktion müssen dir doch Zweifel gekommen sein, denn sonst wärst du doch nicht nach Friedrichstadt gefahren, um Johannsen zur Rede zu stellen. Was war der Auslöser dafür?«

»Einen Auslöser in dem Sinn hat es nicht gegeben. Als ich mit Witt im Haubarg war und mich um seine Verletzung gekümmert habe, hat er plötzlich angefangen, von Florians Eltern zu sprechen. Wie unerträglich es für sie sein muss, nach all den Jahren noch immer nicht zu wissen, was mit ihrem Sohn passiert sei. Da war großes Mitgefühl zu spüren und Trauer über ihr Schicksal. Das hat etwas in mir ausgelöst, und ich habe mich zum ersten Mal in all den Jahren gefragt, ob ich mit meiner Vermutung nicht danebenliege. Witt hat damals ja immer behauptet, dass Johannsen und Lürssen ihm Florians Sachen untergeschoben hätten. Unabhängig davon, was ich von den beiden halte, wäre ich bis zu seinen Worten nie auf den Gedanken gekommen, dass meine Kollegen zu so etwas fähig gewesen wären.«

»Aber in dem Moment hattest du plötzlich Zweifel.«

»Ja.« In Thomsens Ausdruck hatte Verunsicherung gelegen. »Verrückt, nicht?«

Nein, ganz bestimmt nicht, hatte Anna gedacht. Vielleicht würde sein Innehalten und Neubewerten ein hilfreicher Schritt in die Zukunft sein.

Sandra Thomsen trat aus einer offen stehenden Tür und lief ihnen entgegen. »Carsten Witt befindet sich im ersten Zimmer«, sagte sie atemlos, »das renovierte. Es geht ihm so weit gut.«

»Danke«, sagte Anna.

Sandras Augen füllten sich mit Tränen, sie schien noch etwas sagen zu wollen, aber dann wandte sie sich ab und fiel ihrem geschiedenen Mann, der stocksteif neben ihnen gestanden hatte, um den Hals.

Bei dem renovierten Zimmer handelte es sich um einen prächtig instand gesetzten Raum mit abgeschliffenen und neu versiegelten Holzdielen, grauen Fachwerkbalken an der Decke und blau-weiß gemusterten Kacheln, welche die weiß gekalkten Wände vom Boden bis zur halben Höhe des Zimmers schmückten. Wenn der Raum ebenso baufällig gewesen war wie der dahinterliegende, von dem man einen Ausschnitt durch eine offen stehende Tür sehen konnte, musste Thomsen eine Vielzahl von Stunden für die Renovierung aufgewandt haben.

Carsten Witt lag auf einem blauen Sofa, sein rechter Arm trug einen frischen Verband. Er sah blass und erschöpft aus und warf ihr einen erleichterten Blick zu. Neben einem Stuhl lagen durchgeschnittene Kabelbinder auf dem Boden, die darauf hinwiesen, dass er gefesselt gewesen sein musste und Sandra ihn bei ihrer Ankunft befreit hatte. In einer Ecke des Zimmers entdeckte Anna einen angebrochenen Sechserpack Wasserflaschen und eine Plastiktüte mit dem Emblem eines Supermarktes, in der sich Lebensmittel befanden. Außerdem befand sich ein Heizlüfter im Raum, der auf höchster Stufe lief. Also hatte Thomsen wie angegeben dafür gesorgt, dass Witt während seiner Gefangenschaft weder Hunger noch Durst leiden musste, und ebenso wenig der beißenden Kälte zum Opfer fallen würde. Auch die Aussage, dass er seinen

Verband in dieser Zeit mehrfach gewechselt hätte, traf erkennbar zu.

Während Norberg einen RTW anforderte und sich wieder nach draußen begab, um Thomsen und Sandra im Auge zu behalten, ging Anna zu Witt hinüber.

»Der Krankenwagen kommt gleich«, sagte sie. »Wie geht es Ihnen?«

»So weit gut.« Witt versuchte, sich aufzurichten. »Können Sie mir bitte helfen? Ich muss dringend zur Toilette.«

Anna hatte sich schon gefragt, wo Witt während seiner Gefangenschaft seine Notdurft verrichtet hatte. Sie half ihm auf und stützte ihn auf dem Weg in den hinteren Bereich des Hauses, wo sich in einem zur Hälfte sanierten Badezimmer eine bereits instand gesetzte Toilette befand.

»Fühlen Sie sich schon in der Lage, mir zu erzählen, was passiert ist?«, fragte sie, nachdem sie ihn zurückgebracht und er sich wieder auf dem Sofa ausgestreckt hatte.

Witts Aussage deckte sich mit dem, was sie von Thomsen erfahren hatten. Nachdem sich Witt in dem Gerangel der beiden Männer die Stichverletzung zugezogen hatte, hatte Thomsen ihn in seinen Wagen verfrachtet und in den Haubarg gebracht. Lebensmittel und Getränke waren bereits vorrätig gewesen, und nachdem Thomsen ihn an einen Stuhl gefesselt hatte, war er noch einmal losgefahren, um Wundsalbe und Verbandszeug zu besorgen.

»Er ist fast die ganze Zeit über hier gewesen«, sagte Witt, »aber er hat mich kein einziges Mal misshandelt. Ich hatte irgendwann den Eindruck, dass ihm das Ganze über den Kopf wächst und er es am liebsten zu Ende gebracht hätte.

Es hatte für mich aber nie den Anschein, dass er mich töten wollte.«

Anna ersparte ihm weitere Fragen, da er einen zunehmend erschöpften Eindruck machte. Alles Weitere hatte Zeit, bis er im Krankenhaus untersucht worden und wieder zu Kräften gekommen war.

Annas erster Anruf nach Witts Abtransport galt Sabine Borchert.

»Ja, es geht ihm gut, die Verletzung ist wirklich nicht schwer und wurde die ganze Zeit über gut versorgt«, versicherte sie der aufgeregten Frau ein weiteres Mal und teilte ihr dann mit, dass Witt in das Westküstenklinikum in Heide gebracht werden würde.

Norberg telefonierte, als Anna zum Streifenwagen zurückkam. Sie warf einen Blick zu Thomsen und Sandra, die sich noch immer fest umschlungen hielten, ohne ihre Umwelt wahrzunehmen.

Thomsen würde für Witts Entführung und die Geschehnisse in Johannsens Haus zur Verantwortung gezogen werden. Was die unterlassene Hilfeleistung in Bezug auf seinen Vater anging, konnte er nicht mehr belangt werden, da er damals noch minderjährig gewesen war. Er hatte mit dem Geständnis sein Gewissen erleichtern wollen, aber es wäre ihr lieber gewesen, wenn er die Angelegenheit für sich behalten hätte. Sein Vater war ein Sadist gewesen, dessen Taten nie Konsequenzen nach sich gezogen hatten. Bei einer solchen Sachlage fiel es ihr immer noch schwer, objektiv zu bleiben und im Rahmen des Gesetzes zu handeln. Als Privatperson hätte sie Thomsens Geständnis für sich behalten, als Polizistin war sie verpflichtet, es weiterzugeben. Und ebenso wie Witts Entführung und die heutigen Vorkommnisse würde sich auch diese Begebenheit auf seine berufliche Laufbahn auswirken. Vielleicht würde alles in der Summe sogar dazu führen, dass er aus dem Polizeidienst ausscheiden musste, was sie nicht hoffte. Sie hielt ihn für einen guten Polizisten, den die Geschehnisse im Jahr 2004 vollkommen aus der Bahn geworfen hatten. Er hätte diesen Fall niemals bearbeiten dürfen, weil sein unterdrücktes Trauma dadurch wieder an die Oberfläche gekommen war und sein weiteres Leben zum Negativen beeinflusst hatte.

Vielleicht barg der Abschluss des Falls aber auch eine zweite Chance für ihn und Sandra. Anna würde es ihnen von Herzen wünschen.

Den Rest des Nachmittags verbrachten sie in der Dienststelle, wo die weitere Vernehmung von Thomsen stattfand, der daran anschließend wieder auf freien Fuß gesetzt werden würde. Vorläufig jedenfalls. Er hatte noch eine Reihe weiterer Dinge zu Protokoll gegeben, die Lürssens Aussage stützten, falls Johannsen weiterhin mauern oder alles abstreiten sollte.

Sandra war mitgekommen und hatte in der Zwischenzeit von den Geschehnissen in Friedrichstadt erfahren. In einer ruhigen Minute sprach sie noch einmal mit Anna.

»Ich nehme Hark mit zu mir«, sagte Sandra, »er sollte jetzt nicht allein sein.«

Anna nickte. »Das ist gut.« Sie füllte zwei Becher mit frisch aufgebrühtem Tee und stellte einen davon vor Sandra ab. »Ich habe seit deinem Anruf mehrere Male versucht, dich zu erreichen. Warum hattest du dein Handy ausgeschaltet?«

»Weil ich mir so etwas gedacht habe.« Sandra warf ihr einen entschuldigenden Blick zu. »Es tut mir leid, aber ich hatte nach Harks Anruf nur den einen Gedanken, dass ich ihn finden musste. Da wollte ich nicht noch jemandem Rede und Antwort stehen müssen. Außerdem hatte ich plötzlich Angst, dass ihr euch womöglich einmischt und Kollegen losschickt.« Sie ergriff den Becher und wärmte ihre Hände daran. »Nach Harks Anruf war ich überzeugt davon, dass er Witt entführt hatte und alles zu Ende bringen wollte. Ich habe mir den Kopf zermartert, wo die beiden sein könnten, und da fiel mir der Haubarg ein. Hark hat den Kreditvertrag damals allein unterschrieben, weil er mich mit dem Kauf überraschen wollte und wohl auch gehofft hat, mich damit zurückzugewinnen. Aber unsere Ehe war zu dem Zeitpunkt schon zu kaputt, als dass ich einen Neubeginn gewagt hätte. Ich bin davon ausgegangen, dass Hark das Haus nach der Scheidung wieder verkauft hat, aber jetzt kamen mir plötzlich Zweifel, und deshalb bin ich dorthin gefahren.«

»Woher war dir die Adresse bekannt? Hark hat gesagt, dass du niemals dort warst.«

»Hark hatte sie mir seinerzeit gegeben. Er hatte wohl gehofft, dass ich es mir doch noch anders überlege.« Sandra stellte den Becher ab und drückte Annas Hand. »Ich danke euch, dass die Situation in Friedrichstadt so glimpflich abgelaufen ist. Mir ist schlecht geworden, als du mir vorhin davon erzählt hast. Was da alles hätte passieren können.«

Anna nickte. Auch sie war unendlich erleichtert, dass es zu keiner Eskalation gekommen war.

»Wieso war Lürssen eigentlich bei seinem Bruder?«, wollte Sandra wissen.

»Lürssen fühlte sich durch die Neuaufnahme des Falls extrem belastet und wollte endlich reinen Tisch machen. Er hatte wohl die Hoffnung, dass Johannsen mitziehen würde, obwohl er es doch eigentlich besser hätte wissen müssen.«

Es war ein langer Tag gewesen, und Anna war heilfroh, als sie in ihrem gemütlichen Zuhause endlich die Füße hochlegen konnte. Sie lehnte sich auf dem Sofa zurück und versuchte abzuschalten, aber immer wieder tauchte Johannsens Gesicht vor ihr auf, seine kalten Augen, das Fehlen jeglicher Empathie, als Lürssen den damaligen Vorfall geschildert hatte. Hatte Johannsen in den vergangenen sechzehn Jahren auch nur einmal ein Gefühl der Schuld und der Reue empfunden? Hatte er Scham gespürt und das Verlangen, das Geschehene rückgängig machen zu können? Sie konnte es sich nicht vorstellen.

Was den strafrechtlichen Bereich anbelangte, würde man Johannsen unterlassene Sorgfalts- beziehungsweise Halterpflicht vorwerfen können, die letztendlich zu einer fahrlässigen Körperverletzung mit Todesfolge geführt hatten. Was schwerer wog, war für ihn und auch für Lürssen die falsche uneidliche Aussage, die sie seinerzeit bei Witts Verhandlung geleistet hatten, als es um die Darstellung ihrer vermeintlich erfolglosen Suche nach Florian gegangen war. Nicht zu vergessen natürlich die untergeschobenen Beweismittel. Das

Schlimmste dürfte aber das Disziplinarverfahren sein, das sie beide erwartete und ihren Ausschluss aus der Polizei bedeutete, verbunden mit dem Verlust ihrer Pension.

Am kommenden Tag würde Norberg mit Lürssen die Dünen am Hundestrand aufsuchen. Lürssen hatte angegeben, sich an den Platz zu erinnern, an dem sie Florian vergraben hatten, aber seitdem waren sechzehn Jahre vergangen, ein langer Zeitraum, in dem die Dünenlandschaft ihr Gesicht beständig verändert hatte. Außerdem war das Gebiet zurzeit von einer dicken Schneedecke überzogen, weshalb sie es für unwahrscheinlich hielt, dass er die Stelle wiederfinden würde. Sie hatten Spurensicherung, Rechtsmedizin und Bereitschaftspolizei angefordert und darüber hinaus drei Leichenspürhunde. Sollten die Hunde nicht fündig werden, stand die Überlegung im Raum, speziell ausgebildete Suchhunde aus Kroatien anzufordern, die auf das Aufspüren verwesender Knochen spezialisiert waren. Sie hoffte, dass die Hunde der Landespolizei erfolgreich waren, da alles andere mit einer unnötigen Zeitverzögerung verbunden wäre und sie Klaus Berger endlich Gewissheit verschaffen wollte. Am nächsten Morgen würde sie als Erstes nach Hamburg fahren, um ihn über den aktuellen Stand zu informieren. Diese Nachricht wollte sie nicht telefonisch überbringen, sondern ihm persönlich beistehen.

Als sich Hunger und Durst meldeten, verließ sie ihren Platz auf dem Sofa und machte sich auf den Weg in die Küche. Doch bevor sie einen Blick in den Kühlschrank werfen konnte, begann ihr Handy zu klingeln. Beim Blick auf das Display stockte ihr kurz der Atem.

Hauke Dammann.

Sie hatte überlegt, ob sie ihn über den glücklichen Ausgang von Witts Entführung in Kenntnis setzen sollte, den Gedanken dann aber wieder verworfen, aus Sorge, dass er in einem Anruf womöglich auch einen privaten Hintergrund vermuten könnte. Zu deutlich hatte sie noch Norbergs Hinweis im Hinterkopf, auch wenn dieser ihren Wunsch nach einem näheren Kennenlernen Dammanns leider nicht im Keim erstickt hatte. Sie hatte nicht die Absicht, vom Regen in die Traufe zu kommen, aber etwas an Dammanns Wesen hatte sie gefesselt. Vielleicht waren es seine Unbekümmertheit und Leichtigkeit gewesen; Gefühle, die sie aus den ersten Jahren mit ihrem geschiedenen Mann, als alles noch so herrlich unkompliziert gewesen war, so gut kannte und manches Mal schmerzlich vermisste.

Sie atmete tief durch und nahm das Gespräch an.

»Hallo, Anna. Ich wollte hören, ob ihr vorangekommen seid. Es tat mir leid, dass Aki nicht helfen konnte, aber die momentanen Wetterverhältnisse erschweren eine Suche nun mal.«

»Damit mussten wir ja rechnen«, entgegnete sie und versuchte, das Flattern in ihrem Magen zu ignorieren, das seine Stimme in ihr ausgelöst hatte. »Wir haben Carsten Witt übrigens in der Zwischenzeit gefunden.« Sie fasste die zurückliegenden Ereignisse kurz zusammen.

»Oh, das freut mich, dass es so ausgegangen ist«, sagte Dammann, und er klang ehrlich erleichtert. »Hoffentlich findet ihr den Leichnam des Kindes schnell auf.«

»Ja, das hoffen wir auch.« Es entstand ein verlegenes

Schweigen, in dem sie krampfhaft überlegte, was sie noch sagen konnte, da hörte sie Dammann wieder sprechen.

»Ich wollte am nächsten Wochenende übrigens nach St. Peter kommen. Mal zwei Tage ausspannen, war einiges los in letzter Zeit. Wie ist es, hättest du Lust auf ein Treffen? Aki würde sich auch freuen, dich wiederzusehen.«

Im ersten Moment war sie um eine Antwort verlegen. »Ich … ich weiß nicht«, brachte sie dann heraus, »zurzeit stecke ich noch bis zum Hals in Arbeit.«

Er lachte. »Na, für ein paar Stunden wirst du dich am Wochenende doch freimachen können. Sonst müsste ich mal ein ernsthaftes Wort mit Hendrik reden.«

Du liebe Güte, nur das nicht! »Ich rufe dich am Freitag an, okay? Dann kann ich absehen, was am Wochenende anfällt.« Und mir bis dahin überlegen, ob ein Treffen klug wäre, fügte sie in Gedanken hinzu.

»Na gut, ich nehme dich beim Wort. Bis Freitag, Anna. Ich freue mich auf deinen Anruf!«

39

Sonntag, 12. Januar

Für Norberg war es eine weitere kurze Nacht gewesen, da eine erfreuliche Nachricht gegen dreiundzwanzig Uhr seine erneute Anwesenheit in der Dienststelle erforderlich gemacht hatte.

Sören Rohde und Lars Klüver hatten in einer freiwilligen Nachtschicht zwei Einbrecher nach erfolgter Tat festnehmen und bei ihnen eine Reihe von Wertgegenständen sicherstellen können. In der darauffolgenden zweistündigen Vernehmung, die sie zu dritt durchführten, hatten die beiden Männer schließlich sämtliche Taten gestanden, die die Einwohner von St. Peter-Ording in den vergangenen Wochen in Atem gehalten hatten.

»Klasse!«, freute sich Anna, als Norberg ihr die Nachricht am Telefon mitteilte. Sie befand sich gerade auf dem Weg nach Hamburg zu Klaus Berger, und auch er musste langsam mal zu Potte kommen, da Krischan Garbers ihm gerade eine Nachricht geschickt hatte, dass er mit seinem SpuSi-Team in einer halben Stunde in der Dienststelle eintreffen würde. Was ebenso für die Hundeführer galt.

»Ja, jetzt kann Paulsen seinen Laden dichtmachen. Zumindest bei uns in St. Peter wird er kein Bein mehr an Land kriegen.« Norberg war so übernächtigt, dass er auf der Stelle hätte einschlafen können. Mittlerweile war er am heimischen Frühstückstisch bei der dritten Tasse Kaffee angelangt, die allerdings nur seinen Pulsschlag beschleunigt, ihn aber in keinster Weise wacher gemacht hatte. Er baute auf die frische Luft, der er in Kürze ausgesetzt sein würde, wenn es mit den SpuSi-Kollegen in den Dünengürtel am Ordinger Hundestrand ging.

»Ich stoße zu euch, wenn ich wieder zurück bin«, sagte Anna und verabschiedete sich.

Norberg stellte das benutzte Geschirr in die Spülmaschine und warf noch einen kurzen Blick in die Zimmer von Lasse und Finn, die beide tief und fest schliefen. Sonntagmorgen, acht Uhr, eine Zeit, zu der ihn normalerweise auch niemand aus dem Bett kriegen würde. Bevor er aufbrach, stellte er die verderblichen Lebensmittel in den Kühlschrank zurück und beließ alles andere auf dem Tisch. Wie er seine Jungs kannte, würden sie erst gegen Mittag in die Küche kommen, und konnten sich dann gleich darüber hermachen. Es sei denn Lasse beschloss, wieder etwas *anderes* zu kochen.

»Na, wenn das man nicht die Suche nach der Nadel im Heuhaufen wird«, meinte Garbers, während sie vom Strandübergang Hungerhamm ins Dünengebiet ausschwärmten. »Wie will Lürssen denn nach all den Jahren die Stelle wiedererkennen? Erst recht unter diesen Schneemassen. Das ist doch vollkommen unrealistisch.«

Norberg hatte Lürssen, der nach wie vor überzeugt davon war, dass er die bewusste Stelle ausfindig machen würde, aus der Flensburger JVA herbringen lassen. Zwei Stunden nach Beginn der Suche riskierte Lürssen allerdings keine große Lippe mehr, sondern gestand kleinlaut ein, dass es unter diesen Wetterbedingungen dann doch sehr schwierig werden würde. Es täte ihm leid, aber dieses Dünengebiet hätte sich seit damals wirklich ziemlich verändert. Und dann dieser viele Schnee. Irgendwann riss Norbergs Geduldsfaden, und er ließ Lürssen in die JVA zurückbringen.

Das Gespräch mit Klaus Berger war nicht einfach gewesen, und dementsprechend angespannt fuhr Anna nach St. Peter-Ording zurück.

Florians Vater hatte sich nach ihrer Eröffnung in einem Stadium zwischen Wut und Erleichterung bewegt, die erlösenden Tränen waren ausgeblieben. Immer wieder hatte er seine Angst zum Ausdruck gebracht, dass sie die sterblichen Überreste seines Sohnes nach all der Zeit nicht mehr finden würden. Und falls doch, wie wollten sie dann nach sechzehn Jahren feststellen, ob es sich wirklich um Florian handelte?

Anna hatte beruhigend auf ihn einzuwirken versucht. Sie hatte ihm erklärt, dass die DNA mittels einer Knochenextraktion festgestellt werden könne, und sich somit zweifelsfrei die Identität nachweisen lasse. Einzelheiten zu diesem Verfahren, das ihr in groben Zügen bekannt war, wollte sie ihm ersparen, aber er ließ nicht locker. Und so erklärte sie ihm schließlich, dass man die DNA dadurch gewinnen könne, dass man die kompakten Anteile von kräftigen Knochen, wie zum Beispiel dem Oberschenkel, heraussägen und anschließend zermörsern würde. So wäre beispielsweise auch das Genom des Neandertalers aus Knochenfunden analysiert worden, die mehrere tausend Jahre alt waren.

Es war schwer einzuschätzen gewesen, ob ihn diese Auskünfte beruhigt hatten, da sich ihr zeitweise der Eindruck aufgedrängt hatte, dass sie seine Erregung nicht mit ihren Worten zu durchdringen vermochte. So vernünftig und zurückhaltend er bei ihrem ersten Besuch gewesen war, so überemotional hatte er bei dem heutigen reagiert. Was unter den gegebenen Umständen natürlich vollkommen nachvollziehbar war. Erst als seine Frau nach Hause gekommen war, war es ihnen gemeinsam gelungen, ihn wieder zu beruhigen. Allerdings hatten sie es nicht geschafft, ihn von seinem Vorhaben, bei der Suchaktion dabei zu sein, abzubringen. Anna setzte alle Hoffnung darin, dass es seiner Frau doch noch gelang, wenn sie wieder allein waren, weil sie ihn natürlich nicht mit in das Suchgebiet nehmen konnte und das Risiko bestand, dass es dann in St. Peter zu einer Konfrontation kommen würde.

In der Polizeistation teilte man ihr mit, dass sich Norberg noch immer im Dünengebiet aufhielt. Als sie den Strandübergang Hungerhamm erreichte, sah sie, dass der Bereich weiträumig abgesperrt war. Eine Reihe aufgebrachter Hundebesitzer verlor sich in Diskussionen mit einem Kollegen aus ihrer Dienststelle, weil es für sie kein Durchkommen gab.

»Haben Sie eigentlich eine Ahnung, was für einen Umweg wir jetzt nehmen müssen?«, wetterte eine dick eingemummelte Frau, die offensichtlich die Wortführerin war und eine kläffende Promenadenmischung an der Leine führte. »Wir müssen bis zur Ordinger Strandauffahrt zurück, aber in dem dortigen Abschnitt dürfen wir unsere Hunde nicht laufen lassen. Bis wir dann wieder hier auf Höhe des Hundestrands sind, dauert es endlos.«

»Das tut mir leid«, entgegnete der Kollege mit stoischer Ruhe, »aber hier werden gerade polizeiliche Maßnahmen durchgeführt.«

»Das war doch heute Morgen schon der Fall«, empörte sich ein älterer Mann, dessen Dackel einen rot karierten Wetterschutz trug. »Wieso sind Sie denn immer noch nicht fertig?«

»Weil die Maßnahmen noch andauern.« Der Kollege behielt seine freundliche Miene bei.

Anna lächelte ihm aufmunternd zu und schlüpfte unter dem Absperrband hindurch, woraufhin ein aufgebrachter Protest hinter ihr losbrach.

»Wieso darf die hier durch? Die hat ja überhaupt keinen Hund.«

Sie drehte sich um und nahm die Sprecherin ins Visier. »Weil die hier arbeiten muss. Was übrigens auch für meinen Kollegen gilt.«

»Pffff«, machte die Wortführerin und rückte ihre Long-Beanie-Mütze zurecht, die beständig über ihre Augen rutschte. »In der Gegend rumstehen würde ich nun wirklich nicht als Arbeit bezeichnen.«

»Das bleibt Ihnen unbenommen«, sagte Anna. »Sie sollten sich aber darauf einstellen, dass es hier auch in den nächsten Tagen kein Durchkommen geben wird. Deshalb würde ich vorschlagen, dass Sie ab morgen gleich die Ordinger Strandauffahrt nehmen, dann sparen Sie sich einen Weg.«

Sie scherte sich nicht weiter um die Kommentare in ihrem Rücken, sondern folgte dem Weg Richtung Strand. Der schmale Übergang, den sie bisher nur von Fotos kannte, hatte sich durch den stetig fallenden Schnee zu einem Trampelpfad verengt, auf dem sie nur mühsam vorankam.

Auf halber Höhe wurde sie schließlich auf einige Kollegen der Bereitschaftspolizei aufmerksam, die sich im rechterhand gelegenen Dünengürtel tummelten und mit ihren langen Metallstäben das Erdreich untersuchten. Sie holte das Smartphone aus der Jackentasche und wählte Norbergs Nummer. Es dauerte einen Augenblick, bis er den Anruf entgegennahm.

»Ich bin am Strandübergang«, meldete sie sich. »Wo bist du?«

Seine Stimme war durch den stürmischen Wind kaum zu verstehen. »Bleib, wo du bist, ich komme zu dir.«

Während sie auf Norberg wartete, schaute sie sich um. Die Dünen zu beiden Seiten des Weges waren größtenteils verschneit, aber an manchen Stellen hatte der stürmische Wind sie freigelegt, sodass Sand und Grasbewuchs zu sehen waren.

Hoffentlich würden sie Florians sterbliche Überreste zügig finden und bergen können, damit sich die Suchaktion nicht über Tage hinzog. Die SpuSi-Kollegen waren ebenso wie die Bereitschaftspolizei einiges gewohnt, aber eine kräftezehrende Arbeit auf einem solchen Terrain und dann auch noch unter diesen Wetterbedingungen dürfte doch eher die Ausnahme sein.

Nach kurzer Zeit tauchte Norberg am Strand vor ihr auf. Im Wetterbericht am Morgen war die Rede davon gewesen, dass die Schneedecke in Schleswig-Holstein mittlerweile an vielen Stellen eine Höhe von fünfzig Zentimetern und mehr erreicht hatte. Dementsprechend mühevoll waren die Wege dort zu bewältigen, wo bisher noch niemand oder nur wenige einen Fuß hingesetzt hatten.

»Puh«, keuchte er, als er neben ihr angekommen war, »das ist vielleicht ein blödes Gehen da unten.«

»Haben sie dich oben vertrieben?«

»Klar, da wäre ich aber auch nicht besser vorangekommen.«

Sie warf einen erneuten Blick zu den Kollegen hinüber. »Wie kommen sie voran?«

»Es ist sehr beschwerlich. Ich hab Lürssen in die JVA zurückbringen lassen, der war überhaupt keine Hilfe. Wenn bloß dieser verdammte Schnee nicht wäre!« Er deutete mit dem Kopf Richtung Deich. »Lass uns zur Station zurückfahren. Hier stören wir im Moment nur.«

Auf dem Weg zur Dienststelle wurde Anna durch einen Anruf von Nils Scheffler vorgewarnt, dass Florians Vater soeben eingetroffen sei. Sie gab die Nachricht an Norberg weiter, der ihr mit dem Streifenwagen folgte. »Ich hatte gehofft, dass seine Frau ihn abhalten würde zu kommen«, schloss sie die kurze Zusammenfassung ihres Besuchs in Hamburg.

»Sein Verhalten ist verständlich«, sagte er. »Mich hätte in einer solchen Situation auch niemand zu Hause festhalten können.«

»Ja, du hast recht«, gab sie zu und überlegte, was in diesem erneuten Gespräch auf sie zukommen könnte. Vielleicht wäre Berger damit geholfen, wenn er vom Deich aus einen Blick auf das Suchgebiet werfen könnte.

Bei der Begrüßung stellte sie zu ihrer Erleichterung fest, dass er nicht mehr so erregt war wie bei ihrem Besuch vor einigen Stunden. Er gab an, kurz nach ihr aufgebrochen zu sein, weil er es nicht ausgehalten hätte, zu Hause auszuharren, während zwei Autostunden entfernt womöglich die sterblichen Überreste seines Sohnes geborgen wurden.

»Damals konnten wir nicht bleiben«, sagte er mit Tränen in den Augen. »Aber dieses Mal lasse ich Flori nicht im Stich. Ich bleibe so lange, bis ich ihn wiederhabe.«

Als sie auf dem Deich standen und zu den Dünen hinüberblickten, hatte es im ersten Moment den Anschein, als würde Berger verzweifeln.

»Wie soll man denn da jemanden finden?«, stammelte er. »Erst recht bei diesem Schnee.«

Anna suchte seinen Blick. »Die Kollegen werden Florian finden, Herr Berger. Vertrauen Sie ihnen.«

»Und Sie haben keinen Zweifel an der Aussage dieses ... dieses Mannes? Vielleicht hält er Sie zum Narren, und Florian ist ganz woanders begraben.«

»Nein, wir haben keinen Zweifel, Herr Berger.«

41

Die folgenden Tage

Am dritten Tag der Suche wurde übereinstimmend beschlossen, die Leichenspürhunde wieder abzuziehen, da der Schnee deren Arbeit zu sehr behinderte. Norberg und Anna waren an jedem Tag vor Ort gewesen, ebenso wie Klaus Berger. Norberg hatte ihn mittlerweile kennengelernt und war von großem Mitleid erfüllt. Viel zu häufig streifte ihn in diesen Tagen der Gedanke, dass er durchdrehen würde, wenn ihm etwas Ähnliches widerführe. Eine unterschwellige Angst ließ ihn nicht mehr zur Ruhe kommen und führte dazu, dass er Lasse und Finn ständig zu beaufsichtigen versuchte und über jeden ihrer Schritte Bescheid wissen wollte. Da Corinna sich wieder besser fühlte und etwas um die Ohren haben wollte, war er nur zu gern auf ihren Vorschlag eingegangen, dass sie zumindest in dieser Woche wieder täglich zu ihnen kam. Seine beiden Söhne hingegen waren nur noch genervt von ihm, was nachvollziehbar war, aber er konnte zurzeit nun mal nicht aus seiner Haut.

Nachdem am Dienstagabend aus den Reihen der Bereitschaftspolizei erste Stimmen laut geworden waren, dass die Suche vergebens sein würde, trat am Mittwochvormittag ein Ereignis ein, das allen wieder Auftrieb verlieh. Kommissar

Zufall betrat die Bühne. Krischan Garbers trat in ein unter dem Schnee verborgenes Kaninchenloch und brach über einen Meter tief in das darunterliegende Höhlensystem ein. Norberg und Anna befanden sich in kurzer Entfernung und beobachteten, wie einer seiner Kollegen zu ihm lief.

»Mann, Krischan, ungeschickt lässt grüßen!«

Garbers schnaubte und ignorierte die helfende Hand, die ihm der Kollege entgegenstreckte. Im nächsten Moment verschwand er aus ihrem Blickfeld.

»Hast du was verloren?«, fragte sein Kollege.

»Nee«, drang es dumpf aus dem Loch, »da unten liegt was.«

Nach einiger Zeit kam Garbers wieder zum Vorschein. Da er ihnen den Rücken zuwandte, konnten Norberg und Anna nicht sehen, ob er etwas geborgen hatte.

»Was ist los?«, rief Norberg ungeduldig. »Hast du was gefunden?«

Garbers drehte sich zu ihnen herum, und sie sahen, dass er etwas in den Händen hielt, das sie von ihrer Position aus allerdings nicht erkennen konnten. »Ja, da unten liegen Knochen.«

Norberg blickte Anna an, die einen erstickten Laut ausgestoßen hatte.

Sollten sie tatsächlich fündig geworden sein?

Am Mittwochabend suchten Norberg und Anna Klaus Berger in seiner Pension auf.

»Wir müssen noch die DNA-Analyse abwarten«, sagte Anna, nachdem sie Berger darüber informiert hatten, dass die

Spurensicherung bei der Untersuchung einer Kaninchen-höhle in den Dünen auf Teile eines Skeletts gestoßen war, die laut dem anwesenden Rechtsmediziner von der Größe und anderen Merkmalen her eindeutig einem Kind zugeordnet werden konnten.

»Wie lange wird das dauern?«, wollte Berger wissen. Bei ihrer Eröffnung hatte er Tränen in den Augen gehabt, aber mittlerweile hatte er sich wieder gefangen.

»Spätestens bis Anfang nächster Woche«, sagte Norberg. »Die Rechtsmedizin weiß, dass es eilig ist.«

»Ich würde mir die Stelle gerne anschauen. Geht das?«

»Ja, wenn die Kollegen abgerückt sind«, erwiderte Norberg. »Sie suchen den Bereich jetzt weiträumig ab, ich denke mal, dass sie spätestens zum Wochenende fertig sein werden.«

»Dann bleibe ich solange hier.«

»Ich melde mich bei Ihnen, sowie die Spurensicherung ihr Okay gibt«, versprach Anna. »Dann fahren wir beide hin.«

Der ersehnte Anruf aus der Rechtsmedizin kam bereits am Sonntagnachmittag. Die Analysen hatten ergeben, dass es sich bei den aufgefundenen Knochen zweifelsfrei um die sterblichen Überreste von Florian Berger handelte.

Anna machte sich sofort auf den Weg, um Klaus Berger aus seiner Pension abzuholen. Der Schneefall hatte bereits in der Nacht aufgehört, und als sie den Strandübergang Hunger-hamm erreichten, hatte sich die Sonne schon lange ihren Platz am Himmel erobert. Der strahlende Tag hatte nicht nur die

Einwohner von St. Peter, sondern auch zahlreiche Besucher hinaus in den Ort und an den Strand gelockt.

Anna hatte von Krischan Garbers ein Video erhalten, aus dem ersichtlich war, wie sie vom Übergang an den Leichenfundort kamen. Es war nur eine kurze Strecke, der Bereich war noch immer mit Absperrband markiert. Berger rang um Fassung, als er vor der freigelegten Höhle stehen blieb und seine Hände vor dem Körper faltete. Anna entfernte sich einige Schritte und setzte alles daran, die aufsteigenden Tränen zu unterdrücken. Sie hatte gelernt, ihre Fälle nicht zu nah an sich heranzulassen, aber die über die Jahre antrainierten Schutzmechanismen funktionierten nicht immer. Und das war auch gut so, denn alles andere würde dazu führen, dass das Innere erkaltete und einen irgendwann nichts mehr berühren konnte.

Nach einiger Zeit kam Berger zu ihr herüber und stellte sich neben sie. In einvernehmlichem Schweigen blickten sie auf die Nordsee, die an diesem Tag kaum Wellengang hatte, und den Strand, auf dem sich eine Vielzahl von Menschen mit ihren Hunden tummelte. Immer wieder waren Gelächter und aufgeregtes Bellen zu hören.

»Danke, dass Sie Florian gefunden haben«, sagte Berger irgendwann. »Jetzt kann ich endlich Frieden finden.«

Nachdem Anna Klaus Berger in seine Pension zurückgebracht hatte, fuhr sie in die Dienststelle, wo Norberg zusammen mit Rohde und Klüver die Einbruchsserie aufarbeitete. Sie wollte ihren Bericht schreiben und Hauke Dammann anrufen, den sie bezüglich eines Treffens hatte vertrösten müssen.

»Ja, klar wissen wir, dass Sonntag ist«, griente Rohde nach ihrer entsprechenden Bemerkung. »Aber was willst du, du bist ja auch hier.«

»Ich muss Heizkosten sparen«, grinste sie zurück in Erinnerung an den Standardspruch einer langjährigen Exkollegin, mit der sie auch heute noch Kontakt hatte.

»Wie geht es Berger?«, fragte Norberg.

»So weit gut, denke ich. Es war wichtig für ihn, den Ort zu sehen, an dem sein Sohn so viele Jahre begraben lag. Jetzt kann er endlich abschließen.« Sie dachte an die Zusage, die sie ihm gegeben hatte. »Ich habe ihm versprochen, dass ich zu Florians Beisetzung komme.«

Die folgenden Stunden verbrachte sie mit dem Schreiben des Berichts, dann verabschiedete sie sich von ihren Kollegen und fuhr nach Hause. Mittlerweile war es nach zwanzig Uhr.

Hauke Dammann hatte sie nicht erreicht. Ihre Anrufe waren auf seine Mailbox weitergeleitet worden, aber er hatte sich nicht zurückgemeldet. Vielleicht war es besser so.

Als sie auf die Einfahrt neben dem Haus der Hecklers einbog, wurde sie auf das offen stehende Tor der Doppelgarage aufmerksam und auf Corinna Heckler, die hinter ihrem Wagen stand. Sie wirkte verärgert, und als Anna ausstieg und zu ihr ging, erfuhr sie auch den Grund dafür.

»Der blöde Wagen springt nicht an«, schimpfte Norbergs Schwiegermutter. »Da brauche ich ihn einmal, und dann will er nicht.«

»Müssen Sie irgendwo hin? Dann kann ich Sie fahren«, bot Anna an.

»Ich wollte Finn sein Mountainbike zurückbringen, weil er es morgen früh für einen Ausflug braucht«, sagte Corinna. »Wir hatten es ihm zu Weihnachten geschenkt, und als er es das erste Mal benutzen wollte, stellte sich heraus, dass die Gangschaltung kaputt war. Wir wollten es zuerst einschicken, aber jetzt hat mein Mann es doch selber hinbekommen.« Sie versetzte dem linken Hinterreifen ihres Wagens einen leichten Tritt. »Und nun lässt du mich im Stich, du blödes Teil!« Sie zog ihr Handy aus der Jackentasche. »Dann muss Hendrik es eben abholen.«

Anna winkte ab. »Lassen Sie, Frau Heckler, ich bringe das Fahrrad zu Finn. Ihr Schwiegersohn ist noch in der Dienststelle, und als ich ging, sah es so aus, als wenn er noch länger dortbleiben würde.«

»Aber das kann ich Ihnen doch nicht zumuten«, sagte Corinna unschlüssig.

»Liebe Frau Heckler, das ist doch keine Zumutung.« Anna deutete auf den geschlossenen Kofferraum. »Ist es da drin?«

Corinna nickte und öffnete die Klappe. Anna griff sich das Mountainbike und verstaute es in ihrem Wagen.

»Danke schön«, sagte Corinna. »Das ist sehr nett von Ihnen.«

Anna winkte zum Abschied und machte sich auf den Weg. Obwohl es am heutigen Tag nicht geschneit hatte, kam sie nur langsam voran, da der Matsch mittlerweile wieder gefroren war und sich zahlreiche Hubbel auf den Straßen gebildet hatten.

Auch in der Deichstraße hatte der an den Straßenrändern aufgetürmte Schnee die ohnehin schon schmale Fahrbahn verengt, und Anna war froh, dass ihr kein Fahrzeug entgegenkam. Auf der Suche nach der richtigen Hausnummer fuhr sie die Straße im Schneckentempo entlang, bis sie schließlich die gesuchte Adresse fand. Da es an der Straße keine Parkmöglichkeiten gab, stellte sie ihren Wagen kurzerhand auf der Auffahrt vor der Garage ab. Sie stieg aus und hievte gerade das Mountainbike aus dem Kofferraum, als ein undefinierbares Geräusch ihre Aufmerksamkeit erregte. Es schien aus dem Keller des Hauses gekommen zu sein, zu dem eine Außentreppe hinunterführte. Anna trat näher, und als ein Bewegungsmelder das helle Licht einer Außenwandleuchte aktivierte, bemerkte sie, dass die Kellertür einen Spaltbreit offen stand und frische Fußspuren auf der Treppe zu sehen waren. Sie führten nach unten und wiesen aufgrund ihrer Größe eindeutig auf eine erwachsene Person hin. Also befand sich Norberg offensichtlich doch schon wieder daheim.

»Hendrik? Ich bin's, Anna. Ich bringe Finns Fahrrad zurück.«

Als auch nach einem weiteren Rufen keine Reaktion erfolgte, überkam sie ein eigenartiges Gefühl. Wer immer sich dort unten aufhielt, musste sie gehört haben. Norberg wäre nach draußen gekommen, aber der Person, die sich dort unten befand, stand offenbar nicht der Sinn nach einer Begegnung.

Die Einbrecher waren verhaftet worden, was aber nicht bedeuten musste, dass im Ort nicht auch noch andere ihr Unwesen trieben. Oder …

Jäh verkrampfte sich ihr Magen, als sie sich an die Geschehnisse in Friedrichstadt erinnerte. Das verschlagene Lächeln in Johannsens Gesicht, nachdem Norberg seine Drohungen ausgestoßen hatte. Sie hatte in diesem Moment das Gefühl einer Bedrohung empfunden, das sie jetzt wieder verspürte.

Würde Johannsen in seinem Hass auf Norberg so weit gehen, ihm und seiner Familie etwas anzutun? Johannsen war körperlich zu hinfällig, um selber etwas auszuführen, aber vielleicht hatte er sich jemanden an die Seite geholt, der Norberg ebenso sehr hasste wie er …

Michael Paulsen?

Sie schalt sich eine hysterische Kuh mit einer überbordenden Fantasie, aber sie würde hier erst wieder weggehen, wenn sie in Erfahrung gebracht hatte, wer sich dort unten aufhielt. Auch wenn sie keine Waffe dabeihatte.

Sie griff nach dem Handlauf und stieg so vorsichtig und so leise wie möglich nach unten. Auf der Hälfte der Treppe hielt sie inne, weil sie aus dem Keller ein weiteres Geräusch vernommen hatte. Dieses Mal klang es, als wäre ein metallener Gegenstand umgestoßen worden. Im nächsten Moment flog die Tür auf, und ein Mann stürmte aus dem Keller, den sie im Licht einer am Fuß der Treppe angebrachten weiteren Lampe deutlich erkennen konnte.

Michael Paulsen.

Grob stieß er sie zur Seite, sie versuchte, sich am Handlauf festzuhalten, verlor aber das Gleichgewicht und stürzte die letzten Stufen hinunter. Benommen rappelte sie sich wieder auf. Ein stechender Schmerz zog von ihrem Nacken bis hoch in den Kopf, mit dem sie hart auf dem Boden aufgeschlagen war. Aber nichts davon war in diesem Augenblick von Bedeutung, weil sie nur voller Entsetzen auf das Feuer starren konnte, das hinter der offenen Kellertür loderte und sich in Windeseile im Raum auszubreiten begann.

Nach einer Schrecksekunde kam wieder Leben in sie. Während sie die Kellertreppe hinaufeilte, drückte sie die eingespeicherte Nummer der Leitstelle, um die erforderlichen Angaben durchzugeben und eine Ringfahndung nach Michael Paulsen auszulösen. Dann hastete sie zum Eingang auf der anderen Seite des Hauses, wo sie Sturm klingelte.

»Lasse! Finn! Macht die Tür auf! Es brennt, ihr müsst aus dem Haus!«

Als auch nach weiterem Klingeln und Klopfen niemand ihrer Aufforderung nachkam, lief sie in den Vorgarten zurück und warf einen Blick in den ersten Stock, wo sie bei ihrer Ankunft hinter zwei Fenstern Licht hatte brennen sehen. Mein Gott, warum reagieren die denn nicht, dachte sie verzweifelt. Soll ich hier Steine gegen die Fenster werfen, damit jemand auf mich aufmerksam wird?

Aufgeregt blickte sie um sich und wurde auf die Schneeschaufel an der Garagenwand aufmerksam. Sie schien aus Metall zu sein und war sicher nicht geeignet, um ein Fenster einzuschlagen, aber der Versuch würde zumindest eine Menge Lärm machen und vielleicht auch Nachbarn aufschrecken, die ihr zu Hilfe eilen konnten.

Die beiden Fenster im Erdgeschoss hielten Stand, die Schaufel war nach wenigen Versuchen verbogen und nicht mehr zu gebrauchen. Aber die Aktion hatte tatsächlich dazu geführt, dass jemand im Haus aufmerksam geworden war. Hinter dem größeren der beiden Fenster tauchte das erschrockene Gesicht von Finn auf. Sie hatte keine große Hoffnung, dass er sie wiedererkennen würde, schließlich lag ihre einzige Begegnung ein halbes Jahr zurück.

Mit zitternden Fingern zog sie ihren Dienstausweis heraus und hielt ihn hoch, damit Finn ihn sehen konnte, aber der Junge hatte bereits das Fenster geöffnet.

»Frau Wagner, was machst du denn hier?«

Anna hätte vor Erleichterung fast aufgeschluchzt. »Ihr müsst aus dem Haus, Finn. Euer Keller brennt.«

»Unser Keller?«, wiederholte er ungläubig. »Aber wieso ...«

Sie fiel ihm ins Wort. »Hol deinen Bruder, Finn! Ihr müsst sofort da raus!«

Er starrte sie verängstigt an, lief aber in den Raum zurück und entschwand ihren Blicken. Sie hastete zu dem Kellereingang zurück und sah zu ihrem großen Entsetzen, dass bereits Flammen aus der Kellertür schlugen.

Verdammt, wo blieb die Feuerwehr? Es musste um jeden Preis verhindert werden, dass der Brand auf das Erdgeschoss des Hauses übergriff.

»Frau Wagner?«

Das war Finns Stimme. Als sie ihn und den hoch aufgeschossenen Jungen an seiner Seite vor dem Haus stehen sah, wäre sie den beiden vor Erleichterung fast um den Hals gefallen.

Lasse blickte sie misstrauisch an. »Finn hat gesagt, dass es in unserem Keller brennt?«

»Ja, jemand hat dort Feuer gelegt.«

»Wo ist Papa?«, fragte Finn mit zitternder Stimme. Er drängte sich enger an seinen Bruder, der schützend den Arm um ihn gelegt hatte.

»Auf dem Weg«, beruhigte sie ihn.

In der nächsten Sekunde war Sirenengeheul zu hören. Der Löschzug, der wenig später vor dem Haus anhielt, nahm die ganze Straße ein. Einer der Feuerwehrmänner scheuchte die Personen zurück, die plötzlich wie aus dem Nichts auf dem Gehweg aufgetaucht waren.

Augenblicke später traf dann auch endlich Norberg ein. Mit schreckensbleichem Gesicht sprang er aus dem Streifenwagen und rannte zu Lasse und Finn hinüber. Als er sie in die Arme schloss, sah es aus, als würde er sie nie wieder loslassen wollen.

»Aua, Papa, du erdrückst mich ja«, hörte sie Finn irgendwann protestieren. Ein Auflachen von Norberg erfolgte, das mehr wie ein Schluchzen klang. Er entließ die beiden Jungen aus seiner Umarmung, und als er zu ihr hinüberkam, sah sie Tränen in seinen Augen stehen.

»Anna, ich …«, er musste sich mehrere Male räuspern, um seine Stimme wieder unter Kontrolle zu bekommen. »Was ist denn eigentlich passiert? Und was machst du hier?«

Sie erklärte ihm den Grund ihrer Anwesenheit und wie sie auf den Brand aufmerksam geworden war. »Habt ihr Paulsen schon gefasst?«

»Nein«, sagte er, und ein grimmiger Ausdruck trat in sein Gesicht. »Aber der wird uns nicht durch die Lappen gehen. Jeder Polizist auf Eiderstedt und darüber hinaus sucht nach ihm.« Er griff zum Handy und rief seine Schwiegereltern an. »Sie holen die Jungs zu sich«, sagte er nach Beendigung des Gesprächs und ging zu Finn und Lasse zurück, um ihnen Bescheid zu geben.

Die Kollegen der Feuerwehr hatten mittlerweile mit der Brandbekämpfung begonnen. Sie bekamen das Feuer nach einiger Zeit unter Kontrolle und informierten Norberg und sie darüber, dass keine Gefahr mehr bestünde und es nicht auf den Rest des Hauses übergreifen würde.

»Wenn du nicht gekommen wärst«, sagte Norberg, der noch immer um Fassung rang, »ich mag gar nicht daran denken, was mit den Jungs passiert wäre.« Er ließ ihren Blick nicht los. »Du hast ihr Leben gerettet, Anna.«

Bei Norbergs nächsten Worten hatte sie immer mehr das Gefühl, als wäre die Welt um sie herum plötzlich in Watte getaucht. Sie bekam nur noch mit, wie er etwas von Klingeln nicht gehört, Kopfhörer aufgehabt sagte, dann wurde die Welt um sie herum schwarz.

Der nächste Tag

»Du hast uns einen ganz schönen Schrecken eingejagt«, sagte Norberg, als er Anna im Westküstenklinikum in Heide abholte, wo sie die Nacht über zur Beobachtung hatte bleiben müssen. Der Treppensturz am Vorabend hatte zu einer Gehirnerschütterung und ihrem sofortigen Abtransport ins Krankenhaus geführt. »Bist du denn wirklich fit genug, um schon wieder entlassen zu werden?«

»Ja, das bin ich«, gab sie zurück, während sie über den Parkplatz zu seinem Wagen gingen. »Ich bin fit wie ein Turnschuh.« Das entsprach zwar nicht ganz der Wahrheit, weil sie noch immer ziemliche Kopfschmerzen hatte. Da sie aber von Kopf bis Fuß durchgecheckt und sogar einem CT unterzogen worden war und alle Untersuchungen zufriedenstellend ausgefallen waren, hatten die Ärzte am Vormittag ihrer Entlassung zugestimmt.

»Warum hast du dich nicht krankschreiben lassen?«, fragte Norberg, als sie den Wagen erreicht hatten.

»Weil ich nicht krank bin!« Sie hob die Hand, als er zu einer Erwiderung ansetzen wollte. »Bitte, Hendrik, lass es gut sein. Ich bin okay, und das Letzte, was ich will, ist, untätig zu Hause rumliegen. Ich muss den Fall abschließen, außerdem braucht ihr mich als Zeugin des gestrigen Brandanschlags. Wenn ich mir den Krankenhausgeruch abgewaschen und neue Klamotten angezogen habe, komme ich sofort auf die Dienststelle.«

Auf dem Weg brachte Norberg sie auf den neuesten Stand. Michael Paulsen war im Morgengrauen in der Nähe von Oldenswort gefasst worden, als er versucht hatte, eine Straßensperre zu durchbrechen. Mittlerweile befand er sich in der JVA in Flensburg, hatte aber noch keine Aussage gemacht. Der Keller in Norbergs Haus war fast vollständig ausgebrannt, ein Übergreifen auf die Treppe, die in das Erdgeschoss führte, war zum Glück durch die Brandschutztür verhindert worden, die Norberg vor einigen Jahren als Sicherheitsmaßnahme hatte einbauen lassen. Der hinzugezogene Brandermittler ging nach seinen bisherigen Untersuchungen davon aus, dass Paulsen durch Annas Erscheinen daran gehindert worden war, seinen ursprünglichen Plan in die Tat umzusetzen. Es waren nämlich Teile einer Zeitschaltuhr gefunden worden sowie Gegenstände, die darauf hindeuteten, dass er eine selbst gebastelte Bombe zur Explosion hatte bringen wollen. In seinen Vorbereitungen gestört, hatte Paulsen in aller Eile Brandbeschleuniger ausgebracht, wie weitere Untersuchungen ergeben hatten.

»Und was ist mit eurem Haus?«, fragte sie, nachdem Norberg geendet hatte. »Das muss doch ein Statiker untersuchen.«

»Der ist schon vor Ort«, erwiderte er. »Er wird zwar ebenso wie unser Brandermittler noch einige Tage für seine Untersuchung brauchen, hat aber vorhin schon eine erste

Einschätzung abgegeben. Wie es aussieht, muss das Haus nicht abgerissen werden.«

Die Nachricht erfüllte sie mit großer Erleichterung. Norberg hatte bereits durch den Tod seiner Frau einen schweren Schlag erlitten, und sie konnte sich vorstellen, dass ein Abriss des Hauses, in dem die Familie viele Jahre gelebt hatte, an seine Substanz gehen würde. »Das freut mich für euch!«

Er parkte den Wagen vor der Auffahrt zu ihrem Haus, machte aber keine Anstalten auszusteigen. Sie hatte erwartet, dass er noch zu Finn und Lasse gehen würde, die vorübergehend im Nachbarhaus bei seinen Schwiegereltern wohnten. Er selber hatte sich in einer Ferienwohnung einquartiert.

»Danke fürs Bringen«, sagte Anna. Sie wollte die Beifahrertür öffnen, aber er hielt sie davon ab.

»Warte, bitte!«

Als sie ihm einen fragenden Blick zuwarf, sah sie, dass es in seinem Gesicht arbeitete.

»Danke, Anna! Du hast das Leben meiner Jungs gerettet und damit auch meines. Ohne sie wäre es …«, Tränen erstickten seine Stimme, er wandte den Kopf ab.

Gab es Worte in einer solchen Situation? Sicherlich, aber ihr fielen keine ein. So drückte sie nur stumm seine Hand.

ANMERKUNG UND DANKSAGUNG

Eine Vermisstenstelle gibt es bei der Schleswig-Holsteinischen Landespolizei nicht. Vermisstenfälle werden von den zuständigen Dienststellen sowie den vier Mordkommissionen unseres Bundeslandes bearbeitet, falls der Verdacht auf ein Tötungsdelikt vorliegt. Bei Altfällen kommt auch die Cold Case Unit im LKA Kiel zum Einsatz. Da meine Soko aber in St. Peter-Ording beheimatet ist, habe ich meiner Kreativität freien Lauf gelassen und mir erlaubt, einige kleine Umstrukturierungen in unserer Landespolizei vorzunehmen, um mir die nötigen Freiräume für die Arbeit meiner Soko zu verschaffen.

Auch bei diesem Buch gilt mein erster Dank wieder »den üblichen Verdächtigen« ☺ :

Imke Kalus von der Polizeidirektion Neumünster hat mich während der Arbeit am Buch wie immer tatkräftig unterstützt und als Testleserin die letzten Fehler ausgemerzt. Ich habe mich sehr gefreut, dich und Stefan in diesem blöden Coronajahr 2020 in St. Peter-Ording und auch auf meiner Lesung in Wiemersdorf zu treffen.

Weiterhin war dieses Mal wieder Jens Vullgraf, Erster Kriminalhauptkommissar und Leiter der Operativen Fallanalyse und der Cold Case Unit im LKA Kiel, mit von der Partie, der mir schon bei einem vorherigen Krimi unter die Arme gegriffen hat.

Und dann natürlich auf rechtsmedizinischer Seite wie immer Prof. Dr. med. Klaus Püschel, der ehemalige Direktor der Rechtsmedizin im Uni-Klinikum Hamburg-Eppendorf, der im Ruhestand mindestens so umtriebig ist wie ich ☺.

Trotz aller Unterstützung können sich natürlich Fehler einschleichen, weil man seinen Experten nicht richtig zugehört oder sie falsch verstanden hat. Die gehen auch in diesem Fall wieder auf meine Kappe.

Ein weiterer Dank geht an Andreas Falkenhagen, den Leiter der Gemeindebücherei in St. Peter-Ording, der auch bei diesem Buch wieder einen »ortskundigen« Blick auf das Manuskript geworfen hat.

Meine wunderbare Agentin Franka Zastrow von der Agentur Thomas Schlück ist in diesem Februar 2021 seit mittlerweile fünf Jahren an meiner Seite. Da kamen zwei temperamentvolle Schütze-Frauen zusammen, die in vielem ähnlich ticken, und darüber hinaus noch wunderbar miteinander lachen können. Danke für alles, liebe Franka, ich bin sehr glücklich, dass es dich in meinem Leben gibt!

Auch dieses Mal geht mein letzter Dank an meinen Verlag HarperCollins Germany für das große Vertrauen und die unglaubliche Unterstützung, die ich hier von allen Seiten erfahren darf. Ich bin sehr glücklich, für einen solch tollen Verlag schreiben zu dürfen, und freue mich schon auf unsere nächsten Projekte. Leider wird meine liebe Lektorin Annalena Ehrlicher dann nicht mehr an meiner Seite sein, deshalb möchte ich dir an dieser Stelle noch einmal ganz herzlich für unsere tolle Zusammenarbeit an den ersten beiden Bänden meiner Reihe danken. Die Soko SPO und ich werden dich vermissen! Gleichzeitig schicke ich an dieser Stelle ein herzliches Moin an meine neue Lektorin Pascalina Murrone, die schon kräftig am Lektorat des vorliegenden Buches mitgewirkt hat.

Svea Jensen, im Februar 2021